# フランス・イタリア紀行

トバイアス・スモレット 著
根岸 彰 訳

鳥影社

# 序文

数年前アメリカの一流の旅行誌コンデ・ナスト・トラベラー（Condé Nast Traveler）は Gore Vidal, Paul Theroux, Jared Diamond など著名な文化人をパネリストとする専門家会議を招聘しました。その目的は「史上最高の旅行書」を選ぶことでした。これらの最高権威者たちは、さまざまな時代——しかし主に十九世紀と二十世紀——から選ばれ強く推薦された八六冊の旅行書を最終選定リストに入れました。断然最古の作品で選ばれたのはヘロドトスの『歴史』（およそ紀元前四四〇年）でした。それは「史実と伝説が万華鏡のように交錯する作品」とされました。そのおよそ二〇〇〇年後に Sir John Mandeville の『東方旅行記』（およそ一三五八年）が刊行されました。これについてパネリストたちは「この中世イギリス人のエジプトとパレスチナの旅はまったくのでっちあげ」だと判定しています。パネリストたちの短いレポートから明らかなのは「これらは重要作品とされているが、どちらも史実にもとづくものではない」とか「どちらも外国旅行のありふれた経験を自伝風に書き留めたものとしては読める」と正当な評価をしていることです。

しかしながらパネリストたちがさらに時代を超えて十八世紀にまで達するとトバイアス・スモレット（Tobias Smollett）の『フランス・イタリア紀行』（*Travels through France and Italy*, 一七六六年）を「近代最初の旅行書」であると絶賛しています。社会生活、政治、慣習、宗教、さらに作家の内面までがこれほど丹念に描かれているものはそれまでになかったのです。この作品はヨーロッパのあらゆる啓蒙思潮作品の中でも冠絶しているのです。そのパネリストの一人、世界的ベストセラー『南仏プロヴァンスの12ヵ月』(*A Year in Provence*)の著者であるイギリス人のピーター・メイル(Peter Mayle)は、ユーモアがありあけっぴろげな心性の作家としてスモレットを選んでいます。この作家は腹にすえかねるものをたくさん見たので、きわめて簡潔で怒りに満ちた本を書いたとしてメイルは『紀行』を選定リストに加えたのです。スモレットはあら探しばかりやっていて、外国の食べ物、習慣などにきわめて疑い深くて傲慢で偏屈という典型的なイギリス人旅行者です。メイルが認めるようにスモレットはとりわけ異邦人として、異国のもろもろにアプローチするのです。そしてその批判のためにわれわれは、作家の母国ではぐくまれた価値観と彼が訪ねるさまざまな国々の文化規範との齟齬を感じざるをえないのです。

現代ヨーロッパへの日本人旅行者の多く、とりわけ初めての者、は異国に身を置くという喜びとともに、ある種のカルチャー・ショックを受けると思います。しかし日本人は慎み深いので他国の欠点をあからさまに非難することはないと思います。《スモレットにはそんな気遣いは無用なのだ》。フランス人やイタリア人への彼の機知に富み辛辣で皮肉な言いまわしは忘れがたいものです。さらに彼は些細なことにも目配りをおこたりません。食習慣、芸術作品、女性の社会生活、また養蚕などを描くとき、作家の凝視をまぬがれたり批評されないものはほとんどないのです。コンデ・ナストに含まれる八三人以後の作家たちの多くは、近代旅行書の先駆けとしてスモレットに感謝すべきでしょう。というのも彼のおかげでわたしたちは旅行書というものに触れて、その醍醐味を堪能できるようになったからです。

不思議なことにスモレットと日本人との接点を探れば、『紀行』より明らかにそれが感じられるのはより後期の作品『アトムの歴史と冒険』（*The History and Adventures of an Atom*, 一七六九年）でしょうが、これは七年戦争の間のイギリスの政治への辛辣な攻撃です。スモレットは古代日本を作品舞台としたたとえ話にしている。作家が語り手になりすまして、日本人について「彼らは力強い豊かな国民になったが目を開けていても、ポケットをすられている」とか、「一国民として彼らは自らの国体を評価しているが、好きなときはいつでも酔っぱらう」と言うとき、これは実際には作家がイギリス人について述べているということがわかるはずです。

鋭い皮肉が込められているのですが、この後期の作品は難解すぎて日本の読者にはあまりアピールしないのではないかと根岸教授はすぐに気づかれたにちがいありません。しかし同時に教授はスモレットの作品のスタイルと機知に引かれたのです。また『フランス・イタリア紀行』について「日本の読者に知られず埋もれたままにしておくにはあまりにも惜しい英文学の傑作の一つ」だという書信を最近私に寄せてくれました。

この作品を愛するあまりさんざん苦労しながら翻訳されたのですが、日本のスモレットの読者は永くこの仕事に感謝すべきです。

フランク・フェルゼンシュタイン（Frank Felsenstein）
ボール州立大学　インディアナ　アメリカ

# フランス・イタリア紀行　目次

トバイアス・スモレット／根岸 彰訳

## 第一巻

## 第二巻

割書の（　）は訳者注。〔　〕は使用テキスト（オックスフォード版、ブロードビュー版）からの注を参考にした。

# スモレットのイタリア・フランス旅程図

**スモレットのイタリア・フランス旅程図**
**（1763 年 6 月―1765 年 7 月）**
**イタリアの旅は 1764 年 9 月―11 月**

（　　）した地名はスモレットがそのそばを通った町

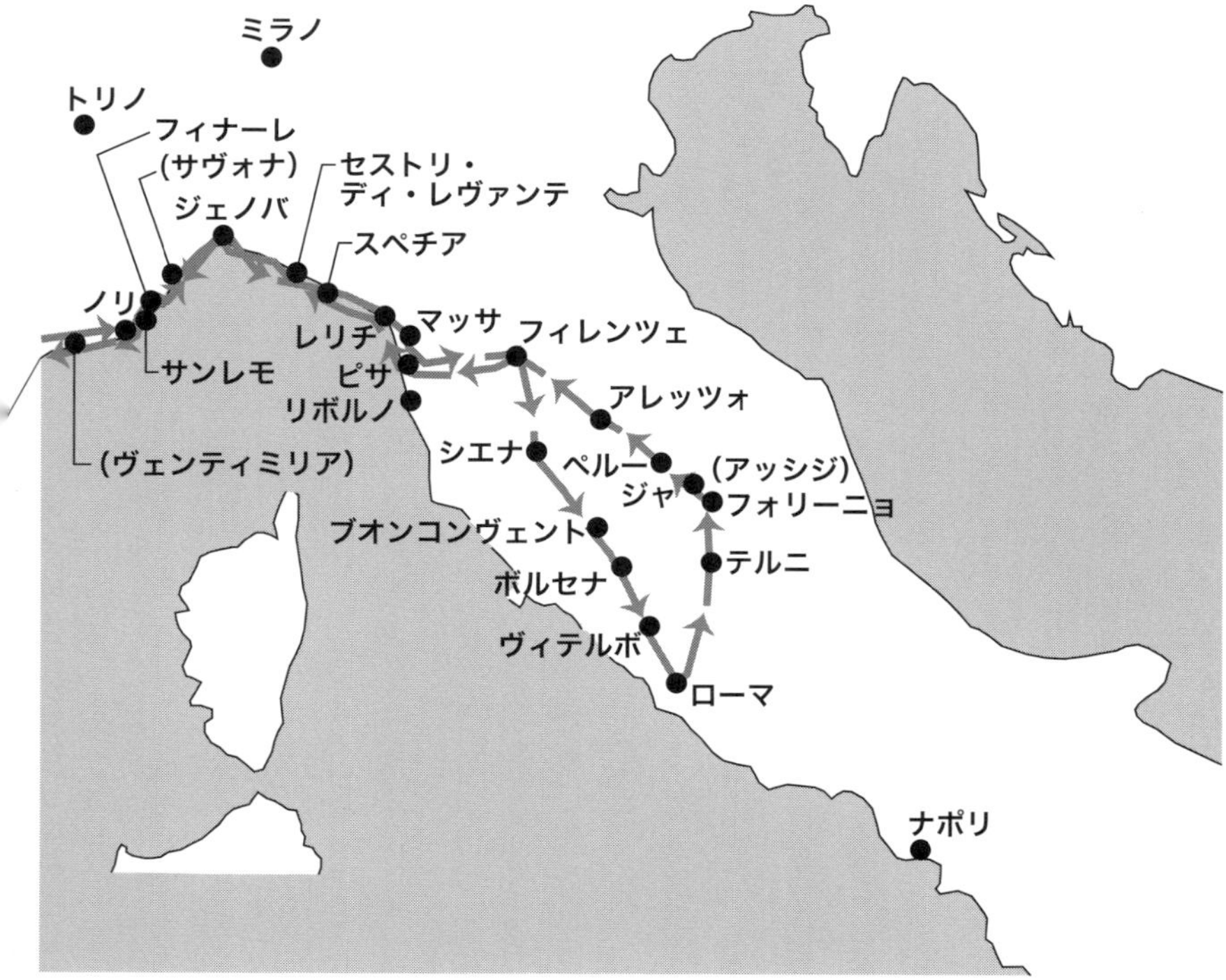

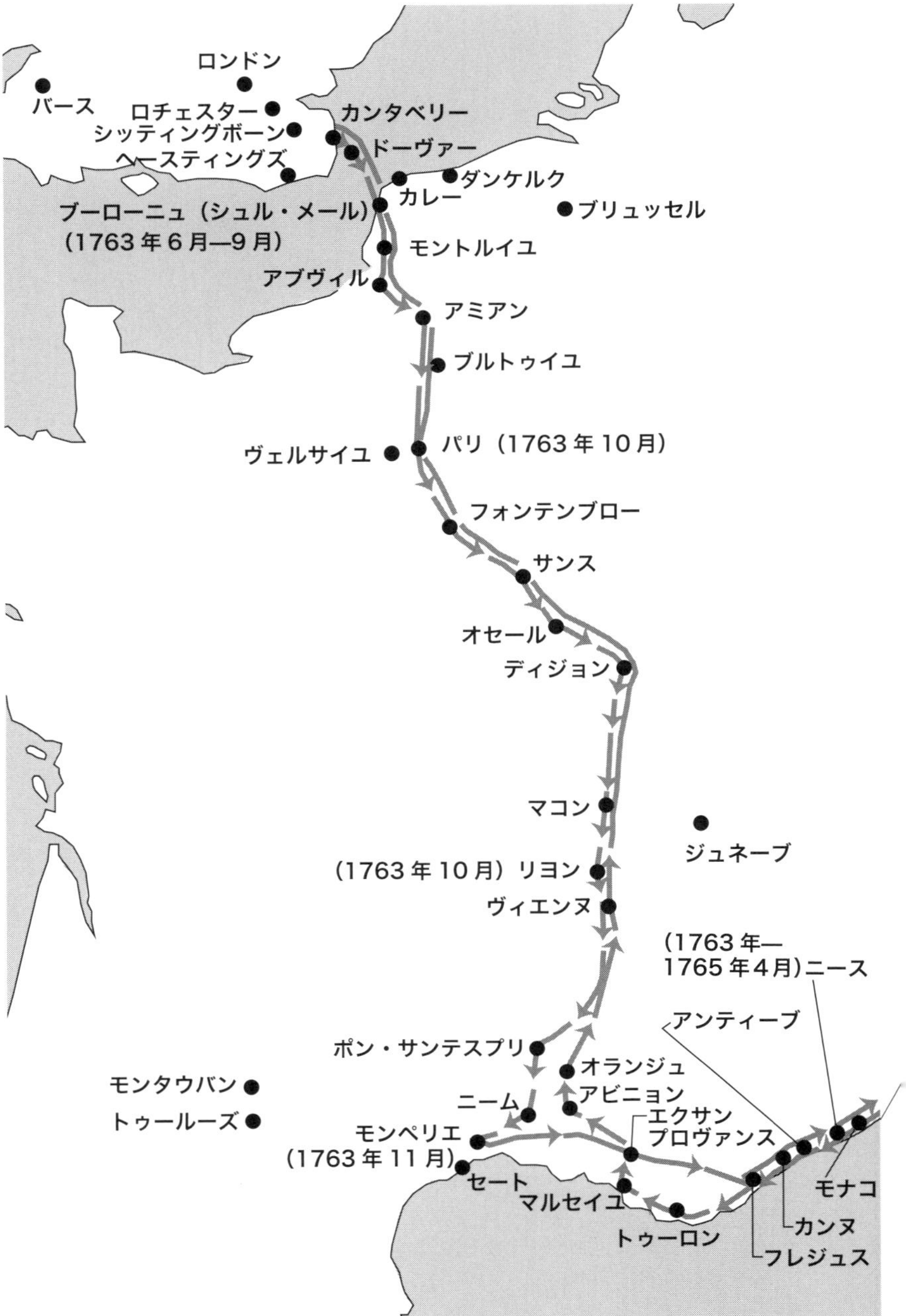

ロンドン
バース
ロチェスター
シッティングボーン
ヘースティングズ
カンタベリー
ドーヴァー
ダンケルク
カレー
ブリュッセル
ブーローニュ（シュル・メール）
（1763 年 6 月—9 月）
モントルイユ
アブヴィル
アミアン
ブルトゥイユ
ヴェルサイユ
パリ（1763 年 10 月）
フォンテンブロー
サンス
オセール
ディジョン
マコン
ジュネーブ
（1763 年 10 月）リヨン
ヴィエンヌ
（1763 年—
1765 年 4 月）ニース
アンティーブ
ポン・サンテスプリ
オランジュ
モンタウバン
アビニョン
ニーム
トゥールーズ
エクサン
プロヴァンス
モンペリエ
（1763 年 11 月）
セート
マルセイユ
モナコ
トゥーロン
カンヌ
フレジュス

# フランス・イタリア紀行

本書を亡き両親の御霊にささげます。（訳者）

# 第一信　ブーローニュ・シュル・メール　一七六三年　六月二十三日

拝啓
あなたは別れしなに旅の感想をときどき伝えてくれないかというので、そのご要望に喜んで沿うことにしました。好奇心を満たすために、何か面白いものを見つけて、退屈な時間をまぎらしてあげようと思います。というのはそんな時間は、こんなふうにやるものがないと、不機嫌になったり、落ち着かなくなって、耐えがたくなるものなのです。

悪意によって中傷され、内輪もめによって迫害され、不実な後見人に見捨てられ、また家族の災難にひどく打ちひしがれている私の立場をあなたはご存じなので、同情してくださいましたが、それを運命の力で好転させることはできませんでした。

ご存じのとおり、けちな争いごとがいたるところにあり、信じられないくらい浮かれ騒いでいる祖国から私は夢中で逃げてきました。少数のつまらぬ扇動者が、とんでもない中傷とじつにひどい悪口によって、そこに炎をめらめらと燃え上がらせたのです。市民の分裂がもたらすありとあらゆる恐怖の前兆でした。

私は貸馬車に身近な家族を詰め込み、信頼できる召し使い（一二年間も一緒に暮らしたので、もはや私のもとを去ろうとしなかったのです）をともなって、南フランスへの旅路のドーヴァー（英仏海峡に面した英国の主要な港湾）まで行ったのです。ここなら気候がおだやかなので私の弱い肺にはもってこいだろうと思いました。

あなたは再びバースの湯の力を借りたらいいだろうと忠告してくれましたので、そうしたところ、去年の冬はおかげでとても助かりました。しかし私にはイギリスにいたくないたくさんの動機があったのです。見るものすべてが悲しみをさそう国から連れ出してくれと、妻に熱心に頼まれたのです。新しいながめが続くので彼女の気もまぎれ、一連の苦しい思いから徐々に心をそらせることを期待しました。しかも転地と一〇〇〇マイルにも近い旅は私自身の体にも満足すべき影響があると考えました。しかし盛夏になって温暖とはいえ、旅には暑すぎるので、秋口までブーローニュにとどまり、その間にひどく長い旅の疲れにそなえて体力をつけるために、海水浴をすることを提案したのです。

五人家族と旅をする男はいくども地団駄を踏む思いを予測しなくてはなりませんが、そのいくつかはすでにうまく乗り切りました。ドーヴァーへの道は熟知していましたし、そのため見通しも立ちましたが、わが身をさらしたひどい宿泊設備とあつかましいペテンには腹が立ってなりませんでした。妻の具合が悪く、一日よけいに道中で足止めをくらったので、これらのことがますますおもしろくなかったのです。

言うまでもないことですが、旅の便宜についてはこの道はイギリスじゅうでも最悪のものですし、外国人には国全体についてかんばしくない見方をしっかりあたえてしまうしろものに他なりません。部屋はだいたい寒くてわびしく、ベッドもみすぼらしく、料理など話にもなりません。ワインも論外ですし、客扱いもひどいものです。宿の主人は横柄だし、勘定なんて強奪行為です。ロンドンからドーヴァーまでに、まあまあ飲めるビールなんて一滴もありません。

どの店の主人もボーイも、カンタベリー（ロンドンの南東約八五キロに位置し、イギリス国教会の中心都市）の居酒屋の主人のでたらめさかげんについて熱弁をふるっていました。というのもそいつはフランスの大使に四〇シリング（一九七一年まで使われたイギリスの貨幣単位、一シリングはポンドの二〇分の一）もしない夕食に四〇ポンドも請求したのです。彼らは正直や良心などをよく口にしていたのですが、自らの勘定書を差し出すときには、まったく同じ穴のむじなのように思えました。宿屋の主人があんなやり方で、ふりの客から強奪するということがイギリス人への非難だとすれば、同じ輩《やから》がまだ宿を開けていられるというのは、もっと恥ずかしいことです。この街道の悪習を改善することが王国の名誉のためになるだろうと思います。またとりわけケント通り（これはあんな華やかな街に通じるひどく恥ずべき入口なのですが）を経由してロンドンに向かう大通りを改修することもその目的にかないます。外国人はこのひどく貧しく荒廃した郊外を通り過ぎるとき、みすぼらしさとみじめさという印象を受けるものです。後になってロンドンとウェストミンスターの富と華やかさをすべて集めてみても、消し去ることはできません。私のある友人は自分の駅馬車にドーヴァーからパリっ子を一人だけ乗せ、暗くなってから、サザーク地区に入ろうとしました。友人にこの地区のありのままの姿を見られないようにするためでした。この異邦人は照明も申し分なく、品物があふれている数多くの店がとても気に入りました。ロンバード通りとチープサイド通りなどで見られる豊かさには腰を抜かさんばかりでした。

舗装がひどかったので、道のりが実際より倍近く思えたのです。彼らはグロブナー広場近くのアパーブルック通りで、馬車をおりました。そして御者がここはもうロンドンの真ん中あたりですよと彼に言うと、そのフランス人はとても驚いた様子で、ロンドンはパリと同じくらいの大きさだなあ、とさけびました。

ドーヴァーに着いたので、御者に金を払って帰ってもらいました。彼は心残りの様子で遠ざかりました。海をどうしても渡りたくて、馬車と馬を対岸までお送りしましょうと、私を熱心に説得しようとしたのです。すぐに南方に旅立とうと決心していたら、おそらくそのことばどおりにしたことでしょう。もしひと月二〇ギニー（イギリスの金貨、十七世紀後半から十九世紀初頭に用いられた。一ギニーはおよそ二一シリング）の支払い（それは彼が請求した金額でした）で彼を引き止め、旅をすぐに始めていれば、この国の馬車で期待できるより気分のいい旅ができるはずでした。それに費用の差もごくわずかなものになったことでしょう。フランスを旅する人には、自分の馬車を持ってくるか、少なくともカレーかブーローニュでそれを購入することをすすめたいものです。というのもそこでは、中古のベルリン型馬車（二人乗り四輪箱馬車、英国とフランスでは十八世紀ごろ流行した）とかほろ付きの軽馬車などがたいてい手ごろな値段で手に入るのです。私も三〇ギニーでとてもいいベルリン型馬車をゆずってもらいました。しかしそれを購入する前に、この国の旅のさまざまな方法についてもっといい情報を集めなくてはなりません。

ドーヴァーは世間では盗賊の巣窟《そうくつ》と名づけられていますが、それもまったく理由がないわけではないと思います。そこの人たちは戦争のときには海賊行為により、また平和なときには密輸か外国人をごまかすことで、生活すると言われています。しかし彼らは外国人と同胞の区別はまったくしないと言ったほうが公平なのではないでしょうか。ヨーロッパのどんなところでもこれ以上のひどい宿や客あしらいに出くわすことは絶対にありません。またどんなところでも詐欺とかペテン、それに野蛮な行為などについてあれ以上の目にあまるたぐいには出くわさないことでしょう。大陸に行くか、そこから戻るどんな人にも共同謀議をしかけたと思うほどです。五年ほど前に私がフラッシング（イギリス南西部のコーンウォール半島にある小都市）からドーヴァーへ渡るとき定期船の船長が、風向きは申し分ないものでしたが、サウス・フォアランド岬の沖合で突然停船したのです。すぐに税関の小舟が乗り込んできましたが、その役人はわが船長の友人らしいのです。それからその役人は引き潮なので船は入港できないが、荷物と一緒にその小舟で上陸させることを乗客に承知させたのです。

税関の役人はこうしてあげた手間に一ギニーを要求したので、それで手を打ちました。われわれが下船しないうちに、世話になったキャビンボーイに心付けを、船員にも飲み代をやらなくてはなりませんでした。船は広々とした浜辺に着岸したのですが、三、四人の男たちに助けてもらわずには上陸できませんでした。彼らはその骨折りのためにぜひ金を払ってもらいたいと言ったのです。ポーター一人ひとりによって、どの包みも小荷物も陸揚げされるとすぐに、われ先にと奪い去られてしまいました――帽子の箱を持って走り去るのもいたし、カツラの箱を持っていくのもいました。また二枚のシャツをハンカチでしぼったものを持つのもいました。さらに二人がかりで四〇ポンド（一八キログラム強）の重さもない小さなトランクを運ぶポーターもいました。われわれの荷物はすべて税関に急いで送られて検査を受けました。しかも関税検査官の仕事といったら衣服をかきまわすことなのです。そこから荷物は宿に移され、そこでポーターはその仕事のために、一人当たり半クラウン（クラウン銀貨は英国のもとの五シリング銀貨〈一五五一～一九四六〉）を要求したのです。駄目だと言っても無駄で、彼らはうえた猟犬の群れのように、われわれを取り囲み大声をあげたので、やむなく支払いました。こんないやがらせをさんざんされた後で、定期船の船長がやって来ました。彼はわれわれの料金を受け取っていたのですが、イギリスに無事に着いてよかったとか、この哀れな船長を忘れないでくださいなどと言ったのです。船長の賃金はとても安いので、おもに乗客の気前の良さにすがっているのだそうです。そのさもしさに私は正直ショックを受けたので、こう言わざるをえませんでした。どんな権利があってこんな心付けを求めるのかわからないよ、と言ったのです。彼には一六人の乗客がいました。どの客にもベッドが一つずつあると思って、客はそれぞれ一ギニーずつ支払ったのです。でも船室には八つのベッドしかなく、しかも私が乗船しないうちにどれもふさがってしまっていたのです。そしてもし逆風と悪天候とで、まるまる一週間海上に足止めされていたら、乗客の半分はこのベッド不足のためどんなに体に悪くても板の上で寝たはずです。こんな不都合があったのですが、彼はとても下劣でしかもしつこかったので、われわれは一人ずつ一クラウン渡すと、やっと立ち去っていきました。

以前ドーヴァーに着いて、最初にやったことは定期船の船長を呼んで、すぐにわれわれをブーローニュまで運ぶように取り決めることでした。このやり方でカレーからこの最終目的地までの陸路二四マイルの移動費用を節約できたのです。ドーヴァーからブーローニュまでの船賃は、ドーヴァーからカレーまでとまったく同じ五ギニーです。しかしこの船長は八ギニー要求したのです。私は料金についてはくわしくなかったので、六ギニーで折り合いをつけました。夕方六時から七時の間に乗船しましたが、おんぼろなあばら家みたいでした。フォークストーンカッター（フォークストーンでつくられる帆船）というものに乗り込みました。犬がやっともぐり込めるほど狭い船室でした。そしてベッドはカタコンベ（古代の地下墓所）のように、亡骸《なきがら》が足を先にして詰め込まれている穴を思わせました。体を縦にして入らざるをえませんでした。しかもひどく汚らしかったので、必要にせまられなければそれを使う気にはなれないようなしろものでした。われわれは波にもまれ、体が冷えて、窮屈で疲れはて、さらに寝不足のために、ぼーっとするなどとてもひどい状態になり、一晩じゅう寝つけませんでした。午前三時に船長がおりてきて、ブーローニュ港のちょうど沖合にいるが、風が沖に向かって吹きつけるので、おそらく入港できないから、小舟で上陸するようすすめたのです。甲板に出て海岸をながめていたら、彼はブーローニュのあたりを指差しながら、われわれは港の入口から一マイルほどもないところにいると断言したのです。朝は底冷えがして寒かったし、私自身とてもかぜを引きやすいことがわかっていました。それでもわれわれ全員がどうしても上陸したかったので、彼のすすめを受け入れることにしました。小舟がすでに出されていたので、船長に支払いをすませ、船員に心付けをしてから乗り込みました。船から離れるとすぐに、小舟が海岸からわれわれのほうに向かってくるのに気がつきました。そして船長の口ぶりでは、われわれを港に入れるためにやってくるらしいのです。私が外海《そとうみ》で小舟から小舟に乗り移るのはおっくうだと反対したら――ついでながら海はちょっと荒れていました――乗客全員を上陸させるのはブーローニュの渡し守が持っている特権だからあえてそれを侵害するつもりはないと船長は言ったのです。言い争いをしている場合ではありませんでした。海水が船体の半分まで入ってしまったフランスの小舟が横付けされ、われわれは小舟から小舟に移されました。船長の小舟が船に接舷し、手紙の束を持ってそこから戻るまで、われわれの小舟はオールを漕ぐのをやめなければなりませんでした。その後、風と潮の流れにさからって、荒れた海をたっぷり一リーグ（およそ五キロ）も漕がなくてはなりませんでした。やっと港に着き、上陸しました――寒さで体はこごえ、女たちはとても気分が悪くなったのです。上陸地点から泊まろうとしていた宿まで一マイルほど歩かねばなりませんでした。荷物を担ぐはだしの男女が六、七人くらいついてきました。荷物を運んでくれた連中への法外な支払いの他に、この小舟にも一ギニーかかったのです。どうやらドーヴァーとブーローニュの住民は気性が同じようなので、たがいの胸のうちもよくわかっているのです。私が甲板にあがらないうちに、艀《はしけ》に合図をしたのはご立派なわが船長でした。このやり方で彼は仲間であるブーローニュの船頭たちを満足させたばかりでなく、港に入っていたら支払っていたはずの一五シリングほどの運賃も節約したのです。こうして彼は自由にドーヴァーに戻ることができたので四時間で着きました。このような事情は他の旅行者への警告として述べているのです。ドーヴァーからカレーまたはブーローニュまで定期船の賃借料《ちんしゃくりょう》の規定料金は五ギニーだとおぼえておくといいと思います。そして船長のたわごとなどちっともとりあわず、乗っている船を港に入れるよう強く言うといいのです。こんな男ときたらたいていつまらない悪党なのですから。潮が引いているとか風が真正面から吹きつけるなんて言われたら、引き潮になるか風向きが良くなるまで、船に残っているつもりだとも言ってやるのです。もし船長があなたの決心が固いと見れば、船をなんとかして港に入れようとしてくれるし、または少なくとも（まさかあなたがだまされる可能性はないでしょうが）自分の手に負えないということを説得しようとするでしょう。結局その男自身、小細工しすぎて損をしたのです。もし港に入っていたらドーヴァーにすぐに帰るための別料金を手にすることができたでしょう。というのはその機会を待っているスコットランド人が宿屋にいたのです。

私自身の弱い体質はわかっていたので、この朝の出来事で病気の発作が起きても当然だと思いました。しかもさらにがっかりしたことに、宿屋に着いてみると、ベッドはすべてふさがっていました。だから宿泊者が何人か起きるまで、二時間以上も寒い炊事場にすわっていなければなりませんでした。これはフランスの宿屋のほんとうにひどいケースだったので、妻もロチェスターとかシッティングボーン、カンタベリーなどの宿屋でさえ、まだましだと思わざるをえなかったのです。それらの宿は確かにひどいしろものなのですが、この国のお話にならない宿にくらべたら、客扱いは確かにまだましでした。ここには不潔とペテンしかないのです。フランスはいまでもイギリスと戦っていると思う人がいるかもしれません。フランス人はイギリス人から情け容赦なく略奪しようとするからです。

われわれが泊まっていたこの宿の外国人客の中にイタリアから戻ったばかりの医者がいました。肺病のため、私が南フランスで冬を過ごすつもりだということがわかると、プロヴァンス地方のニースの気候を強くすすめました。その地がほめたたえられるのを、確かによく耳にしていました。しかもその地の空気のためばかりでなく、海水浴の便宜もある地中海に面したところでもあるので、そこに行こうとほぼ決心しています。しかももしナポリの空気にふれる必要があると思えば、そこから船に乗ってイタリアに近道できるのです。

三日ほど宿で不愉快な思いをした後、B夫人のおかげで、やっと広々とした住まいにありつけました。この人はとても感じのいいフランスの女性なのですが、彼女の夫が紹介してくれたのです。彼は私の同胞でいまはロンドンに住んでいます。ひと月三ギニーで、家屋のほとんどにかなりの家具が入った家を借りています。二階の寝室四つ、一階の大広間、調理場、それに地下貯蔵室なども使えます。こんなことはほとんど書きとめることもないつまらないことだと思いますが、しかしもっと重要な所見の前置きとしては役に立つでしょう。もっとも私にかかわるいかなることにも、あなたなら無関心ではいられないことは存じています。

忠実なる僕《しもべ》

# 第二信　ブーローニュ・シュル・メール　一七六三年　七月十五日

拝啓

ブーローニュの税関の役人たちは、海のそちら側の役人と同じくらい警戒おこたりないのですが、物腰はずっとていねいです。私は皿なんか一枚も持ってこなかったのですがスプーン一ダース半とティースプーン一ダースは持ってきました。局で検査を受けたとき、スプーンが旅行かばんの一つで見つかってしまい、輸入税が一七リーヴル（フランスで一七九五年まで使われたコイン通貨。古代ローマのコイン、リブラ〈libra〉に由来。イギリスではポンドと呼ばれた。フランスポンドとも呼ばれる。リーヴルは重量の単位としても使われる）かかりました。ティースプーンは運よく召し使いのポケットにあったので課税をまぬがれました。フランスに輸入される銀細工品はすべてマルク重量単位の税を支払います——ですから皿を少しでも持っている人が、もし船長の機転を信用できないなら、置いていったほうがいいのです。形ばかりの検査などせずに、それを持ち込むのを引き受ける船長もいます。フランスの法律は外国人にはとてもきびしいので、たとえ使い古したベッドやテーブルクロスでもこの王国に持ち込むと、税率五パーセントの支払いを義務づけられます。私の大型旅行かばんがテムズ川から船で到着したときにもこの災難にあったのです。しかしもっといらいらしたことは書物が局で足止めをくらったことです。しかも私の費用持ちでアミアンに送られ、「刊行物取り締まり委員会」で検査されることになるのです。それらに国と宗教に有害なものが入っているといけないからとのことなのです。〔スモレットが所有していた書物＝古代・現代全世界史・五八巻、イギリス全史・八巻、ヴォルテールの翻訳作品・二五巻、スモレットの小説・一二巻、『ドン・キホーテ』の翻訳・四巻、シェイクスピアの作品集・八巻、コングリーヴの喜劇・三巻、批評論集・一二巻、イギリスの雑誌・四巻、二つ折判の地理学完全大系、その他の英語の娯楽の書物、喜劇や小冊子、ホメロス、ソフォクレス、ウェルギリウス、ホラティウス、ユウェナリス、ティブッルスなどの作品、スペイン語の『ドン・キホーテ』、ギリシャ語、ラテン語、フランス語、イタリア語、スペイン語の五冊の辞書〕これは一種の圧政であり、礼儀正しさと親切なもてなしを誇りとするフランスでは出会えないだろうと思われているものです。しかし実状はこのありさまですから、基本的なことがらについて、外国人がこれほどひどいあしらいを受けている国を他に知りません。もし外国人がフランスで死ねば、相続人がその場にいても、王はその全動産を差し押さえてしまいます。そしてこの専制は「死亡時財産没収権」と呼ばれています。もともとこれは、フランスに居住する外国人の財産はその国で築かれたものなので、それを他の国に移すのは不正であるという考え方にもとづいてつくられました。もしイギリスのプロテスタントが、健康のため、妻あるいは子ども、またはその両方と、南フランスに行き、一〇〇〇ギニーにものぼる動産を家に置いて亡くなっても、王はそのすべてを差し押さえてしまいます。そのため家族は一文なしになり、亡骸はキリスト教の埋葬を拒否されます。スイス人は政府間協定によりこの専制からまぬがれ、スコットランド人も二国間の古い同盟の結果、同じようにしてもらっています。同じ「死亡時財産没収権」をドイツの諸侯が執行しています。でもこれは商業にとっては大きな痛手となっていて、それが課されているどの国も困っているのです。君主の金庫にもたらすものより一〇倍もの損害をあたえているのですから。

　私の書物が局留めされているのがとても残念なのですが、こうなると、なくてはならない楽しみがなくなってしまうばかりではなく、たぶん他のさまざまな不便もこうむることになるからです。検閲のため書物を六〇マイル送る費用を負担せざるをえないし、しかもそれが没収されてしまう心配もあるのです。その一方、重い荷物と一緒に、ボルドーまで船でそれを送る機会を失うかもしれません。ガロンヌ川をさかのぼってトゥールーズまで送り、そこからラングドック運河（現ミディ運河）を通過して、セートまで運ぶ予定です。そこは地中海をのぞむ海港で、モンペリエからは三、四リーグほどの距離です。

　この書物を取り戻すために宿の主人B氏の忠告どおりにやってみました。彼は魅力的な二十五歳くらいの若者です。そして世に知られた狂信者の二人の独身の姉妹と家事を切り盛りしています。この男はちょっと遊び人風なのですが、善良で親切でした。しかもこの気まぐれな国民の支配感情でもあるまぎれもない虚栄心を持った真のフランス人なのです。彼は政府のもとでちょっとしたポストを占めているので、剣を身に付けることが許されています。それは彼がおこたりなく行使している特権です。この地域での牧師の十分の一税ももらえるので、お金を自由に使うことができる身分です。さらにワインの商売もしているのです。私がこの宿に来たとき、彼はこんなに恵まれている点をことごとく鼻にかけていました。お金の入った袋とか、父が残してくれた古い金貨なども見せつけたのです。田舎の大邸宅のことを話題にしたり、独身の姉妹たちに贈与される財産のことをほのめかしたり、宮廷での縁者も鼻にかけたのです。それに彼が宿を貸したのは金のためではなく、私と楽しいつきあいをするためだということも請け合ったのです。ありのままに言うとこうです。B氏は最近亡くなった正直な中産階級の人の息子ですが、家屋や商品、小銭、それに小さな農場を相続したのです。姉妹たちには、めいめい三〇〇〇リーヴルくらい（英貨一四〇ポンドきっかりではありません）あります。彼の地所は年間五〇ポンドほどのものをもたらしてくれます。また宮廷での彼の関係者は仕事上のやりとりをする職員に限られています。この宿の主人は女性との手際のいい色恋沙汰も自慢するのです。愛人を囲っていて、浮いた話を打ち明けるのです。先日彼はでたらめな英語でC夫人に、去年は私生児を六人もつくってしまったと打ち明けたのです。それと同時に彼らをみな養育院に送ってしまったと告白したのです。しかしいまは父が亡くなっているので、自分が将来つくる子どもは手ずから育てるつもりだとも述べたのです。しかしこれは単なるほら話でした。きのうこの家は、このたぐいの仰天話で大騒ぎしていました。姉妹たちは涙にくれていました。彼は教区司祭の訪問を受けました。お産の床についた女（お針子です）がかごに入った父無し子を彼に送りつけてきたので、パリの「捨て子養育院」まで運送屋に頼んで、その子を送ってしまったということでした。

しかしこの脱線話からもとに戻りましょう——B氏はブーローニュの市長や検察官または地方庁の副代表などから、すぐに私の書物の検閲を受ける命令をもらうために、フランスの大法官に「請願書」を送ったほうがいいと忠告してくれたのです。陳情書を作成するために、知り合いの弁護士を推薦してくれたばかりか紹介もしてくれたのです。またそれと同時にこの弁護士は酔っ払いでなければその仕事で一番手にもなれる人物だとひそかに教えてもくれました。確かにその男には、飲んだくれであることがわかる体の特徴がことごとくありました。どろんとした目つき、赤ら顔、赤鼻などです。彼はちょっとひじが破れたみすぼらしい姿で、驚くほど汚れた肌着を身に着けていました。七分ズボンも薄汚れていました。でも偉そうな様子をしていたし、うやうやしくてひどく重々しいところもあったのです。私は彼に詩歌を楽しむこともあるのですかとたずねました。彼は笑って、「自作の小唄」を見せてあげるよと小声で約束してくれました。一方、彼は私の名前で「請願書」を作成したのですが、それはとても大げさで長たらしい情けないしろものでした。こんな文体はおそらくフランス生まれの人には必要なものなのでしょうが、大ブリテン島の臣民にふさわしいものとはとうてい思えませんでした。私は彼がやってくれた骨折りに感謝しました。彼にはそれだけで十分だったのです。しかし宿の主人がこの陳情書をパリの役人に送って、大法官に渡してもらおうと申し出たとき、私は気持ちが変わったから、イギリス大使に頼むつもりだと言ったのです。このために失礼をかえりみず、ハートフォード卿〔Francis Seymour Conway,Earl of Hertford 一七一八〜九四、フランス宮廷に仕えたイギリス大使〕に手紙を書きました。しかも同時にあつかましくもD公爵夫人（いまパリにいます）にも手紙を書き、助言と仲介とを嘆願したのです。これらの願いがどんな効果をもたらすものかわかりません。しかし、B氏は頭を振りながら、パリにいるイギリス大使がフランスの大法官と同じくらい偉いと、私が思っているなら、お門違いだよと、そっと私の召し使いに教えてくれたのです。

　こんなつまらないこまごましたことであなたをわずらわせることをお許しください。書物の局留めなど私以外の誰にとってもたいしたことではないと思います。

忠実な僕

# 第三信　ブーローニュ　一七六三年　八月十五日

拝啓

私の健康についてのご親切な問い合わせをとてもありがたく思っています。それは最近とみに衰えているのです。フランスに着いた数日後に引いたかぜのために、激しくせき込み、熱が出て、胸もひどく痛みました。そのため一晩じゅうずっと苦しい思いをしました。同時にたんもかなり出て、それまでになかったほど落ち込みました。こんなありさまなので、やけっぱちとも思えるような手段を取りました。肺に膿瘍《のうよう》などないことはわかっていましたし、あの痛みもたまにしか出ないと思いました。あらゆる体の不調は、体力の衰えが根本原因だということはわかっていました。ですからほろ馬車を借りて、町から一リーグほど離れた海岸に行き、ためらうことなく海に飛び込みました。この荒治療をしたので、また新たに鼻かぜを引きました。しかしあの痛みと熱はまさにその初日からなくなりました。そして毎日海水浴をしていたら、せきも出なくなり、体もしっかりとして丈夫になりました。肺に腫れ物があったとしても、これと同じ実験をすべきだったと思います――たとえそんなやり方は医学のどんなルールに反するにしてもです。ところで私は医学の定説をことごとく鵜呑《うの》みにしないのです。バースの案内人の一人（彼らの中でも一番丈夫でした）が医者の強い禁止にもかかわらず、キングズ・バス（イギリスのバースに十二世紀につくられたローマ様式による風呂）に入っているうちに、肺結核の最終段階から回復するのを見たことがあります。もし死ぬなら早ければ早いほどいい、というのも自分は体力の限界にきているからと彼は言ったのです。すぐに死ぬどころか、たちまち楽になって、日ごとに回復し、体もすっかりもとどおりになったのです。私自身も、その地の医者たちの見立てとは正反対に、バースの温泉を飲用しそれに入浴しました。すると彼らのかんばしくない予想にもかかわらず、日ごとに体調が回復しました。もし私が頑健な体質で、多血質で、頭に血がのぼりやすかったら、違うやり方をしたことでしょう。知り合いのC博士はまさしくたんを吐きながらも、毎日命がけで乗馬をやり、ある霜のおりた寒い日に、ハイドパークの池で馬に水を飲ませたのです。ところがそいつはたまたまあばれ馬だったので、主人ともども水に飛び込み、ずぶぬれになってしまいました。哀れな医者は恐怖でなかば死にかけ、急いで家に戻ったら、膿瘍の再発の心配から寝かせられてしまいました。ところが再発などしないで、驚くほど元気が回復し、食欲もかなり戻ったのです。彼に忠告を受け入れて、毎朝水風呂に入るように私は助言しました。でも無茶をしようとはしませんでした。冷たい水がどうしてそのような恐怖の的になるのか私にはわかりません。間違っていなければ、ヒポクラテスは痛風のための冷水浴をすすめています。またケルスス〔Aulus Cornelius Celsus 一世紀ごろのローマの作家。『医学について』はヒポクラテス全集と並び称される〕は、はっきりと「あらゆるせきに水泳は効き目がある」と述べています。

この地のある医者と話をしたのですが、彼は賢明な男でした。せきと消耗熱で骨と皮ばかりになってしまったときに、自宅に風呂をつくらせ、毎朝冷水に身をひたしたのですよ、と私に大口をたいたのです。同時に酒を飲むことやどんな温かい液体も口にすることをやめたのです。いまではこの上なく丈夫で、冬でさえ一枚のシーツ以外の上掛けは使いません。温かい飲みものについての考え方は尋常ではありませんでした。胃の正常な状態をそこなうというのです。血液の正常の温度より温かい飲みものを多量に飲めば、確かにそうなのでしょう。彼はラドローン諸島〔現マリアナ諸島〕の住民の例をあげたのです。冷たいもの以外は決して口にしないのですが、きわめて健康だと言うのです。しかしこの議論と対比するために私は中国人をあげたのです。彼らは温かいお茶以外はほとんど何も飲みません。そしてラップランド人もお湯以外は飲みません。しかもこれら両民族はすごい体力があり、健康で長生きしています。

あなたは私の書物の運命をとても知りたがっていますね。ハートフォード閣下はまだフランスに来ていません。しかし私の手紙はパリから閣下に送られました。閣下はそのご気性にふさわしい寛大なお心で、じつにありがたくも手ずから、パリに住むわが同胞のネヴィル氏に、私の書物をもとに戻すようにとの命令に応じるように指示することを私に請け合ってくれました。

私はニースからイギリスに向かうパターソン将軍〔Paterson サルデーニャ軍に四九年仕えた中将。一七五二年にニース指揮官となった〕夫妻に紹介されるという、もう一つの幸運にたまたまめぐりあえました。将軍はニースで長い間、サルデーニャ軍の司令官をしていたのです。軍人としての勇気と振舞いに抜きん出ているばかりでなく、任務の遂行においての誠実さと人間性、またどんな外国人も手厚くもてなすということでよく知られたこの紳士について、あなたは耳にしたことがあるはずです。とりわけ将軍が司令官を勤める当地に、所用があってやってきた英国民にはそうなのです。将軍も寄る年波にはかてず、余生を祖国で過ごそうとして辞任を願い出ました。それでサルデーニャ王は賞賛と敬意というきわめて特別な栄誉をさずけた後に、無念に思いながらも、彼の要求を受け入れました。この将軍は胸の不調については、ニースの気候をほめちぎるので、私もいまではそこに行こうと決心しています。将軍が統治しているほうが、私にはうれしかったでしょう。フランス南部の旅行のやり方についての助言とともに、ニースのイギリス領事あての推薦状を彼からもらったので、私はまだとても幸運だと思います。来月にも旅を始めようと思っています。そのころ南部は温暖になるからです。またワインがつくられる国々ではブドウの収穫が見られる喜びがあるのですが、それはどんな階級の人にとっても常に祝祭の季節なのです。

あなた方はブーローニュをウォッピング（Wapping ロンドン東部、テムズ川北岸の地域）にたとえる連中によってひどく不正確な情報をもたらされたのです。そんな輩がこの地を不当に扱ったのは明白です。ここは大きくて感じのいい町で、通りも広々として舗装も素晴らしいものです。しかも家屋は石造りでがっしりとして広々としています。住民の数は一万六〇〇〇人ほどでしょうか。ご存じのように、ここは古代人のポルトゥス・イティウスとかゲッソリアクムだと多くの人に思われていたところです。ところがいまでは、カエサルがイギリスに向けて出帆したポルトゥス・イティウスはこの地とカレーとの中ほどにあるウィサンという名のところだと信じられています。ブーローニュは一二リーグほどの広さのブーロネ地方の首都で、ピカルディーの知事から独立した知事が治めています。しかしながらこの地域はピカルディーの一部になっているのです。現在の知事はオーモン公です。ブーローニュの町はランスの属司教の管轄区です。彼の収入はおよそ二万四〇〇〇リーヴル、つまり英貨一〇〇〇ポンドほどです。ここはまたセネシャル裁判所がある地でもあり、そこから控訴されたものがパリの議会に届きます。そして有罪を宣告された犯罪者は全員ここに送られ、刑が確定するかまたは破棄されます。ここにはまたバイイ裁判所〔フランスの封建時代の土地所有にもとづいた法制度は全国をバイイ裁判所管区とセネシャル裁判所管区に分けた。しかし土地の境界線は明確ではなかった〕と海事裁判所があります。町の軍事司法権は王によって任命された司令官にありますが、それは年老いた士官に授与される名誉職のようなものです。その任務などまったく取るに足らないものです。彼は山の手に住んでいるのですが、その駐屯部隊はいまでは数百人の病人ばかりです。

ブーローニュは山の手と下町とに分かれます。前者は砦のようになっていて、周囲は一マイルもなく丘陵地にあり、高い塀と塁壁に囲まれています。樹木も何列か植えられ、気分のいい歩道になっています。そこからは田園風景と下町の素晴らしいながめがのぞめます。そして天気がいいと、ドーヴァーからフォークストーンまでのイギリスの海岸線がじつにくっきりと見えるので、まるでフランスの海岸線からせいぜい四、五リーグしか離れていないように感じられるのです。かつて山の手は外塁《がいるい》で防備されていたのですが、それもいまではくずれかかっています。ここには広場と市庁舎と大寺院と二、三の女子修道院があり、その一つに教育のために送り込まれたイギリスの少女が何人かいます。わずかな出費ですむので、親は子どもたちをこうした外国の学校にやるのですが、そこで彼女たちはフランス語以外には役に立つことなど、ほとんど何一つ学びません。でも間違いなく新教への偏見を身に付け、たいていは旧教への熱心な改宗者となって帰国するのです。この改宗で常に祖国への軽蔑心、またしばしばのことですが、反感の気持ちも生まれます。確かに盲信しがちな意志の弱い連中が、堕落した異端者と見なすように教えられている人間を、愛するとか尊敬するなどということは、まともに期待できることではありません。年間一〇ポンドがこのような修道院での一般的な寄宿料です。でも私はこれらの一つで教育を受けたあるフランスの婦人から、彼女たちのいるところほどみじめなものはないと教えられました。

ブーローニュの公的な行政機構は市長と市参事官から構成されています。そしてこのことはフランスのほとんどの町にもあてはまります。

下町は山の手の城門から延びて丘の斜面をおり、港にまで達しています。そして町並みが広がり、美しい通りや住みやすい家、住民の数と富などでは、山の手をはるかに上まわっています。ところが彼らは商人と中産階級の市民だけなのです――というのも大小の貴族たちはまとまって山の手に住むので、下町の住民と一緒になることは決してありません。ブーローニュ港は細い川、いやむしろ小川のようなリアン川の河口にあります。この川はとても浅いので子どもでも干潮のときは歩いて渡れるくらいです。潮が満ちるにつれて、海水が流れ込み、港もかなり広がります。でも小型船以外は入ることができません。それは二つの石造りの突堤とでもいうような桟橋によって入口が狭くなっており、このたぐいの仕事にあまりくわしくない技術者によってつくられたようです。というのも突堤はちょうど港の入口に砂州《さす》ができてしまうように施工されているのです。停泊地はとても広いのですが安全ではありません。風が海から吹きつけるときは波がとても高いのです。ド・クロイ王子によって先の戦争のときにつくられた大砲を二〇門ばかり据えつけたブーローニュから東に一リーグほどのところの岩にあるちゃちな砦以外には、港近くには防御施設はありません。それは挑発しないように、またされないようにつくられているようです。もし大砲を四〇ないし五〇門そなえた船が、砦の砲撃距離にとどまれるくらいの水深があれば、三〇分でこの砦を沈黙させられると思います。敵とまた戦うようなことになれば、砦があったことがわからなくなるのは確実です。高潮のときには、そこは毎日海に囲まれます。そして強風が岸辺に向かって吹きつけると、波が砦の上部を越えて押し寄せます。それは駐屯軍の恐怖と驚きです。彼らが助けを求めて哀れっぽくさけぶのをよく耳にしたものです。ある日、たちどころに消滅してしまうだろうと確信しています。この砦の近くは平らな砂地の海岸なので、私はそこを海水浴の場所として選びました。そこに行く道は気分のいい小麦畑を突っ切っているので、感じがいいしロマンチックです。その畑は広々とした草原の丘陵地帯沿いにあります。この丘陵地にはウサギの巣があり、また「ハシグロヒタキ」wheat-ears の名前で、タンブリッジでひどく珍重されている小鳥もかなりいます。ついでですがこれは white-a-se の愉快な転訛《てんか》であり、その体色から取った「ハラジロ」cul-blanc というフランス語の名前の翻訳です。というのもそれらは実際しっぽが白いのです。

港を見おろす高い岩の上には古い要塞のなごりがあるのですが、これは「のろし台」とか「ユリウス・カエサルの砦」など、思いつきの名前をつけています。もともとの塔はクラウディウス・カエサルによってつくられた灯台です。そしてその中で燃える火から「輝く塔」Turris ardens と名づけられたのです。そしてこれをフランス人が「のろし台」Tour d'ordre に転訛したのです。でもここにはローマ人の建築のなごりなどまったく残っていません。われわれが現在見るのはカール大帝によってつくられた城の廃墟です。山の手にある古い地下納骨堂以外にブーローニュのその他の古代の遺物について聞いたことはありません。それは現在倉庫として使われていますが、イシスにささげた古代の神殿の一部だそうです。

　下町から続く港の対岸に、ある将軍がかなりの費用をかけてつくった一軒の家があります。その人は先の戦争で命を落としてしまいました。立地条件ですがこれ以上不便で感じが悪くて不健康なものもありませんでした。この家は潮が引くときに残る淀んだ水がつくるいやらしい沼地の端のところにあります。その庭の歩道からしてとてもじめじめしているので、もっとも乾燥する時節でも、リューマチの危険なしにそこを一周することなど誰もできません。しかも干潮のときだけ、その家に行くことができるのです。しかもそのときでも、馬車は車輪を車軸まで泥につけて、港を横切らなくてはなりません。それどころか潮はとても速く流れ込むので、好機をつかまえないと、命を落としかねないのです。この家の部屋は上品にしつらえてありますがとても狭いのです。そして庭はその場所柄にかかわらず、おいしい果物をたくさんもたらしてくれます。海の塩がしみこんだ泥土は、港のこちら側では、いままで見たうちで一番立派な「サムファイアー」samphire（ヨーロッパ産セリ科クリスマム属の草本。海岸の岩場に生え、葉は多肉で塩気があって香ばしく酢漬けにする）を信じられないくらいたくさん育ててくれます。フランス人はそれを「パスピエール」passe-pierre と呼びます。ですからその英名は sang-pierre が転訛したものだと思います。海に突き出ている裸岩の表面に、普通に見られるものですが、海のしぶきに育てられたものです。土の気配などまったくない裸岩に生えたので、「サン・ドゥ・ピエール」sang du pierre または「サン・ピエール」sang-pierre（岩の血液）と呼んでいいくらいです。そしてここから「サムファイアー」samphire の名前が由来しています。港と同じ側には、格好良く建てられた別の新しい家があります。高潮のときには、いつも冠水する土地の譲渡を王様から受けたある紳士のものです。彼は海水を排水するために、かなりの費用をかけて堤防を築きました。そしてもし彼の計画を実行できれば、自分のためにもいい土地が手に入るばかりでなく、高潮時に水深が深くなるので、港を改良することにもなります。

ブーローニュの下町には修道院がいくつかあります。主なものは神学校とコルドリエ会修道院とカプチン会修道院などです。この最後のものはくずれ落ちて荒廃したのですが、数年前に修復されました。主にイギリスの旅行者たちの寄付によるものですが、スコットランド生まれのグレアム神父によって募金がなされました。彼は国王ジェームズ二世の軍隊の軍人だったのですが、決闘で友人を殺したので、自発的な罪ほろぼしのために、この托鉢修道会の僧になったと言われています。いずれにせよ生まれが良く、分別もある男で、暮らしぶりとか会話も申し分なかったのです。ですから彼の思い出はこの土地ではとても大切にされています。修道院長だったので、わが国民から受けた恩恵への感謝のしるしとして、イギリスの軍隊の武器を教会で保管してあげたのです。私はこの修道院の庭をよく歩くのですが、高潮のときにはその壁に海水が押し寄せるのです。庭の奥まったところに個人所有の小さな森があり、通用口のある高い塀で、修道院からへだてられています。そして瞑想にふけりたいときに、カプチン会の修道士たちがここに引きこもるのです。二年くらい前にここは異常な使われ方をされたということです。修道士の中に一人、シャルル会士がいたのです。彼は精力的な修道士で当人についての不可解な話があります。町の若い女が数人夕闇にまぎれ、なわばしごを使って塀を乗り越えていく姿が見られました。しかもこの時期に私生児が異常にふえたのです。つまるところシャルル会士とその仲間はひどく物議をかもしたので、この信徒団体はそっくり移し変えられてしまいました。そしていまでも、この巣窟《そうくつ》はまた別のこのような渡り鳥の群れに占拠されています。もし一艘《そう》の武装民有船が戦いの最中に一人のカプチン会修道士を連れ去り、ロンドンで見せ物として、修道士の服のままで、彼を衆目にさらせば、捕獲者にはもってこいの戦利品になったことでしょう。というのも彼の階級の衣服をまとった年老いたカプチン会修道士以上にぶざまでこっけいなけだものなど思いつきません。私のある友人（スイスの士官です）が故国の農民の一人が、カプチン会修道士が民衆に説教するため説教壇に昇るときは、いつでもひどく泣いたものだと教えてくれました。良き神父はこの男に気づき、彼は神の指に触れていると信じたのです。神父は彼に、神の恵みになるべく近づき、また同時にこのような神の恩寵を受けたら、大いなるなぐさめになると説いたのです。この僧が説教するたびに、この男は前と同じように、依然として泣き続けたのです。そしてついにカプチン会修道士は、自分が現れて説教して、男の心をこんなに感動させたものが何であるかわかったことを強調しました。「あー神父様（と農民はさけびました）。あなた様にお会いするたびに、復活祭のときに失った素晴らしいヤギを思い出します。私たちは同じ家族で一緒に育てられました。あれはまさに尊師様の生き写しでした――あなた方は兄弟だと、誓えるくらいです。哀れなボードゥアンよ！　あれは墜落して死んだのです。あの魂に平安あれ！　あいつを煉獄《れんごく》から救い出すための祈りとして、いくつかのミサに喜んで献金したいと思います」。

ブーローニュの他の公立の建物の中には、養育院または救貧院があり、それは十分な基金によって建てられているようです。これは数百人の貧乏人を収容しているのですが、彼らは年齢と能力にもとづいて、たえず仕事をさせられています――糸、あらゆるたぐいのレース、腸線のたぐいの製造、靴下編みなどです。それは司教の指図にもとづいています。そして司教座は現在、きわめて信仰心あつく心からの慈愛にあふれたある高位聖職者によって占められています――ただしちょっと偏屈で狂信的なところもあるのですが。この町の教会はじつに平凡な建物ですし、またその装飾もたいしたものではありません。見る価値のある絵などそこには一枚もないのです。しかも学問への嗜好もまったくないようです。

次の手紙ではあなたがお知りになりたい他のことがらについても満足していただくようにつとめます。

忠実なる僕

# 第四信　ブーローニュ　一七六三年　九月一日

拝啓

デイヴィッド・ヒューム氏〔David Hume 一七一一～七六、著名な歴史家、哲学者。一七六三年には秘書官としてパリにハートフォード伯爵に同行した〕にとても感謝しています。氏がハートフォード伯爵に私の名前をあげてくれたご好意についてです。税関局長への特別な命令のおかげで、ついに私は本を取り戻しました。それはイギリスの駐在外交官が、フランスの内閣に嘆願することで得られたものです。私は現在、長旅の準備をしています。しかし当地を立つ前に、お話ししておいた荷物をメリトン氏を介してそちらに送らせます。その一方でこの町と国について、たまたま見聞したことを伝えるという約束も果たさなくてはなりません。

　ブーローニュの空気は寒くてじめじめしています。そんなわけですから、体には良くないと思います。去年の冬はロンドンでは六週間霜が続きましたが、当地でも間断なく八週間続きました。しかもひどい寒さだったので、カプチン会修道院の庭では、ニレの木が数本、樹皮が上から下まで裂けてしまいました。私たちはここに来るとすぐにどんな種類の果物も、イギリスより遅れぎみだとわかりました。霜はイギリスに渡るときに海を越えるので、だいぶやわらげられます。大気も塩分を含むので、凍りつくことはありません。だから厳しい冬でも、海辺に近いところはどこも内陸部ほどは寒くはないのです。こういうわけですからロンドンよりエジンバラのほうが温暖なことが、冬にはよくあるものです。海水を凍らせるためにはものすごい寒気が必要です。実際のところ海水はその塩分をすべて沈殿させるまでは、まったく凍りません。海水は太陽熱とか地下熱、またはその両者によって氷が解けたものにしかすぎないことが、広く自然学者たちによっていまでは認められています。そしてこの熱がなくなると、自然な密度に戻ってしまうでしょう。こんなわけなので海水が凍りつくためには、ある程度の寒気以外に必要とされるものはありません。そんな寒さは赤道直下でさえ、塩または硝酸エチルの助けがあれば生じるものでしょう。だからこのような装置を海に行く船すべてに取り付けることを提案したいものです。そしてもし船で真水が不足すれば、最初に海水を氷に変えることによってそれが飲めるようになるでしょう。

ブーローニュの空気は西と南西からの強風（それはほぼ一年じゅうほとんど、たえまなく吹いているのですが）から生じた海からの多量の水蒸気に満たされるばかりでなく、港の近くにある低湿地（それは満潮ごとに海水であふれます）から立ちのぼる、悪臭を放つ蒸気にもさらされます。これが瘰癧《るいれき》（首のリンパ節の結核性の慢性の腫れ物）とくる病の一つの大きな原因なのでしょう。そしてこれらがブーローニュの子どもたちの間で、蔓延《まんえん》している二つの病気です。しかし前者はむしろ下町で使われる水のせいだと思います。ひどい硬水で体に悪いのです。それは石鹸で凝固し、これでゆでると肉が赤くなってしまうし、またよそ者が飲むと必ず胃腸が痛くなります。いやときには赤痢を起こすのです。どう見てもそれには硝石が溶け込んでいます、もっと有害なものが混じっていないとしてもです。黄鉄鉱はじつにしばしば、砒素をある程度含むことをわれわれは知っています。

また硫黄、硫酸塩、水銀なども混じっています。おそらくそれには、炭鉱の酸性分も入っています――というのは、このあたりには炭鉱があるのです。山の手から四分の一マイル以内のところに、洗浄用の井戸があり、そこに住民は朝しげしげと出かけるのです。それはロンドン市民がセント・ジョージ・フィールズの「犬とあひる亭」（ロンドンのランベス特別区に十八世紀にあった低級な居酒屋）に通うのと同じです。同じように山の手の大聖堂のすぐ近くに、素晴らしい水質の井戸があり、そこから私は毎日わずかな金で水をもらっています。塩分と鉄分を含む水は、石炭から発生するガスの近く以外には存在しないと断言する近代の化学者もいます。しかも前述のガスほど体におだやかで優しくなじみやすいものは他にはないとも言うのです。でも私の生まれ育ったところは石炭層の上にあったことが記憶にあります。またそこの住民が日常使う水は硬水で塩分も含んでいること、またその人たちは瘰癧と肺結核にひどく冒されやすかったこともおぼえています。これらは石炭の硫酸と塩分が混じったひどい水質のせいなのでしょう。というのもこのような風土病の原因は大気の成分中にはありません。ブーローニュの空気が腐敗の原因になるということは、それが肉屋の肉にもたらす影響からもわかります。ひどく寒い季節に、それを家の一番寒いところに置いても、二四時間もたせておくことなど、ほとんどできません。

　ここに住むのは十分な理由があります。市場には食材が豊富にあります。牛肉は脂身が多くなく、やわらかいので、スープによく合います。これがフランス人の牛肉の唯一の利用法です。子牛の肉はイギリスのものほど白くないし、栄養もないのですが、肉汁はもっとたっぷりとしているし味もいいのです。羊肉と豚肉もとてもおいしいです。家禽は生きたものを買ってきて、家で太らせます。ここには素晴らしいシチメンチョウがいますし、猟の獲物にも不足しません。ノウサギはとりわけ大きく、肉汁がもっとたっぷりとして香り高いのです。この海岸で獲れる一番いい魚は、サセックス州のヘースティングズにいるような請負人によって沿岸航行の小帆船でパリに急送されます。しかしながらおいしいシタビラメ、ガンギエイ、カレイ、タラ、それにときにはマグロなどもここでは食されます。カキはとても大きいものですが大味でいやな臭いがします。フランスの沿岸では魚がほとんど獲れません。というのも浅瀬が海岸からかなり延びているのですが、魚はだいたい深い海に生息するからです。このため漁師はかなり沖合に、ときにはイギリス沿岸まで出かけます。請負人がいくら急いでも、夏にはその魚がパリに着く前にくさりかけることが夏場にはよくあります。そしてこれはそのおよそ一五〇マイルという長い道のりを考えると、驚くべきことではありません。せいぜいギニア湾岸の黒人以外には誰もそれを食べようとしないというくやしい状態になってしまうはずです。

　ブーローニュでよく飲まれるワインはオセール産のものですが、ごく軽くてコクのないしろものです。そしてその一瓶《びん》が五ソルから八ソルで買えます。つまり二ペンス半から四ペンスほどです。フランス人はいいワインなど飲みません。しかもここで商売をしているイギリス人のワイン商人に頼らなければ、まったく手に入りません。彼らはボルドーワインをあきなっているのですが、それはロンドン市場のために船でここに運ばれたものです。とてもいいクラレット（ボルドー産の赤ワイン）を友人から手に入れましたが、一瓶で英貨一五ペンスくらいのものでした。またイギリスのと同じくらい安くて素晴らしい軽いビールもあります。ここにはコクのあるブルゴーニュワインは全然ないと思います。しかも宿屋の主人はひどくふっかけてきます。というのも一瓶に二リーヴルも請求するのです。「プレニアック」という軽い白ワインがありますが、それはとてもおいしくてすこぶる安いものです。ブーローニュで見かけるブランデーはすべて出来立てのもので、ひりひりして、蒸留の火入れの過程で駄目になったものです。この不良品を密輸業者がイギリスに持ち込みます。彼らは一ガロン当たり一〇ペンスほどでそれを手に入れます。肉屋の肉は一ポンド当たり五ソル、つまり英貨二ペンス半ペニーで売られています。そして当地の一ポンドは一八オンスに当たります。シチメンチョウのひなは、一羽当たり三〇ソルで手に入ります。ノウサギは一匹二四ソル、若鶏は二羽で二〇ソルです。同じ値段でおいしいシタビラメが二匹買えます。イギリスを立つ前に、ブーローニュには果物が全然ないと言われましたが、特にこれについてはうれしくも正反対になりました。当地にはイチゴ、サクランボ、スグリ、フサスグリ、モモ、アンズ、それに素晴らしい洋ナシが豊富に出まわります。今シーズンはここ数年間に食べたことがないほど多くの果物を食べました。町の周囲には手入れのいい多くの菜園があります——とりわけわれわれの友人であるB夫人のものですが——そこの小高い土地につくった素敵なあずま屋でよくお茶を飲みます。そこからは美しい海をながめることができます。この良き婦人にとても感謝しています。彼女は親切な隣人、面倒見のいい友人で、とても感じがいい仲間です。英語をきれいに話しますし、わが国民とその伝統が大好きです。よく使う燃料として木材が使われていますが、もし私がブーローニュに住むようなことがあれば、それに石炭を交ぜるでしょう。このあたりでも採掘できるのですから。木材も石炭もほんとうに安いものです。ブーローニュではロンドンの生活費のおよそ半分ほどで暮らせると確信しています。それでもここはフランスでも、一番生活費がかかる場所の一つだと言われています。

このあたりは丘や谷、小麦畑、森、牧場などがあって、変化に富んだ感じのいいところです。かなりの規模の森がありますが、それは山の手から一リーグもないところから広がっています。国王のものなのですが、林はさまざまな人たちの農地になっています。

農業についてはこの付近の人たちはイギリスのお手本から益するところがあったようです。私がフランスにいた一五年前あたりから、かなりの数の囲い地や農園がイギリス風につくられました。まずまずのカントリーハウス（貴族などの田舎にある大きな邸宅）が、じつに数多くブーローニュから数マイル以内にありますが、たいていは無人です。町から一マイルほどのところに、美しく設計された四エーカーの庭と、草または干し草のための畑がある申し分のない家を、私は一年に四〇〇リーヴル（英貨一七ポンドほど）でゆずり受けました。そこはいくらか家具も入っているし、立地も抜群なのできれいな海がながめられるのです。ここにはフランスに奉職しているあるスコットランドの貴族が最近まで住んでいました。

外見から判断すると、ブーローニュ人は、かつてこのあたりを支配していたフランドル人の子孫です――というのは現在の住民の大多数は肌のきめが細かく金髪でバラ色の顔をしていて、髪は黒く肌はかっ色で浅黒い顔をした一般的なフランス人とはかなり異なります。ブーローニュ人には特権がいくつかありますが、とりわけ塩税を免除されています。彼らがいかにしてこの恩恵にあずかったのかわかりません。しかし彼らはフランス人の中でも独立心があるように見受けられ、とても荒々しくて復讐心に富んでいます。残忍な殺人がしばしば町の内外でなされます。しかも小作農はねたみと腹いせの動機から、隣家にしばしば放火するのです。このようなことが去年は何回も起きました。横暴な政治が行われ、有力者の介入による裁判への妨害がなされ、これが庶民の士気にたえず悪影響をもたらしています。小作農もまた地主の圧制と暴虐からこうむるみじめさにしばしば絶望して、自暴自棄になります。このあたりでは労働者の住宅事情がひどく、食べ物も粗末です。しかも彼らには清潔という観念がないのです。山の手にさる裕福な市民がいるのですが、数年前にひどく残酷な殺人を犯して、有罪と認められたのです。生きたままの車裂きという判決を受けてしまいました。しかしその地区の長官の介入により許され、相変わらず公衆の面前で商売をやっています。また自らの乱れた生活のために司教によって聖職を拒否され怒り狂った神父が、ある日曜日に、その高僧が大聖堂から歩いて出てくるときにナイフで刺したのです。この立派な司教はその神父が逃げるのを許してやろうと思ったのですが、そんなことはできるだけ厳しく罰するのがよかろうと誰もが思いました。それゆえ神父は逮捕されてしまい、傷は致命的ではなかったのですが、車裂きの刑を宣告されてしまったのです。この極刑が実行されるとき、自分をひどい目にあわせたやくざな司祭にけがをさせたからといってこんな苦痛を受けるなんてひどすぎる、しかも（上に述べた市民を名指しして）あんなやつが、哀れな男と腹が大きい無力な女（あいつを怒らせることは何もしていない）を残酷に殺した後でも気楽にのうのうと暮らしているのにとわめいたのです。

ブーローニュの住民は三つの階級に分けられるでしょう――貴族（あるいは地主階級）、中産階級、それに下層民です。聖職者たちと法曹については述べません。というのもこの土地の宗教と聖職者たちについて私が感じていることなど、あなた方を退屈させるだけですから。そして法律家については、その専門職を考慮しなければ、このような区分のいずれかに所属していると考えることができるでしょう。貴族はうぬぼれが強く高慢で貧しくしかも怠惰です。年収が六〇〇〇リーヴル（英貨二五〇ポンドほど）を上まわる者など、その中にはほとんどいないのです。そしてその多くはこの収入の半分もありません。一〇万リーヴル（英貨四二〇〇ポンドほど）の資産があるといううわさの女性相続人がいるということですが、しかしそれも彼女の宝石、衣服、それに亜麻布の織物などもこの財産に含めてのことです。貴族は田舎にある自宅に住むという人並みの感覚もありません。というのもそこにいれば、自らの土地を耕しながら、わずかな出費で生活できるだろうし、しかも財産もふやせるのです。彼らはカントリーハウスを朽ちるにまかせ、庭や畑も荒廃させているのです。そして光も当たらず息もつまりそうで、便利でもないブローニュの山の手の暗い穴倉に住んでいます。家に閉じこもって、彼らは飢え死にするかもしれません。それは一日に一回は、教会とか塁壁のところで着飾るためのいい着物を買う金をもうけようとするからです。髪をなでつけたり、身を飾り立てたりすること以外の教育はないし、読書の趣味はないいし、家事もこなせないし、また何か実用的な職業にもついていないのです。散歩はいやだし、他人に見られるという虚栄心を刺激されないと、外出する気にもなれないのです。信心深くて、生活のもっとも多い時間を教会か自宅で、司祭と一緒に過ごす人たちはもちろん除くべきです。費用がかからないトランプ遊びなどの私的なパーティ以外に彼らはここでの楽しみはないのです。こんな連中の倹約ほどけちなものはありません。彼らはスープとゆで肉《ブーイ》、魚とサラダを常食としています。食事をおごるとか友人を楽しませようなんて思いません。コーヒーやお茶などはブーローニュではとても安いものですが、その費用さえ節約します。食事の後ですぐに、誰でも家庭でコーヒーを飲むものとされています。そしてそれは必ず一時までには終わります。そして午後のお茶の代わりに、一杯のシャーベットとかオレンジの花の香り付けしたシロップなどでもてなします。ひとことで言うと、ブーローニュの貴族たちほど取るに足らない連中など見たこともありません。彼ら自身も無力だし、社会に対しても無用な輩です。威厳も分別も情緒もないのです。小馬鹿にされるほどのプライドがあり、見栄のためこっけいでもあるのです。彼らは保身のことしか念頭にないし、平民呼ばわりする商人たちとはまじわろうとしません。また細かな作法の微妙さにかこつけて、外国人をひどく遠ざけています。しかし聞くところよると、この尊大さの大部分は貧しさを隠すための芝居なのです。もし彼らがもっと自由なつきあいをすれば、その貧しさはますます不利に見えると思われます。フランス人の陽気さを考えると、社交あるいは気晴らしなどのにぎわいがまったくない味気ない生活などとても送れないと人は思うでしょう。当地の唯一の世俗的な気晴らしは人形芝居と辻芸人であることは確かなのですが、彼らの宗教がたえまのない喜劇を演出してくれます。荘厳ミサ、祭日、行列、巡礼、告解《こっかい》、偶像、ろうそく、礼服、香《こう》のかおり、祝福、見世物、演劇、それに数えきれない儀式が一年の始めから終わりまで、ほぼたえまなく行われ、さまざまな楽しみごとになります。迷信的信仰が不安をあおるものだとしても、それはカトリック教のこっけいな儀式には、まったくあてはまりません。このたぐいのしかけによる畏敬と宗教的な恐怖に民衆は深く心を動かされるどころではなく、それらによって彼らの想像力はこの上なく心地よく刺激され、必ず高揚した気分になってしまうものなのです。イギリスの男子生徒が人形劇の「パンチと悪魔」の上演を待ち望むのと同じくらい、ローマのカトリックは聖骸布祭や聖十字架祭、聖ヴェロニカ祭などを心待ちにしています。そしてだいたいどの笑劇にも同じくらいの笑い声がおこります。聖週にキリスト降架が演じられるときでさえ――もっとも厳粛な感情が自然と湧きあがる状況になるのですが――その場にむらがっている群衆に目をやれば、ゆううつな顔など一つとして見いだすことはできないでしょう。みんなおしゃべりをするか、くすくす笑いをするか、大声で笑っています。そして彼らの多くは、聖母マリアを演じる女性をたいてい、やじっていることに気がつくものです。そしてここではカトリックたちは実在する無数の聖人だけでは不満なので十字架さえ擬人化したり、一枚の亜麻布から二人の聖女を生み出したと言っても的はずれではないでしょう。Veronique または Veronica は vera icon あるいは vera effigies の転訛に他ならず、それは一枚の亜麻布に押された救世主の顔の正確な肖像だと言われています。そしてその布で、主がはりつけの場所に向かうとき、ひたいの汗をぬぐったのです。同じものがラテン語 sudarium（ハンカチ）由来の St.Suaire（聖骸布）という名のもとで崇拝されています。他ならぬこのハンカチは、たたんだ面が三つあったと言われていて、その一つ一つにあの痕跡があったのです。これらの一つがエルサレムに残っています。もう一つがローマにもたらされ、また一つがスペインに運ばれました。

ヴァチカンには sancta facies（聖なる顔）という言い伝えがあるとバロニウス〔Baronius 一五三八～一六〇七、ヴァチカンの枢機卿、図書館員、主著『教会暦』〕は語っています。しかしながらティユモン〔Tillemont 一六三七～九八、フランスの宗教史家〕はそのすべてを寓話とみなしています。ヴェロニカは聖痔主と同じだと思っている人たちもいます。彼女は痔で悩む人たちの守護神で、彼らは彼女と聖フィアクルに祈りをささげます。聖フィアクルはスコットランド王の息子なのですが、フランスで隠者として暮らし、亡くなりました。イギリスのヘンリー五世の軍隊が、このハイランドの聖人の礼拝堂を略奪したと言われています。聖人は仕返しとして、ボージェでイギリス人たちを打ち負かすために、フランス側についた同胞を支援しました。そして後には痔の持ち主のヘンリーを苦しめ、王はこの病気で亡くなったのです。生きているスコットランド人に苦しめられたばかりでなく、死者たちによっても迫害されたとこの王子は泣きべそをかいたのです。

カトリック教を喜劇に、そしてカルバン主義を悲劇にたとえることが許されるものかどうか、私にはわかりません。カトリック教は感覚を心地よく刺激し、愉快で高揚した気分にさせてくれます。カルバン主義は悲劇のように、恐怖と哀れみの感情に関わり合います。非国教徒たちの秘密集会に足を踏み入れれば、牧師が必ずといっていいくらいに、キリストの受難とか地獄の苦しみについて説教しているのを耳にするし、多くの信仰上の恐怖のしるしを聴衆の顔に見るでしょう。このことがおそらく、フランスで宗教改革が成功しなかった一つの理由なのです。というのもそこのふらふらと浮ついた軽率な人びとは、カルバン主義者たちの苦行の形相《ぎょうそう》にショックを受けたからです。またこれはカルバン主義が、もっとゆううつな性格と顔付きをした民族の間に、急速に広まっていったことを説明してくれます。なぜなら大衆が改宗するとき、理性などはたいまったく問題にもならないのです。カトリックに課せられる懺悔《ざんげ》でさえ、いつわりの苦行に他なりません。殺人者でも三つの特別な祈りをすることで、聴罪司祭によって、赦免されることがよくあるのです。ですからこのように簡単に罪の許しが得られるので、必ず極悪罪を何度も犯すことになるのです。この宗教の華やかさと諸儀式は、彼らが祝う数多くの祭日とあいまって、それらがいかに民衆の意気を盛んにし、彼ら自身のみじめさをあまり感じさせなくするにしても、同時に虚飾とうわべに対する馬鹿げた情熱を必ず生み、怠惰という習慣を助長します。そしてこれが下層民のひどい貧しさの大きな原因だと思います。彼らの時間のまさに半分近くは、勤労という有益な形で使えるものですが、それが彼らにとっても社会にとっても失われています。というのは彼らはもったいぶった宗教儀式をさまざまな形で挙行するのにかかりっきりになっているのです。
　しかしこの手紙はすでにとんでもない長さになってしまったので、この地の民衆についてさらに述べねばならないことは、また別の機会にゆずりましょう。

忠実なる僕

# 第五信　ブーローニュ　一七六三年　九月十二日

拝啓

私の当地での滞在も終わりに近づいています。ほんの数日前まで海水浴を続けました。この季節はいままでずっと寒かったし、雨がちで気分も良くなかったのですが、泳ぐことはいくらか健康のためにはなりました。この近くには豊かな収穫の素晴らしいながめがありました。小麦やエンバク、大麦などの畑の間で馬車を乗りまわしてとても楽しい思いをしたものです。しかし、収穫物は雨ですっかり駄目になり、いまでは汚れたわらと農夫の労働の無残な跡しか地面には見えません。刈り株とその間の草を食《は》むやせた羊のわずかな群れに、土地は食べ物をほとんど恵んでくれません——それぞれの群れは杖と犬を手にした羊飼いに守られています。彼らは毎晩、群れの真ん中の馬車につくったわらぶきの小さな旅行用の仮小屋の中で寝ます。ここで彼は狼から羊の群れを守るために夜を過ごします。狼はときに、とりわけ冬は、命知らずで死にもの狂いになります。

二日前に私たちはB夫人やL大尉と一緒に、サマースの村まで小旅行をしました。それはパリに行く途中にあり、ブーローニュからは三リーグほどのところでした。ここには美しい設計の大きい素敵な庭園を持つベネディクト会の立派な修道院がありました。修道士たちの住まいもしっかりとしていて、彼らは丁重に処遇されています。教団戒律によって肉食は禁じられていますが、魚のたぐいとしてノガモとマガモを食べることは許されています。しかもおいしいブイヨンかヤマウズラか若いメンドリなどを欲しいときには、体の具合が悪いとだけ言えばいいのです。そのときには、病人は個室で思いのままに食べることができます。教会は美しくつくられていますが、その保守はじつにひどいありさまです。ここで私が目にした一番思いがけなかったものはドーヴァー出身の八歳か九歳の年ごろのイギリスの少年でした。この子はフランス語を学ぶために父親にここに送り込まれたのです。八週間もたたないうちに、彼はここの少年たちの首席になり、フランス語をりゅうちょうに話し、母語も忘れるくらいでした。しかしブーローニュの住民の話に戻りましょう。

ここの市民たちというのは他のところと同じく、商人や小売店主、それに職人たちなどです。戦争時に私掠船《しりやくせん》（戦時の民有武装船）を仕立て上げて一財産をこしらえた商人もいます。イギリスの巡洋艦の十分な警護にもかかわらず（厳重に警戒していたのでフランスの港から私掠船が出ても、四時間もたつとよくつかまってしまったのですが）数多くの船がイギリスから奪われました。ですから戦いの最中に五、六回イギリスの捕虜にならなかったブーローニュの私掠船主など一人もいないほどです。それらはあまり金をかけずに装備され、夜間にはるばるイギリスの海岸までたどり着き、そこでイギリスの小型漁船を装《よそお》って、あちこち移動したのです。そしてついには沿岸貿易船を拉致し、それとともに英仏海峡を全速力で戻ったのです。イギリスの巡洋艦に出くわすと抵抗しないで降伏しました。船長がすぐに代わり、所有者の損害は大きなものではありませんでした。もし拿捕船《だほせん》をそっくり港に持ち込めば、かなりのもうけになりました。平和時には、ブーローニュの商人たちは南部から輸入したワイン、ブランデー、油などをあきなって、ポルトガルやその他の国々に、フランス製品や魚を輸出します。しかしその取引は大がかりなものではありません。当地にはイギリス出身のワイン商人たちのかなり立派な商社が二、三あり、ボルドーワインをあきない、それをロンドンとイギリスのその他の地域、スコットランド、アイルランドに供給しています。サバ漁とかニシン漁はこの沿岸では、かなりの規模なので、毎年八〇万から九〇万リーヴルをかせぎ出すと言われています。それはおよそ英貨三万五〇〇〇ポンドくらいです。

当地の商人はイギリスの密輸船とかなりの商取引をしていますが、この密輸のための小帆船がブーローニュで見かけるほとんど唯一の船舶です（戦争中イギリスをあんなにふるえあがらせた一二隻ほどのあの平底船は別としてですが）――確かにこれらの船は他の目的にはまったく役に立たないように見えるし、おそらくこの目的のためだけにつくられたものです。ケント州やサセックス州からの密輸船は、このあたりから運ばれるフランス産の多量のブランデー、茶、コーヒー、それに水っぽいワインなどと引き換えにイギリスの金貨を支払います。同じように彼らはガラスの飾りものや玩具、また色刷り版画なども買いますが、それらはフランス製という理由だけでイギリスでは売れるのです。というのは値段が同じくらい安くて、しかもわが国のものより仕上げがいいのです。またリボン、レース、亜麻布の織物、それにキャンブリック生地（光沢のある薄手で平織りの綿または亜麻布の生地。普通は白い色で、もともと北フランスのカンブレーで製造された）なども運びます。しかしこのたぐいの商売はロンドン出身の商人が一手に引き受けています。その取引は関税を支払わなくてすむダンケルクでやっています。どんな旅行者でもダンケルクかブーローニュで亜麻布の織物を買いだめしておくのは、確かにその手間ひまに値するものです——この二つの場所の価格差はたいしたものではないのですから。当地でさえロンドンの半額でシャツを買いそろえることができました。密輸という慣習は公正な商人には痛手になるし、かなりの金額をわが国から持ち出し、競争相手かつ敵方のふところを肥やすことは疑いがありません。税関職員はひどく警戒していて、かなり多くのものを差し押さえてしまいます。しかしながら、密輸船はこの密輸を続けると利益があがりますし、三つの船荷のうち一つを確保できれば、やっていくことができると言われています。結局、密輸防止の一番いい方法はこのようにして持ち込まれる品物にかかる関税を下げることです。茶からの収益は関税が下げられてから増大したということです。ついでながらサセックス州の沿岸で密輸されている茶はじつにひどいしろものです。海水浴をするためにヘースティングズに滞在したときに、もしたまたまロンドンから茶を持ってきていなかったら、朝食が別物になっていたことでしょう。でもロンドンで一四シリングで売られている茶と同じくらいのいい茶が、ブーローニュでも一ポンド、九リーヴルで買えるのです。

ここの市民は暮らし向きがいいように見えますが、それはおそらくイギリス人との貿易のせいなのでしょう。家には一階と二階また屋根裏部屋があります。いい家具が入っている家には、窓と窓の間に掛けられた鏡や厚い大理石の板なども見られます——しかし椅子は、腰かけるところがわらでできた安っぽい一つ一シリングぐらいのものか、あるいは手縫いなのですが、詰め物がひどくてすわり心地のよくない、つづれ織を張った高い背板のある旧式のものです。食卓は四角いモミの板で、使うとき以外は片隅に立てかけてあります。そしてときどき折りたたみ式の組み足を立てて使われます。フランスの王様もこんな食卓で食事をします。しかしながらここには食卓用の亜麻布がたくさんあります。ブーローニュの一番貧しい商人でさえ、どの膳立てにもナプキンを敷き、四本歯の銀製のフォークなどもそろえています。そしてそれは右手で使います――ナイフを使う機会はほとんどありません――というのも肉はゆでられるか焼いて細かくされるかからです。フランスのベッドはとても高いので、踏台の助けをかりて昇らなくてはならないこともあります――これはまたフランドル地方にも当てはまります。羽毛ベッドなんて実際にはめったに使われません――彼らはたいていわらのマットで寝るのですが、その上には二枚（ときには三枚）わらぶとんがかけられます。天蓋《てんがい》は高くて旧式で、このカーテンの素材はだいたい赤か緑のフラシ天です。黄金のようなけばけばしい色の黄色のレースも付いています。しかしながら浮き出し模様を型押しした亜麻布を張った家具がある家も何軒かあります。しかし見るべきじゅうたんなどないし、床もひどく汚れたありさまです。このあたりでは掃除用具さえありません。どの部屋にも衣装戸棚とひどく粗末な仕上げの整理だんすがあります。どの品物にも未熟な手工技術がうかがえます。ぴったり閉まるドアも窓も一つとしてありません。ちょうつがいも鍵も掛け金も鉄製なのですが、雑な仕上げで不細工なのです。煙突ですらひどく太めにつくられているので、雨が入り日もさし込むので、もうもうとひどくいぶります。このあたりの住民に清潔さがないとすれば、清潔な心から生まれる細やかな気持ちなどなおさらないでしょう――確かに彼らにはいわゆる月並みな品の良さとはまったく縁がありません。そしてエジンバラの住民でさえ鼻をつまんでしまうような悪臭の例をいくつかあげられます〔エジンバラの劣悪な衛生設備はよく知られていた〕。人間の本性（それは他人の気分を害さないようにできるだけ隠すべきであるのはもちろんのことです）についていくつかの屈辱的な見方があります。そしてすべての人間の器官と感覚を必ず不快にさせるようなやり方を擁護するために、異国との習慣の違いを言い訳にすることほどおろかなことはありません。男性の訪問客の前でだらしない上っ張りに着替え、自分の浣腸のことや下剤のこと、またビデのことなどを語るフランス婦人が、それらが習慣だからといって、ひどく下品だという非難をまぬがれられるものでしょうか。イタリアの奥方も悪病のための治療を始める日なのよとためらわずに口にします。イタリア喜劇の有名な改革者〔Carlo Goldoni 一七〇七～九三、ヴェネツィア生まれの劇作家のこと〕がステージで汚物まみれの子どもを紹介しています――「臭わないかい。あいつ、糞たれているんだ」。あるイタリア婦人を知っていますが、彼女を恋いこがれる男が手を引いて彼女を手洗いまで連れていったのです。彼はドアのところに立って、彼女が中にいる間ずっと小話で気をまぎらせようとしました。もしある立派なご婦人がこのように語りふるまうと、少しは頭が働きその感性を十分に働かせることができるすべての男性の心に、彼女自身のためにはならない印象をあたえてしまうかどうか知りたいものです――彼女が祖国の習慣をどんなに言い訳にしたとしてもです。これほど恥ずかしくて自然にそむくことはないのですが、他の国でもやっていると言って言い逃れをします。パリっ子は腐りかけた肉を好みます。レギボリ人〔南バーバリ地方〈ほぼ北アフリカ〉の住民〕は魚が完全に腐るまではそれを食べないものです。カムチャッカの「文明人」はすでに酔わせてしまったお客の尿で酔っぱらいます。ノボシビルスク人は鯨油で酔っぱらいます。グリーンランド人は犬と同じ皿で食べます。喜望峰のカフラリア人は尊敬する人に放尿します。そして供される最高のごちそうとして、羊の腸をその内容物ともども食べるのです。生粋のフランス人はかぎたばこで黄色くなった指をラグー（フランス料理の煮込みのこと）でいっぱいの皿にひたします。三回口いっぱいにするたびに、たばこの箱を取り出し、最高に優雅なしぐさでひとつまみのたばこをまたつまみます——そしてハンカチを見せるのですが、それは「いやらしい小旗」とでもいうべきものでしょう。そしてこの二つを使って、幸運にも彼の近くにすわった人びとに愛想をふりまきます。しかしながらおそらく一二人もの不潔な口がよだれをたらした大ジョッキ（イギリスの習慣です）では、フランス人は飲もうとしないということは認めなくてはなりません。当地ではめいめい足付きのグラスを持っていて（それを目の前に置きます）ときどきワインか水、またはそのどちらも飲みます——それらも同様にテーブルに載っています。しかし上品な人たちが互いに見ているところで、水を飲むコップを使って、その中に歯くそをかき出し、飛ばし、吐き出すというけだものじみた習慣は私は見たことはありません。恋わずらいをしたある男を知っていましたが、彼はその恋人の口から不潔な水しぶきが飛び散るのを見て、恋の情熱が冷めてしまったのです。私はいつの日にか、古代エジプト人の手厚いもてなしの習慣が復活する日がくることを疑いません——そのときには一座の椅子一つひとつの後ろには、トイレが設置される（ちり紙もちゃんとそなえてあります）ことでしょう——一人も仲間を離れることなく、くつろいだ気持ちになれるように——この習慣は現在行われているものより下品だと主張するつもりはありません。顔も指も油でべとべとにしてすわっていなくてはならないとでも言うのでしょうか。いや身を汚さずに食事ができない者は、洗面器とタオルをそなえた別の部屋に入ってもらいましょう。しかし若者が身を汚さず、またお互いの眼に不愉快にならないような食べ方を学べる学校を設立したほうがいいと思います。

ブーローニュの市民は普通、スープとゆで肉《ブーイ》を昼食に食べ、夕食にはサラダを添えた焼肉を食べます。そして食事のときは、いつも果物のデザートも付きます。実際これがフランスのどこでも見られるやり方なのです。小斎の日には〔伝統的にカトリックは金曜日に肉を食べなかった。小斎とは肉を食べないこと〕魚とかオムレツ、油で揚げた豆、卵とたまねぎのフリカッセ（フランスの煮込み料理）、それに焼いたクリームなどです。午後に飲むお茶は振り出すというより煮出されます。どれもざらめでとても甘い味付けがしてあり、同量の煮たミルクを加えて飲みます。

私たちは先日わが宿の主人、B氏からありがたくも食事の招待を受けました。彼はフランスの栄光のために催されたこの宴会には費用を惜しみませんでした。新婚のカップルを、その新郎の母親と新婦の父親ともども招待していました。その父親というのはモントルイユの貴族の一人で名前はL氏でした。また町の商人が数人とB氏のおじがいました。冗談好きな小男で、イギリス海軍に仕えたことがあり、大樽のように丸々と太っていました。またK神父の同席にも恵まれました。彼はアイルランド生まれで助任司祭つまり教区牧師です。また客たちの中にはL氏の息子もいました。とても可愛らしくて年のころ十三、四歳くらいでした。食事は三回に分けて出されました。つまり三コースなのですがフルーツ以外にアントレ（フランス料理で、献立の中の最初の料理）とオードブルも付きます。そして焼肉料理人が素晴らしくうまく調理した二〇以上もの料理がありました。彼はフランスはもとよりその他の土地でも、私がいままでに知りえた天下一の料理人です。でもその料理は型どおりに供されたわけではありません。わが若いご婦人たちは食卓の主婦役をすることにはあまり慣れていないようでした。このときに私の目についた一番異様なことは、出席していたフランス人は皆、出される料理をすべて味見したことです。しかもたとえ百種類以上の料理があってもすべて食べたことでしょう。これは言うところの、主人に礼儀をつくすということなのです。L氏は食卓の上席につかれたのですが、実際に彼は一座に神託を伝える者であり雄弁家でした。背が高く、やせて日焼けして、歯がなくなった後のドン・キホーテの絵にちょっと似ていました。彼は親衛兵、つまりヴェルサイユで近衛《このえ》騎兵をしていました。そしてこの勤めのために次のことがよくわかっていたのです――国王と皇太子、大臣と高官の人柄、一口でいうと国家のあらゆる秘密です。そしてこれらのことについておごそかに、しかも雄弁にとうとうと述べたのです。イエズス会士と徴税人をののしり、彼が言うには、やつらがフランスを駄目にしたのです。それから私に話しかけて、イギリス人はあの侯爵夫人〔Pompadour 侯爵夫人 Jeanne Antoinette Poisson は一七四四年からルイ一五世の愛妾だった〕の健康を毎日祈らないのですかとたずねたのです。彼の意図がわかりませんでしたが、イギリス人というのは、普通は女性へのいんぎんさに欠けることはないですよと答えました。「あー（と彼はさけびました）。彼女はこの世で持てる最良の女友達です。もし彼女がいなかったら、戦争を有利にたたかえたことを誇ることなどできなかったでしょう」。あの戦争でフランス軍がなしとげた唯一の征服は、彼女の将軍の一人によってなされたのですね、と私は彼に言いました――私はマオン占領

〔一七五六年のミノルカ島の包囲攻撃とマオン占領はリシュリュー将軍の指揮下で行われたが、これは七年戦争の最初の戦いだった〕のことを言いたかったのです。しかしこの議論を続けたくありませんでした。というのも一七四九年にヘントで、あるフランス人とあやうく問題を起こしかけたことを思い出したのです。マールボロ大公がもたらした戦いの勝利はすべてフランスの将軍がわざと負けてやったからだとその男が断言したからです。それはマントノン夫人〔madame de Maintenon ルイ一四世の愛妾。十七歳のとき、四十二歳の作家スカロンと結婚する。夫が八年後に亡くなると、ルイとひそかに結婚した。〕のたくらみをつぶすためだということでした。これはこの国民の愛国心にとって好都合でした。それは彼ら自身がこの世でもっとも豊かで勇敢で幸福でしかも力強い国民なので、こんな原因がないと負けるはずがないと固く思い込んでいるのです。ついでですが当地の一般民衆はわがままな子どもたちを「マールボロ」という名前でいまでもおどしています。B氏の息子は小作農のところで養育されましたがある日、実家に連れてこられたとき、たまたま父の機嫌をそこねてしまい、気合を入れてやるぞとおどされたので、「あの悪人のマールボロを追い出してよ」とさけびながら、助けを求めて母のところに走っていったのです。分別あるフランス人がフランスの歳入は四億リーヴル（まったく債務なしで英貨およそ二〇〇〇万ポンド）に達すると断言するのを聞くとは驚くべきことです。実際には、その明らかな歳入は一〇〇〇万ポンドをそれほど上まわらないのです。総括徴税請負人がののしられるのはまったく当然です。というのも増税して人民を抑圧するからです。しかも税の三分の二以上が国王の金庫に入りません。税の残額を自分のふところに入れて、お偉方に守ってもらうための高価なわいろに化けるのです。それは国家と議会の抗議、また常識的な判断などについて手にできる唯一の防衛策となるものです——ですからこれは政府が必要とするものを手に入れるもっとも悪質なやり方です。

　L氏は政治への警句のきびしさを、おどけてしかもひかえめなことばをまじえながらやわらげました。彼は隣にすわっているある立派な貴婦人に流し目をしました。見つめ、ため息をつき、思いこがれ、恋の歌を歌い、その老婦人の手に若い崇拝者の思いをこめてキスをしました。私が彼に、息子さんはとても素敵な若者ですねとほめたのは的はずれでした。彼はため息をついてこの子は才能はあるんだが、それを十分に伸ばせなかったのだと答えました。「あの子の年ごろのはるか以前にわしは」と彼は言ったのです――「雄弁術を身に付けていたよ」。B船長はあごの下にナプキンをつけて、食べすぎて顔が真っ赤になるくらいでしたが、その姿は公爵の皿洗い人にひげをそれと言われたときに首のまわりに皿洗いの布を巻きつけた泡だらけのサンチョ・パンサにちょっと似ていました。この才人である船乗りはおどけた目付きで少年のほうを振り向き、「わしが思うに」と彼は言ったのです――「おまえはお父さんのようなほら話のセンスはないぞ」。まさにそのとき、姪の一人がおじはひどくくすぐったがるのを知っていたので、あばら骨の肉の下のところをさわったのです。するとその小男は立ち上がろうとしたのですが、バランスを失ってしまいました。彼は隣にすわっていた人のひざに自分自身の皿をひっくり返しました。そして自分の椅子に斜めに倒れたので、二人とも床に倒れてしまいました。それでみんなとても驚いたのです。もし彼の姪が大急ぎでそのストックタイをゆるめてやらなかったら、その哀れな男は実際、窒息していたでしょう。事件が落ち着くと、船長は自らの災難に恨みごとを言いました。L氏は息子に子どもの素直さについて説教しようと思いました。これには鋭い非難のことばがあったので、その子は腹を立て、部屋を出ました。老婦人は彼があまり厳しすぎると言いました。彼女の義理の娘はかなりの美人でしたが、兄は言いすぎたわと言ったのです。また同時に、彼はひどい悪癖にふけっていることをほのめかしたのです。これについて数人が「あー」というさけび声をあげました。「はい」とL氏は残念そうな顔付きで言ったのです――「この子は賭け事好きというよこしまな気持ちがあります。一晩でビリヤードでひどい損をしたので、それを思うと体がふるえるくらいです」――「一晩で五〇ソルよ」(とその妹はさけびました)。「五〇ソルなの」(と驚愕の色を浮かべてその義理の母がさけびました)。「ずいぶんだわ、ずいぶんだわ、罪なことだわ。でも若さなのよ。おわかりね、Lさん。あー若さだわ」――「そして愛だ」とその父はさけび、目をぬぐい、彼女の手をつかみ、やさしく見つめました。B氏はこの機会を使って、若者を中に入れたのです。彼はやさしく迎えられまた説教されました。このようにして調和が戻り、宴会は果物、コーヒー、それとまたリキュールでしめくくられました。

ブーローニュの市民が外出するときには一頭立ての軽装馬車で行くのですが、これは当地で「カブリオレ」と呼ばれ、一日半クラウンで雇《やと》えます。また旅行用の四人乗りの軽装馬車もあるのですが、二人が馬に顔を向けてすわり、二人が彼らの背後にすわります。しかしこれらの乗り物はどれもおんぼろなので、とても使いにくいのです。ここで一番よくやるのはロバの背に乗ることです。町の郊外では数多くの女たちが、風向きにより両足を左右どちらかにして乗っているのを毎日見かけるでしょう。それでときには右手で、またときには左手でロバをあやつるのです。しかしフランスの他のところでは(イタリアと同じように)、女たちは馬にまたがってすわるので、そのための七分ズボンをはいています。

私がフランス人はその宗教の馬鹿げた行為で浮かれていると言ったとき、彼らにゆううつな気分がないと言ったわけではありません。宗教には狂信者がいるものですが、一方では陰気な気分でふさぎ込みがちな人たちもいます。信心深い性格の人などイギリスではほとんど見られませんが、当地ではよく見られます。いつも頭巾《ずきん》をかぶり、長いらくだ織の外とうを着て、ゆっくりとした足取りで、まじめくさった顔付きで、目を伏せながら教会まで歩いて行き、そこから戻る彼らの姿がいつでも見られます。貧乏人は不安感とか良心問題（宗教上・道徳上の微妙な問題）をかかえているので、司祭たちにとっては悩みの種です。彼らが昼間どんな時間にも、ひざまずいて告解《こっかい》しているところを見かけるでしょう。金持ちの女の信者はお気に入りの聴罪師がいて、その人にこっそり自宅で助言を求めたりごちそうしたりします。またこの精神的な指導者は、たいていこの家族全員を支配しています。根っからの偽善者でない狂信者など一人として出会ったことはありません。この上ない神聖さを気取り、あらゆる感情を完全に抑えている（それは人間の理性でもいまだ抑えきれていません）と装うことが、偽善という習慣を生んでしまうのです。それはあらゆる他の習慣と同じように、やっているうちに身に付いてしまって、ついに彼らは偽善術の名人になります。熱狂と偽善とは決して相容れないものではありません。これまでに私が知りえた一番ひどい狂信者はその生活態度が真に官能的であり、また人とのやりとりでもずるいペテン師でした。

ブーローニュの下層階級のうちで際立っているのは船乗りたちで、彼らはある一画に住んでいます。階級分けされていて、国王に仕えるために登録されています。彼らは頑健で骨張っており、漁師と船乗りの仕事をこなし、ウサギのようにたくさん子どもをなします。彼らは聖母マリアという奇跡的な聖像の保護のもとに身を寄せてきました。その像は彼らの教会の一つに安置され、毎年誰もが行列をつくって運びます。言い伝えによれば、この像はヘンリー八世の治世に、イギリス軍がブーローニュを奪取したとき、他の略奪品とともに持ち去られたとのことです。聖母はイギリスに住むより――そこにはひどく多くの異教徒がいました――甲板のない船にたった一人身をまかせ、ブーローニュに向けて海を渡ったのです。そこでは彼女が水先案内人を待っている姿が見えました。そのため一艘の船が陸を離れてその救出に向かい、つつがなく港の中に入れてあげたのです。それでそのときから、彼女はブーローニュの船乗りたちを守り続けています。いまでは彼女はひどく黒ずんでとてもみにくいし、さらに、体のあちこちを残酷に切りきざまれています――それは切り取られて、パイプ用のきざみたばこ詰め器になったのではないかと思います。しかし年に一回は大いに盛装され、船乗りたちが費用を出した銀色の船に乗せられ行列をつくって運ばれます。フランス人の特徴であるあの見栄っ張りはその下々にまで及んでいます。彼らの中の一番卑しい女でさえ必ずイアリングをし、首には黄金の十字架をきっと掛けるのです。確かにこの十字架は、服装ともども盲信のしるしとでもいうべきものですが、それなしでは女性は人前に姿を見せません。当地の一般民衆は（貧しく不潔に暮らしているいかなるところでもそうなのですが）顔付きがきつく、顔色はひどく浅黒いか黄褐色をしています。彼らはめったに肉を食べないので、皮膚をふくよかにしなめらかにする細い毛細血管を天候による損傷から防ぐ動物性の油脂が体液に欠乏しています。油脂が不足すると毛細血管は合体するかまたは収縮して、体の表面の血液の流れをさまたげます。垢《あか》については、それが皮膚の毛穴に詰まるのは疑いもないことですし、汗も出にくくなります。その結果、壊血病、疥癬《かいせん》、その他の皮膚病などにかかりやすくなっているはずです。

ブーローニュの「船員街」には多くの貧しいカナダ人がいますが、彼らはセント・ローレンス湾のセント・ジョンズ島がイギリス軍によって占領されたときに、そこからここに移されたのです。〔フランス軍はセント・ジョンズ島でロロ総督率いるイギリス軍に一七五八年に降伏した〕これらの人たちは国王によって生活費が支給されるのですが、それは兵隊の給料としてなのです。一日に五ソル、つまり二ペンス半ペニーほどです――いやむしろ三ソルと軍用パンというべきです。いかにして兵隊たちが、このみじめな配給でしのいできたのかわかりません。けれどもブーローニュに駐屯している退役老兵たちは、貧乏暮らしなどしていないということは認めなくてはなりません。彼らはとても頑健だし、小ぎれいで上品な身なりなので、たいてい、チェルシーの恩給受給者（ロンドンのチェルシー地区には退役軍人のための生活施設、ロイヤル・ホスピタルがある）より豊かに見えるのです。

三週間ほど前にM氏という人の訪問を受けました。彼はイギリスの紳士で肺病がかなり進んでいるようでした。ラングドック州のニームで去年の冬を過ごし、初夏にはかなり回復したので、セートで乗船し、船でイギリスに戻りました。しかしながらすぐにぶり返してしまったのは彼が海でかぜを引いたためだと思います。話してくれたところからすると、また南に向かうつもりだし、しかもイタリアにさえ行ってみたいとのことでした。彼にニースに転地することをすすめました。私自身もそこに住むつもりです。彼は私の忠告を感謝し、自らの馬車でパリに向かいました。

明日私はボルドーに向かう船に大きな箱類を船積みします。それらはその地のある商人あてのものですから、その手にゆだねられます。彼はそれをトゥールーズとラングドック州の運河経由でセート（モンペリエの港町）の取引先に転送してくれるでしょう。ボルドーまでの輸送費は一ギニー以上はかかりません。それらは二つのとても大きな箱とトランクで、重さは一〇〇〇ポンドくらいです。ボルドーからセートまでのその輸送費は三〇リーヴル以上にはならないでしょう。それらはすでに税関で鉛によって密封されているので、これ以上の臨検はないでしょう。これは陸路、海路どちらの旅行者も一人残らずやる予防策です。彼はまた局で「運送許可証」を手に入れなくてはなりませんが、そうしないと通過する町ごとに局留めされ徹底的に調べられてしまうのです。私は一四ルイ金貨でパリまでベルリン型馬車と馬を四頭借りました。そのうちの二ルイ金貨は、宿駅の徴税請負人から許可をもらうために御者が支払わなくてはならないものです。というのはこのあたりではすべてに課税されるのです。だからもし私がやったように、あなたも乗り物を借りれば、それで旅をする一人につき一二リーヴル、つまり半ギニーを支払わなくてはなりません。カレーとパリ間の通常の馬車は、自分自身の快適さと利便さを考慮する人なら誰も使わないようなしろものです。というのもその速さはイギリスの荷馬車くらいなのです。

一〇日もすると旅に出ます。しかも後ろ髪を引かれながらもブーローニュを去ります。ここでB夫人やイギリスの二、三の家族と知りあったことは幸運でした。またかつてパリで知りあった二人の正直な紳士と数人の同郷人（フランスに仕えている士官たちです）にここで出会えたのも幸運でした。次の便りはパリからになるでしょう。Aクラブにいる友人たちによろしくお伝えください。あなたからひどく遠ざかってしまうと思うとちょっと気が重いのです。いったい私が帰れるかどうかはわかりません。体力に自信がないのです。

忠実なる僕

第五信　ブーローニュ　一七六三年　九月十二日

# 第六信　パリ　一七六三年　十月十二日

拝啓

ブーローニュからの旅についてはほとんど述べることはありません。天気は素晴らしく、道路もまあまあでした。モントルイユ（フランス北部、セーヌ・サン・ドニ県にある都市）とアミアンではいい宿が見つかりました。しかし私たちが滞在したそれ以外のところはどこも、ひどく不潔でしたし、とんでもなく吹っかけられたのです。ほんの通りすがりに見ただけのアブヴィルとかアミアンなどの街について述べようとは思いません。旅の最終日に訪ねたコンデ王子所有のシャンティイー城とか馬小屋などの話で時間をつぶしたくもありません。またつまらない「サン・ドニの宝物」〔この宝物の中にはフランス王権の象徴としての宝物があった〕の話でも足止めさせません。でも夕食の準備がなされている間、修道院付属教会の墓の話題とともにそれに少しは興味を引かれました。こういったこまごましたことは、いずれも二〇冊ものさまざまな旅のガイドブックに載っていますが、それらをあなたはくわしく何度もお読みになりましたね。修道院付属教会はこれまで見てきた中でも、もっとも優美なゴシック様式の建物であるということだけは言いたいものです。そしてその内部の空気は、わが国の古いどんな大聖堂でもよく感じられるあのじめっとまとわりつく感じはまったくないように思います。これはきっとその立地条件のためなのでしょう。素晴らしい大理石の像がいくつかあり、それらがここに埋葬されている何人かの人物の墓を装飾しています。しかしその大部分はフランス趣味であり、古代人の簡潔さとはまったく対照的です。姿勢は気どっていて不自然で、まとまりがなく、着衣の表現も異様です。あるいはわがイギリスの芸術家の一人が述べたように、それらは「ひどく乱雑」なのです。宝物については特定の日時に誰にも無料で見せてくれますが、それらはたくさんの戸棚や衣装棚に入っています。そしてもし本物の宝石だとするととてつもない価値があるはずです。でもこれは信じられません。実際私が間違いなくダイアモンドだとして見せられたものはただのまがいものにすぎないということを教えてもらいました。しかしながらこれらを除いても大変な価値の原石がいくつかと、見るに値する多くの珍しいものがあります。それらを見せてくれた修道士はその容貌と物腰からしてもまさにわが友人のハミルトンそっくりでした。

フランスの宿屋については、私にはひどく特異なことが一つ目につきますが、それはこの国でよく見る国民性とはまったくそぐわないものです。街道沿いの宿の主人、女主人、それに召し使いたちなどは、外国人に対する振舞いにまったく愛想のよさがないのです。イギリスのように、出迎えにドアのところに来ないし、客に気づく様子も見せません。台所はどこだと客自身にたずねさせたり、見つけさせるのです。しかもそこでも部屋はどこだと何度もたずねなくてはならず、そうしてから彼らはやっと上の階に案内する気になるようです。彼らがお金を巻きあげるさまざまな悪だくみをしているときなどは、まさに屈辱を心の底から感じさせるような冷たい目に会ってしまうことが普通です。それはまさにフランスとイギリスの信じられないほどの違いです。フランスでは、居酒屋（食事や宿泊ができる宿屋のこと。酒も供する）の主人以外は誰でも愛想がいいのです。イギリスでは、居酒屋の主人たちがいるところ以外にはほとんど愛想の良さは見られません。私がフランス人は誰でもと言うときでも、この国の至るところで、旅行者の荷物を検査するあのごろつきどもはまた除外すべきでしょう。われわれの旅行かばんは鉛で封印され、税関からの運送許可証ももらっていたのですが、馬車はわれわれが入ってきたパリの城門のところで検査を受けたのです。そこで女たちは外に出て、この作業が終わるまで、街頭に立っていなければなりませんでした。

私は友人にパリのサン・ジェルマンに宿をとってくれるように頼んでおきました。そしてそのとおりに、われわれは「モンモランシー・ホテル」〔*The Gentleman's Guide in his Tour through France*, fourth edition(London, 1770) でパリの最良のホテルの一つとされている〕に身を落ち着けました。これは二階建てで一日に一〇リーヴルかかります。そこがもっとましなものでなくても、我慢すべきだったでしょう。でもここにいるのはほんの数日ですし、訪問客も数人なので、友人が宿代を高めにしたことを残念には思っていません。ほろ付きの豪華な四輪貸馬車を借りて、大変な出費をするというへまもしてしまったので、そのために一日に一二リーヴルも支払っています。しなくてはならない訪問以外にも、妻や娘たちを街のあちこちにあるもっとも有名な場所を見せることなくパリを立つことはできませんでした。例えば、リュクサンブール宮、パレ・ロワイヤル、チュイルリー宮、ルーブル宮、アンヴァリッド廃兵院、ゴブラン織の国営工場などです。またヴェルサイユ宮、トリアノン宮、マルリー宮、ムードン城とかショワジー城などもありました。それで費用の点ではほろ付きの豪華な四輪の貸馬車と六人乗り二頭立ての四輪馬車でもたいした違いはないと思いました。前者は飾りが派手すぎずじつに優雅です。後者はとてもぼろで感じも良くないものです。私自身の召し使いが現地のことばを話せないので案内人を雇わなくてはならないことほどくやしいことはありません。こんな悪辣《あくらつ》な案内人がゆきずりの人をいかに巧妙に、しかも必死になって強奪するかは考えられないくらいです。あなたが着くのを手ぐすね引いて待っているのがいつも一人はいます。彼は召し使いが荷物をおろすのを手伝い始めます。そしておせっかいながら、じつに巧みにあなた方のことにひどく興味を示すので、こんな案内人など絶対に雇うものかと前もって決心していても、それを振り切るのはむずかしいのです。彼がかつての雇い主からの推薦状を取り出すので、それを見ると、その家族は彼が正直だということを保証しているのです。実際のところ連中はとても便利で役に立つし世話好きなのです。またありふれた盗みなどしない程度には正直です。彼らの一人に銀行から一〇〇ルイ金貨持ってきてくれるようにまかせることはできます。しかし他のすべての出費項目については、彼らに情け容赦なく金を巻き上げられてしまいます。彼らはあらゆる出入り商に口利き料を課すのです――仕立て屋、床屋、婦人服屋、婦人帽子屋、香水屋、靴屋、高級織物商、宝石商、帽子屋、仕出し屋、ワイン商などです。馬車の所有者の中産市民でさえ一日当たり二〇ソルを彼に支払っています。あいつのかせぎはその倍にもなります。だから私に仕えているあいつは、食事は別にしても、一日に一〇シリング以上は手にすると思います――ついでですが、彼には食事を要求する権利などありません。パリに住むのは私の記憶によると、一五年前のほぼ倍近くの費用がかかります。またこれはロンドンにも確かにあてはまります――この事情は増税のせいであることは疑いありません。というのは飲食については、フランス人が以前よりぜいたくとは思えません。

パリに持ち込まれる食料に課される税金、つまり「入市税」はとても重いそうです。ここでは肉屋のあらゆる獣肉、鳥肉は最高においしいのです。牛肉も素晴らしいものです。一般に飲まれているワインはブルゴーニュ産のあまりコクのないものです。彼らの調理法は決してほめられるものではありません。でも小型のロールパンとバターのパテの朝食はおいしいのです。このパテは絶品です。

一般市民やパリの中産市民でさえもこの季節は、主にパンとブドウを食べるのですが、それらがきわめて健康にいいことは疑いの余地がありません。もしイギリスで同じ簡素な食事が広まれば、外国のあらゆるマーケットで、われわれはフランスより、物を確実に安く売れるはずです。というのもフランス人はじつに陽気なのですが、ひどくものぐさです。しかも休日がとても多いので、この不精な気質が増長するばかりでなく、彼らがまじめにやれば、労働が生み出してくれるはずの富の半分も現実には失っています。ですからわが国の一般市民が日常生活において、つまり飲食にそれほど出費しなければ、労賃はフランスよりイギリスのほうが安上がりになるでしょう。わが家の真向かいに住む鍛冶屋に、その姪か娘にあたる三人の元気なおてんば娘がいますが、彼女たちは朝から晩まで何もしません。七時から九時まではブドウとパンを食べています。九時から十二時までは髪をなでつけています。そして午後はずっと窓から、ぽかんと通行人を見ています。彼女たちが自らベッドを整頓したり、部屋を掃除するために働くなどというところは目にできません。同じような無為と無精の精神をフランスのいたるところでありとあらゆる階層で見かけました。

## 第六信　パリ　一七六三年　十月十二日

以前パリに住んでいたとき以来、すべてのスケールが小さくなってしまったようです。ルーブル宮、パレ・ロワイヤル、橋、それにセーヌ川などは、私が以前見た経験からつくりあげたイメージとはまったくそぐわないのです。記憶力があまり正確でないとき、想像力はいつもそれを途方もないものにしてしまうものです。一四年間の不在の後で、私が祖国を再び訪れたとき、すべてのものが同じように小さくなっているのを発見して、わが目がほとんど信じられないほどでした。

フランス人の陽気さにもかかわらず、彼らの家はどこも陰鬱です。ヴェルサイユ宮に惜しみなく使われたあらゆる装飾にもかかわらず、それは陰鬱な住まいです。部屋は暗く調度品も十分ではなく、汚れていて、王侯らしからぬものです。宮殿と礼拝堂、庭園などをまとめて考えてみると、それらは壮大なものと卑小なもの、趣味のよさときざっぽさとのきわめて異様な混合物になっています。結局のところ、快適な部屋とかきらびやかな家具、それに清潔さと便利さなどを期待できるのはイギリスだけなのです。フランス人の天賦の才には奇妙にも不調和なものがあります。彼らの移り気、おしゃべりや「警句好み」にもかかわらず、ちょっと間延びした話し方、物憂さ、教会音楽のたぐいを喜びます。一番好きな劇作品はほとんど出来事らしいものがないものです。また喜劇の対話はウイットや即妙の才がまったくなく、教訓的でつまらない警句から成るのです。リュリ、ラシーヌ、モリエールなどの盲従者たちの中で、こんな意見を吐くことがどれほど危険なものかはわかっています。

ヴェルサイユ宮とかパリ市の内外にある多くの胸像、彫像、そして絵画など、また特にオルレアン公所有のパレ・ロワイヤルにある名品の立派なコレクションは例外です。確かにこれらの膨大な「傑作」については批評する気にもならないし、その能力もありません。それには丸々一冊の著作が必要でしょう。私はこの数多くの絵画を心の底から驚きながら、三回も見たことがありますが、数が半分くらいだったらいいと思います。どこから始めるのかわからないほどの豊富さにとまどって、一つの作品をなんとかじっくり見る時間ができないうちに、あわてて立ち去ってしまうのです。しかも部屋はどれも暗くて、ほとんどの絵画は不十分な明かりの中に掛けられています。トリアノン宮、マルリー宮、ショワジー城については、それらは宮殿と比較すると鳩小屋にしかすぎません。それにフランス王の住まいについて耳にした過度の賛辞にもかかわらず、イギリス王のほうが恵まれている――もっと快適に住まわれているという意味です――とあえて言いたいものです。しかしながらフォンテンブローは除外すべきでしょう。見たことがないのですから。

パリ市は周囲が五リーグ、つまり一五マイルくらいあると言われています。そしてもし実際にそうなら、それはロンドンより人口がずっと多いはずです。というのは通りはとても狭く、家並みも高く、各階には家族が別々に住んでいます。しかし私はこれら二つの堂々とした街の一番いい市街図を測ってみたことがあるのですが、パリはロンドンとウェストミンスター地区が占めるほどの大きさはないと確信しています。そしてその住民の数についても、八〇万人に達すると言う人は大げさだと思います。〔Abbé Antonini, *Mémorial de Paris, et de Ses Environs*, new ed.Paris.1744, P.3 からこの数字を取っている。Nugent その他もこれを引用している〕それと言うのもロンドンの定期刊行の死亡者統計表に含まれるものより二〇万人も多いからです。パリのフランスの貴族の大邸宅には中庭と庭園も設置されて、広大な敷地になっています。パリの女子修道院と教会も同じようなものです。確かにその通りが人間と乗り物で驚くほど混雑していることは認めなくてはなりません。

フランス人はイギリス人を手本にし始めましたが、それも見習う価値があるものについてだけです。以前パリに滞在していたときのことですが、何らかの身分がある人たちは、朝早く出かけなくてはならないときでさえ、男女を問わず盛装していない者はいませんでした。でも丸型カツラのようなものは見かけませんでした。しかしいまでは朝にたくさんのフロックコートや半カツラ〔頭をかくことができる形のカツラ〕などをこの大都市の通りで見かけます。彼らはわが「ペニー郵便制度」にもとづき、それを少し改良して「市内郵便制度」をつくりあげたのです〔penny-post「ペニー郵便制度」は一六八三年にイギリスで確立した。パリではこのやり方はうまくいかなかったので、一七五八年に petite post「市内郵便制度」をつくった〕。またセーヌ川からどの家にも鉛管で水を供給する計画も始まっているそうです。彼らはわが冷水浴の習慣さえ取り入れましたが、それをするためには川沿いに建てられた木造の家が好都合です。そしてその水は浴室の両側面に取り付けたコックでときどき入れ換えます。男女別の部屋がそれぞれあるのですが、設備は立派だし、料金もわずかです。ゴブラン織の壁掛けは驚くべき完成度に達しています。しかも意外にもこの調度品は、貴族たちの間ではそれほど流行していないのです――彼らにしか買えないものなのですが。これはきわめて上品で立派な装飾品になりうるものですから、彼らの部屋をいつまでも下層階級のそれから優雅な差をつけることでしょう。またこんなことでは中産市民と張り合おうとしません。パリ郊外のシャイヨー村では美しい敷物や、ついたてのたぐいをつくっています。しかもこの国では敷物などほとんど使われていないので、これは特筆すべきことです。ほとんどすべての宿屋の床は煉瓦敷きなのですが、一日に一回水をまいて掃き出すこと以外の掃除はなされません。これらの煉瓦の床、石の階段、部屋に腰板を張っていないこと、また厚い石の仕切り壁などは、しかしながら、すぐれた防火対策になります——火事はこの街ではめったに被害をもたらさないのですが。腰板を張らないで壁はつづれ織とダマスク織の織物が掛けられています。ベッドは一般にとてもいいもので、天蓋とカーテンという装飾物があります。

二〇年前はパリから一マイル以内のセーヌ川は、まるで沙漠を流れるようにわびしいものでした。現在ではマルリー宮までの川岸は趣味のいい多くの家屋や植え込みで趣があります。ここにある揚水機について述べる必要はありません。というのもあなたがその仕組みにとてもくわしいことは存じています。またチュイルリー宮の庭園の一画に、洗練された設計による新しい広場ができたということ以外に、パリの街についてはもう何も申しあげることはありません。それはルイ一五世の広場と呼ばれ、真ん中には現国王の素晴らしい騎馬像があります。

ルイ一四世が、自国ではわが庭園の歩道のための砂利がとれない、としきりに残念がったことはよく耳にしていることでしょう。というのはその歩道はさらさらした白い砂を敷き詰めてあるので、そこを歩く人の目にも足にもひどく不愉快なものになっているからです。これは大失敗でした。この王国の他の多くの地域と同じように、パリとヴェルサイユ間の道には砂利がいくらでもあるのです。しかしフランス人は誰でも、きらきらぎらぎらするものが好きなので、砂のほうが華やかで感じがいいと思ってしまうのです。夏にはほとんど耐えがたくなる白い砂からの焼けつくような反射など、彼らはほとんど感じないのだと思ってしまうほどです。

一民族としてとらえたフランス人の性格には、確かにこっけいなものが多いことは疑問の余地がありません。狩りに出かけるおしゃれな連中は、長靴と袋カツラ（後ろ髪を飾り袋に入れたカツラで十八世紀に流行した）と刀とピストルを身に付けるということはご存じですね。しかし私は先日もっと奇妙な光景を目にしました。ショワジー城に行く道すがら、貸馬車が止まると、マスケット銃（先込め式の歩兵銃）で武装した男たちが五、六人飛び出してきて、めいめい別々の樹木の背後に陣取りました。私は召し使いに、あいつらは何者なのだとたずねました――ならず者を追跡している警察吏だろうと想像して。けれど彼らは狩りをしている男たちだと教えられたときの、驚きを想像してください。じつを言うと、彼らはこんな見なりでパリを立ち、ウサギ狩りの遊びをやっているのです――たまたま通り過ぎるウサギを樹木越しに射撃するのです。確かに獲物をしとめることだけが彼らの目的ならば、これはとてもうまいやり方でした。というのもウサギはこのあたりにはとても数が多いので、一カ所に十数匹も一緒になっているのを見たことがあるほどです。二輪馬車あるいは四輪馬車によるこのような狩りのやり方は、ロンドンの参事会員なども積極的に取り入れるといいと思います。彼らは鈍重すぎるので、馬に乗って猟犬なんか追いかけられないのですから。

　しかしながらフランス人は彼らのありとあらゆる馬鹿げたことにもかかわらず、われわれより確実にある種の優位に立っています。そしてこれはわが国民にはきわめて恥ずべきことです。それはなによりも衣服というものにもっともよく表れています。われわれはファッションについて猿まねをしていると思われても何も感じないのです。実際われわれはフランスの洋服屋、婦人服仕立屋、床屋、その他の商人に隷属しているのです。わが国の商人は、フランス人とぐるになってわれわれを敵扱いしている、と想像したいところです。フランス人がロンドンに来ると、彼ら自身の国のファッションそのものの身なりで、あらゆる公的な場に姿を見せますが、このファッションを、たいていのイギリス人はとてもほめるのです。ですから、なぜわれわれはそれを猿まねしないのでしょうか。いやわれわれは称賛するまさにそのやり方からのきわめておかしな逸脱を自慢し、この逸脱はわが心と自由のしるしだと思って自己満足するのです。でもわれわれが彼らの国に行くときには、この逸脱に固執するだけの勇気は持ちあわせていません。そうしなければ、おそらくフランス人はわがやり方をたたえて、それにしたがうことでしょう。というのは、洗練された趣味からすると、両国のファッションはどちらも馬鹿げたものであることは疑いありません。現在ではイギリス人のコートの端のところは五番目のあばら骨から足のふくらはぎあたりまで来るので、ユダヤ人のゆったりした上着みたいになるのです。そしてわれわれの帽子はピストル氏（シェイクスピアの『ヘンリー四世』『ウィンザーの陽気な女房たち』の登場人物）が舞台でかぶっているものが原型になっているようです。フランスでは尻のボタンとポケットの穴は、コートの端から半フィートを超えないところにあります。彼らの帽子はまるでそのつばのまわりを切りつめられたように見え、上部にひものようなものが付いていて、それは私が見るところ、みっともないこじきのような格好になってしまうのです。男女の衣服の他のあらゆることについても、この二つの民族間の違いは同じようにはっきりしています。つまるところどうなるのでしょう。イギリスの男性がパリに来ると、まったく見ちがえるようになるまでは人前に出ないのです。彼がパリに初めて来ると、仕立屋、カツラ職人、帽子屋、靴職人、さらに人間の体の装飾に関するその他のありとあらゆる商売人を呼び寄せなくてはならないことがわかるのです。ベルトの締め金も、またひだ飾りの形でさえ変えなくてはなりません。そしてたとえ命にかかわることになっても、自分の服を季節の流行に合わせるのです。例えば気候がいままでにないほど寒くても、夏服または合い服を着なければなりません。そしてファッションがそれと決めた日以前には、好んで暖かい服装などしないものです。また老齢であっても、病弱であっても、どんなところでも帽子をかぶらないわけにはいかないのです。女性は（そんなことができればの話ですが）移り気な流行に、もっと影響されやすいのです。そして女たちの身づくろいの品がいろいろあるとはいえ、妻が何人もの仕立屋、婦人帽子屋とか装身具屋などに取り囲まれているのを見ると夫はとてもいらいらするものです。彼女の上着や下着はすっかり新調して、新たに裁断しなくてはなりません。帽子もレースも靴もヘアスタイルも新しいものにしなくてはなりません。夏にはタフタ織を、春と夏には花柄の絹地を、冬にはサテンとダマスク織を着なくてはなりません。一年じゅうじつに飾り気のない「イギリスの丈夫なラシャの織物」を着て、髪を辮髪《べんぱつ》風にするか巻き毛の大きなカツラをかぶった好男子もここでは、春と夏には銀取りされたらくだ織の服を着なくてはなりません。夏には絹地の服、そして冬には金かビロードのレースの付いた布地を身に着けなくてはならないのです。しかも鳩の翼の形の袋カツラもかぶらなくてはなりません。このさまざまな衣装が、平凡な中産市民以上の地位を強く望む者には、どうしても欠かすことができないのです。祖国に帰るとすぐに、こんな気取りはまったく無用なものになります。またもう一度完全な変身をとげるまでは、ロンドンで姿を見せることはできないのです。ですから、パリとロンドンの商人たちが結託《けったく》して、大金《おおがね》を巻きあげたと彼が思うのももっともです。確かに彼らが二つの首都で、ファッションを左右している輩であることは疑いの余地がありません。イギリス人はしかしながら、従属的な役割しか果たしていません。というのは彼らの仕立てる操り人形はパリ、ましてはヨーロッパのその他の地域では絶対に通用しません。ところがフランスの「伊達男」は、どこでも非の打ちどころのない人物と思われています。ロンドンも例外ではありません。外国を駆けめぐることがイギリス人には現在よく見られる気質なので、彼らが十分な反フランス精神を身に付けて、本物のイギリスの衣服で身を仕立て上げ、ウィッグ・ミドルトンという名うての廉直な紳士が見せてくれたような冷静な軽蔑の気持ちで、フランスの流行をあしらってもらいたいと思っています。そんな微動だにしない愛国者は二五年前に、身に付けていたのと同じ半カツラと浅型の帽子とスリットの入った袖という姿でいまでも人前に現れます。彼は流行のありとあらゆる革新に挑戦して、この服装にずっと固執してきたのです。私はテンプル法曹学院の一人の研究者をおぼえていますが、彼は το χαλον すなわち「美」について長く深い研究をした後、あごひげをのばすという一大決心をしたのです。しかもいかなる公式の場でもそうしたので、彼の法定相続人は、あれは狂っているのではないかと、彼を精神鑑定委員会に訴えました。それで彼もいささかでも「精神異常」と見なされるくらいならと、かみそりを当てさせたのです。

筆をおく前に、パリのもっとも評判高い店主や商人でも、とんでもなく吹っかけるのを全然不名誉だとは思っていないのだと言っておかなくてはなりません。私自身も品物を板に並べて売っているこの首都でもっとも信用できる商人の一人と知り合いなのですが、彼はルートストリング生地（光沢のある無地の絹地）を一エル（イギリスでかつて使われた長さの単位。二四センチくらい）当たり六フランで売っていました。しかもそのときは胸に手を当てて、この原価はせいぜい三ソルだったよと「正直に」告白していました。けれども三分もしないうちに彼はそれを四ソル半で売ったのです。それで客が前の告白をとがめたら、彼は肩をすくめて「値切んなくちゃね」と言ったのです。これは特例として述べているわけではありません。これと同じ卑劣な不誠実がフランス全土に広がっていると教えてくれた正直な人たちもいました。

私の次の手紙はおそらくニームかモンペリエからの日付になります。

忠実なる僕

## 第七信　M夫人あて　パリ　一七六三年　十月十二日

奥様〔この人物は第十五信の奥様と同じ。作家の友人 Dr. George Macaulay の妻で歴史家でもある Mrs. Catherine Macaulay であろう〕

フランス人の性格について述べたことばに心から満足していただけたらとてもうれしいです。ご婦人方についてはその見かけからしか判断できません。でも確かにそれには個性がはっきりと現れるので、判断を誤ることはほとんどないのです――もし趣味が良く情操も豊かな女性が、理性を失い本性がわからなくなるほど、いわゆるおろかな流行に影響されて、おぞましくてこっけいになってしまうなどと思わなければの話ですが。これは確実に一部の人物に当てはまるかもしれません。これがわが国でもありうることはわかっていました。というのはそこではフランスの馬鹿げたやり方が取り入れられ、きわめてぶざまに、ものまねされているからです。しかしそんな途方もないはやりものが広く流行しているということは、審美眼が一般に欠如しているということと、人心が堕落していることのまぎれもない証拠です。フランスの女性の衣服の細かい点については、あえて述べるつもりはありません。私よりあなたのほうが、これについてははるかによくご存じです。でもこれだけは思いきって、はっきり言っておきたいのです――フランスは大きな貯水池であり、そこからあらゆる馬鹿げた悪趣味やぜいたく、またとっぴな行為などがヨーロッパのさまざまな国々まであふれ出したのです。この貯水池を満たす源泉は虚栄心と無知に他なりません。自然の美の観察とか古代人（彼らは今時《いまどき》の目の肥えた人物と同じように正しく判断ができたのです）の習わしからだけではなく、自然の摂理、また衣服の原則とその用途などから見ても、現代に流行している衣服ほど奇抜で不便で情けないものはないということを証明する必要はないくらいでしょう。あなたご自身もそれらの欠点をことごとくご承知ですし、それをよくあざ笑っていることも耳にしています。この国のファッションには欠かせないある特別な装いのことを言おうとしているだけなのですが、それは人間本来のきざっぽさを極端なまでに、おろかさと浪費という形で表しているようです。また婦人たちの顔を下塗りし化粧するやり方もそうです。インディアンの酋長がイギリスに来たとき、ほおやまぶたを塗りつける途方もないやり方を誰もがあざ笑いました。しかしこの嘲笑の対象は的はずれでした。インディアンは感じよくするために塗り立てたわけではないのだと、そのあら探し屋は考えるべきでした。そうではなく、敵に向かってより恐ろしく見せるためです。世間一般に認められていると思いますが、あなた方女性はおしろいや濃い紅をじつにさまざまな目的に使っています――つまり良くないまたは色あせた顔色をごまかしたり、優雅さを引き立てたり、生まれつきの欠点、また時間というつめあとを隠すためなどです。このような押しつけがましさが公正で正直なことかどうかなど、いまは問いません。正直とは言えず、これは巧妙でかけひきに満ちたものであるのは認めるべきです。でも少なくとも感じよく見せたいという気持ちは表しています。しかしフランスのファッションとしてそれを押しつけると、身分ある女性たちは、皆そうせざるをえないのです。というのは実際問題として彼女たちは、この際立った勲章なしに人前に出ることはできないのでそのように装いますが、彼女たちを見るどんな人間も――彼らが自然さとかたしなみにちょっとでも関心があれば――不輸快で憎悪するばかりの気持ちになってしまうのです。彼女たちの首とか肩に塗られるおしろいについてはまあまあ許せます。というのはその肌はもともと褐色または黄ばんだものなのです――しかしほお紅はあごから目まで顔一面に、ぶざまに塗りつけられるので、顔の造作の区別もすっかりわからなくなるばかりでなく、顔付きもひどく恐ろしげなものになります。またはせいぜい不愉快と反発心をもよおさせるだけです。ご存じでしょうが、このひどい仮面なしには既婚夫人は、宮廷またはいかなる上流社会にも受け入れてもらえません。しかもそれは格差の象徴なので、中産市民であえてそんな装いをする者などいません。上流階級の女性たちだけがこんな下品な色使いに身をさらす特権があるのです。彼女たちの顔がまやかしの顔色に隠されているように、頭はひどく大きなカツラに覆われています。額のところがちぢれているので、ギニアの黒人のもじゃもじゃした髪の毛そっくりです。そのもともとの色についてですが、これはたいした問題ではありません。というのも髪粉《かみこ》はどんな髪の毛も同じ色にしてしまうのです。しかもこの国ではいかなる女性も朝起きてから夜まで、頭を真っ白にすることなしに人前に身をさらすことはありません。粉おしろい、あるいは粗《あら》びき粉などは最初ヨーロッパではポーランド人によって、そのかさぶただらけの頭を隠すために使われました。しかし髪をなでつけるおしゃれも、粉おしろいを使うというはやりものも、ホッテントット族から取り入れたものにちがいありません。彼らは羊に似た頭にマトンの脂《あぶら》を塗りつけ、次にそれを「ブック」という粉末ですっかり固めるのです。同じように貴婦人の髪もちぢれていて、黒人のちぢれ毛みたいですが、それは豚脂や獣脂とかおしろいなどからつくったいやらしいのりのようなもので固めたものです。ですからフランスの上流階級に取り入れられている顔を塗りたくり、頭を飾り立てるという現在の流行はアメリカのチカソー族とアフリカのホッテントット族という二つのお上品な民族から由来しているのです。私がこれらご立派な連中の一人がフリル付き、フラウンス付き、またひだ飾りが付いた絹と紗《うすもの》で仕立て上げたけばけばしいローブを着て、ヘアピースやまがい物の宝石を身に付け、おしろいを塗りたくり、付けぼくろをし、香水を振りかけて、さっそうと歩くのを見るときには、いままでに人工的につくられたものの中で、彼女がもっともいやらしいつくりものなのだと見なさざるをえないのです。

塗りたくったこのぞっとするような顔は、ありとあらゆる美を破壊するのですが、生まれつきの不器量とみにくさにとってはうってつけのものです。男性の目はそれに慣れ、ときとともにぎょっとさせるようなものも受け入れます。そのため女性の顔付きの区別がつかなくなります。またすべての顔があるレベルに達して、どんな女性も求愛者に対して同じチャンスが持てます――この点においては古代ラケダイモン人のやり方に似ています。というのも彼らは暗がりで配偶者を選ばなくてはならなかったのです。私が接することができたきわめて少数の人たちとの会話から彼女たちの頭の中身を判断するつもりはありません。しかし私が耳にした彼女たちの教育の内容とか生まれつきのそうぞうしい気立てからは、分別も感性も慎重さも期待できるものではありません。子どものころから、彼女たちは最初に思いついたことは何でも口にすることが許されていますし、またそうするようにすすめられてさえいるのです。このやり方で口達者になり、いわゆる社交界の会話の常套句《じょうとうく》を覚えるのです。同時に彼女たちは、羞恥心などどこ吹く風という顔をするか、あるいはむしろこのわずらわしい感覚を身に付けないようにします――それが生得の気質でないのは明らかですから。住み込みの家庭教師がいない連中は女子修道院に二、三年送り込まれ、そこでは迷信をたっぷりと仕込まれます。そのためこれが一生身に付いてしまいます。しかし心を豊かにしたり、理性の力を働かせたり、文学趣味とか何か有用なもの、あるいは節度あるたしなみなどを身に付けるチャンスが少しでもあったなんてことは聞いたこともありません。おしゃべり、ダンス、トランプ遊びなどを仕込まれた後で、彼女たちは上流社会にデビューし、人生のその高い地位と階級とにふさわしい義務をすべて果たせる十分な資格があると見なされます。トランプといえば彼女たちはそれをただ娯楽のためばかりでなく、実益のためにやるようになるということも言っておかなくてはなりません。だから男女にかかわらず、フランス生まれの人間で、ばくちのありとあらゆる手練手管に精通していない輩にはめったに出くわさないのです。これはまたイタリアのどこでも言えることです。ピエモンテ州の名家のある女主人には息子が四人いましたが、長男は家族の代表とし、次男は軍隊に入れ、三男は聖職者にし、四男はばくち打ちに育て上げるんだと彼女は臆面もなく言いふらすのです。こういった高貴な山師たちは特別なやり方で、わが国からの旅行者をもてなすことに身をささげます。というのもイギリス人は金がふんだんにあり、あわて者で不注意だし、勝負事などちっともわかっていないと思われているからです。だがそんなトランプ詐欺師が女とつるんで獲物を追いかけるときは、もっとも危険なものです。私はあるフランスの伯爵とその奥方と知り合っていたのですが、彼らはもっとも慎重な人からさえ、金を巻き上げる手段を見つけたのです。彼は人当たりが良く口達者でおせっかいだし機転も利きました。彼女は若くて魅力的ですが、節操がなく狡猾でした。もし獲物にされたイギリス人がその夫のしようとすることに警戒していることがわかると、細君は色仕掛けで彼を攻めたのです。彼女は肉体のあらゆる魅力を見せつけました。歌って踊って、色目を使い、ため息をつき、お世辞も口にし、ぐちをこぼしたのです。もし彼が彼女のいかなる魅力にも目を向けなければ、イギリス人が金持ちであることと、その寛大な心をほめちぎって自尊心をあおり、思いあがらせるのです。しかももし彼がこんなありったけの手練手管など相手にしないことがわかると、彼女は最後の手段として彼のやさしさと同情とに訴えかけようとしました。彼女は目に涙を浮かべて、上流階級の親族の冷たさと無関心についてぐちったのです。また夫は貴族の次男坊にすぎず、その資産も高貴な身分と寛大な心には決してふさわしいものではないと話すのです。さらに夫は係争中の重大な訴訟があり、そのため財産もすっかりなくしてしまい、その訴訟のかたをつけるためのお金を二人に用立ててくれるような寛大な友人が見つからなければ、どちらも破滅してしまうと最後に付け加えたのです。このようなけしからぬ動機から抜け出せない人は、世間並みに、ばくち打ちになってしまいます。だから頭を働かせ時間をかけてやるもっと堅実なことでもないと、ありとあらゆる浪費の中でも、最悪なことに人生の最良の部分を使い果たしてしまうのです。この原則にも例外があることを知らないわけではありません。フランスからはマントノン夫人〔Maintenon 一六三五〜一七一九、ルイ一四世の愛人で後に第二夫人になる〕、セヴィニエ夫人〔Sévigné 一六二六〜九六、著名な手紙作家〕、スキュデリ夫人〔Scudéry 一六〇七～一七〇一、*Artamène* や *Clélie* などを書いた作家〕、ダシエ夫人〔Dacier 一六四七～一七二〇、批評家、古典学者〕、それにシャトレ夫人〔Châtelet 一七〇六～四九、作家、Voltaire の愛人。*Institutions de Physique*〕のような方々が生まれたことは知っていますが、フランス女性の一般的な性質をこんな例から推測したくありません——偶然の手によってユリやラナンキュラスがその中に植えられているからといって麻の野原をお花畑と呼べないのと同じことです。

女性はこれまでは、か弱き男性とされてきました——でもこの国では男性は、私の見るところ、女性よりもさらにおろかしく、取るに足らないのです。彼らは一筋縄ではいかないので、世間の目にはいっそう腹立たしく見えるのです。この世のしゃれ者全員の中でもフランス人の伊達《だて》男がもっともいけずうずうしいのです。そしてレースと刺繡《ししゅう》できらめいている侯爵から、おしろいまみれで髪を長く編み上げ、帽子を腕にかかえて気どって歩く床屋の見習いまで、男性はことごとく伊達者です。私はすでに虚栄心がこの国民のありとあらゆる身分・階層の人たちの大きなそして普遍的な動機付けになっているのを見てとりました。しかも彼らはそれを隠すとか抑える努力をまったくしないので、それによってもっとも馬鹿馬鹿しくしかもほんとうに我慢ならない常軌を逸したことまでやりがちなのです。

フランス人について語るときには、世間の非難からかなりの数の個人をまた除外しなくてはなりません。一般人の性格となっている無知や愚行、またずうずうしさなどは心から軽蔑しますが、芸術・科学のどの分野でも優れて際立っている多くの偉大な人びとの才能は尊重せざるをえません。神意という思慮深さによって人類のくずに産み落とされた卓越した種族として、この人たちをずっと崇拝することになるでしょう。たとえかの地の山々に七フィートほどもある人間が何人も生まれたからといって、ウェールズ人やスコットランドの高地人を巨人族だと断定するのは馬鹿げたことでしょう。フランスがデカルトやモーペルチュイ〔Maupertuis 一六九八～一七五九、数学者かつ天文学者、ラップランドの測地探検を行った〕、レオミュール〔Réaumur 一六八三～一七五七、著名な博物学者、自然哲学者〕、またビュフォン〔Buffon 一七〇七～八八、著名な博物学者〕のような人たちを産んだからといって、フランス国民が思想家の国民だなどと思うのもまた馬鹿げたことでしょう。

　フランス人が天賦の才に決して不足していないことは私も否定はしません。でもそれと同時に彼らには生まれつきの軽率さも目立ち、そのため若いときに、自らの才能をみがくこともしないのです。これはお話にならない学校教育と、この上なく浮薄な稼業をしているやくざな連中を見習うことによって、ひどいものになっています。フランス人はイエズス会士やその他の会の修道士たちに母語の読み方とか祈り（その意味は理解できないのですが）を教えてもらいます。彼はまたこれらの高貴な学術の教授者たちから舞踏やフェンシングも学ぶのです。また床屋と召し使いの手助けと指導のもとで、髪の手入れや身づくろいを完璧にできるようになります。フルートやヴァイオリンの演奏を習うとなると、余人のおよぶところではありません。しかし彼は女性との会話でも、どんな国の人よりも洗練されていると鼻にかけています。若いころからなじんでいたこのやりとりをするうちに、フランス語のおべっか使いのことばを、オウムのようにすっかりそらんじてしまうのです。その決まり文句は、ご存じでしょうが、あまりに馬鹿げているので物笑いの種になるほどです。この国では女たらしのことばという悪名高いあの手の言いまわしで、どんな女性にも手当たりしだい声をかけるのです――耳をかたむけてくれるどんな女性にも色目を使うことしかしません。それはスポーツみたいなものだし、そんなことばかりやっているうちに、いけずうずうしくなれなれしくなり、ひどく無作法にもなるのです。控えめとか遠慮などというものはすでに述べたように、まったくあずかり知らぬものなのですから、それを表現することばが彼らのことばにあるのかどうかと思ってしまうくらいです。

私が礼節というものを定義しろと言われたなら、それは自分自身を感じよくさせる技術と呼びたいものです。礼儀正しさと感情の細やかさをしっかりと感じさせる技術なのだと思います。これらはいままでの観察ではフランス人がまったく思いもつかない身の処し方です。それゆえ彼らをほとんど理解していない人たちを除いて、フランス人が上品だなんて決して思われていません。彼らがとりあえずやろうとすることは、いわゆる晴着つまり安ぴかな流行で身を飾ることです。理性がみがかれず、生まれつきのセンスの良さにも欠ける女性の心が、その数多い崇拝者の中に、こんなけばけばしいものを見てわくわくしても驚くべきことではありません。この感情はおおげさなおべっか使いのことばによって高まるのですが、彼女はうぬぼれてそのことばを信じ込み、さらにその色男の熱心さが輪をかけます。というのもじつのところ、その男は他のことなど眼中にはないのですから。フランスの男性は幼いころから女性たちと一緒にいるので、彼女たちのやり方や気質を熟知しているばかりでなく、さまざまなちょっとしたことをやるときにも驚くほど気をくばるようになるのです――そんなことはもっと価値のあるものを身に付けるために時間を使ってきた他の男性なら見過ごしてしまうものです。彼はむぞうさに就寝中の婦人の寝室に入り込み、彼女が欲しがるものは何でも取ってあげたりシフトドレスに風を通してやり、それを着るのを手伝ってあげます。化粧にも立ち会い、付けぼくろの位置を決め、どこにおしろいを塗ったらいいのか忠告するのです。髪を整えているときに訪問して、その髪型にちょっとでもおかしなところが目につけば、この手で直してあげるよと言い立てます。もし巻き毛一つ、あるいはたった一本の髪の毛でもおかしな具合になっているのを見つければ、くしとはさみと髪油を取り出し、本職の髪結いのように上手に直してあげるのです。彼女が行くところには、遊びとか仕事にかかわらず、どこでも付き添い、時間はすべて彼女にささげ、彼女の用事にはなくてはならないようにしてしまうのです。これは彼の性格の中ではもっとも好ましい面だと思います。彼を無作法という面から見てみましょう。フランス人はものすごく失礼かつしつこい好奇心であなたの秘密をことごとく詮索《せんさく》します。それからそれらを良心の呵責《かしゃく》なしにあばいてしまいます。もしあなたの体調が悪ければ、体の不具合の症状について、かかりつけの医者がそうしようとする以上に気安く聞き出そうとするのです——とんでもなくぶしつけなことばなどは日常茶飯事です。それから治療薬はこれがいいとすすめ——というのも彼らは皆にせ医者です——知らぬ間にそれを調合してしまい、飲め飲めとしつこいのです。しかも診察してもらおうとしてあなたが選んだ人たちの意見なんかちっとも聞き入れません。あなたがとても具合が悪いか人に会いたくないにしても、いつでも寝室に押し入ってきます。そしてもしやむをえず、きっぱりと断ると、侮辱されたと思うのです。こんなきざなやつの一人がうわごとを口走っている哀れな紳士を、一日に二回は必ずお見舞いしたのを知っています——しかもその人の最期の苦しみまで、さまざまなことを一緒に語り合ったのです。この看病は愛情や思いやりにもとづくものではなく、虚栄心そのものからなされたのです。後になって、自らの情け深さや人情味のある心を鼻にかけるためです。しかしながらいままでに知り合ったありとあらゆる人びとの中で、フランス人は同じ人間の苦しみに、もっとも関心をいだくことができない国民だと思います。彼らは深い感動などしないのです——それにひどく軽はずみなので、ちょっとでも不快な想像とか感覚などについて、じっくりと考えるゆとりのある想像力もないのです。フランス人は女性にとてもやさしくすることがうまいのですが、気を引くとすぐに、自分の虚栄心を満たすために、彼女の本性を見せ物にするのです。いやそれどころか、もしそのやり方がうまくいかないと、偽の手紙やつくり話をでっちあげて、その女性の評判を台無しにしてしまうのです。これなどは一種の裏切行為なので、そんなことをする輩は男にとっても女にとっても、いまわしく憎むべきものであると思えるに違いありません——ところが事実はそうではありません。奥様には失礼なのですが、女性は互いの本性が見えるときが一番安心するのです。さらにどんな女性も自らの人並み外れた魅力と判断力に自信があるので、この上なく移り気な人間の気持ちも引き止められるし、またこの上なく不誠実な恋人も改心させることができると考えているのです。

もしフランスの男性を家族に迎え入れて、友情とか厚意でもって何度も特別に扱っても、そんな親切に対する彼の最初のお返しは、あなたの妻が美人なら彼女に色目を使うことなのです。そうでなくても姉さんとか妹さん、または娘さんや姪御さんなどに同じことをするのです。もしあなたの妻に撃退されたり、姉さん、妹さん、娘さん、または姪御さんなどを誘惑してもうまくいかなければ、色仕掛けでそんな堅物をからかうより、あなたの祖母に言い寄るのです。しかもおそらく何らかの形で、親切にもてなしてもらった家族の安泰をそこなうようなやり方を見つけるでしょう。甘いことばとか一人ひとりのご機嫌取りをしてもいとめられないものを、色恋のためにいつも用意してあるラブレターや歌や詩などを使って、手に入れようとするでしょう。もしこんなふうに裏切りをしようとしていることがばれて、恩知らずだと非難されると、あつかましくも、自分がやったことは単に女性への親切心からであって、フランスでは良家の生まれだとされるいかなる男にも不可欠な義務と見なされているのですよ、などとぬけぬけと言うのです。それどころかあなたの妻を堕落させたり、娘さんのつぼみの花を散らす自分のやり方は、あなたの家族への特別の思いとして示せるもっとも純粋な証拠だろうとさえ言いかねないのです。

たとえフランスの男性が真の友情を結ぶことができても、それは真にイギリス的な性格の男性に対しては、おそらく彼があたえることができるもっとも不愉快な贈り物に違いありません。ご存じのように奥様、われわれは生まれつき口数も少なく、無作法などすぐにいやになり、また身ぶるいするほど不愉快になることが多いのです。フランス人の友人はいつも押しつけがましく振舞います――その多弁さにあっけにとられます――家族や個人的なことについて厚かましく質問して悩ませます。こちらの興味あることすべてにおせっかいをしようとします。しかもじつにしつこく忠告しようとするのです。身に付けているあらゆるものの値段を聞くので、それに答えると必ず、臆することなくもっと安物だろうなどと言うのです。それは趣味も良くないし、織りも粗雑、粗造だと断定し、また仕立ても値段も押しつけられたんだろうとか、A公爵夫人あるいはB伯爵夫人はこの上なく上品でとても趣味がいいものをお持ちだが、その値段は誰も着ないようなものにあなたが払ったのとほとんど同じくらいだとも言ったりするのです。

食卓に五〇〇皿の料理があったら、フランス人はそれらを全部食べてから、もう食欲がないとこぼすのです。こんなことを何度も目にしました。私の友人の一人はこのようなことに賭けをし、ずいぶんもうけました――この伊達男がデザートの他に一四ものいろいろな料理を味見してから「見習いコックだ」と言って、コックの悪口をたたいたのです。

フランス人はひどくおろかにも自分の髪の毛に愛着があります。これは私の信じるところですが、その遠い祖先から受けつがれたものなのでしょう。フランスの国王の最初の家系はその長い髪が特徴だったし、この国民はそれを無くてはならない装飾と見なしているのも確かです。彼らは髪を切るくらいなら、宗教を捨ててしまうでしょう。確かに髪というのはどう考えても、彼には無くてはならないものです。しきりに起こる頭痛と目の充血に悩む紳士を知っていますが、彼らはかかりつけの医者から、治療のために一番いいのは、髪を短く刈ってもらい、毎日水浴することでしょうと言われたのです。「えー（と彼はさけびました）髪を切るんですか。先生、これまでです」。彼はかかりつけの医者にかかるのをやめ、視力を失い、気も狂わんばかりになったのです。それでもいまもカツラをかばんに入れ、緑の絹の布切れを仮面代わりにして、あちこちうろついています。サックス伯爵やその他の戦争文学者たちは、兵士たちが髪を長くしているのが不都合なことを明らかにしました。しかしながらこの国では兵士は誰でも辮髪を長く伸ばしています。それは彼の白い服にじつに美しく映えるのです――しかもこの馬鹿げたおしゃれは最下層民にまでおよんでいます。ポン・ヌフの片隅で、靴をきれいにしてくれる靴みがきも、こんなお下げ髪をお尻のところまで垂らしているのです。そして肥やしを積んだロバをあやつる百姓でさえ、おそらくシャツやズボンがなくても、髪を「辮髪」にしているのです。これは彼が手間暇をたっぷりかける身づくろいなのですが、それを見せびらかして虚栄心を十分に満たすのです。この国の庶民のけわしい顔立ちとか、小さな背たけ、しかめっつら、それにあの長いお下げ髪などをよく見ているると、直立して歩くヒヒそっくりです。それでおそらくこの類似のために隣国の人びとのあざけりを招いてしまうのでしょう。

フランスの友人は長い訪問でいらいらさせます。しかももう引きあげようかという様子をはっきりと見せるどころか、あなたの不愉快そうな態度がわかると、君は元気がないね、だからつき合ってあげているんだよ、とはっきり言うのです。このしつこさから彼にはまったく人の心が見抜けないこと、またその性格はぞっとするほどいやらしいことがわかります。こんな悪党にいじめられるくらいなら、体をあちこち突き刺されそうになっても、そいつを外に出してしまうことです。

フランス人は一般に不誠実と思われていて、寛大な心がないと、とがめられています。でもこんな非難にはあまり根拠はないと思うのです。友情や愛情の大げさな告白がこの国ではあいさつがわりになっているので、そのことばが文字どおりに受け入れてもらえるとは思われていません。そしてもし彼らの寛大な行いが、じつにまれなことだとしたら、それは寛大な心がないというより、虚栄心や面子《めんつ》に原因があるのでしょう。またお金を全部使ってしまうので、慈善という美徳もまったくできなくなるのです。見栄が確実にあらゆる階級に広まっているので、世界一の利己主義者です。そして一番つまらない人物でも最重要人物と同じ自負心と傲慢さでもって口をきくのです。貧しいとか恥ずかしいという意識がないので、会話を独り占めさせないことも、最高の美女（近づける見込みなどないに等しいのですが）に言い寄らせないようにすることもまったくできないでしょう。また思いつく他のどんなやり方によっても抑えられないのです。彼自身に妻がいても、またはその女性に夫がいてもまったく同じです——彼女の心が修道院に向いていても、または彼の親友かつ恩人と婚約していても同様です。口説き文句を受け入れてもらえるのは当たり前だと思っているし、もしたまたま反発されれば、彼女の見識を責めるのですが、自分自身の資質については疑いを持たないのです。

フランス人の好戦的な気質とその名誉至上主義については言いたいことが山ほどあります。後者は馬鹿馬鹿しいしまた有害です。しかしこの手紙も思いがけなく長いものになったので、別の機会にゆずりたいと思います。

奥様の「もっとも忠実な僕」であることを名誉に思い、特別に感謝しつつ。

敬具

# 第八信　M様〔Dr. John Moore（一七二九〜一八〇二）のことであろう〕　リヨン　一七六三年　十月十九日

拝啓

パリでお手紙をいただきましたが、おとがめのことばは友情のしるしだと思っています。じつのところ旅を中心としてこれまでに書かれた手紙は、すべてあなた様のお仲間あてのものとしてきました――その中の一人だけのあて名にはなっていますが。そしてもし、それらになにか面白い、またはためになることがありましたら、今後私が送るすべてを皆様方全員がお好きなように読んでいただけたらと望むものです。

私の体調についてご親切にも心配していただいていますが、お伝えする新しいことは何もありません。ブーローニュで海水浴をしたら、たるんだ筋肉が引きしまったので、その効果がかなりあったと当然ながら思いました。私がイギリスではかぜを引きやすかったということや、日が暮れてからは外出もできなかったし、湿気に少しでも当たったり、膚にうっすらと汗が出るまで歩くと、一〇日も一四日も寝込んでしまったことはご存じですね。しかしながらパリでは寒くても、雨が降っても、私は帽子を腕にかかえて、毎日外出しました。暗くなった後の寒い夕べでさえ――地面は乾いていませんでした――ヴェルサイユの庭園を帽子もかぶらずに歩きました。それどころかマルリーでは、じめじめした小道やぬれた草の中を、あちこち一マイル以上もふらつきました。しかもこんな危ないことをしても体調はちっとも悪くならなかったのです。

ある小旅行で磁器製造所を訪れましたが、それはヴェルサイユに向かう道の途中にあるサンクルーの村にフランス王が建てたものです。そしてこれは確かに王の鷹揚《おうよう》さを表す素晴らしい記念物です。広々として立派でとても大きな建物ですが、そこにはじつに多くの芸術家が雇われています。ここではこの優雅なぜいたく品が、かつてドレスデンでなされたほどの偉大な完成度を見せています。ところがつまるところ、チェルシーでつくられた磁器類がドレスデンまたはサンクルーでつくられたものと優劣を競えるかどうかはわかりません。もしチェルシーのものがどちらよりも劣るとしたら、デザインとか絵付け、釉《うわぐすり》、またはその他の装飾ではなく、ただ素地《きじ》の組成と、かまどでのその扱い方なのです。われわれの磁器は火打石をすりつぶしたものと粒子の細かなパイプクレーをある割合ずつ一緒に混ぜ合わせたものですが、ちょっとガラスのように見えます——そしてもし焼き物をまさに、いまだぞというときに火から取り出さないと、ガラス化が十分でないか、またはそうしすぎてしまうのです。前のケースでは適度な強度が得られないのでチェルシーでつくられた最初の試作品がそうであったように、もろくて発色が悪く、しかも割れやすくなりがちなことが不安材料になります。第二のケースでは不良品のガラスみたいなものになってしまいます。

パリからリヨンまで旅をするのに三つの方法がありますが、最短だと三六〇マイルほどの行程になります。一つのやり方は乗合馬車によるものですが、これだと五日かかります——そして客は皆一〇〇リーヴル支払います。こうすると乗り物に乗れるばかりでなく、道中の食事、宿泊の面倒もみてもらえます。こんな旅をしていると次のような不便があります――乗客が八人にもなり、ぎゅうぎゅう詰めの馬車に押し込められます。そのためすわり心地もひどく、まったく見ず知らずの乗客の間で、息が詰まりそうになります。朝の三時とか四時、いやそれどころかしばしば二時ごろにもせかされて、ベッドから追い出されるのです。フランス料理を食べなくてはなりませんが、それはイギリス人の口にはとても合わないのです。そしてシャロンでは小舟に乗り込んでソーヌ川に漕ぎ出さなくてはなりませんが、それでリヨンまで行くことができます。だから旅の最後の二日間は水路になります。このもろもろが私を窮地に追い込みました。というのも私はとてもひどい健康状態で、ぜんそくの発作は起こるし、つばも出ます。微熱は続くし、また不眠にも悩んでいます。そのためいい空気とか体を動かせる空間などはもちろんのこと、絶えず転地することも必要なのです。今日は二人の若い紳士の訪問を受けたのですが、彼らはロンドンの前ジェノバ公使、ガスタルディ氏の息子たちでした。以前パリのダグラス公爵夫人の家で彼らを見かけたことがあります。ここに付き人と一緒に乗合馬車に乗ってやって来ました。そしてあんな乗り物に乗るほどいやなことは絶対にないと私に請け合ったのです。

　このあたりを旅するもう一つのやり方は四頭立ての大型四輪馬車を借りることです。それで私はこのやり方にしたいと思いました。でも役場（そこでしかこの乗り物は借りられないのです）に行ったところ、運賃は二六ギニーで、かなりゆっくり行くので一〇日ほどの旅になると言われたのです。これらの乗り物は乗合馬車の税金の取り立てを請け負っているのと同じ連中が貸し出していますーーこのため彼らは独占権を手にして、ひどくずうずうしくて横柄な態度なのです。召し使いのことを持ち出したら、御者台にすわらせるけれども、二ルイ金貨よけいに支払わなくてはなりませんと言われました。こんな条件なんかありがたくなかったし、長旅を思うとやりきれなかったので、三つ目の方法に頼ったのです。それは駅馬車で行くことでした。

ご存じのとおりイギリスなら、宿駅から宿駅まで、一台に二頭の馬が付く駅馬車を二台借りるという手段以外に他の方法は何もなかったことでしょう。しかしここでは事情がまったく違うのです。駅馬車は国王から課税されていて、王は自分自身でもうけるために旅行者から賦課金を取り立てるのです。それで一連のきびしい法令を発布したのですが、フランス人もそれ以外の国民もあえてそれらを破ろうとする者はおりません。宿駅長は馬と御者しか調達してくれません。馬車は乗客自身が調達しなくてはならないのです。もしその馬車に四人いれば、馬六頭と左馬騎手（馬車を引く馬たちの先頭、左側に乗る騎手）二人を調達しなくてはならないのです。そしてもし召し使いが馬車の外部の前後どちらかにすわれば、七人目の料金も支払わなくてはなりません。パリから最初の宿駅までは倍料金になります。フォンテーヌブロー宮殿に宮廷が移って来ているときには四倍料金になります。またリヨンに着くときも、そこを立つときも、同じ四倍料金になります。これらは「ロイヤルポスト」と呼ばれ、言語道断な課税であることは疑いありません。

パリからリヨンまで駅馬車街道が二本ありますが、一つはムーラン経由で宿駅が六五あるもの、もう一つはブルゴーニュのディジョン経由で宿駅が五九あるものです。私はこの後者を選びましたが、それは一つには六〇リーヴル節約するためと、もう一つはブルゴーニュのワイン収穫祭を見るためでした。聞くところによると、それはあらゆる階層の人たちにとって陽気で楽しい季節だそうです。リヨンまで一〇ルイ金貨で、六頭立てで左馬騎手が二人付く、じつにいい馬車を借り、十月十三日にパリを立ちました。召し使いは馬にまたがりました。フォンテーンブローには宮廷が移って来ていたのですが、そこには立ち寄らず、宿駅が一つ先のモレに泊まりました。そこはほとんど見るべきものもない小さな町ですがいい宿を見つけました。

通りがかりにちらりと見かけたフォンテーンブローの城や宮殿についてくわしく述べるつもりはありません。でもそれらを取り囲んでいる森は広大でりっぱな猟場であり、自然な姿が美しくロマンチックで、多種多様な獲物と見事な木材も豊富にありました。ハンプシャー州のニューフォーレストを思い出させました。しかし丘や岩や山がそこに変化をつけているので、より好ましい姿になっています。

このあたりの人たちは昼に正餐《せいさん》を食べます。そして旅行者はいつ旅しても、どんな宿屋、居酒屋でも定食を出してくれる食堂が見つかるのです。そこに彼らは無雑作にすわり、代金は個人払いで食べます。一般的な値段で正餐は三〇ソル、宿泊代を含めて夕食は四〇ソルほどです。この手ごろな出費で料理二品とデザートが食べられます。もし自分の部屋で食べると四〇ソルではなく、一人当たり三リーヴル支払います。四リーヴル支払うところもあります。私と家族は朝はお茶とトーストなしですますことはどうしてもできなかったのですが、昼は食べる気になりませんでした。私自身としてはフランス料理はきらいだし、ニンニクも大きらいですが、このあたりではラグーはすべてそれで、きつい味付けがなされています。だからわれわれは旅行中は違うやり方をしてみました。パリを立つ前に、茶、ココア、雄牛の塩漬けのタン、ボローニャソーセージなどをたっぷり仕込みました。この後者の二つはあの首都には最上のものがあったのです。そこには確かにありとあらゆるとびきりおいしい食べ物があるのです。朝十時ごろ、ある宿に立ち寄って朝食を食べました。そこにはいつでもパンとバターと牛乳があったのです。とかくするうちに「肥育鶏《ひいくどり》」を一羽か二羽ローストするように注文したので、これがナプキンにつつまれ、パンとワインと水と一緒に馬車の荷物入れに積み込まれました。午後二時か三時ごろ、馬を替えているとき、われわれはひざに布を広げました。そして食べ物と瀬戸物の皿を二、三枚取り出し、見かけなどかまわずに軽食を食べたのです。この後でデザートのブドウとかその他の果物が出たのですが、それもまたわれわれが携行してきたものでした。じつを言うと、こんなありあわせの食べ物のほうが、旅行中に食べたどんなまともな食事よりはるかにおいしかったのです。ブルゴーニュでよく飲まれているワインはイギリスでは飲まれていないような水っぽくてコクがないしろものです。この地方の首府のディジョンで売られている一瓶三リーヴルのまさに最上のものでも、コクにかけては——また香りでさえ——私がロンドンで飲んだものよりはるかに劣ります。一級品はすべて貴族の家で飲まれてしまうか、外国のマーケット向けに海外に輸出されると思います。ブリュッセルでは素晴らしいブルゴーニュワインを一本一フローリンで飲んだことがあります——これは英貨二〇ペンスとほとんど同じです。

われわれが通過したフォンテーンブローの森からリヨネ地方（フランスの旧地方名で中心地はリヨン）まではシャンパーニュ地方の一部なのですが、地味が肥えているというより土地柄がいいのです。またセーヌ川、ヨンヌ川、ソーヌ川という三本の美しい趣《おもむき》のある川に灌漑《かんがい》されたブルゴーニュ公国も通過して行きました。その平坦な土地は主に穀類のために耕作されていますが、小麦よりライ麦のほうが収穫量が多いのです。土地がほぼすべて鋤《す》き返されているようなので、休閑地はほとんどまたはまったくありません。囲い地もまったくと言っていいほどないし、牧場もめったにないので、見るところ牛もほんのわずかしかいませんでした。お茶のためのミルク半パイントさえなかなか手に入らなかったのです。ブルゴーニュでは、ある農民が雄のロバ、やせた雌牛、それに雄のヤギを一緒に軛《くびき》につないで土地を耕しているのを見ました。かなりの数の黒い牛がブルゴーニュの山中（フランスの最高地点です）で飼われ、育てられているのをあちこちで見ることができます。でも私はそれをほとんど見かけませんでした。フランスの農民はじつに貧しくてみじめで、地主からもひどくしいたげられているので、土地を囲い込んだり、適当な休閑地を設ける余裕がないのです。あるいは農地に十分な数の黒牛を飼って、必要とする肥やしを供給する余裕もないのです。でもそれがないと農業は一定の完成度に達しないのです。わずかばかりの個人が自らの土地のためにどんなに努力しても、農民が独立して自由になるまでは、フランス経済が全般的に良くならないことは確実です。

町や村が数多いので、このあたりはとても人口密度が高いと想像してもいいのですが、たいてい町には人があまり住みついていないということも認めなくてはなりません。川の両岸近くでかなりの数のカントリーハウスや農園を見かけました。それにまた、ほんとうに多くの女子修道院が傾斜地に素敵に建てられているのも見ました。そのあたりの空気はじつにきれいだし、ながめもすごくいいのです。こんな宗教建築を建てた人たちが、ありとあらゆる土地からここを選び抜いたときの満ち足りた思いを目にできて感動しました。

このあたりを通過するときに、熟したブドウの大きな房が道沿いによく見かけるイバラやサンザシの垣根にからみついているのを見てとても驚きました。ブルゴーニュの山々はブドウのつるで全山覆われているのですが、その表面積を増すために自然がわざと隆起させ、太陽の光によりうまく当たるようになっているように見えます。ブドウの収穫がちょうど始まったばかりで、人びとはブドウの摘み取りにかかりきりになっていました。でも祭り気分などまったく見ることができなかったのです。おそらく収穫の見込みがさんざんなので喜びがいくぶんそがれてしまっていたのです。というのはブドウも熟さないほど天候が不順続きだったと、こぼしていたのです。ブドウの取り入れが初冬まで遅れるのを見るのは確かにたまらないことだろうと思いました。じつを言うととても寒いと思うところも二、三カ所はあったのです。とりわけメゾン・ニュブというわれわれが泊まったところは霜がひどく、朝には水たまりに厚氷が張ったのです。旅行中の私の個人的な思いがけない出来事はくわしく話してもどうにもなりません。宿の女主人、駅馬仕立人、また左馬騎手とのささいな口論です。本街道はきわめて安全なようです。パリからリヨンまでは騎馬憲兵隊はまったく見かけませんでしたが、強盗は出なかったのです。ご存じのように騎馬憲兵隊とは火砲を装備した騎兵の一団でフランスでは公道の護衛兵として組織されているものです。旅行者の護衛のためにこのような警護が設けられていないということがイギリスへの非難になっているのです。

シャンパーニュ地方のサンスに、召し使いが新しい馬を前もって確保するために乗りつけてい

第八信　M様　リヨン　一七六三年　十月十九日

たのですが、他のグループの使用人が宿駅に遅く着いたのにもかかわらず、順番にならないうちに、先に馬をあてがってもらってしまったのです、と私に訴えました。このえこひいきに腹を立て、宿駅長に文句をつけようと決心して、宿のドアのところに立っている人物と話をしました。彼は陽気な人物で太っていて金髪でした。凝った身なりをしていて頭には金のレースが入った帽子をかぶり、腰にはキャンブリック地のハンカチをピンで留めていました。宿駅長姿のこんな伊達者を見て、ますますいらいらしました。私はこの偉そうにしている男に声をかけたのですが、憤慨の気持ちも混じっていたのです。そして彼が馬車のところまでやって来たので、「駅馬車の規則についての王の勅命を知らないのか」と高飛車に問いただしたのです。彼は胸に手を当てて――でもその男が何か返事をしないうちに――私は駅伝馬車の本を取り出して、最初にやって来る旅人が最初に世話をしてもらうべきだという条項を大声で読み始めました。このときまでに新しい馬が馬車に取り付けられ、左馬騎手も馬に乗り、馬車はいきなりとてつもないスピードで出発しました。私は宿駅長が彼らに出発の合図をしたのだと思い込んでしまい、頭を窓から突き出して、悪態をついたのですが、それはフランス人の耳にはひどく耳ざわりなものだったはずです。われわれは腹ごしらえをするためにジョワニーという小さな町に立ち寄りました。ところがそこでもまた口やかましい宿駅の女主人にひどく吹っかけられ、しかもののしられさえしたのです。それから次の宿駅まで行くと、新しい馬は調達してもらえないことがわかりました。ここで私がサンスで悪態をついた人物を、宿のドアのところで見かけました。彼は馬車に近づいてきて、御者たちのことばとは裏腹に、すぐに新しい馬が手に入るだろうと言ってくれたのです。彼はこの家とサンスの宿、両方の主人だと思いました。それらの間を彼はときどき往復していたのです。しかもサンスで私にした無作法の埋め合わせをここでしたいのだなと思いました。彼は後ろのトランクの一つが、ずれてしまったのを見て、召し使いがそれを直すのを手伝ってくれたのです。それから私と話をし始めると、われわれが追い抜いた駅馬車にはイタリアから戻ってくる一人のイギリスの紳士がいたということを教えてくれたのです。それがどんな人物か知りたかったし、彼もわからないと言うので、私は彼にひどくぞんざいに、なぜ紳士の召し使いに聞かなかったのですかと言ったのです。彼は肩をすくめ宿のドアのところに戻りました。三〇分くらい待ってから手招きしました。するとやってきたので、数分したら新しい馬を用意してくれると言ったじゃないかと責めたのです。びっくりしたらしく、正直に言ったのですと答えました。替え馬を待つなんて、自分にとってもあなたにとってもいやなことでしょうとも言うのです。雨が降り始めたので、私は彼の目の前でガラスを引っ張り上げたのです。そうすると私のふるまいが頭にきたらしく、またドアのところに戻りました。ほどなくして馬がやって来たので、そのうちの三頭がすぐに、とても格好がいい駅馬車に取り付けられました。するとその中に彼は飛び込んで出発したのです。派手なお仕着せを着た男が一人、馬に乗ってそのお供をしました。この出来事にとても驚き、馬丁にあの人はいったい何者だろうと聞いたら、彼は上流人士（領主）でオセールの近くにお住まいですと答えたのです。貴族をあんなにひどくあしらってしまったことがわかってひどく情けない思いでした。それで私より見る目がないねと言って連れの者を叱りつけたのです。おそらく彼がイギリス人の粗野なふるまいをつぶさに語ったことは確実です。また私のへまのためにイギリス人は鈍感で、しかも育ちも良くないという悪評を彼に信じ込ませてしまいました。この国ではわれわれはこの悪評にさらされているのです。じつは天気が悪かったし懸念していたぜんそくの発作の心配のために、その日はいつもよりいらいらしていたのです――そしておそらく彼の旅姿が私には異様に見えたように、私の姿も彼には異様に見えたのでしょう。私はかなり大きめのコートの下にグレーのモーニングフロックを着て、髪粉《かみこ》なしの短く刈り込んだ巻き毛のカツラをかぶり、レース付きのとても大きな帽子もかぶり、やせてしわが寄り、不満そうな顔付きをしていたのです。

旅の四日目の晩にはマコンに泊まり、翌日にはリヨネ地方を通過しました。そこは素晴らしい土地で、町や村、領主のお屋敷もかなりありました。マコネ地方を通過するときには数多くのトウモロコシの畑を見ましたが、トウモロコシは六、七フィートの高さにまで伸びています。それは庶民の食べ物として粉に加工され、「ターキーホイート」という名前で知られています。ドフィーネ地方と同じく、ここでもとても大きなカボチャをものすごくたくさんつくっていて、その実でスープやラグーのコクを出しています。

私は体が弱いので、われわれは太陽が出ているときだけ旅をしました。でもフランスの駅馬は継ぎ立てが良くないので、一日に二〇リーグ以上はめったに進めませんでした。

私はリヨンの宿屋を教えてもらいましたが、満室だったので、ある居酒屋に案内してもらいました。そこの階段を三段上がったら、ひどい部屋が三つあるアパルトマンがありました。しかもこれについて一日、一二リーヴル欲しいと言われました。わが召し使いについての三リーヴルの他に、昼食と夕食として三二リーヴル欲しいと言われたのです――ですから朝食と午後のコーヒーを別にしても、毎日の出費は四七リーヴルくらいでしょう。この不当な請求にひどく腹が立ったので、返事もしないで別の宿屋にかけつけました。いまそこにいるのですが、一日当たり三二リーヴル払っています。それでもとてもひどい居心地ですが、ほとんど気にしないで気ままにやっています。このような事情を述べれば、この国で外国人がこうむっているごまかしがどんなものかおわかりですね。でも食事については、庶民的な定食の食卓に着くと、費用が半分ほどですむということは認めなくてはなりません。しかしこの節約法に頼ると、他の不都合もあります。ですから私自身と妻の健康がそうさせないのです。パリからリヨンまでの旅は馬車の賃借料や道中のすべての費用をひっくるめて、四〇ルイ金貨より数シリングほど少ない金額ですみました。われわれの荷物は（鉛で封印されていなかったけれど）パリからこの街に着くまで一度も検査を受けませんでした。そこの城門のところで、われわれは検査官の一人に尋問されました。それで半クラウンの心付けをあげたら、それ以上の質問はせずに通過させてくれました。

ロンドンから発送され、パリの知り合いの銀行家によって転送されると思っていた手紙を何通か受け取るまでリヨンにいるつもりでした――でもこんな生活は恐ろしく物入りなので一、二日したら、ニースへの道筋からかなりはずれていますが、モンペリエに出発しようと決めました。そのルートをたどる理由は次の手紙でお知らせします。とにかくあなた様への満腔の愛情と感謝の念をささげます。

忠実なる僕

# 第九信　モンペリエ　一七六三年　十一月五日

第九信　モンペリエ　一七六三年　十一月五日

リヨンの街はこれまでに何度も、しかもつぶさに描かれてきたので、これについて何か新しいことを付け加えられるなどと言うつもりはありません。本で読んだこと以外のことは、それについてほとんど知識がないというのがじつのところです。というのはその通りとか広場またその他の注目すべき場所を見学できたのはわずか一日しかなかったのです。ローヌ川にかかる橋はひどくきゃしゃな造りのようですから、あんな急な流れによって、そのうちに流されてしまうのではないかと思います――とりわけアーチがとても小さいので大雨の後では、それはときどき詰まってしまうのです――つまり増加した水量分を完全には通過させられないのです。この危険な欠点を少しでも改良するため数年前に、ある名うての職人を見つけたのです。その人は真ん中の橋脚を外し、二つのアーチを一つにしてしまいました。この改造は建築の傑作と見なされました。しかしイギリスには、この仕事を手がけて仕上げてしまうようなごく当たり前の石工などざらです。しかもその仕事をあまり自慢しないのです。この橋はサンテスプリのそれと同じように、川をはさんでまっすぐにかけられているのではなく、カーブしているのです。そのために出張っているので、川の流れにさからっています。こんな曲がり具合はきっと川全体の激しい流れによりうまく耐えられるように計算されているものだし、目ざわりなものでもありません。

リヨンは大きくて人口稠密で繁栄している街です——でも当地は保養地と見なされていて、その空気は肺病に卓効があるとされていることに驚いています。二本の大きな川（ローヌ川とソーヌ川）の合流地点にあります。そしてこれらの川と低地にある沼地（ここは川によって、しばしばあふれんばかりになりました）から多量の蒸発があるはずです。このために空気は湿っぽくてむっとするし、スイスの山々からの風が十分に吹き込まないと、腐ったような臭いさえただよってしまうに違いありません——しかも晩秋にはここは霧が立ち込めるはずです。ここを出発する朝は街全体と、その近郊の平地にひどい濃霧が立ち込めたので、馬車からはそれを引く先頭のロバの頭も見分けられませんでした。リヨンの夏はとても暑く、冬もとても寒いそうです——ですから春と秋には炎症性や間欠性の病気がきっと多発すると思います。

ニースにまっすぐに向かう道筋からはずれているモンペリエに行く理由は以下のとおりです——南フランスには知り合いも文通相手もいないので、信用状は重い荷物を預けた家に送ってくれることを望んでいました。荷物はセートで見つかると思いました。ここはモンペリエの港町です。またそこでこれ以上のめんどうはいやなので、ニースまで運んでくれる船を見つけたいと思ったのです。モンペリエ自慢の空気が体にどんな効果があるのか試してみたい気持ちもありました。またモンペリエからは八リーグほどもない古都ニームの街内外の有名な古代遺跡もどうしても見たかったのです。

われわれが泊まった宿で、帰りがけのベルリン型馬車を見つけました。それはアビニョンから来たロバを三頭仕立てにしたものでした。ロバという家畜が乗り物としてこのあたりでよく使われています。これを五ルイ金貨で借りました。馬車は大型でゆったりとしていて装備もしっかりしたものでした。ロバたちは元気があって快調でした。御者の名前はジョセフと言い、真面目で賢く気も利く男に見え、南フランスはどこも精通していました。彼自身がその馬車の所有者だと言いました。でも後になって彼は雇い人にしかすぎないことがわかりました。私はまた旅をしながら、その悪党根性を探ったのですが、彼もまた道中の宿屋の主人たちと同じ気持ちだということがはっきりわかりました。でも他の点ではとても親切でよくやってくれるし、しかも面白いのです。この手のごろつきのやり方が多少はあるものですが、旅行者はそれらには目をつぶったほうがいいのです。自分自身も楽だし便利なこともあります。もしジョセフみたいな分別のある悪党を相棒にできれば幸運です。利害損得がよくわかっているので、ひどいごまかしなどはしないのです。

旅の目的地に一刻も早く着こうとしている男なら、こんな旅のやり方はごめんこうむりたいと思うでしょう。夏にはまったく耐えがたくなるはずです。ロバはきわめて信頼できるものですが、とてもゆっくりしています。旅は一日に八リーグ、およそ二四マイルを超えることはめったにありません。しかも決まった立て場（宿駅間の旅程）の数はどうしてもこなさなくてはならないので、夜明け前に起きなくてはならないこともときどきあります――体の具合が悪い者にとってはとてもつらいことです。しかしながら、このような不便よりも他の「たのしみ」のほうが多かったのです。われわれがリヨンを立つとすぐに夏のような天気になり、ローヌ川沿いのとてもロマンチックなところを通り抜けて行くと、(ゆっくりしたペースなので) その美を心ゆくまで堪能することができました。

ローヌ川の流れが急なのは、両岸がけわしくなっているのが第一の理由です。川岸は、ほぼその全域が、二つの山脈《やまなみ》で形づくられています。この山脈は両岸からひどくけわしくそびえ立っています。山々はどこもブドウ畑ですが、小さな夏の別荘も点在しています。そして山の頂には教会とか礼拝堂、また修道院などがあり、このためじつにロマンチックで美しいながめを見せてくれます。アビニョンまでの本街道は川沿いにあり、ほぼまっすぐに延びていて、陸上輸送のために多大の便宜をあたえてくれます。フランス南部に向かう旅行者は普通、リヨンで馬が引く大型乗合船に乗り込み、この川を急速に流れ下り、両岸の数多くの町や村を通過していきます。そしてそこでは昼飯時とか夕食時には毎日、定食屋が見つかります。もし天気がいいとサンテスプリ橋に着くまでは、こんな旅でも危険はないのです。この橋は川の流れがそのアーチを急流となって通り抜けるので、ときどき船が転覆します。でも少しでも不安がある旅行者は、橋の手前で上陸させてもらえるし、船がそこを通過した後でまた乗せてもらえます。これはロンドン・ブリッジでのやり方とまったく同じです。川をさかのぼる船は水流に逆らう雄牛に引いてもらうのです。その牛たちは橋のアーチの一つを泳いでくぐり抜けます。御者は先頭の牛の角と角の間にすわります。われわれは月曜の朝早くリヨンを立ちました。そして数日前にその近くで強盗があったので、召し使いにマスケット短銃に弾丸を八発込めるように命じたのです。ついでですがこの銃には、われわれが通過したどこでも、人びとは好奇心と称賛の念を表しました。馬車が止まるとすぐに群集がこの男を取り囲み、そのらっぱ銃を見物し、それに「小大砲」というういかめしい名前をつけました。ブルゴーニュのニュイで、彼がそれを空中に発砲すると、やじ馬たちは皆ちりぢりになり、羊の群れみたいにあわてて逃げたのです。ここまでの旅では、たいてい朝八時に出発し、昼まで移動しました。それからロバは小屋に入れられ、二、三時間休みました。この休憩時間にジョゼフは昼飯に出かけ、われわれは朝飯に出かけたのです。この後で馬車に腹ごしらえのための食べ物を積んでくれと頼み、それを午後三時か四時ごろ食べました。そのために澄んだ流れの小川の傍らに止まったのですが、この川の水はワインを割るには申し分なかったのです。この国では私はニンニクで命からがらの思いをしました。フランス人はそれをラグーとか、ありとあらゆるソースに混ぜます。それどころかその臭いは、あなたが近づくどんな人にも、また部屋にさえも染み付いてしまうのです。私はまたムシクイやツグミ、その他の小鳥にもうんざりしました。というのもそれらは道路沿いの、どの定食屋でも一日に二回は食べさせられたのです。ブドウの葉につつまれて出され、しかもこれはいつも半生《はんなま》です。焼きすぎて肉汁がなくなってしまうより、この状態で食べるのをフランス人は好むのです。

　南フランスの農民たちは貧しい身なりをして、飢えかけているように見えます。体が小さくて肌が黒ずみ、やせているのです。ところが旅をする一般民衆は道中ぜいたくをしているのです。馬車引きやロバの御者は皆、食事は一日に二回しか取りません。食事毎に、料理二皿とデザートが出され、それにまあまあのワインも少し添えます――「エルミタージュ・ワイン」と呼ばれるもので、このドーフィネ地方でできるのですが、現地では一瓶三リーヴルで売られています。この地方で食事どきによく飲む酒はとてもきついのですが、ブルゴーニュのものより風味がひどく劣ります。宿泊の設備はまあまあなのですが、（この安上がりの地方でさえ）自分の部屋で食事をしようとする者には、一人一食当たり四リーヴルという法外な料金を請求するのです。でも私は三リーヴルしか払わないと言い張りました。彼らはぶつぶつと言って、不満そうでしたが、受け取りました。この旅ではおいしい羊肉、豚肉、鶏肉また猟の獲物などをたっぷり味わうことができました。アカアシシャコもありましたが、イギリスのイワシャコの二倍くらいの大きさでした。ノウサギも同じように驚くほど大きく肉汁もたっぷりしています。黒いシチメンチョウの大きな群れが野原で食べているのを見たのですが、黒牛は見かけませんでした。また牛乳はほとんどなかったので、それなしでお茶を飲まなくてはならないこともありました。

ある日、道端の牧草にクロッカスと思われる花がたくさん混じっているのを見たので、私は召し使いがおりていって数本引き抜いてほしいと思いました。彼がジョゼフにマスケット銃を渡すと、ジョゼフはそれを勝手にいじくり始めてしまいました。そしてものすごい銃声がして、暴発したのです。道沿いの山々にこだまして、いっそう大きな音になったのです。ロバはきもをつぶして飛ぶように逃げてしまいました。そしてジョゼフは数分間、手綱が扱えなかったし、ものも言えなかったのです。やっと彼は落ち着きを取り戻しました。また牛たちも召し使いの助けで引き止められました。そして頭を大げさに振りながら、ジョゼフは彼にマスケット銃を手渡したのです。次に御者台からおりて、自分の三頭のロバの頭を調べ、順番に一頭ずつキスをしました。被害がないことがわかったのですが、顔も青ざめ、目を見開きながら馬車までやって来て、家畜を殺さなかったのは神のお慈悲のたまものだと言いました。乗り合い客を殺さなかったのはもっと慈悲深いことだと私は答えました——というのは、その銃口は他ならぬわれわれに向けられていたかもしれないし、そうしたらジョゼフは殺人のためにしばり首にされていたでしょう。「牛たちを失って身を破滅させるより、殺人のためにしばり首にされるほうがましだ」（と彼は言ったのです）。この突発事故は彼には大ショックだったので、われわれが出会うどんな人にもそれをくわしく話したし、その日からは、例のらっぱ銃にはまったく触れようとはしなかったのです。私はこの男の話で気がまぎれることがよくありました。というのも彼はとてもあけっぴろげで茶目っ気もあったのです。毎日午後、彼は馬車の側面のステップに立ち、一時間ずっとわれわれと話をしたものです。ヴァレンシアの絞首台（それは本街道からすぐのところにあるのですが）を通過するとき、裸同然の死体が一体ぶら下がっているのを、また車裂きの刑でくだかれたままの別の死体がころがっているのを見かけました。マンドラン〔Louis Mandrin 一七二五—五五、フランスの国民的な義賊。密輸業にたずさわり、長年国王軍と戦う。車裂きの刑に処せられた〕がこの地で処刑されたことを思い出したので、ステップを上がれとジョゼフに声をかけ、あの有名な風雲児にかつて会ったことがあるかどうかたずねたのです。マンドランの名前が出るとジョゼフの目に涙があふれました。深いため息、いやむしろうめき声をあげて、あいつは親友だと言ったのです。この告白に少しぎょっとしました。でも胸の内は見せずに、世の中をあれほど騒がせた男の人柄や英雄的行為について根掘り葉掘り聞き出そうとしました。

　マンドランは素性もわからないヴァレンシア生まれの男だと彼は言いました。また軍隊で兵隊として働いたし、後には収税吏としても働いていたのだとも言いました。そしてついには「密輸入者」にもなったようです。またその、この上ない能力で、カービン銃とピストルで完全武装した五〇〇人もの手ごわい連中を支配するまでになったのです。騎兵のための五〇頭の馬と商品の輸送のための三〇〇頭のロバも手にしていました。彼の根城《ねじろ》はサヴォイにあったのです。でもドーフィネ地方にも侵入し騎馬憲兵隊にもいどみました。彼はこれらの騎兵とか他の正規の部隊と何回も血なまぐさい小競り合いを続け、そのあらゆる戦闘で、勇気と行動力が抜群でした。あるときなどは自分を追いかけてきた五〇人の騎馬憲兵隊に出会うと、きわめて平然として、おまえたちの馬と武装品が必要なんだと言い、馬からおりるようにせまったのです。たちまち彼の仲間が現れると、騎兵はまったく抵抗せずにその求めに応じました。ジョゼフは自分は寛大で勇気もあるし、旅行者をひどい目にあわせたこともないし、貧乏人に少しも危害を加えなかったし、それどころか何度も救ってあげたと言うのです。彼は田舎の地主たちに、自分の商品、タバコ、ブランデー、それにモスリンなどを言い値で買わせていました。また同じく無防備な町々から物品を取り立てたのです。彼に商品がないときは、もっと品物が入ったらそれを持ってくると言って、人びとから金を借りたのです。彼は最後には愛人によってフランスの連隊長に引き渡されてしまいました。その隊長は夜の闇にまぎれ、分隊とともにサヴォイで彼が寝ていたところまでやって来たので、薪小屋にいた彼は驚いたのです。このとき彼の部下たちは国じゅうあちこちに散らばっていてそこにはいなかったのです。この侵入行為についてフランスの法廷はサルデーニャ国王に詫びを入れたのです。というのは彼が捕らえられたサヴォイは王の領地になっていたからです。マンドランは生まれ故郷のヴァレンシアまで連れていかれ、しっかりとした護衛に守られ、足に鎖を付けた状態で少しは戸外に行くことも許されました。そしてここで彼はありとあらゆる人たちと自由に話をし、恩赦の希望をいだいたのですが、しかしそれは当てがはずれたのです。法廷から裁判にかけるべしという命令が下され、そして有罪判決が下され、車裂きによる死刑との宣告がなされたのです。ジョゼフは死刑執行の前の晩に一緒にワインを一本飲んだと言いました。彼は断固としてその運命に耐え、「もしおれが国王に書いた手紙が届いていれば、陛下のお許しが確実に得られたのだが」と言ったのです。死刑執行人は彼自身のグループの一人だったのですが、この仕事をするという条件で恩赦を受けたのです。ご存じのように、車裂きによる死刑の犯罪人は初めに窒息させせられてしまいます――生きたままの死刑という判決でなければ。マンドランは犯罪をおかすときに、残酷なことはしなかったので、このお情けをあたえられたのです。彼がかつて命令を下していた死刑執行人に声をかけ「ジョゼフよ（と言った）、おれが完全に死ぬまでは体に触れないでくれ」――御者がこのことばを発するやいなや、彼自身がその友人マンドランの死刑執行人なのだな、という思いにとらえられました。そんな疑いから私はさけんだのです「ああ、ジョゼフよ」。この男は目を真っ赤にして言いました。「はい、あの人の名前もおれと同じジョゼフだったよ」。そんな尋問をさらに続けるのはあまり良くないと思いました。でもジョゼフとのつきあいそのものもあまり楽しめなかったのです。実際彼はひどいごろつきのような顔付きだったのです。その振舞いはとてもていねいで素直だったことは認めなくてはなりませんが。

旅の五日目の午前中に、サンテスプリの有名な橋を渡りましたが、それは確かにその長さとアーチの数からしてたいした見ものです――でもこれらのアーチは小さすぎるし、上部の通行するところは狭すぎます。しかも全体は、川の激しい流れと勢いを考えるときゃしゃすぎるようです。美観と堅牢さにかけてはウェストミンスターの橋とはくらべものになりません。ここでラングドック地方に入り、荷物の検査のために足止めされましたが、検査官にチップとして三リーヴル硬貨を一枚あげると通過させてくれました。ドーフィネ地方を立たないうちに言っておかなくてはならないことは、広々とした野原にイチジクやクリが生えているのを見て、とても驚いたということです。そしてそこを通るどんな人でもそれを自由に食べられるのです。有名なガール水道橋を見たのはこの日でした。でもこの手紙ではおそらくその美しい橋やニームにある他の古代遺跡のことは書けないので、次の機会まで先送りします。真心と好意を等しく持ちまして。

忠実なる僕

# 第十信　モンペリエ　一七六三年　十一月十日

第十信　モンペリエ　一七六三年　十一月十日

拝啓

ポン・サンテスプリを経由してラングドック地方に入り、バニョレで朝食を食べました。そこは小さな見所のない町です。しかしながらそこからは、多大な費用をかけてつくられた四リーグほどに及ぶ素晴らしい道路が山中に続いています。午後五時ごろ、有名なガール水道橋が初めてちらりと見えましたが、それはニームへの駅馬車街道の右側から一リーグほど離れたところにあります。その町からは三リーグくらいのところです。たいした審美眼じゃないなんて思われたくないので次のことはどうしても言いたいのです。この崇高な記念碑的な建造物を初めて遠くから見たときから、全体が見えるくらい近づくまで、それまでに感じたものの中でも、もっとも強い気持ちの高ぶりを覚え、そこに着くまでに暗くなってしまうのではないかと心配して、御者にロバを力いっぱい走らせました。その建造物は少しはこわれかかっているかもしれないと思っていたのですが、ウェストミンスターの橋のように新しいのを見て、うれしい失望感を覚えました。気候はきわめて澄明で乾燥しているし、その建築材のフリーストーン（特別な石目がなく、どんな方向にも切り取れる石）はとても硬いので、まさにその隅々でさえ、まるで去年切られたかのように鋭いままになっています。

確かに大きな石がいくつかアーチから抜け落ちてしまったのですが、全体は驚くほど形が保たれています。しかも見た目にも気取りのない優美さと簡潔さと堂々とした感じをあたえるので、いかに鈍くておろかな見物人でも賞賛の念なしでこれを見ることができるか、と言ってやりたいくらいです。ニームのローマ人の植民団によってアウグストゥス帝の時代に建造され、あの街で使えるように、一本の水の流れを二つの山の間に通すためでした。野趣に富む美しいガルドン川をまたいでいます。この川は岩の間をごうごうと流れて、自然美を見せる数多い小さな滝となるのです。また両岸は高木や低木の影が落ちるので、美景がいっそう映えるのです。セヴェンヌ山脈に水源があるのですが、そこの砂からは金が採取されます。これはこの問題についての一七一八年のフランス王立アカデミーの科学雑誌に載っているレオミュール氏の論文からの見聞です。ニームやアビニョンに住んでいれば（後者は前者から四リーグも離れていませんが）、夏にはそこに行くパーティを組んで楽しい思いができることでしょう。そしてガール水道橋のアーチの一つの下で冷たい軽食で食事をします。

　この建造物は三つの橋（または一連のアーチ）が上下に交差しています。一段目には六つのアーチ、二段目には一一のアーチ、三段目には三六のアーチがあります。その高さですが、最上部の送水路を含めると、一七四フィート三インチになるし、それが結ぶ二つの山々の間の距離は七二三フィートに達します。建築法はトスカナ式ですが、信じられない均整美を保っています。二段目のアーチのならびのピラスター（付柱〈つけばしら〉、壁面に突き出た角柱）の基部に穴をあけて、徒歩旅行者のための通路もつくりました。古代人は美についてはわれわれよりはるかに優れていますが、利便さにかけては現代人より明らかに劣っていました。アビニョンの市民たちは、とりわけこの点で、新しい橋を密接させてローマ人がつくったものを改良したのです。それは一段目のアーチのならびと同じ高さにつくられています。しかも実際には一体化しているように見え、馬でもどんな乗り物でも、川越えするときには、幅広くてゆったりとした通路となるのです。この水道（それが中断しないようにこの堂々とした建造物がつくられたのです）はユゼス市付近のユールのおいしい泉からの一本の水の流れとなり、長さが六リーグほどに及びます。

　ニームに近づくにつれて、この街を見おろす丘のてっぺんに建てられたローマ時代のくずれかけた塔が見えます。最初それは見張り用か合図を送るための塔にするつもりだったらしいのですが、結局は砦として使われたのです。そのなごりは九〇フィートほどの高さのドーリア式の建築物です。宿屋で下車するとすぐにニームと、その古跡を案内するパンフレットを見せてくれました――外国人は皆買うものです〔Abbé Valette de Travessac, *Abrégé de l'Histoire de la Ville de Nismes*, 4th edn. Avignon, 1760〕。また街案内のためにお供をしてくれる人もいます。そしてみすぼらしい骨董商に絶えず声をかけられますが、古代ローマ時代の寺院とか浴場跡から発掘した本物の骨董品だと請け合い、売りつけようとしてメダルを差し出すのです。そんな手合いはことごとく、ペテン師どもです。しかも彼らは眼識などなく、小金持ちのおのぼりさんのイギリスの旅行者を、しばしば食いものにしてきたのです。そんな連中にはもっとも粗悪でありふれたがらくたを売りつけるのです。でも目利きに出くわすと、真の価値があり、しかも珍しいメダルを出します。

　ニームは古代にはネモーシスと呼ばれたのですが、もともとはアクチウムの海戦の後、アウグストゥス・カエサルがつくったローマの植民地でした。いまでもかなり大きくて一万二〇〇〇の家族がいると言われています。しかしその数はかなり大げさなようです。確かなことは、この街はかつてはきわめて大きかったに違いないということです。ぐるりと取り囲む古代の城壁からも明らかです。そのなごりはいまでも見ることができます。現在の大きさはかつてのそれの三分の一もありません。寺院、浴場、彫像、塔、バシリカ会堂、また円形劇場などは、かつてそこはきわめて豊かで華やかな街であったことのあかしとなっています。現在ここを風格があり人目を引くものにしているのは古代遺跡だけです。それでもここには絹と羊毛の産業があって、かなり栄えています。これらの仕事に必要な水は、あの塔の岩盤の下の水源から供給されています。そしてここで古代ローマ時代の浴場跡が発見されたのですが、それは同じ趣向と華やかさでつくられ装飾されていたのです。がらくたの中に数えきれないほどの柱、壺、柱頭、コーニス（エンタブラチュアの上部にある装飾模様）、碑文、メダル、彫刻、とりわけブロンズの巨大な像の指などが発見されました。その像は比例の法則によれば一五フィートの高さだったはずです。こんな細々したものから見ると、建物は広々としていて雄大だったはずです。モザイク模様の舗道の一部がいまでも残っています。古代の浴場の舗装はまだ完全な状態です――がらくたはすべて取り除かれ、浴場は古代様式にならってかなり修復されましたが、現在はただの観光用です。水は二つの巨大な貯水池にためられ、運河もつくられ、切り出した石材で内張りされています。このきわめて大きな運河に格好のいい橋が三本かけられています。運河には素晴らしい水が大量にあり、配水管や他の小さな分岐した運河でこの町を横断し、経済活動や製造業で、多くのさまざまな目的に供されています。ローマ時代の浴場と、これらの大きな運河の間の土地は住民のレクリエーションのために、遊歩道に整地されていて心地いいのです。ここにはまた装飾用の建築物がありますが、それは古代人の簡潔さと偉大さというより、フランス的なきざっぽさを感じさせます。この泉から大量の水が湧き出し、水源池（ローマ時代の池）や二本の大きくて深い運河（長さ三〇〇フィート）、二つのとても大きな池（大運河の一部分であり、長さは一八〇〇フィート、深さは一八フィート、幅は四八フィート）などを満たしているのはじつに驚くべきことです。それを見たときには、水晶のように透明な水がおよそ八フィートか九フィートほどありました。しかしながらフランス人のきれい好きの名誉のために、これだけは言わなくてはなりません――ローマ時代の貯水池（この素晴らしい流れがそこを貫流しています）では、二人の洗濯女が子どもの産着と汚れた亜麻布などを洗っているのを見かけました。この不潔な出来事に驚き、またうんざりして、どんな手段でまた誰の許可があって、あんな小汚いばあさんが貯水池までおりて行き、水源の水を汚しているのだと問いつめたら、地下通路の鍵を持っているそのあたりの有力者の使用人だということがわかりました。

　ローマ時代の浴場に面しているのは古代神殿の廃墟ですが、言い伝えによるとダイアナ神へ捧げるものでした。――この女神の古代寺院のすべてがイオニア式のものですが、コリント式とコンポジット式を組み合わせたことが専門家によって認められています。長さがおよそ七〇フィート、幅が三六フィートあり、上部はアーチ形で、大きな石のブロックでできていますが、まったくセメントなしで正確にくっつけられています。その壁はいまでも残っています。もっと先のほうには大きな礼拝堂が三つあり、入口に面しています。壁の柱間《はしらま》にはニッチ（壁に設けたくぼみ）があります。

それとともに、台座や柱身、コーニス、エンタブラチュア（柱で支えられている水平材）もあります。それらはその建物のかつての壮麗さを表しています。これはフランスのヘンリー三世の治世に荒れ狂った内乱のときに破壊されました。

ゴート人、ヴァンダル人、ムーア人、狂気の十字軍（上述の野蛮人たちよりさらに血に飢えていて卑劣なのだが）などの残忍な民族が次々と侵入しても、この神殿をそのままにしてくれたのは驚くべきことです。さらに他の二つのもっと高貴な記念碑的な建物にも手をつけませんでした。それは今日でもニームの街を引き立てています——円形闘技場とメゾン・カレ神殿という建物のことです——前者は現存するこの手のものでは、一番美しいモニュメントと見なされています。アントニウス・ピウス帝の治世につくられたものですが、彼はその建設にあたって、多額の費用を寄贈したのです。楕円形で周囲が一〇八〇フィートあり、とても広大なので、観客を二万人ほど収容できます。構造はトスカナ式で、高さは六〇フィートです。上下二段になった屋根のない観客席がつくられ、それぞれに迫持《せりもち》ぞろい（柱で支えたアーチの連なり）が六〇ほどあります。闘技場への入口はポルチコ（屋根付きの吹放ちの玄関先の柱廊）のある四つの大きな通用門です。そして階段状の見物席は三〇列あり、大きな石のブロックでつくられていました。その多くはいまでも残っています。北側の門の上にはきわめて精巧に仕上げられて高浮き彫りされた二頭の雄牛が見えます。ローマ人の慣習にしたがえば、円形闘技場は人民の奉納金によってつくられたということを、この紋章は意味しています。その他のところにも浅浮き彫りされた作品があるのですが、頭部と胸部は平凡な彫りです。町の低いところにあるのですが、見る者は畏怖《いふ》と崇拝《すうはい》の念に満たされます。この建物の外郭はほぼその全周が残っていますが、闘技場は家々で埋め尽くされています――この円形闘技場は六世紀初め、西ゴート人によって砦として補強されました。内部に城を建てたのですが、その塔が二つまだ残っています。そしてそれに幅が広くて深い堀をめぐらせたのですが、これは十三世紀には埋め立てられました。この街が次々と攻撃を受けたどんな戦争においても、市民の最後の砦として使われ、打ち続くじつに数多くの攻撃にも屈しなかったのです。ですからそれが残りえたのはほとんど奇跡としか言いようがないのです。しかしながら、それは市民自身のゴート人並みの強欲さから、ずっとひどい痛手をこうむりがちであって、その何人かが自宅用の石材として、毎日それを切り出しているのです。こんな罰当たりな違反行為を止めさせるために、王の権威が行使されなかったことは驚くべきことです。

もし円形闘技場というものの偉大さを連想させるなら、メゾン・カレ神殿は建築と彫刻のもっとも精妙な美で魅了するのです。かつてこれはハドリアヌス帝によってつくられたと思われていた建物です。帝がこの街にバシリカ会堂を建造したのは確かなのですが、その痕跡は残っていないのです。でも次の碑文（それはその正面で発見されました）はガイウス・カエサルとルキウス・カエサル（アウグストゥス帝の孫たちなのだが、アグリッパの妻である彼の娘ユリアの子どもたちである）のために、ニームの市民によって建てられたことを明らかにしてくれます。

アウグストゥス帝の末裔であるガイウス・カエサルとルキウス・カエサル

（執政官として選ばれたローマ人の若さあふれる王子たち）のために

この美しい建築物は高さ六フィートのペディメント（三角形の切妻壁）に建っていますが、それを計算に入れないと長さ八二フィート、幅三五フィート、高さ三七フィートです。その主要部を飾り立てているものは壁に取り付けた二〇本の柱とエンタブラチュアを支える一〇本の林立する柱に囲まれている広々とした中庭です。それらはすべてコリント式で、縦溝彫りがほどこされ、またもっとも優美に彫刻された柱頭で装飾されています。そのフリーズ（壁柱などの上部にめぐらした帯状のかざり）とコーニスは激賞され、葉形飾りは無類のものと思われています。この建物のバランスは幸いにもよくまとまっているので、見た目にも雄大かつ壮麗です。だから、どんなに関心がない人でもそれを目にすると皆感動します。このような美を楽しむためには建築通でなくてもいいのです。それらはとても精妙なので、七年間毎日立て続けにそこに通っても、その都度興味が湧いてきます。さらにいっそう興味深いものにしているのは、いまだに完全な状態にあることと、時間という破壊の跡や戦争のつめあとからほとんど影響を受けていないということです。アルベローニ枢機卿はそれを外的な損傷から守るために黄金の覆いをかけるのに値する宝石であると宣言しました。イタリアの画家が、屋根のほんの一部が当時のフランスの石工によって修繕されているのを見て、髪をかきむしり、激怒してさけびました。「畜生、おれは何を見ているんだ。アウグストゥス帝の頭に道化師の帽子か」。

それがうっとりするほど美しいことはまったく疑いの余地はありません。全世界をもってしてもくらべられるものなどないのです。時代とともにますます野蛮になるこんな時勢の後で、まるで魔法のようにそれが無傷のまま建っているのを見るなんて真の驚きです。ニームの古代遺物の歴史では、老人の頭の下で二人の女性の体と足がつながれたものを表す奇妙な像に目が引かれますが、そのありかを教えてくれないので見たことはありません。〔Valette de Travessac『ニームの町の歴史の概要』八〇頁〕

ラングドック地方は、そのすべてがオリーブの木陰で覆われています。実が入ってリンボクの実のように黒っぽく見えます。ピクルスにするものは青いまま摘み取られ、生石灰か木灰からつくった灰汁《あく》に少しひたすと、にがみが抜けて実もやわらかくなります。この処理をしないと食べられません。オリーブとイチジクの木の下に麦とブドウを植えるので、人手が入らない土地はまったくないのです。しかし、ここには広々とした野原も牧場も牛もまったく見られません。土地は詰め込みすぎていて、収穫物がありすぎるので見た目も良くないので、がつがつとした貧しさという、いやな感じを旅行者に印象づけてしまうのです。夏の暑さはたまらないので、牛は青々としたまぐさを見つけられないほどです。どんな草の葉もひからびて食べられなくなるのです。モンペリエに入ったときは、たまらなく暑い天気でしたが、当地では一番いい宿だとされている「白馬亭」に投宿しました。でも実際はとてもみじめったらしいあばら家で薄暗く、しかもほこりだらけなので、いい鴨にされかねないところでした。ここで私は一回の食事代を家族一人につき四リーヴルと、夜はベッド一つにつき二リーヴルを支払わなくてはならなかったのですが、それでも相部屋です。南に行けば行くほど生活費はかかると思うでしょうが、実際には家計費のどの項目でもラングドック地方のほうがフランスの他の多くの地域より安上がりです。このように鴨にされるのは、ここに押し寄せるイギリス人が原因なのですが、彼らはお人好しな渡り鳥みたいに、田舎者にむしり取られてしまいます。彼らの甘いところを知っているので攻撃するのです。わが国の旅行者は皆お殿様だし、金がふんだんにあり、ひどく大まかだと信じているようです。しかもわれわれはおろかにも、ひどく馬鹿げた強要におとなしく屈したり、ほんとうに途方もない浪費行動をするのです。イギリス人はこんなおろかなことをしますし、ここに健康を取り戻すために、さまざまなところから大変な数の人たちがやって来るので、モンペリエは南フランスではもっとも生活費がかかる場所の一つになったのです。街はとても小さく、南に向かって三リーグほどのところにある地中海に面した丘陵地にあります。反対側には美しい平野があり、セヴェンヌ山脈に向かって同じくらいの距離があります。この街はしっかりと造成されていると思われています。フランス人のいわゆる「吹き抜けがいい」（bien percée）というものです。でも通りは一般に狭くて、家々は暗いのです。そこの空気は乾いていてしかもやわらかです。肺カタルには効き目があると思われていますが、肺膿瘍《はいのうよう》の症状には刺激がありすぎます。

　この地方の人びとを世に知られたものにしている、あの陽気さと華やかさのしるしを初めて目にしたのはモンペリエでした。リヨンを出発してから通過してきた他のところはどこも、貧困と悲しみの痕跡以外は何も見られませんでした。日曜日にモンペリエに入りましたが、その日は誰もが一張羅の服に身をつつんでいました。通りは混雑していて、ものすごい数の中流階級以上の男女が戸口の石段のところにすわり込み、とてもくつろいで、じつに楽しそうに語り合っていました。こんな会話がほぼ一晩じゅう続きました。しかもその多くを、声楽と器楽の両方でいっそう盛り上げていました。翌日にこの地に住んでいるイギリス人の訪問を受けましたが、彼らはこんな敬意のしるしを新しく来る人にはいつも示すのです。四、五家族いたのですが、その人たちと一緒なら冬もほんとうに気持ちよく過ごせたことでしょう——もし健康状態やその他の理由が私を遠方におもむかせるようなことがなければ。

Ｌ氏は私より二日前に着いていたのですが彼も、私がひどく長くわずらっていたのと同じぜんそくの症状に悩んでいました。イギリスを立ってからずっと私を探していた、と言いました。情報を交換してみると、ピカルディーの田舎宿の入口に立ち寄り、水割りのワインを飲んでいた男だということがわかりました。というのはそのとき、私は二階で夕食を食べていたのです。いや彼は私の召し使いにさえ話しかけ、ご主人はどんな人ですかとたずねたのです。それで、召し使いは彼を知らなかったのですが、主人はチェルシー出身の紳士ですと返事したのです。パリにいる間、私が住んでいた家のドアのそばを彼は二〇回も通ったのです。しかもモンペリエに着くちょうど前日に、旅行中のわれわれの馬車を追い越していたのです。

この街の守備隊は二つの大隊から成り、その一つはアイルランドのベルウィック隊なのですが、われわれがブーローニュで知り合いになったテュイト中佐が指揮していました。彼はとてもていねいにもてなしてくれ、しかも実際、できるだけのことをして、ここを居心地いいものにしてくれています。総督のフィッツ・ジェームズ公爵がすぐにここに来ることになっています。一週間に二回ほどですが、かなりいい音楽会をすでにやっています。冬には喜劇もあるのです。そしてプロヴァンスのさまざまな身分の人たちが一月に集まってくるので、モンペリエはとても楽しくてにぎやかになるでしょう。まさにこんな諸事情が私にそこを立ち去る決心をさせるのです。こんな楽しみを味わえるほど健康ではありません。いつなんどき思いがけなく殺到してくる群衆などたまらないのです。しかもモンペリエにいると、ほとんど耐えきれないくらいの出費をしてしまうことも前もってわかるのです。ですから私はパターソン将軍から受け取った手紙をわがニース領事のバックランド氏に転送したのです。そこには、そちらに行きたいという私の気持ちが書いてあり、そこでどんな宿に泊まりたいかも、つぶさに述べています。

われわれが着いた翌日に私は目抜き通りにまあまあの宿を確保し、そのために五〇ソル支払っていますが、一日に二シリング以上になります。そして一〇リーヴルで一日に二食を「仕出し屋」に出してもらっていますが、ワインもデザートも付きません。しかもじつのところ、給仕の仕方もなってないのです。ここに住む家族は自ら、家の切り盛りをするほうが割に合うのです。一日、二日よりは長くいるつもりで、フランスのこの町またはその他の町にやって来る旅行者は誰でも、家具付きの貸間を確保するために、前もって文通相手に手紙を書くべきです。そうすればすぐにそこに連れて行ってもらえるし、ひどい宿に泊まる必要もなくなります。というのはこの国の宿は全部とんでもないしろものですから。

ラングドック運河経由の荷物はまだ到着していません。でもそれは、ちっともさしつかえありません。というのはレイ氏に管理してもらっていますから。彼はイギリスの商人で当地では銀行家です。きわめて誠実で立派な紳士ですから、なみなみならぬ友情を示されたり、親切にもてなされたことが何度もありました。

次の手紙はニースからになります。

忠実な僕

# 第十一信　モンペリエ　一七六三年　十一月十二日

拝啓

モンペリエにはちょっとしかいられませんが、とても面白いことが見つかるのではないかという希望をいだいていました。大学、植物園、このあたりの充実した医学、それに珍しい写本のコレクションなどについての情報です――この中からわが友人のハンター博士〔Dr. William Hunter 一七一八～八三、著名な解剖学者、産科医〕のために何か見つけてあげたいと思いました。こんなさまざまなことは、どれもじつに楽しいことになりそうでした。しかし楽しんでもいられないのです。

私が着いてから二、三日して雨が降り始め、南風も吹いたのです。そして一週間たっぷり降り続きました。このため大気に霧がひどく立ち込め、日没後に歩くと必ず、肌が露でぐっしょりぬれるほどでした。寒くて湿っぽい大気は何よりも体に良くないことはよくわかっていました。ブーローニュを立ってから、ぜんそくはあまりひどくはなかったのですが、いまではとてもひどくなり、熱も出て、せき込みました。つばも出るし、気分も落ち込みました。それで日ごとに、みるみる衰弱していきました。この地にお住まいの真の名医であるフィツモーリス博士の助言をいただいたのですが、好奇心からモンペリエのブールハーフェ〔Hermann Boerhaave 一六六八～一七三八、オランダ、ライデン近郊生まれの当時もっとも名声ある医者〕

でいらっしゃる、有名なフィゼス教授〔Antoine Fizes 一六九〇～一七六五、一七三二年にモンペリエ大学の医学部教授に就任した人物〕の意見をうかがいたいと思いました。その性格と奇異なふるまいについて、本人をよく知っている何人かのイギリス人の話を聞くと、話し合う気持ちにはとてもなれませんでした。でも書面で相談しようと決心しました。医学のこの偉大な光明は大金をつくり、またひどく横柄にもなってしまったのです。しかもその富が増えるにつれて、ますます貪欲になっているといううわさです。ひどくいいかげんで鈍くて無作法なのを自ら鼻にかけています。だから、おそらく医学のどんな卓越した技量よりも、こんなことのために評判高いのです。そんな輩がわが国でうまく立ちまわっていることは知っていました。しかも医者の腕前がその粗暴さと厚かましさで評価されるのも見てきました。

　フィゼスは身なりや話しぶりからすると、わが古いなじみのスメリー博士に似ています。ひどい猫背で身体をゆするし、ラングドック地方やプロヴァンス地方の庶民ことばである古いプロヴァンス語がもとになっている田舎ことばをきざっぽく話すのです。ずいぶん年寄りで、しかも大金持ちのくせに、たった六リーヴルの治療費目当てに、三階までかけ上がろうとします。また治療費なしでは誰にも助言はしてあげないのです。性病にかけてはたいした腕前だという評判なので、フランスのいたるところのみならずスペイン、イタリア、ドイツ、イギリスなどからもこの悪病にかかった男女が彼の門をたたいたということです。ロンドンでよく知られているモンペリエ式の治療法については何も言う必要はありません。この偉大なフィゼス教授は有名な骨つぎ師のマップ夫人〔Mrs. Mapp ホガースにこの怪女の版画がある。彼女はその怪力と大胆さで治療をしたと言われている〕のように、病気でもない多くの患者を治療してしまったと考えてもさしつかえないと思います。それでも私は彼の知り合い、かつ同じ街の人でもある土地の案内人に、次のメモを手渡し、一ルイ金貨をあげ、家まで行ってもらいました。

『患者の年齢は四十三歳です。湿潤体質かつずんぐりした体格で、粘液気質でもあります。すぐにかぜを引くし熱も出ます。気分も落ち込み息苦しくなります。気管の内側の粘膜の炎症のためにせき込み、最初は苦しくてぜいぜいします。でも後には卵白のような多量の粘液が口から出ます。熱が出始めるときの尿は薄くて透明なのですが、徐々に赤みを帯びた黄色になり、悪くすると、煉瓦の粉末のようなものが沈殿するのです』

『食欲はめったに落ちません。消化もゆっくりですがしっかりしています。でもお腹は張るし、げっぷも出ます――だいたい便秘がちなのですが、腸管からの排出物は摂取物の量からすると少なすぎるのです。脈は速くて弱く、不整脈もあり、脈飛びもときどきあります』

『熱が出て、それが下がっても、また同じような症状がすぐに続きます。寒いときや雨模様のときに、天気がちょっと変わるとか、衣服を着替えるとか、散歩や乗馬をちょっとやりすぎるとか、馬車に少し長く乗りすぎてしまうと、生動的機序（体調のこと）がまた乱れてしまいます。神経がひどくいらいらすると体のあちこちがけいれんするのです。皮膚の毛穴からは無意識のうちに発汗するものですが、それも閉じてしまうのです。こんな行き場を失ったものが体にたまると、血液と体液と一緒に循環して、多血症になります。体は圧迫される危険を感じるとまた発熱して、余分なものを発散させようとします。この余分なものの一部が気管の弱ってゆるんだ粘膜に付着します。そしてこのようにしてふくらんだ気管腺が気管支を圧迫します。すると空気の流通がさまたげられて呼吸が苦しくなるのです。しかしながらこの病毒の転移によって、熱は下がり、昼間は症状がすっかりやわらぎます。でも息切れとかその他の症状（じつは心気症です）が完全に中断してしまうことはありません。夜はいつも熱が出ます。しかも一晩じゅう、熱が出て安眠できないので、不安になり、ぜんそくも起きます。こんな体調不良がずっと続くと、気がつかないうちに、体は自然に病毒をためて排出してくれます。夜間に排出すると（気がついても気がつかなくても）必ず同じ症状が出るのです』

『患者は数年前は活動的な生活をしていたのですが、急にすわりがちの生活に変わり、一心不乱に研究に打ち込んだので、だんだんと体のしまりもなくなり、猫背の姿勢で読み書きをしていたので、胸苦しくなりました。壊血病の初期症状を放置しすぎたので、体内のその毒素で体がやられたのです。最初に発症したときに、それを抑えるための処置をまったく取らなかったのです。この遅れのために緊急事態になりました。患者は病状が必要とする薬をもっともいやがったのです。ぜんそくがとてもひどくなったので、瀉血《しゃけつ》をしたのですが、効き目がありませんでした。「生命力」が瀉血で弱くなったので、脈も遅くなり、呼吸が苦しくなりました。どの症状も悪化しました。体温は変わりやすかったのですが、さらに悪化してずっと微熱がある状態です。ぜんそくもひどくなったように思います。筋肉はどこもたるんで、体はぼろぼろになっています』

『こんな症状が重なったので、患者は急いで海に行き、思いきって泳いでみました。その試みは期待に反するものではなく、一〇回もくり返して泳ぐと、体調はこの上ないものになりました。神経も活性化し、熱は下がり、ぜんそくもほとんど出なくなったのです。でも「一つ手に入れると何かを失う」というものです。体の表面にかかる冷たい海水の圧力で、筋繊維の隙間が圧迫され狭くなって、組織の損傷を修復するために使われるのに必要な栄養素の行き場がないように思われました。だから以前の通り道を通れないので、もっとも抵抗の少ない衰弱した胸膜にどっと流れ込んだのです。こうして体の栄養分は気管からそっくり吐き出されてしまいました』

『その後に続く冬は底冷えがして雨がちでしたので、病状が再発したのですが、晴天のときに乗馬すると、それもやわらぎました。夏には病状は進みませんでした。でも秋には悪化したのでサマセット州で湯治したところ、体調が良くなりました。あの素晴らしい湯を内用したり外用したりすると体の不具合はすべて改善しました。ですから続く冬はひどく寒くてわびしくてたまらないものでしたが、このおかげで楽しく過ごすことができました。でも春には家族の不幸〔娘のエリザベスが一七六三年四月に亡くなった〕に見舞われたので、心身ともに大打撃を受けたのです。この不運の現場から逃げて外国の風土に向かったのですが、ことばにもならない悲しみ、不安、いきどおり、とり返しのつかない損失についての苦しい記憶などに次々とおそわれてしまいました。消耗熱やぜんそく、また脱力感もぶり返すし、ほぼいつもせきが出たし、わき腹の鋭い痛みもあったのです』

『この緊急事態にあっての頼みの綱として、疑わしくてもぎりぎりの治療法だと思って、再び海水浴をしなくてはなりませんでした。しかもこれはいつものようにうまくいったのです。わき腹の痛みはすぐになくなり、三日もすると高い熱も平熱になったのです。午前中に五〇日も毎日海水浴をやっていると、重い病状がすべてやわらぎました。でもまだせきをするし、体力を消耗させるほどのたんも出て、かぜも引きやすいのです。患者の肉体は急速にむしばまれて、体力は消耗し続けています』

教授の眼は料金を見てきらりと光りました。だから彼は、わが召し使いに翌朝、診断書を取りに来るように言ったのです。そしてそれを受け取ると、こんなことばがありました。

『このメモによると、受診者は（年齢を明かすのは適当でないと思っていたが）壮年でしかもかなり高齢らしいのです。これまでかぜを引いてばかりいて、熱も出たということです。でも病状の詳細はありません（その時期についても）。よく苦しめられたぜんそくの記述では、壊血病についても書いているのですが、その症状については一言もありません。海水浴とバースでの湯治が効き目があったことはわかりました――現在腸チフスをわずらっていると言っていますが、それがどのくらい続いているかということには触れていないのです。またかぜを引きやすい体質なので衰弱し、体力がなくなっているということです。この熱がひどくなっているのか、食欲が十分にあるのか、せきまたはつばが出るのか、などについても書かれていません。要するに、このような詳細については一言もないのです。それで下のほうに署名している医者の見立ては次のとおりです。受診者は微熱があるので、おそらく現在、肺には化膿した小結節があります。つばがどのようなものであったのかについてメモに書いてあれば、この病気を特定できたのですが』

『この病気の最大の原因はどろどろとしている刺激性があるリンパ液に違いありません。そのため肺に小結節ができ、これから膿が出て、血液に刺激性の微粒子が混じって、血液全体も刺激性を帯びるのです』
『この症状で取るべき処置は十分な消化力を保持することです（でも、このメモでは消化力についてはまったく触れていません）。血液の大部分を徐々に薄めていって、その刺激性を取り除いて、おだやかなものに変え、ごくゆっくりとリンパ液も減量させて、潰瘍《かいよう》のある肺が治癒すると患者の苦痛も軽減して楽になるのです――たとえせきが苦しくても。しかしながら症状についてのこのメモには、せきについてはまったく触れていないのです。ですから、彼はエゾシダの類三ドラムからつくった一杯の煮出し液に、マナ〔マンナトネリコの樹液からつくった甘くて白いまたは淡黄の凝固物〕三オンスを溶かしたもので、体から毒素を出さねばならないのです。それから若鶏と、重さが八から一二オンスくらいで普通の大きさのリクガメの肉と血と心臓と肝臓と甲羅などと苦味のあるチコリひとつかみと、新鮮なまたは乾燥したカキドオシ〔シソ科の雑草〕を材料としたスープ料理をつくるのです。毎朝一五日もこんなスープを飲むと、前と同じように体から毒素が出ます。そしてまた子牛の肺臓の半分とワレモコウひとつかみとアンゼリカのくだいた根っこ〔アンゼリカの根は壊血病、ハンセン病、狂犬病の治療薬として用いられた〕一ドラムでつくった別のスープ料理をまた飲み始めるのです』
『こんなスープを一五日も飲めば、以前のように体から毒素が出るのです。そしてまた朝の空腹時に、スプーン一杯の砂糖を入れて、ロバの乳を一二から一六オンスくらい飲み始めるのです。この乳は朝の空腹時に飲まなければならないのですが、その間に患者は二日ごとに、この乳の直前に、細かい粉末状のブリアンソンの石灰石〔この石鹸石という滑石の一種は船員が布地をマークするために使われた〕一五グレーンと、調製サンゴ二二〇グレーンと、ポテリウスの消耗熱のための薬〔頭痛、めまい、脳卒中、てんかんなどの特効薬〕八グレーンと、十分な量のカキドオシのシロップからつくった丸薬を一個飲まねばならないのです。しかしこの丸薬を飲まない日には、この乳の直前に、スプーン半分くらいのカキドオシのシロップにカナダバルサムから取った精油〔ギレアド山のバルサムの北アメリカ種からつくった淡色の樹脂〕三、四滴を入れたものを飲まなくてはなりません。もし体力が消耗し続けるなら、ロバの乳を飲用しているときには、毎晩牛乳も飲むべきだというのが私の意見です』

『ロバの乳は患者がそれを飲める間は継続すべきです。ですから必要にせまられ、かつ上に処方した薬を飲むときだけ、体から毒素が出るのです』

『でも、もしこれを飲んでも受診者が夜間具合が悪ければ、毎晩寝るときに、オオルリソウからつくった調合薬〔オオルリソウの根からつくった調合薬は伝統的にカタル性の疾患に用いられた〕を六グレーン飲むべきです。さらにこれに加えて、前の晩服用してもよく休めないようなことがあったら一グレーン増量するのです』

『もしせきが出て苦しければ、昼間か夜に、スミレシロップ一オンスと鯨蠟《げいろう》（クジラの頭から採取した油からつくった蠟）一ドラムを混ぜたせき止めの薬をスプーン一杯飲むといいのです——もし彼の吐き出すものが粘っこくて、吐き出すのが困難な場合には、氷砂糖を練り合わせた鯨蠟半ドラムを、一日に一回か二回、スプーン一杯の水で飲みくだすといいのです』

『結局彼はすぐれた養生法を守るべきなので、毎日肉をスープにしたり、煮たり、焼いたりして食べなくてはなりません。でもスープの実の野菜は食べられないし、ポタージュにも塩を入れすぎてはいけないのです。牛肉、豚肉、鳥獣肉、水鳥、ラグー、肉のフライ、焼き菓子、濃い味付けのあらゆる食べもの、ピクルス、サラダ、新鮮な果物やその他の生物《なまもの》、大食、不消化な食べ物などもを避けるべきです。昼食のときの飲み物は上質のワインを少し入れた水、夕食のときはスープだけにするべきです。

モンペリエにて処方　十一月十一日　フィゼス

大学名誉教授は二四リーヴルを受け取りました』

ラテン語で書いたメモに対して、学識ある教授が母語で返事をくれるなんてちょっと変だなと思いました。けれどあなたもそうでしょうが、返事を読むともっと驚いてしまったのです。この返事から彼はラテン語を理解できないのか、またはメモを読んでくれなかったのだろうと結論づけざるをえなかったのです。庶民語を、確かに気分が悪くなるほどくり返している処方の文体については何も言いたくありませんが、公平に言っても、彼が見逃してしまった私のメモにあることばを指摘せざるをえませんでした。ですから語句を指摘しながら次の手紙を添えて送り返したのです。

『フィゼス先生は、私がつつしんで送らせていただいた体調についてのメモなど、あまり気にならなかったようですね。受診者（と呼んでいます）は、その年齢を明らかにするのは適当でないと思った――しかしあの最初のメモに「患者の年齢は四十三歳です」とあるのを見るでしょう』『フィゼス先生は時期のことは書いていないと述べられていますが、しかし二番目のメモには「数年前」ということばがあります。さらにこの病気の三年間の進行についてとぎれることなく、その詳細さえ述べました』

『フィゼス先生は私は熱症状の悪化にまったく注意していないと述べられます――Bの手紙を見ると先生は次のことがわかります――「夜にはいつも熱が出て、一晩じゅうそれが続き、休めないので、不安がつのり、ぜんそくも起きます」』

『フィゼス先生は、述べられます――「患者は食欲が十分にあるかどうか、せきかつばが出るかどうかなどについては何も言ってない。つまり、そんな詳細については何も触れていないのだ」。しかし、こういった詳細はそのメモのAの手紙に述べてあります。「気管の内側の粘膜の炎症のためにせき込み、最初はひどくぜいぜいします。でも後には卵白のような多量の粘液が口から出ます。食欲はめったに落ちません。消化もゆっくりですがしっかりしています」』

『最後にフィゼス先生は、このメモではせきについては何も触れていないとおっしゃいます。しかし私はこのメモの三番目で再び述べています。「消耗熱やぜんそく、脱力感などがぶり返したりするし、せきもだいたいいつも出て、わき腹の鋭い痛みもありました」』

『しかも私には肺に小結節があるなんてまったく思えません。というのも膿《うみ》はもちろんのこと卵の白身のような色とねばり気のあるものなど吐き出しませんでした。ですから私の病気の発端は、体を動かすことを突然止めたことや、精神の極度の緊張とか、すわりがちの生活が原因だと思います。このため体全体の筋肉がゆるんだので、いままではそれは化膿性の消耗症ではなく粘液性の消耗症と呼んだほうがいいのでしょう。フィゼス先生がご親切にもメモを再点検して、私の症状についてのご意見を再びたまわれたらと望むものです』

あのメモの内容をよく考えると、彼をこれ以上丁重に扱うことはできなかったことはおわかりですね。返事を持っていつ来るのかということと、もっと金が欲しいかどうかを、私は召し使いが、彼に聞いてきてほしいと思いました。召し使いは彼に翌朝来ていただけたらとお願いし、その結果どうなっても、召し使いが責任を取るということで承知してもらったのです。おそらく、彼はさらなる心付けは期待していなかったし、その権利も絶対になかったのです。こんな明白な症例でフィゼス先生が、言い訳できない手抜きを見つけられてしまって、とても悔しかったことは明らかです。それで同様に、ぶざまな窮地にある他の人たちが皆そうするように、理詰めとか議論で自己正当化する代わりに、非難合戦に訴えたのです。彼が翌日送ってきた書き付けには、例のメモを注意深く読んだところ（これは明白なうそであることはおわかりですね）、そこに書かれている理屈はナンセンスだ、などという主旨のことを述べていたのです。またそれは医者が書いたものであるはずがないとか、病気に関してはいまでも同じ見立てだとも言っていました。だから前の処方を絶対正しいと思っていたのです。でも、もし何か疑問があれば家に来てほしい。そうすれば解決してあげるとも述べていました。

私は次のメモに一二リーヴルをつつんで彼の家まで送り返しました。

『フィゼス先生がこれほどに偉大な名声を博していらっしゃることは根拠がないわけではありません。もはや疑わしいことはありません。ありがとうございます。フィゼス先生あて』

これに対して答えが来たのです。『あなた様はもはやお疑いなさらないのですね。とてもうれしいです。一二リーヴル受け取りました。フィゼス』

召し使いへの約束を守らず、彼はポケットにその金を入れてしまったので、召し使いは怒りながら戻ってきて「あいつはとんでもない馬車馬野郎ですぜ」とさけびました。

この偉大な博士が処方してくれた薬と食餌療法については他に何も言うことはありません。しかし私の病気について誤診したのは確実です――もし苦しさは肺から膿が出ているのが原因なら、彼が指示したことは知恵がまわる老婆の治療法そのものです。しかも運動については一言も触れていないのです――これはご承知でしょうが、あらゆる肺疾患には欠くことができないものです。しかし彼の最初の処方を見たときの私のことばをよく読んだ後では、私には結核結節なんかないし、膿も吐き出さなかったのだろうと彼はおそらく思ったはずです。ですから結節があると思って、同じ薬を処方することにこだわったのはひどい誤診だったのです――もし例えば肺に膿がないとしたら、リンパ液を減らすことが肝心なので、ブリアンソンの石灰石やサンゴ、ポテリウスの消耗熱のための薬、カナダバルサムなどをすすめることほど見当はずれのことはないのです。リクガメのスープについては、これはすぐれた強壮剤だし鎮静薬にもなるものです。でもこれは粘液をさらさらにするというより、どろどろしたものにさせがちだと思うのです。モンペリエの気候は潰瘍のある肺にはまったく合わないということが広く認められていますが、そこの空気については一言も触れてないのです。ですから、ここではロンドン市の商人であるオズワルド氏の息子と、わが先生の間に起きたちょっとした出来事を述べないわけにはいかないのです。私はそれを現場に居合わせたスターン夫人から聞いたのです。この若い紳士は肺病だったので、フィゼス先生に診てもらいました。先生は往診を続け、一ヵ月分の薬を処方したのです。結局日ごとに具合が悪くなっていくのがわかったので、「先生（と彼は言いました）、処方薬を時間どおりに飲んでいるのですが、それで良くなるどころか、いまでも熱が一日のうち一時間さえ下がらないのです。わけがわかりません」。フィゼスは彼が長くは生きられないことがわかっていたので、理由は明らかだと言ったのです――「モンペリエの空気は君の肺には刺激が強すぎるのです。もっとおだやかな気候がいいのです」「それじゃあ、ぼくの体が回復できなくなるまでここに放置しておくなんて、あんたはとんでもない人だね」（と若者は答えました）。彼はすぐにトゥールーズに旅立ちました。そして二、三週間してからその街の近くで亡くなりました。

このあたりの医者たちは慢性病の内臓の状態には関心がないし、運動とか冷水浴は指示しないことはわかっています。また壊血病はイギリス人だけの病気だと思っているらしいし、さらにどう見てもその症状を性病の症状と取り違えているようにも見えます。おそらく次の手紙では、これについてもっと突っ込んで書くつもりです。

忠実な僕

## 第十二信　ニース　一七六三年　十二月六日

拝啓

モンペリエの住民は社交的で陽気だし気立てもいいのです。商売っ気があり、この街の近くになかなかの製造業をいくつかつくりました。人びとは散歩をするために毎日遊歩道に集まってきます。というのは砦の門のすぐ外側のところにとてもいい歩道があるのです。しかし街の反対側には別のもっと感じのいいものがあってペイルー遊歩道と呼ばれています。そこから一方は地中海をのぞみ、反対側にはセヴェンヌ山脈がのぞめます。ここにはルイ一四世の立派な騎馬像があり、城門の一つの傍《そば》ですが、この門は同君主をたたえて凱旋門の形につくられています。ペイルー遊歩道のすぐ下には薬草園があり、その近くに完成したばかりの水道の一連のアーチがあります。それは街の山の手に、一筋の水の流れを送っています。ガール水道橋を見なかったら、これはじつにたくみに仕上げられたものだなと、おそらく思ったはずです。しかしあのローマ時代のアーチを見てしまったので哀れみと軽蔑《けいべつ》の念をもってしか、これをながめられませんでした。いわば目の前にこんなに気品あるお手本がありながら、建築家があれほど突拍子もなく今風《いまふう》になれるなんて驚くばかりです。

ニーム同様にこの地にもプロテスタントが大勢いますが、彼らはもはや宗教迫害はされません。田舎に秘密の集会所を持ち、そこで礼拝するためにひそかに集まります。この集会所はよく知られているので、特殊部隊が妨害するために日曜日ごとに派遣されます。でも部隊長は別のルートを取れという秘密の命令をいつも受けます。この寛大さが政府の知恵とお情けからくるものか、または命令する部隊長の金であがなわれたものなのか、どちらかわかりません。でも確実なことはフランスの法律では、この国で聖職活動をしたとされるプロテスタントの聖職者は、皆極刑に処されるとしていることです。それで二年ほど前にモンタウバン近郊でしばり首にされたのが一人いたのです。

モンペリエの市場は魚、鶏肉、獣肉、それに猟の獲物が十分に供給されていて、しかも手ごろな値段です。このあたりのワインはきつくて刺激もあるので飲むときには必ず水割りにします。ブルゴーニュワインは高価です。セートの近くでつくられるものですが、フロンティニャンの甘いワインも高価です。ご存じのようにそれはヨーロッパのどこでも名が通っていますし、モンペリエでブレンドされ蒸留されるリキュールやさまざまな酒類も有名です。セートは港町で、モンペリエからは四リーグほどのところにあります。しかしラングドック運河はそこからせいぜい四マイルくらいの近さなので、じつにたいした見ものになっています――どう見てもコルベールにふさわしい仕事ですが、その保護のもとで運河は完成したのです。あの偉大な人物が残したものを、人びとがとても深く尊敬していることがわかると、他の大臣が残して公の役に立つ建造物がいかに少ないかを見て、ほんとうに驚いています。称賛されたいという強い気持ちを持つだけで、じつに数多くの人間が祖国の栄光と権益のために努力しようという気持ちになれるとあなたは思われるでしょう。ところが私の意見ですが、フランス人はコルベールに感謝しようとはしませんでした。それは、彼らがコルベールの君主という人物を過大評価してきたこととは正反対です。ルイ一四世のさまざまな勝利の結果、彼のためにフランス全土に建てられた像とか凱旋門などはよく目につきます。さらにその勝利によって、ルイ大王という称号も手にしたのです。しかしそんな勝利はどのようにして勝ち得たものなのでしょうか。ルイ王の個人の手柄によるものでは絶対にありません。王の財政を改善し、その軍隊の経費をまかなえるようにしたのはコルベールだったのです。戦いに必要なものをすべて調達したのはルヴォア侯爵でした。王の戦いをやったのはコンデ公であり、テュレンヌ子爵であり、リュクサンブール公爵であり、ヴァンドーム公だったのです。そして王の最初の征服は（それはお上手な物言いで神格化されてきたのですが）弱くて戦意がなく、まとまりもない無防備な国々に対して、ほぼ流血なしでなされたのです。海軍力を充実させ、産業をおこし、商業を奨励し、公共事業を手がけ、芸術と科学を保護したのはコルベールだったのです。しかしルイ王はそういった大臣や将軍たちの人選を見事にやりとげ、しかも支えたのだと――あなたなら言うでしょう。私は違うと答えます。コルベールとルヴォア侯爵がすでに選び出していたのです。コンデ公とテュレンヌ子爵は軍事的な名声のまさに絶頂にあったのです。リュクサンブール公爵はコンデ公の弟子でした。そしてヴァンドーム公は名家の君主ですが、その高貴な出自ゆえに当初から軍事力を掌握したので、たまたま天才ということになったのです。まさにこのルイ王は賢くもナントの勅令を廃止して、軍隊をタラール将軍、ヴィルロイ将軍、それにマルシン将軍にゆだねたのです。彼という人間は田舎を略奪し、町を燃やし、プファルツの人びとを虐殺したのです。またその愛国心によって自らの王国を貧しくし、人口も減らしたのです。この上ない無謀な野望に満ちた計画を実行するためだったのです。王の考えられないほどの傲慢《ごうまん》さによって戦争に駆り立てられた人びとの平和を請うことで王はなぐさめられたのです。また、王はあのおどけ者のスカロンの年老いた寡婦であるマントノン夫人と結婚するという栄光も手にしました。彼が「大王」という称号をあたえられたのは皮肉からだったということはまったく疑問の余地はありません。

ニースのイギリス領事のバックランド氏から好意的な返事を受け取り、重い荷物をレイ氏にゆだね（彼はセートからヴィルフランシュまで船便でそれを送ろうとしました）七ルイ金貨で馬車とラバを借り、十一月十三日にモンペリエを立ちました。天気は快適でしたが、冷え冷えとし霜もおりていました。他の点では冬のきざしはなかったのです。いまやオリーブの実は熟し、道の両側ではリンボクの実みたいに真っ黒に見えたのです。そして小麦はすでに半フィートほどの高さになっていました。旅の二日目にローヌ川をボケールの「船橋」（船を横にならべてその上に板を渡したもの）で渡り、対岸のタラスコンに泊まりました。翌日はオルゴンというみすぼらしい町に泊まったのですが、しかしそこでは、じつに素晴らしい食事でもてなされました。そして他においしいものもありましたが、一皿の青エンドウ豆がごちそうでした。プロヴァンス地方はよく耕作された感じのいい土地ですが、そこの宿はここラングドック地方のものほどいいものではありません。またイギリスの旅行者にはほとんど欠かすことができないある種の設備（トイレのこと）をそなえている宿もめったにないのです。

それらはたいてい、ひどく汚い最上階にあります。しかも雨風に長くさらされるので、体が弱い人は生命の危険を冒さずにそれを使うことはできません。ラングドック地方のニースでは、クロアキナの神殿〔下水の女神の神殿の意味だがトイレのこと〕がひどい状態だったのですが、下女のことばによると、イギリスの旅行者のために女主人がわざとそうさせたとのことでした――でも、いまではそうしたことを悔やんでいました――というのは彼女の家に来るフランス人も皆、便座を使わずに、お供物を床の上に置き去りにしたのです。それを彼女は一日に三回も四回も掃除しなければならなかったのです。こんなけものじみたひどさはスコットランドの首都においてさえ、いまわしいものに見えるでしょう。旅の四日目にはエクス郊外に泊まりましたが、とても見たいと思っていたあの街には入りませんでした。ぜんそくがとてもひどくてそうすることができなかったのです。寒くてふるえあがるほどでしたので、もっと暖かいところに行きたくてたまりませんでした。次の宿駅はみすぼらしい村でしたが、そこのもてなしもひどいものでした。朝、私はとても顔色が悪かったので、その家の奥さん（妊娠していて大きいお腹でした）が別れのとき私の手を取り、涙さえ流したのです。そして私が丈夫になるようにと心から神に祈ってくれました。これはフランスの宿屋の主人たちの間で、偶然出会えた同情と哀れみと親切心の唯一の出来事でした。確かにヴァレンシアでは、宿のおかみは私が健康のためモンペリエに行こうとしていることを知ると、そこに行くのをやめさせようとしました。そしてとりわけ医者たちには気をつけろと忠告さえしてくれました。というのも彼らは皆人殺し連中なのです。彼女はまた鶏肉のフリカッセと白身の肉を食べなさいとか、毎朝おいしいブイヨン〔ブイヨンは多くの病気の標準薬として用いられた〕を飲むようにと忠告してくれたのです。

ブイヨンはフランスの庶民にとってありふれた治療法です。だから彼らはおいしいブイヨンを飲んだ後で人が死ぬなんて考えられないのです。あるイギリスの紳士が三〇年ほど前、カレーとブーローニュの中間あたりで、身ぐるみはがされ、殺されかけて、ブーローニュの宿駅まで連れてこられたとき、まだ息の根があったので、すぐにこの治療法がほどこされました。「わしがぶったまげたことに」――と宿駅長が事件の二年後に私の友人にこの陰鬱《いんうつ》な話をしたのです――「とびきりのブイヨンをつくって、わが手でのどに流し込んでも回復しなかったのさ」。いまではどう見ても、彼の息の根を止めたのはこのブイヨンだったのです。ごく若いときにも、いらざる出しゃばりで人が窒息死するのを見たことをおぼえています。非凡な才能と学識ある若者がいてグラスゴー大学〔ここでスモレットは一七三五～三九まで学んだ〕では非常に高く評価されていたのですが、ある朝早く、古くてこわれかけた大主教公邸の地下室で発見されたのです。彼ののどは左右の耳にかけて裂かれていました。近くの居酒屋に連れて行かれると、彼はペンとインクと紙の合図をしたのです。そしておそらくこの恐ろしい災厄の原因を明らかにしようとしたときにある老女が、かっ切られたのど笛が傷から飛び出ているのを見て、それを食道と間違え、気付け薬としてのリキュールをあげるつもりで、小さなじょうごで、焼けつくようなグラスいっぱいのブランデーを注いだのです。そのために彼はあっというまに窒息死してしまいました。その大きな傷は、かみそりが何度も当てられたらしく、ぞっとするほどだったので、外科医たちもおそらく自傷のものではないだろうと思ったのです。でもこれは確かな事実です。

われわれが食事をしたブリニョールでは宿のおかみとけんかをするはめになり、何か獣肉《けものにく》みたいなものを出してくれなければ、家を出るとおどしたのです。その日は小斎の日だったので、彼女自身のそなえはしておいたのです。家の中に異教徒が泊まっているという不満さえ口にしました。でも、私は卵とたまねぎでつくったラグーを添えたいやな臭いのする魚など食べたくなかったので、マトン一足と立派なヤマウズラ一つがいがどうしても欲しいと言いました。というのはそれを食糧貯蔵室で見かけたのです。翌朝リュック（Luc）を立つとき、北西風が吹き、それがとても冷たく身を刺すほどだったので、馬車の中でフラノのガウンを着ていても、まあまあ暖かいね、などとも言えないほどでした。御者が寒さで不機嫌になったのか、または他の事情でわれ知らず腹を立てたのかはわかりませんが、四分の一マイルも行かないうちに庭の塀の角に全速力でぶつかってしまい、車軸も折れたので、われわれは歩いて宿に戻り、新しいものが仕上がり取り付けられるまで、丸一日も待たなくてはなりませんでした。吹いていた風はプロヴァンス地方の方言で「マエストラル」と呼ばれ、確かにそれまでに経験したものではもっともひどかったのです。この宿でわれわれはたまたま若いフランスの士官に出会ったのですが、彼はイギリスで捕虜になったことがあり、かなりうまくわが国のことばを話しました。彼のことばによると、こんな風はひと冬に二、三回以上は吹かず、しかも決して長く続くものではないということでした。また一般に、冬の間の天気はとても温暖で快適だし、プロヴァンス地方のこのあたりは生活費がとても安く、狩りの獲物もたくさんあるということも教えられました。ここでまた、私はローマから故郷に帰る若いアイルランド人で聖フランシスコ会原始会則派の人に会いました。彼はフランス人の無愛想な気質にはいやになりかけたと不満をもらしました。とりわけ修道士は一番ひどくえらぶっていたということでした。私は彼の窮乏を救ってあげ、モンペリエにいる彼の同郷の紳士あての手紙をあげたのです。

朝起きて庭を見おろす窓を開けたとき、わが身は夢の中にいるか、悪魔にとりつかれたのではないかと思いました。木々はことごとく雪につつまれ、あたり一面には少なくとも一フィートは積もっていました。「ここは南フランスのはずがない」（と私は思いました）。「スコットランドの高地に違いない」。食事をしたムイ（Muy）というわびしい町では、宿の主人とはげしくやりあってしまいましたが、それでも結局不満が残るものになってしまいました。ラバを前もって次の宿駅に送っておいたのですが、それは駅馬を手に入れようと思っていたからです。そのため宿の主人にそれを予約したのです。そのときには彼は宿の主人と宿駅長をかねていました。われわれは粗末な食堂に案内され、ひどくまずい食事をしました。この後で両替のために一ルイ金貨で支払いをしました。宿の主人は両替したお金はくれないで、食事代として一人当たり三リーヴルずつ差し引き、私の召し使いを通して残額を返しました。彼にふんだくられたということより、その非礼さに腹を立て、そいつが身を隠していた寝室から追い出し、両替した金は全額戻すように強くせまったのです。そしてそこから一人当たり、二リーヴルの割合で支払ったのです。彼は金を受け取ろうとしなかったので、テーブルにたたきつけてやりました。そして馬の用意がすんだので、馬車に乗り込み、左馬騎手たちに出発を命じました。ここでは宿の主人を完全に無視しました。彼らは私が主人に支払いを済ませるまでは一歩も動かないぞとせまったのです。それで私がなぐるぞとおどすと、彼らはおりてしまい、たちまち姿をくらましたのです。このときは私もひどく腹が立ったので、息もできないくらいでした。午後かなり遅くなっていて、通りはしめった雪が降り積もっていたのですが、その町の領事のところまで歩いて行き、不満を書類にしたためました。この治安判事は一見、仕立屋風でしたが、宿屋にまで私についてきました。しかもそこにはこのときまでに、町民全員が集まっていて、もめごとを丸くおさめるために私を説得しようとしたのです。あなたは治安判事ですから、その裁定にしたがいますと私は言いました。彼は「あなたの支払いを決めるなんて差し出がましいことはできません」と答えました。「しかるべき食事代はもう支払いました」（と私は言ったのです）。「ですから王の定めるところにしたがって、こうして駅馬を要求しているのです」。宿の主人は「馬の用意はできているが御者たちが逃げてしまったし、その代わりに行く他の人も見つけられなかったのです」と答えました。私はかなり激しい口調で、「領事様がこのならず者にやるべきことをやらせたら、この教区の貧しい人たちに一ルイ金貨ぐらいあげます」と申し出たのです。領事は肩をすくめて、「それはできません」と言いました。これはうそだったのですが、彼は居酒屋の主人を怒らせる気はないことがわかりました。もしロバが出発しなかったら、このくらいだと思う金くらいはきちんと支払い、また宿の主人を、その横柄さと法外な要求のためにこらしめていたことでしょう。でもそのときはまったく彼になされるがままであり、領事のことばもていねいになって、彼の求めに応じるようにずっとすすめていたので、おとなしくそのとおりにしようと思いました。そのとき左馬騎手たちがさっと姿を見せたのです。群衆は宿の主人が勝ったのでとてもうれしそうでした。そして私はそれまでにこうむった疲労感やくやしい気持ちなどもろもろを後にして、かなりの悪天候でしたが、夜中に旅をしなくてはならなかったのです。

フレジュスに泊まりました。そこは古代文明人の「フォールム・ユーリ」なのですが、誇るべき古代の遺跡がいくつか、いまでも残っています。とくに円形闘技場と水道の古代遺跡です。闘技場は暗いときに通り過ぎてしまいましたが、翌朝はとても寒かったので、それを見物するために出歩くことはできませんでした。この町はいまではまったく見るべきものなどないし、確かに廃墟化しています。けれども宿駅は居心地が良く、フランスの他のどんなところよりも丁重なもてなしを受けました。

午前中にかなり高い山に登らなくてはならなかったので、次の宿駅にロバを先送りするように言いつけ、馬車馬を六頭借りました。フレジュスの東の端のところにある道路の左側の近くに古代水道のアーチの連なりとローマ時代の建物の遺跡が見えました。かつては神殿だったようです。水道の構造については特別なものなど何もありません。そのアーチは小さくて低いので優美でなく見栄えもしないので実用のみを意図したもののようでした。

エステレル山は八マイルほどで越えましたが、かつては命知らずの盗賊の群れが集まるところでした。いまでは幸いにも一掃されました。道はとてもいいのですが、崖際のかなりけわしいところも数カ所ありました。その山地にはいたるところマツとチェリーローレルが生えていました。しかもその実はいまでは完熟していて、木の枝に積もった雪から姿を見せ、とてもロマンチックでした。このサクランボはとても大きかったので、最初はそれらを小さなオレンジの実と見間違えるほどでした。イギリスでは有毒とされていると思いますが、ここでは皆ためらうこともなく食べています。この山中に宿駅があり、そこのとても寒い部屋で食事をしたので、ちょっと思い出すだけでも歯ががちがちするほどです。食事後にたまたま南向きの別の部屋をのぞき込んでみたら、そこには日が差し込んでいました。それで窓を開けたら、手から一ヤードもないところにオレンジがたわわに実った大木に気がつきましたが、その多くは熟していました。家の片側では「冬」が力いっぱい勢力をふるっているのに、その反対側では「夏」がその絶頂期にあるのがわかったときの驚きがどんなものかわかるでしょう。この山の真ん中が寒気の境界線らしいのは確実です。午後はゆっくりと前進するにつれて、ほんとうにうっとりとした気分になりました。小さな山のこちら側は最高に感じのいい常緑樹の自然植物園です――マツ、モミ、ゲッケイジュ、イトスギ、ギンバイカ、ギョリュウ、ツゲ、そしてネズなどです。その中にスイートマジョラム、ラベンダー、タイム、ワイルドタイム、セージなどが混じっています。右手には地面のところどころが感じのいい円錐形に盛り上がり、山脈の間からは地中海のうっとりとするようなながめが見えます。海が岩の根元に打ち寄せます。そして山脈が二つに分かれた真ん中の谷底に美しい小川が流れています。この小川があることであたりの山水美がとても引き立ちます。

カンヌでこの日の夜を過ごしましたが、そこは小さな漁業の町で海沿いにあり、素晴らしい立地条件です。しかもまさにここに、グアドループ島の不運なフランス総督のナドーデトルイユ氏〔Nadeau d' Erueil 彼は一七六一年フランスで軍法会議にかけられ六五年に収監された。判決はルイ一五世によってくつがえされ名誉が回復した〕が住んでいました。この海岸から一マイルもないマルグリット諸島の一つで、終身刑に処するとの判決を受けたのです。

翌日は小さな港町ですが防備がしっかりしたアンティーブ経由で旅をしました。小河川のルー川

郵 便 は が き

料金受取人払

諏訪局承認

8

差出有効期間
平成 30 年 8 月
末日まで有効

392-8790

〔受 取 人〕

長野県諏訪市四賀 229-1

# 鳥影社編集室

愛読者係　行

| | |
|---|---|
| ご住所　〒□□□-□□□□ | |
| お名前《フリガナ》 | |
| お電話番号　(　　　　)　　　　- | |
| ご職業・勤務先・学校名 | |
| e メールアドレス | |
| お買い上げになった書店名 | |

# 鳥影社愛読者カード

このカードは出版の参考にさせていただきますので、皆様のご意見・ご感想をお聞かせください。

| 書名 | |
|---|---|

① 本書を何でお知りになりましたか？

i．書店で
ii．広告で（　　　　　　　　　　）
iii．書評で（　　　　　　　　　　）
iv．人にすすめられて
v．DMで
vi．その他（　　　　　　　　　　）

② 本書・著者へご意見・感想などお聞かせ下さい。

③ 最近読んで、よかったと思う本を教えてください。

④ 現在、どんな作家に興味をおもちですか？

⑤ 現在、ご購読されている新聞・雑誌名

⑥ 今後、どのような本をお読みになりたいですか？

◇購入申込書◇

書名　　　　　　　　　　¥　　　　　（　　）部

書名　　　　　　　　　　¥　　　　　（　　）部

書名　　　　　　　　　　¥　　　　　（　　）部

# 鳥影社出版案内

2015・冬

イラスト／奥村かよこ

choeisha
文藝・学術出版 (株) 鳥影社
〒160-0023 東京都新宿区西新宿 3-5-12 トーカン新宿 7F
TEL 03-5948-6470 FAX 03-5948-6471 (東京営業所)
〒392-0012 長野県諏訪市四賀 229-1 (本社・編集室)
TEL 050-3532-0474 FAX 0266-58-6771 郵便振替 00190-6-88230
www.choeisha.com e-mail: info@choeisha.com

＊映画・戯曲

## モリエール傑作戯曲選集1
柴田耕太郎訳
（女房学校、スカパンの悪だくみ、守銭奴、タルチュフ）

画期的新訳の完成。「読み物か台詞か。その一方だけでは駄目。文語の気品と口語の平易さのベストマッチ」岡田壮平氏　２８００円

## イタリア映画史入門　１９０５～２００３
J・P・ブルネッタ／川本英明訳（読売新聞書評）

映画の誕生からヴィスコンティ、フェリーニ等の巨匠、それ以降の動向まで世界映画史をふまえた決定版。　５８００円

## フェデリコ・フェリーニ
川本英明

イタリア文学者がフェリーニの生い立ちから、各作品の思想的背景など、巨匠のすべてを追う。　１８００円

## ドイツ映画
ザビーネ・ハーケ／山本佳樹訳

黎明期から２００７年まで。ヨーロッパ映画やハリウッドとの関係を視野に文化的関連のなかで位置づける。　３９００円

## 魂の詩人 パゾリーニ
ニコ・ナルディーニ／川本英明訳（朝日新聞書評）

常にセンセーショナルとゴシップを巻きおこした異端の天才の生涯と、詩人としての素顔に迫る決定版！　１９００円

## 昭和戦時期の日本映画
杉林　隆

「映画法」下に製作された昭和戦時期の日本映画の「国策映画」度・「戦意高揚映画」度を検証！　１８００円

## つげ義春を読め
清水　正

つげマンガ完全読本！　五〇編の謎をコマごとに解き明かす鮮烈批評。読売新聞書評で紹介。　４７００円

## 雪が降るまえに
A・タルコフスキー／坂庭淳史訳（二刷出来）

詩人アルセニーの言葉の延長線上に拡がった世界こそ、息子アンドレイの映像作品の原風景そのものだった。　１９００円

## 宮崎駿の時代　1941～2008
久美薫　宮崎アニメの物語構造と主題分析、マンガ史からアニメ技術史迄一千枚１６００円

## ヴィスコンティ　若菜　薫
「郵便配達は二度ベルを鳴らす」から「イノセント」まで巨匠の映像美学に迫る。　２２００円

## ヴィスコンティⅡ　若菜　薫
高貴なる錯乱のイマージュ。「ベリッシマ」「白夜」「前金」「熊座の淡き星影」　２２００円

## アンゲロプロスの瞳　若菜　薫
『旅芸人の記録』の巨匠への壮麗なるオマージュ。　２８００円

## ジャン・ルノワールの誘惑　若菜　薫
多彩多様な映像表現とその官能的で豊饒な映像世界を踏破する。　２２００円

## 聖タルコフスキー　若菜　薫
「映像の詩人」アンドレイ・タルコフスキーその全容に迫る。　２０００円

## 銀座並木座　日本映画とともに歩んだ四十五年
嵩元友子　ようこそ並木座へ、ちいさな映画館をめぐるとっておきの物語１８００円

## フィルムノワールの時代　新井達夫
人の心の闇を描いた娯楽映画の数々暗い情熱に衝き動かされる人間のドラマ。　２２００円

## ゲーテ『悲劇ファウスト』を読みなおす

新妻篤

ゲーテが約六〇年をかけて完成。すべて原文に即して内部から理解しようと研究してきた著者が解き明かすファウスト論。2800円

## ヘルダーのビルドゥング思想

濱田真

ドイツ語のビルドゥングは「教養」「教育」という訳語を越えた奥行きを持つ。これを手がかりに思想の核心に迫る。3600円

## デュレンマット戯曲集（全3巻）

山本佳樹・葉柳和則・増本浩子・香月恵里・木村英二・市川明訳

①聖書に曰く、ロムルス大帝、ミシシッピ氏の結婚、天使がバビロンにやって来た ②老婦人の訪問、フランク五世、物理学者たち、ヘラクレスとアウゲイアスの牛舎、流星 ③ある惑星のポートレート、加担者、猶予、アハターロー

フリードリヒ・デュレンマット（1921〜1990）スイスの作家。五〇年代から六〇年代にかけて世界的な名声を博す。代表作に喜劇『老婦人の訪問』『物理学者たち』など。すべて新訳、上演台本としても可能な訳。四六判／上製＊第1巻・686頁 第2巻618頁 第3巻530頁。3200〜3600円

## ゲオルク・ビューヒナー全集（全2冊）

日本ゲオルク・ビューヒナー協会有志訳

①ダントンの死、レオーンスとレーナ、ヴォイツェク、レンツ、ヘッセンの急使 ②子ども時代の詩作品、ギムナージウム時代の落書き、作文と演説、書簡、医学研究、ビューヒナーへの追憶他

ゲオルク・ビューヒナー（1813〜1837）ドイツの革命家、劇作家、自然科学者。人間への深い洞察と共感、政治的反逆と挫折、後世の文学に決定的な影響を与え、現代でもなお圧倒的な存在感をもつ。彼の名を冠したビューヒナー賞は現代ドイツにおいて最も権威のある文学賞である。6800円

## エロスの系譜—古代の神話から魔女信仰まで

A・ライブブラント＝ヴェトライ W・ライブブラント／鎌田道生 孟真理 訳

男と女、この二つの性の出会いと戦いの歴史。西洋の文化と精神における愛を多岐に亘る文献を駆使し文化史的に。6500円

## 生きられた言葉

—ラインホルト・シュナイダーの生涯と作品— 下村喜八

シュヴァイツァーと共に20世紀の良心と称えられた、その生涯と思想をはじめて本格的に紹介する。2500円

---

**ハンブルク演劇論** G・E・レッシング 南大路振一訳 アリストテレス以降のヨーロッパ演劇の本質を探る代表作。6800円

**ギュンター・グラスの世界** 依岡隆児 つねに実験的方法に挑み、政治と社会から関心を失わなかったノーベル賞作家を正面から論ずる。2800円

**グリムにおける魔女とユダヤ人** 奈倉洋子 —メルヒェン・伝説・神話—グリムのメルヒェン集と伝説集を中心にその変化の実態と意味を探る。1500円

**フリドリヒ・シラー美学＝倫理学用語辞典 序説** ヴェルンリ／馬上徳訳 難解なシラーの基本的用語を網羅し体系化をはかり明快な解釈をほどし全思想を概観。2400円

**新ロビンソン物語** カンペ 田尻三千夫訳 一八世紀後半、教育の世紀に生まれた「ロビンソン・クルーソー」を上まわるベストセラー。2400円

**東方ユダヤ人の歴史** ハウマン／平田・荒島訳 その実態と成立の歴史的背景をこれほど見事に解き明かしている本はこれまでになかった。2600円

**ポーランド旅行** デーブリーン／岸本雅之訳 長年にわたる他国の支配を脱し、独立国家の夢を果したポーランドのありのままの姿を探る。2400円

**東ドイツ文学小史** W・エメリヒ／津村正樹監訳 —哲学と宗教—神話化から歴史へ 6900円

＊実用・ビジネス

**人間力を生かす「TAマネージャー」になろう**
日本交流分析協会
私は何者か?エゴグラムによる自己改革、リーダーシップに役立つ会話の基本、部下の意欲を阻害するもの、交流分析の目的と哲学他　１５００円

**教師の仕事はすばらしい**　普通の教師にもできる「全国一」の教育実践
小林公司

いじめ克服、校内暴力克服など体当たりで克服。教え子との感動的二〇話。学校経営、学級経営にとっても。　１９００円

***AutoLISP with Dialog***（AutoCAD2013対応版）
中森隆道

即効性を明快に証明したＡｕｔｏＣＡＤプログラミングの決定版。本格的解説書。　３４００円

**開運虎の巻**　街頭易者の独り言
天道春樹（人相学などテレビ出演多数・増刷出来）

三十余年のべ6万人の鑑定実績。問答無用!　黙って座ればあなたの身内の運命と開運法をお話しします。　１５００円

**腹話術入門**
花丘奈果（4刷）

大好評。発声方法、台本づくり、手軽な人形作りまで、一人で楽しく習得出来る。台本も満載。　１８００円

**南京玉すだれ入門**
花丘奈果（2刷）

いつでも、どこでも、誰にでも、見て楽しく、演じて楽しい元祖・大道芸。伝統芸の良さと現代的アレンジが可能。　１６００円

**おもろい人生ここにあり!**
ケアサービス産業を創った男　遠藤正二

近代福祉の巨人・長谷川保を師と仰ぎ最も進んだ福祉介護を日本から世界へ発信、その原点を語る。　１４００円

**交流分析エゴグラムの読み方と行動処方**
植木清直著／佐藤　寛編（新訂版）
精神分析の口語版として現在多くの企業の研修に使われている交流分析の読み方をやさしく解説。　１５００円

**リーダーの人間行動学**　佐藤直暁
人間分析の方法を身につけ、相手の性格を素早く的確につかむ訓練法を紹介。　１５００円

**成果主義人事制度をつくる**　松本順市
３０日でつくれる人事制度だから　業績向上が実現できる。（第7刷出来）　１６００円

管理職のための**『心理的ゲーム』入門**　佐藤寛
こじれる対人関係を防ぐ職場づくりの達人となるために。　１５００円

**ロバスト**　渡部慶二
ロバストとは障害にぶつかって壊れない、変動に強い社会へ七つのポイント。　１５００円

**A型とB型**—二つの世界　前川輝光
「A型の宗教」仏教と「B型の宗教」キリスト教を比較するなど刺激的一冊。　１５００円

**決定版　真・報連相読本**　糸藤正士
五段階のレベル表による新次元のビジネス展開情報によるマネジメント。（3刷）　１５００円

**楽しく子育て44の急所**　川上由美
これだけは伝えておきたいこと、感じたこと、考えたこと。基本的なコツ!　１２００円

**初心者のための蒸気タービン**　山岡勝己
原理から応用、保守点検今後へのヒントなどベテランにも役立つ。技術者必携。　２８００円

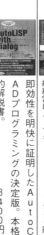

にかかる石橋を渡って、昼近くにフランス国境近くのサンローランの村に着きました。ここでは荷物の検査が終わった後でヴァール川を渡りました。カンヌからこの村まで道は海岸沿いについています。だからたぶん、これ以上気分がいいものはないのです。朝は地面に霜がおりましたが、太陽はイギリスの五月のように暖かでした。海はべた凪《なぎ》で海岸は白いつやつやとした小石で埋めつくされていました。左手の陸地には青々としたオリーブがうっそうと茂り、道端にはイギリスのサンザシのような野生化したギンバイカの大木が植えてありました。アンティーブから湾の対岸にあるニースを初めて見たのですが、それは絶景でした。『グランド・ツアー』（*The Grand Tour*, Thomas Nugent トマス・ニュージェント著、一七四九年刊）の著者によると、アンティーブからニースまでの道はとてもひどいとのことです。それはけわしい山中を通り、左手は崖に、右手は海に接しているとあります。ところがじつを言うとその近くには崖も山もありません。

　ヴァール川はニース伯爵領とプロヴァンス地方の境界線になっているのですが、マリチーム・アルプスで解ける雪を主な水源とする川に他ならないのです。夏には危険水位まで増水しますが、これはまた大雨の後でもそうなるのです。しかし現在では、川の中央部はからからに干上がっていて、水は二つか三つの細い流れに分岐します。でもそれらは深い急流です。じつに馬鹿げたことに、この川をルビコン川と間違えた者もいます。おそらくそれはルカヌス（Lucanus 三九～六五、スペイン生まれのローマの詩人）の『ファルサリア』での、この川についての記述のせいなのでしょう。彼はそれをガリア地方とイタリアの境界線にしています。

ガリアの平原をイタリア人たちの豊かな牧草地と分ける確かな辺境〔P.Gioffredo, *Nicaea Civitas* からの引用〕

ところが現在のピサテロ川であるルビコン川はラヴェンナとリミニの間を流れています――しかしヴァール川に戻りましょう。マスカットワインで有名なサンローラン村には、川越えのための人足たちがいつも待機しています。そんな連中が六人がかりになり、衣服を腰上までたくし上げ、両手に長いさおを持ち、馬車をかついでジグザグに進みながら対岸まで無事に渡してくれたのです。じつのところ連中にチップなどあげる義理はなかったのですが、半クラウン節約のために、いかにわずかでも何らかの危険をおかす気持ちにはなれませんでした――そんな金でも彼らは満足したのです。もし同じ金でサンローランの税関検査官が満足しなければ、トランクはかきまわされるし、衣類はめちゃくちゃになります。ですから、ここではわが身の気楽さと安心を考慮する旅行者には誰でも、あんなたぐいの連中には、いつでも気前よく金をあげろと強く忠告したいものです。さらにそれがあまり目に余らなければ、旅で出会う宿の主人のあつかましさにさえ目をつぶれとも言いたいのです。彼らとけんかをするときには、どんなにしっかりしていても、大変なめんどうに巻き込まれて、いらいらしてどうにもなりません。イギリスで倹約家たちと旅をしたことがありますが、彼らは一ファージングだまし取られるより、一クラウンあげるほうがましだとはっきり言っていました。これは立派な処世術なのですが、それを実行するのは固い決心と克己心が必要です。ある二〇〇マイルほどの旅をしていたとき、旅仲間がかんしゃくを起こし、そのために道中ずっと、とんでもない道連れだったことがあります。そいつはいつも宿の主人、女主人、給仕、馬丁とか左馬騎手などを口汚くののしっていました。われわれの馬も馬車も話にならなかったのです。宿を出発すると、われわれはいつも、あいつらどうしようもないやつらだと、ののしったものです。でもこの出費のおかげで旅全体では一〇シリングほど節約できました。こうしたたわいもないことが重なって、彼と旅仲間は気分がよくありませんでした。かつてバースを立ったとき、どしゃぶりだったので、馬車を御していた左馬騎手は数マイルも行かないうちに、ぐっしょりとぬれてしまったことがあります。ディバイザズ（南西イングランドの市場町）に着いたときには、とても同情して一シリングどころか二シリングをあげたのです。このように気前よくしたので次の宿駅までは、固い地面を動くというより、跳ねて行くように思えました。次の御者にも同じように旅の間はずっと気前よくしてあげたので、それまでに出会ったものとはまったく違うやり方をしてくれました。私の軽装馬車は優美だったし馬も立派でした。そして左馬騎手は機嫌よくこの乗合馬車を御したので、道は雨でひどかったのですが時速一二マイルで旅をしました。ところでバースからロンドンまでの臨時の出費は、きっかり六シリングでした。

ヴァール川はニースの西の方角四マイルほどのところにあるサンローランの少し南で、地中海に注ぎます。そこには木造の橋が三回架けられたのですが、フランスとサルデーニャの王たちのもめごとのために、その都度こわされたということが、いま生きている人たちの記憶にもあります。この川はプロヴァンス側の彼らの領地の境界線になっています。しかしながら一本の橋が二つの王国にもたらす他の諸利益の前では、こんな確執も消えさるべきです。もしヴァール川に橋が架けられ、ニースからジェノバまで駅馬車街道ができれば、現在アルプス山中を通ってイタリアに行くか、そこから出て行く外国人は皆、この道をはるかに安全で幅も広く、快適なものとして選ぶことは間違いないと思います。これはマルセイユまたはアンティーブからフェラッカ船（オールまたは三角帆、あるいはその両方を装備した地中海沿岸を航行する小型船）を雇い、無甲板船で海を旅するという危険と不便に身をさらす人びとすべてにもあてはまることでしょう。

午後ニースに着き、そこでメイン氏に会いました。彼はブーローニュで出会ったイギリスの紳士ですが、ニースに行くようにと助言をしてあげていたのです。私の助言どおりに奥さんと子どもと年老いた家政婦と一緒に、私の着くひと月ほど前にニースに来ていたのです。自分の駅馬車と馬で旅をしていて、いまはその街の城門の一つのすぐ外側にあるヴェナンソン伯爵の家に泊まっていますが、そのためにひと月五ルイ金貨支払っています。私なら同じ金額でロンドン近郊で、はるかにいいものが借りられるでしょう。もしこの法外な料金に甘んじず、しかもしばらくの間、一軒そっくり借りようとしても、設備が整っていて、いつでも使える住まいはニースでは見つけられません。つまらぬ宿に一週間閉じこもった後、年間四〇〇リーヴルで一〇ヵ月ほどその一階を借りました。これは英貨二〇ポンドくらいです。というのはピエモンテの一リーヴルはおよそイギリスの一シリングです〔サルデーニャの通貨については第十九信参照〕。部屋は大きく、天井も高く、とても広々としていて、小さな庭も二つあります。そこには豊富なサラダ用野菜やたくさんのオレンジやレモンがあります。しかし家具を入れるのに時間がかかったので、世界じゅうで一番気立てがよく親切な人間の一人である、わが領事のバックランド氏がその住まいを貸してくれました。海辺の魅力的なところにあり、海岸線に並行する街の城壁の一部になっている段丘がよく見えました。バックランド氏自身はヴィラフランカに住んでいますが、そこはニースから山一つへだてられています。山頂にはモンタルバン城という小さな砦があります。われわれが着くとすぐにドゥマルティネス氏という人が訪ねてきました。とても感じのいい若者で、ここに駐屯しているスイスの連隊の副官をしていました。プロテスタントですがわが国民が大好きで、英語もかなりよくわかるのです。パターソン将軍夫妻によって特別に推薦されてわれわれと知り合いになったのです。彼との会話は楽しいものでした。驚くほど親切でひと肌脱いでくれたことが何度もありました。われわれはまた他にも二、三の人物と知り合いになりました。とりわけサンピエール二世とですが、彼は著名な商人で、しかもナポリ領事でもあるのです。また生まれもよく、分別をわきまえた若者で英語を話し、リュートとマンドリンをとても上手に演奏し、書物もかなり集めています。要するに冬はとても快適に過ごせると思います――とくにメイン氏が体調をくずさなければ。しかしおそらくその肺結核がひどく進行してしまっていて、回復できないと思います。彼は去年ニームで冬を過ごし、モンペリエのフィゼス先生に診てもらいました。その診断書をどうしても見たいと思いました。彼が私に送ってきたものと、それはほぼ一語一語同じことがわかりました。でもわれわれの病気には本質的な違いがあると信じています。メイン氏は長く激しいけいれん、消耗性発汗、食欲不振また腸の不調などに悩んでいました。また全身に黄疸が出ているので、肝臓をわずらっていると私は確信しています。亀のスープを飲んでみたのですが、そうしたら二週間もたつと、全身が粘液だらけになってしまったということでした。この紳士は医学を生かじりしたので、ブルックスの『身体訓練法』〔*The General Practice of Physic.* Richard Brookes M.D. 著一七五四年刊〕とか、たえず熟読している薬学書などで、自分自身の体をいじくりまわしているのではないかと思います。どうぞこの退屈な手紙をお許しください。

忠実な僕

# 第十三信　ニース　一七六四年　一月十五日



拝啓

ついにニースに落ち着き、暇もできたので、このきわめて魅力的な土地についてちょっと述べてみます。ニース郡は縦幅がおよそ八〇マイルあり、横幅が三〇マイルほどのところが二、三カ所あります。いくつかの小さな町と多くの村があり、それらすべては、この首都を除くと、山の中にあります。そしてその全地域の中で、もっとも広々としたところはニース近郊のここ、私がいるところです。その縦幅は二マイル以上はないし、横幅も一マイル以上はありません。南側は地中海に面しています。その海岸線からマリチーム・アルプスがなだらかな丘とともに隆起し始め、山脈となってそびえ立ち、広々とした円形盆地になり、モンタルバンの砦で終わるのです。そしてここからヴィラフランカの町を見おろすことができます。この山の西側に、そして円形盆地の東側のもっとも端のところにニースの街があります。その一方はけわしい岩山に、反対側はパイヨンという小河川に接しています。この川は山脈を流れ落ち、街の城壁の西側に打ち寄せ、住民が使うための数本の運河を満たした後で、海に流れ込みます。そこにアーチが三つある石の橋が架けられていますが、これを通ってプロヴァンス地方からやってくる人びとはこの街に入るのです。川幅はとても広いのですが、たいてい多くの場所が干上がっています。河水は（ヴァール川のように）数本の細い流れに分岐しています。パイヨン川は山の中で解けた雪や雨が水源になっているのですが、夏にはすっかり干上がります。ところが突然の雨でまったく手がつけられない激流になるほど増水することもときどきあります。フランス・スペイン軍が、モンタルバンの砦のところにいた、ピエモンテ州の一八もの数の大隊を攻撃したのは一七四四年の出来事でした。攻撃兵たちは撃退され四〇〇〇人を失いましたが、そのうちの数百人はパイヨン川を再び渡るときに亡くなります。激しい雨が何度も降ったので、戦いの真っ最中に驚くほど増水していたのです。この雨でピエモンテ軍は大いに助かりました。というのはそのために、敵の半数が川を渡って残りの半数を助けに行けなかったのです。五〇〇人が捕虜になりました。しかしピエモンテ軍は、山道を通って背後にせまったフランス軍によって、翌日には包囲されてしまうだろうと予想して夜のうちに退却したのです。彼らはヴィラフランカに停泊していたイギリス艦隊に乗船させてもらって、オネリアまで移送されました。その戦いで殺された者たちの死体を調べてみると、ニースの住民たちはスペイン兵のかなり多くが割礼されていることがわかりました――このことからじつに数多くのユダヤ人が、スペイン王に仕えるために加わっていると結論づけました。私の見方は違います。ユダヤ人というのは私が知っているだけでも、軍隊生活などもっともやりたくない民族です。信者仲間が追放されてもスペインに残ったムーア人だったのではないかと想像します。彼らはうわべはカトリックの宗教儀式にしたがっていますが、ひそかにマホメットの戒律を忠実に守っているのです。

ニースの街は不規則な二等辺三角形になっていますが、その底辺は海に面しています。西側は城壁と塁壁に囲まれています。東側には岩山が街に覆いかぶさるように張り出ていて、頂上には古い城の廃墟が見えます。大砲の発明以前は難攻不落と考えられていました。これもサルデーニャ陛下の父であるヴィクトール・アマデウスの時代に、カティナート元帥によって占領され荒らされました。またその後、アン女王戦争が終結するころ、ベリック伯爵によってついに打ちこわされたのです。その修理費用はまったく不必要かもしれません。というのもそこはモンタルバンの砦や他のいくつかの丘で囲まれているからです。

ニースの街を敵の攻撃から守ることなどまったくできないので砦もありません。海辺に面する要塞に鉄の大砲がわずかに二門あるだけです。そしてここにフランス軍は一七四四年の戦争のとき、イギリスの巡洋艦に向けて立派な砲台をつくっていました。その戦争ではベルアイル公爵元帥がニースに本部を置いたのです。この小さな街はアンティーブ湾の中にあるのですが、マルセイユ、トリノまたジェノバからほぼ等距離にあります。マルセイユとジェノバはここから海路で三〇リーグほどです。またピエモンテ州の首都は山脈を越えて北の方向に同じ距離のところにあります。それはバルバリー海岸のフェラ岬を真正面にのぞんでいます。そしてサルデーニャ島とコルシカ島は、ジェノバとほぼ一直線をなして、東方向におよそ二度下のところにあります。この小さな街は周囲が一マイルもなく、人口は一万三〇〇〇人だということです。通りは狭く、家屋は石造りで、窓にはたいていガラス代わりの紙が張られています。この応急措置は雨や嵐にさらされる国では効果がないでしょうが、ここではどちらもほとんどないので、菱形の紙の窓がかなり役に立ちます。中産階級の人びとは、しかしながらガラス窓のある家を手に入れつつあります。城壁と海の間の広々とした浜辺に漁師は漁船を引き揚げます。しかし城がある岩の反対側には、ニースの港と港町があります。そしてそのために結構なお金が使われました。小さな内湾になっていて、海辺はフリーストーンの防波堤で守られています。それは計画倒れのものになっています。なぜなら海は、すでに穴を三つあけてしまっていて、おそらくもうひと冬過ごすと、突端は完全になくなってしまうでしょう。波の力を弱める島とか岩礁が沖合にまったくなく、地中海全域のうねりにさらされる、このように広々とした浜辺に、堅固な防波堤の基礎づくりをするには、真に卓越した建築家の才能を必要とするでしょう。またこの海岸線はけわしいし海底には暗礁が多くて航行に危険です。この湾の水深は一七フィートあり、一五〇トンの船舶を浮かべるのに十分です。またここに流れ込むもっとも水量の多い河川は、かなり水質のいい小河川なのですが、それはもう一つの便利な輸送手段になっています。防波堤の傍らにはいつも護衛兵がいますし、七門の大砲が海に向けられている要塞もあります。その反対側には絹をより合わせたり、機織り棒に巻き取るための珍しい工場や居酒屋、コーヒーハウス、それに船乗りたちが利用する建物も他にいくつかあります。港の外には隔離病院があり、そこに感染地域からやってくる人たちが強制隔離されます。この港は自由港ということになっているので、タータン（一本マストの帆船）やポラクル（二本または三本マストの帆船）、それに他の小さな船でいつもいっぱいです――それらはサルデーニャ島、イビサ島、イタリア、スペインなどからやって来て、塩やワイン、その他の商品を積み込んでいます。でも、ここではたいした貿易はやっていません。

ニースの街には元老院があり、それは国王によってそこに派遣された次席検事の支援のもとで法律を施行しています。町の財務は四人の市参事会議員によって執り行われます——一人は貴族のため、もう一人は商人のため、三人目は中産階級のため、四人目は農民のための代表です。これらの人たちは毎年、町議会で選出されます。彼らは通りや市場を統制し公共の仕事を監督します。また監督官もいて王の財務を手がけています。しかし常に軍務についている高位の士官である司令官という人物には自由裁量権があります。そしてここに駐屯している連隊をその直接の命令下に置いています。現在ここにいるのはスイス部隊ですが、その五つか六つを王は自らの軍務に使うことができます。同様に年に一回訓練を受ける市民軍もあります。しかしこれらこまごましたこと、もろもろについては別の機会にくわしくお話しします。

城壁に立ってあたりを見まわすと、うっとりとせざるをえません。目に入る土地はわずかですが、すべて庭園のように耕されています。確かにこの平原は庭園そのもので緑の樹木が至るところにあり、オレンジ、レモン、シトロン、ベルガモットなどの実がなっています。それはじつに喜ばしいのです。もっと近づいてよく見ると、青エンドウの植え込みが摘みごろになっているのがわかるでしょう——ありとあらゆるサラダ用野菜、申し分のない煮込み用の香草、それにあちこちのバラ、カーネーション、ラナンキュラス、アネモネ、スイセンなどがまことに美しく、生き生きと、香り高く、風になびいて壮観ですが、それはかつてイギリスのいかなる花も見せたことがないものでした。

カーネーションの贈りものが、冬にはここからトリノとパリに送られるということはぜひとも言っておかねばなりません。いやそれどころか、ときには駅馬ではるばるロンドンまで送られます。それは無雑作に段重ねで木箱に詰められます。花を受け取る人は少し茎を切り取り、酢を入れた水に二時間ほど浸すのです。すると満開になって美しさを取り戻します。それから水の入った瓶にそれを移します。それは厳しい風雨から守られた小部屋にあり、そうすることでひと月ほどみずみずしく、しおれることもありません。

ニース近郊の農地に大変な数の白い小さな農家とカントリーハウスが見えますが、これはまばゆいばかりの見ものです。立派な別荘はわずかしかありませんが、これはこの伯爵領の貴族たちのものです。そして中産階級の中にさえ、かなり居心地のいい小別荘を持っている者もいます。でもたいていそれらは農民の住処《すみか》で、みじめさと害虫しか見られません。すべてしっかりしたつくりですし、石灰やしっくいで白くなっているので、美しいながめを大いに引き立ててくれます。丘はその頂上まで、常緑樹のオリーブの木立の影が濃いのです。しかもその丘のはるか向こうに冠雪した山々がそびえています。海のほうに向きを変えると水平線が見えますが、晴れた朝にはコルシカ島の高地がのぞめます。右手はアンティーブとエステレル山で終わっていますが、それは以前の手紙で述べました。気候についてですが、オレンジや花、その他についての私の記述から、驚くほどおだやかで晴れやかなものに違いないと断定するかもしれません。しかし気候については後ほど述べます。ついでに、たいていの家は台所以外には煙突はないということだけ付け加えさせてもらいたいのです。それにニースでは多くの人たちは（貴族たちでさえ）冬じゅう、部屋には火の気はありません。天気がたまたま普段より少し厳しいときだけ、真っ赤におこった炭火で部屋の暖を取ります。

ニースそのものは古代の栄光のしるしをほとんど留めていませんが、近郊には古代の記念物がかなりあります。この街から二マイルもないとても高い丘の頂上に、古代の街セメネリウムの廃墟があります。いまではシミエと呼ばれていますが、かつてはマリチーム・アルプスの首都であり、ローマ総督がいたところです。立地条件についてはこれ以上快適で健康的なところはないでしょう。地中海をのぞむ丘のなだらかな斜面から頂上にかけて広がっていました。また地中海沿岸からは半リーグほどの距離があり、反対側には谷底というか狭い谷間が見下ろせます。そこを通ってパイヨン川（古代にはパウロ川と呼ばれていました）がニースの城壁のほうに流れています。ここにプトレマイオスとプリニウスがウェディアンティイ族と呼ぶ人たちが住み着いていました。でもこれらがローマの植民地と混在したことは疑いの余地はありません――いまに残る遺跡によって明らかです――円形闘技場やアポロンの神殿、浴場、水道、墓、またその他の碑文がきざまれた石などです。それにじつに数多いメダルです。農民がブドウ畑や穀物畑（かつてこの街があった地面です）を掘り返したり、耕しているときに偶然に見つけたものです。この街については古代の歴史家から学べるものはほとんどありません。でもここがローマ総督の居住地であったということはいまも残る次の二つの碑によって証明できます。

『セメネリウムの元老院から、最良の総督かつ平民の保護者
であられるP・アエリウス・セウェリヌス閣下に捧ぐ』

これはいまではドゥ・グベルナーティス伯爵のものですが、彼はまたここにカントリーハウス

も建てています。もう一つはその近くで発見されたものですが、マルクス・アウレリウス・マスクルス総督をたたえるものです。

『元老院の権限のもとにある三つの自治体により、そのもっとも立派な保護者であられるM・アウレリウス・マスクルス閣下のためにきざまれたもの。これはありがたいその清廉な行政と、差別することなくすべての者にかける大きな思いやり、飢饉の際に穀物をくばる気前のよさ、人民のためにかつての水脈を探し、発見し、もとの流れにしたりこわれた水道を修繕するなどの寛大な心のあかしとする』

この総督は人民の絶対に欠かせない穀物と水という二つのものについて援助したので、彼らからの尊敬に十分値する人物でした。ご存じのようにローマ属州の総督は「暦にくぎを打ち込む権利」がありました——「衣服に大きな飾りボタンをつける特権」「刀、冠、紫の礼服、黄金の指輪などを身に付ける権利」「ケトルドラム（ティンパニに似たもの）、戦車、従者、象牙の杖、玉座などを持つ権利」もあったのです。ケトルドラムが近代の発明品であることは知っています。「ワァサァミリタリモドコンクラマタ」（打楽器の一種）はそれと似たものでした。

さらにもう一つ大理石の墓碑文をあげてみます。それはいまでは聖ポンティウス修道院の付属教会の門の上にあります。この修道院は由緒ある建物なのですが、ニースの街の北側に面する丘のふもとにあります。この聖ポンティウスはローマ人でキリスト教への改宗者だったのですが、ヴァレリア帝とガリエヌス帝の治世の二六一年にセメネリウムで殉教したのです。言い伝えによると、この聖人の生前と死後に、彼のために不思議な奇跡がいくつか起こったとのことです。カール五世はドイツ皇帝とスペイン王とを兼ねていましたが、ポンティウスが首をはねられた場所にこの僧院をつくらせました。しかし碑文に戻りましょう。次のことばがあります。

『皇帝の自由民アウレリウス・ローディスマヌスにより、そのいとしい連れ合い、ローマのフラウィア・アウレリアのきわめて光栄ある思い出のために心より捧げられた。その汚れなき貞節と夫婦愛がともに傑出した女性であった。彼の子どもたち、マーシャルとアウレリア・ロミラは彼の激しい悲しみに深く感動し、心をいため、ありがたいいとしい親のために記念碑を建て、ささげる』（三つの碑文は原文がラテン語。スモレットによる英訳が付いている。三番目のものは正確な翻訳ではないとことわっている）

セメネリウムの円形闘技場はニームのそれと比べるとじつに小さいです。その闘技場は耕されて穀物が実っています。座席がいくつかと、二つの向き合っているポルチコの一部は残っていますが、柱全部と建物の外部の正面はなくなっています。ですからその建築様式自体を判断することはできません。楕円形になっていたことだけはわかります。この円形闘技場から百歩ほどのところに古代の神殿があり、アポロンに捧げるとされています。ポルチコ同様にもとの屋根は取りこわされていますが、そのなごりはまだ、たどることができます。いわゆるバシリカ会堂の一部と聖域のおよそ半分は残っていて、ある農夫の住居と馬小屋に改造されています――彼はこの古跡が残るドゥ・グベルナーティス伯爵の庭の管理をしているのです。この聖域でやせた雌牛と雄ヤギと雄のロバを見つけました――それはブルゴーニュで鋤《すき》を引いていたのを見たのと同じ組み合わせの動物たちでした。この神殿の廃墟から手足のない像が何体か掘り返され、またじつに数多くのメダルがあちこちのブドウ畑から発見されました。そして現在のこの畑に古代の街セメネリウムがあったのです。それらの材質は金、銀、真鍮《しんちゅう》などです。その多くはサヴォワ公であるシャルル・エマニュエル一世に贈られました。モナコ公はそのかなり多くのものをコレクションにしていますが、残りは個人的なコレクションになっています。農民たちは掘り返しているときに、またたくさんの壺、涙壺〔涙をためる壺〕、碑文のある墓石なども発見しました。それらはいまではさまざまな修道院や個人宅に分散しています。この土地は至るところ、古代の遺物の豊かな宝庫であり、もしうまくやれば、ほんとうにたくさんの貴重な珍しいものが出てくるでしょう。アポロン神殿のすぐ近くに浴場の遺跡がありました。それは大きな大理石材でつくられていたのですが、新しい建物をつくるために撤去されました。おそらくこの街の他の多くの素晴らしい遺跡も同じ野蛮な経済性というもので荒廃したと思うのです。地下排水路が数本あり、そこを通って水がこの浴場まで引かれました。その浴場はドゥ・グベルナーティス伯爵の庭にまだあります。水を街まで送る水道については次のこと以外にはほとんど言うことはありません――それは山を貫いて掘られました――この地下水道は、それをふさいでいたがらくたを取り除くことによって、数年前に発見されました――かなり奥まで入った人たちが、たいまつの明かりで水道をなみなみと流れる水を目にしました。この水道は普通の人の背たけほどの高さのアーチ形で、セメントのようなもので裏打ちされていました。彼らはしかしながら、この流れを水源までたどることはできなかったのです。そしてそこは再び土とがらくたでふさがれています。このたぐいの探検をやりとげる気概と能力がある人物はこのあたりには一人もいません。円形闘技場のすぐ近くには聖フランシスコ会原始会則派の修道院がありますが、断崖際にあり、とてもロマンチックなところです。その庭の片方は遊歩道みたいにちょっと高くなっています。セメネリウムの砦の一部だとされています。人びとはそこにイトスギと花の咲く灌木《かんぼく》を植えました。修道士の一人が私に語ったことばによると、地下はアーチ形天井になっているらしいのです。というのは地面を耕すために使う道具の音で明らかにわかるからです。ごく少しの費用で、このほら穴の秘密を白日のもとにさらすことができるでしょう。庭に露出している城壁に風穴を開けるだけでいいのです。

セメネリウムの街は最初ロンゴバルド人に略奪されました。彼らは六世紀半ばに、その王アルボワヌスのもとでプロヴァンス地方に侵入しました。そこは後にサラセン人によって完全に破壊されました。彼らはこの海岸のあちこちを何度も荒らしまわったのです。生き残った人びとは居住地を変えてニースの住民と連帯したとされています。

ニースについてもっと触れるべきことはそのうちに述べるつもりです。いまのところよくご存じのように、私は「忠実な僕」です、ということ以外に述べることはありません。

敬具

# 第十四信　ニース　一七六四年　一月二十日

拝啓

先週の日曜日に馬に乗ってモンタルバンの砦を通過しました。スイスの将校も数人同行してわが領事バックランド氏に会いに行くためでした。ニースから半リーグほどのところのヴィルフランシュに住んでいます。これは小さな町で港の海底の岩盤の末端にあります。この港は素晴らしい湾をなしていて、沖に向かって開かれている南を除いて周囲は丘に囲まれています。南風が吹くときの波の力を打ち消す小さな島が港口にあれば、世界で最良の港の一つになるでしょう。というのはその海底は投錨のためには最適なのです。イギリス全海軍のために十分な水深と大きさもあります。入港するとき右手には保守状態のいい優美な灯台があります。しかしいままでに見たこの海岸線のどの海図でも、この明かりは港の西側に記載されています。ひどい、しかも危険な間違いなので、操舵手を誤らせて、灯台の東側にある岩に船を衝突させるかもしれません。疑いもなく、そこで沈没してしまいます。港の入口近くに要塞《ようさい》がありますが、それは海側から船舶と町を守ること以外の役には立ちません。なぜなら当地は陸地側のモンタルバンの砦や周囲の丘に囲まれているからです。一七四四年の戦いではこの町は二回占領されました。現在はかなりしっかりと再建されています。要塞の左手にはガレー船のための船だまりがあります。そこにドックのようなものがあり、ガレー船がつくられ、修理のためときどき係留されます。この船だまりは美しい石の防波堤でつくられています。そしてここにサルデーニャ王陛下の二隻のガレー船がまったく安全に停泊しています――船尾が防波堤沿いにつながれています。これらの船の一隻に乗ってみたら、二〇〇人ほどの哀れな人間がオールの座席に鎖でつながれているのが見えました。ガレー船が海に出るとき、彼らはそこにすわって漕ぐのです。これは、自らが享受しているありがたさがわかっているイギリス国民が、恐怖と哀れみの念なくしては見られないながめです。冷静にしかも慎重に問題の本質を考えると、市民権を失った悪人を国家のために働かせることの正当さと賢さを認めなくてはならないのですが。ヴィルフランシュの奴隷の中には、にせ金づくりの罪を犯した結果、生涯ガレー船につながれるという判決を受けたピエモンテ伯爵もいます。陸地での生活を許されていますが、金を稼ぐために他の奴隷を雇って、靴下を編ませ、販売するのです。いつもトルコ風の服を着て、没収されたものよりずっと多くの財産をつくろうとしています。

しかしながら軍事作戦中に捕えられたムーア人とかトルコ人の捕虜たちを、そんなならず者に加えることはとても哀れですし、人間性と国家の法律に対する明白な違反にもなります。キリスト教徒の捕虜たちがチュニスやアルジェで同じように残酷に扱われているということも、この野蛮な行為を決して正当化してくれません。模範的で寛大な心をトルコ人に示すことはキリスト教諸国の名誉になるでしょう。そしてもし彼らがキリスト教諸国にしたがわなければ、海軍を集結させて、地中海を長い間荒らしまわったこんな海賊どもの巣窟《そうくつ》をただちに全滅させることが必要です。フランスと海運国（この場合はイギリスとオランダを指すと思われる）があんな野蛮人たちと結んだ取り決めより恥ずべきものはありえません。彼らに大砲、武器、銃弾などがあたえられるので、近隣の国々がおびやかされています。贈り物という名の貢物《みつぎもの》のたぐいさえあたえます。そして商取引で少しはもうかるという浅ましい考えで屈辱をじっと我慢することもしばしばです。これらの国々はスペインとサルデーニャ、それに地中海諸国、アドリア海沿岸地方、レバント地方のほぼすべてのカトリック勢力がそれらのイスラム教徒たちと常に戦っていることを知っています。アルジェやチュニス、サレー〔海賊がよく使ったモロッコの海港〕などは海上に武装艦を保有しているので、このキリスト教徒たちは手持ちの船で貿易をするなどという危ないことはせず、イスラム教徒たちと友好関係があるこの海辺の国々を輸送手段にしていることもまた知っています。海賊行為を働いているバーバリ諸国（エジプトを除く北アフリカ地域のこと。この地域を根城としたイスラム系のバーバリ海賊は地中海全域をおそった）をわれわれが教化し、恥をしのんで彼らから航海許可証を買い、彼らを地中海の主と認めることも、こんな宥和《ゆうわ》策の一つなのです。

　サルデーニャのガレー船には一隻ごとにその舷側にオール二五本と銃六丁、六ポンド砲、また船の真ん中には前方に向けた大砲などが積まれています。この大砲は（私が判断できるところでは）水平打ちをすると必ず、ガレー船の舳先や船尾を破壊するのです。士官たちが船に泊まるところはひどいものです。指揮官のために船尾に粗末な船室があります。しかし他の士官たちは皆、船倉にいる奴隷たちの下に身を横たえるのです。そこには光も空気も静けさもまったくありません。その場所の暑さで息もたえだえになり、ノミ、ナンキンムシ、シラミだけではなく、頭の上のたえまない騒音にも悩まされます。奴隷たちはむきだしのオールの座席に横になり、頭上には雨よけしかありません。ほとんど冬がない気候では、しかしながら、これは大きな問題ではありません。一日の食べ物はほんとうにわずかなパンと一四粒ほどの豆だけです。そして一週間に二度、米かチーズをちょっと食べます。でも彼らの大部分は港にいるときは、靴下を編むか、その他の仕事もやります。このため彼らはこのみじめな食べ物を少しはましなものにできるのです。たまたま悪天候のときに海上にいると、その状況はじつに嘆かわしいものです。どんな波も船体を越えるので奴隷たちはきっと水浸しになるばかりでなく、波の勢いが強いので、舷側に激突します。手足がくだけてしまうこともあるし、脳みそが飛び出ることもあります。人間性にショックをあたえるような厳しさをふるうことなく、こんなに数多くの絶望にあえぐ人間どもを何らかの規律のもとに置くことはできない、とされています。同じように清潔さをどうにか保っておくのもほぼ不可能です。というのもそこにはとても数多くの哀れな連中が、設備らしい設備や生活に必要なものさえもないまま、一緒に押し込められているのです。一週間に一回ほど着物を脱ぎ、海に入って体を洗い、海水浴をするように命令されます。でもいくら用心深くしても害虫だらけになってしまうし、船は救貧院とか、ぎゅうぎゅう詰めの監獄のような臭いがするのです。ところが彼らは自らのみじめさにはまったく気づいていない様子です。ニューゲート監獄（ロンドンの旧市街地にあった、七〇〇年以上使用された悪名高い監獄）のあんなに多くの囚人のように彼らは笑い、歌い、悪態をつくのです。そしてできるだけ酒を飲もうとします。われわれが船尾から船に乗るときは、奴隷たちから選ばれた楽団に歓迎されます。こんな連中は心付けを期待しているのです。もし前のほうに歩いて行けば、ポケットに気をつけなくてはなりません。靴みがきのための刷毛と靴墨を手にした奴隷の誰かに呼び止められるでしょう。そしてもしなすがままにされると、十中八九ポケットはすられています。申し出を断ってお高くとまっていると、どっと集まる害虫をどうしようもないでしょう。それはあの連中がじつに巧妙に見知らぬ人物に集《たか》らせるのです。解放するか交換することになっているトルコ人の囚人の中には、ちゃんとした検査を受けてから上陸を許される者もいます。そして刑期の大部分を勤めあげたガレー船の漕ぎ手は兵隊の見張りのもとで、公共事業に雇われます。ニース港では、彼らは船長に雇われてバラストを運び、その稼ぎのうちのわずかなものを自分で使えるのです。残りは王様のものになります。彼らの目印は片方の足に付けた鉄の足かせです。ニースからヴィルフランシュまでの道は馬に乗ってはほとんど通過できません――ひどい異常事態です。というのも奴隷たちは二、三ヵ月でそこを馬車が通れるようにすることができるからです。しかも王様のポケットはちっともいたみません。なぜなら彼らは一年の大部分はぶらぶらしているからです。

ガレー船は夏の間だけ航海に出ます。嵐の日には港の外には出られなかったのです。ガレー船は凪で海がおだやかなとき以外は、全然役に立たないというのが現実です。そのときには漕ぐことによってかなり進めます。サルデーニャ王はガレー船など使えるしろものではないことを心得ているので、自らの持ち船はわざと朽ちるがままにしています。そしてその代わりにイギリスで大型フリゲート艦（快速帆船軍艦）を二隻購入したのです。その一つは大砲五〇門をそなえ、またもう一つは三〇門をそなえています。そしてそれらは現在、ヴィルフランシュ港に碇泊しています。王はまたイギリスの士官を一人獲得できました。アトキンス氏という人ですが、フリゲート艦の一隻に乗り込んでいる副艦長です。また艦長顧問という称号も付いていますが、それはつまり、第一艦長マカロニ侯爵の指南役ということです。この侯爵は、私がアラビア語を知らないのと同じように航海のことなどまったく知らないのです。

王はさらにフリゲート艦を二、三隻所有したいと考えているということです。そうすれば王はバーバリの海賊船に十分対抗できるでしょう――自らの艦隊にしかるべく人員を配置するという配慮をしさえすればですが。しかし王が外国人を船員としてばかりでなく、士官として軍務に就かせないなら、これは絶対にできないことでしょう。なぜなら彼自身の領土からは現在どちらも生まれていないのです。もし王がイギリスとの同盟関係とか、自らの王国が海沿いにあるという状況をできるだけ利用しようと強く決心すれば、持ち船にイギリスの船員をあて、艦隊の長にイギリスの指揮官をあてるべきです。ヴィラフランカには倉庫とドックをつくるべきです。またはつくることができなくても、船体を傾船修理するための深い穴と波止場は少なくとも設置すべきです。しかもこれらのことはイギリス人の監督のもとに置かれるべきです。彼らは海洋経営のこまごましたことが一番よくわかっているのです。まったく疑いがないことですが、気前よく報酬をはずまないと外国人を雇うことはできないでしょう。しかも外国人が雇われると、自国民は腹立たしく思うものです。しかし海洋権を握ることが大切なので、こんなことは公的な有用性という道理に歩をゆずるべきです。外国人優先に対するピエモンテ州の士官たちの不満ほど、おろかで理が通らないものはありえません――外国人たちは、自らができそうにもないとわかっていることでも、国のためにやりとげてくれるのです。パターソン氏が昇任してサルデーニャ王陛下に初めて仕えたとき、ピエモンテ州の士官たちのねたみから、大変な反対と数知れない屈辱を受けたことがあります。ですから落ち着くまでは、彼らとの数多くの決闘で命を危険にさらさなければならなかったのです。豪胆な人物だったので、いかなる無礼、侮辱もこらしめないままにすることはどうしてもできませんでした。彼がトルコ人に武勇をひけらかす機会は何度もあったのです。また並はずれた手柄と長期の軍務により、中将の身分でありながら、ガレー船の最高指揮権を手に入れたばかりでなく、王からもとりわけ目をかけられて、ニースの指揮官に任命されたのです。こうしてパターソン氏を昇進させることで、サルデーニャ王陛下が手に入れたものは、たったひとつどころではありませんでした。王はとても勇気があって忠実な素晴らしい士官を獲得したので、彼の忠告にしたがって、海事を処理しました。この紳士はロンドンの宮廷でもとりわけ尊敬されました。一七四四年の戦争では、地中海で艦隊を指揮するイギリスの司令官たちとぴったり息が合いました。こうした十分な理解のもとで、イギリス艦隊によってその主君のために、時宜にかなった数多くの軍務がなされたのです。それはわが政府に正式に申し込むことなしに、なされることはなかったでしょう。それがなければ好機は逸してしまったことでしょう。司令官はあらゆることについてサルデーニャ王陛下と協力するように、という一般命令と指示を受けていたことを私は知っていますが、司令官が軍務に真の関心がないときには、このような総括的な指令はほとんど役に立たないことも経験からわかります。現在のサルデーニャ王がフランスとの新しい戦争でイギリスと組み、イギリス艦隊がこの沿岸に以前のように碇泊すれば、王はこの点では、まったく違うということがわかるでしょう。だから王は海事にまったく無知なサヴォイ人の司令官をニースに配置することは慎重に避けるべきです——彼は君主の真の関心などわからず、気位が高く、独断的です。国民としてのねたみという偏見から外国人とはうちとけず、とりわけイギリス人をきらっているのです。

　ヴィラフランカという古代の名前については古代研究家の間で論争があります。もしそれがニース港ということでないとしたら、アントニウスの『旅行記』〔おそらく三世紀ごろつくられたローマ帝国の道路の詳細な目録〕ではまったく述べられていないのです。しかし正確なストラボンがこの海岸線を描写するときに、この港のことを少しも述べていないのはもっと驚くべきことです。それはモナコのヘラクレス港だと想像する者もいます〔プリニウスを指す〕。でもこれは現在モナコと呼ばれているものだということは疑いの余地がありません。その港はストラボンのモナコ港の記述――「ここにはごく少数の小型船しか入れない」〔『地理学』より〕――そのものです。確かにプトレマイオスはモナコ港とは別のヘラクレス港という名前でそれに言及しているようです。彼のことばは次のとおりです――「ヴァール川の河口を越えてリグーリア州の海岸のマルセイユの植民地は、ニース、ヘラクレス港、アウグストゥスの記念碑、モナコ港などがある」。ここではヘラクレスは当地とモナコどちらでも崇拝され、この二カ所は彼の名前にちなむものです。しかしこれについては、おそらく別の手紙でくわしく述べるつもりです――アウグストゥスの記念碑（いまではトゥルビアと呼ばれています）とモナコの街を見た後になります。モナコはニースから三リーグほどの距離にあります。ここで私は『ファルサリア』の次の優雅な描写に目を留めざるをえないのです。それはまさにこの港についてのものだったようです。

軍隊がヘスペリア辺境のヴァール川まで前進する。そして山が自然の手でえぐり取られているところに、広々としたヘラクレス港が広がる。ここには大きな船も安全に停泊している。西風と北西風が大海原を吹き渡る。強い南風が吹くときには湾が波立つので、モナコの安全な港に入ることができない。〔Lucanus, *Pharsalia* Gioffredo が引用したもの〕

現在のヴィラフランカの町は、プロヴァンス地方の伯爵で両シチリア王国の王でもあるシャルル二世の命令で、十三世紀につくられ植民化されたのです――当時海岸を荒らしていたサラセン人の襲撃から港を守るためでした。その住民は近くの山の頂上にある別の町――この海賊どもが破壊したのだが――からここに移されたのです。古い町のなごりはまだ少しは残っています。もっとしっかり港を守るために、サヴォイ公爵エマニュエル・フィルバートは前世紀初頭に、砦とガレー船を碇泊させる防波堤をつくりました。前にも述べたように、ヴィルフランシュは海が打ち寄せる荒々しい岩盤に位置しています。そしてその一マイル以内には平地は一エーカーもないのです。夏には岩からの太陽の照り返しのため、そこはたまらなく暑くなるはずです――というのも一年のこの時期でさえ、ガレー船を見るために四分の一マイルほども歩くと、体じゅう、汗だらけになります。グラスゴーのアンダーストンクラブの友人たちによろしくお伝えください。

忠実な僕

# 第十五信　ニース　一七六四年　一月三日

奥様

マコーレー様から受け取ったご書簡は、フランス人について私が、まだ述べなくてはならないことばをお伝えするという約束を思い出させます。しかも同時に、以前の見方は厳しすぎるというご意見でもあります。この厳しさは個人的な恨みが原因だということさえ、それとなくおっしゃられています。しかし異議を申し立てますが、あの国の個人について特別な敵意は持っていません。いかなるフランス国民にも負い目はありませんし、けんかもしません。しかも尊敬に値するフランス人にたまたま出会えば、同じ長所を持つ同胞に感じることができるくらいの衷心からの同情をもって、その人と親しくすることができます。芸術、科学のあらゆる分野で生まれた数多くの偉大な人物ゆえにこの国民を尊敬しさえします。フランスの士官たちをその雄々しい勇壮さゆえに特に尊敬します。またとりわけ戦争という恐怖の場においてさえ、敵に対して示す寛大な人間性を尊敬します。この度量の広い心は古代の騎士道の唯一のよりどころであり、存続させるに値するものだと思います。これはかつてイギリスに満ちあふれていたものですが、打ち続く内乱でほとんど消滅しかかっています。内乱は必ず残酷さと憎悪を生むものです。ヨーロッパにそれを復活させたのは、本物の遍歴騎士でもあるフランスのアンリ四世でした。彼にはもっともひどい仕打ちさえも大目に見る寛大さがありました。また人柄を見抜く才能があったので、戦場でもっとも手ごわく立ち向かう何人かの相手とも融和できたし、信頼さえしたのです。彼が囚人たちを寛大に扱うやり方を復活したことと、決闘という馬鹿げて邪悪な慣習を廃止せず、常識と人間性に真っ向から対立する「剣の突き合い」を奨励して祖国を傷つけてしまったことをくらべると、どちらが人類により多くの恩恵をもたらしてくれたかどうかはわかりません。

フランスの士官が五十歳の坂を越えると、たいていつきあいやすい人物になると言われるのをよく耳にしたものです。疑いの余地はまったくないのですが、そのときまでには、若いときはひどくやっかい者にさせる、ありあまる元気もかなりなくなっているのです。しかも他の点でも、経験によって人柄が良くなっているはずです。しかし彼の教育には根本的な誤りがあります。その影響は時とともになくなるどころか、しっかり根づいてしまうものです。若いときの偏見の大部分はくせのある考え方に変わります。だからフランス軍の年老いた士官は若い士官よりうわべだけの名声という形式にこだわることがわかるでしょう。

良家の若者が軍務につくと、すぐに決闘で勇気を示さなくてはならないと思います。生来元気がいいので、年上か目上かなんてまったく考えず、まっさきに来るものはなんでも人前で体当たりするのです。しかも、しばしば何かことばを口にするけれども、それは剣を振りまわすためにはなくてはならないものです。年老いた士官は訓告とか無言の非難で彼のいらだちを抑えることはありません。その生意気な態度がうれしくて、思い切ってどんどん攻撃しろとそそのかします。

けんかが起きて決闘しそうになっても、彼はいさかいをなだめる努力はせず、うれしそうにすわって、その結果を知りたいと思うのです。もし若者が傷つくと、彼は狂喜して、キスをしてあげ、その大胆さをほめたたえ、外科医の手にまかせ、治癒するまで毎日慰問して、とてもやさしくしてあげるのです。もし即死すると肩をすくめて言うのです――「何て残念だ。とてもいいやつだった。あーつらい」――でも三時間もすると故人は忘れられてしまいます。フランスでは決闘は禁じられている――違反すると死刑です――のはご承知ですね〔早くも一五六六年にシャルル九世は決闘した者は誰でも死刑に処すという布告を出した。アンリ四世もこれの禁止令を出したが、その効果は限定的だった。一七二二年にも同様の勅命が出されたが、効果はなかった〕。でもこの法律は簡単にすり抜けられます。侮辱された人間は歩いて外に出ます。敵はこの意味を理解して後を追って通りに出ます。そこで二人はあたかも偶然のようにぶつかり、剣を抜きます。そしてそのうちの一人が殺されるか、かたわになるまで、二人を分けるための何らかの有効な手段は取られません。この争いの結果がどうなろうとも、治安判事はちっともかまわないのです。少なくともそれは偶然の決闘と解釈され、どちらも処罰はまぬがれるのです。こうしたきわめて馬鹿げて、しかも冷たい黙認のおかげで法律の目的はまったく果たされないのです。会話におけるほんのささいなこと、不用意なことば、ちょっとしたあてこすり、そして軽蔑したような顔付き、または冷笑でさえ、こんなたぐいの争いを生むのに十分です。しかしより深刻な侮辱――非難のことば、「あからさまな人格否定」〔シェイクスピア『お気に召すまま』第五幕四場からの引用〕、殴打、あるいはなぐるぞ、というおどし――などはもっと公に論じられるべきです。これらのどんなケースでも、当事者は別の君主の領地で会うことに同意します。というのは、そこなら処罰される心配なしに相手を殺害できるからです。士官というものは、なぐられるか、またはー発くらわせるぞとおどされただけでも、相手を殺すか自分自身の命を失うまでは落ち着いた気持ちになれるはずはないのです。友人の一人にニース出身者がいて、フランス軍に仕えていたのですが、数年前大尉の一人が激怒して、中尉をなぐってしまったことがあると教えてくれたことがありました。二人はすぐに闘いました。中尉は負傷して武器も奪われたのです。それはとり返しのつかない侮辱だったので、傷が回復するとすぐに大尉を再び呼び出しました。要するに争いの決着がつくまで二人は五回格闘したのです――ついに中尉は死んで、その場に放置されました。これはその引き金となったつまらぬことの馬鹿馬鹿しさをよく証明する出来事でした。けんか相手の粗暴さに侮辱され腹を立てた哀れな紳士は、さらにその命をも奪われる機会を相手にあたえざるをえなかったのです。別の同じような危険な事件が数年前にここで起きました。フランスの士官が別の士官をやっつけてやるぞとおどしたので、正式の決闘がなされました。そして二人のうち一人が倒れるまで闘うと決め、それぞれその場に墓穴を掘るための穴掘り人が二人ずつ付きました。二人はニースの城門の一つのすぐ外側のところで、多くの人の目の前で闘いを始め、しかも驚くような怒りがこもっていました。ついに地面は朱に染まったのです。とうとう一人がよろめいて倒れました――するともう一人も自ら致命傷を受けたことがわかり、前に進み出て、剣先を落として言いました――「おまえがわしからうばったものをおまえにお返しするぞ」。そう言いながら、彼は地面に倒れて死んだのです。侮辱されたもう一人も致命傷を受けたので起き上がれませんでした。見ていた者の何人かが彼をすぐに浜辺に運び、船に乗せ、アンティーブまで海路で運びました。赦免を受けることなく死んだので、敵の遺体はキリスト教の埋葬をことわられました。それで彼の魂は地獄に行くのだと誰も認めたのです。しかし軍人たちは、彼は信義を重んじる人間らしい死に方をしたのだと請け合いました。かっとしたあまりとか、無我夢中でやってしまった侮辱行為はおだやかなやり方で十分につぐなおうとしなければ、受け入れてもらえません。無知のあまりとか、ぼんやりとして無意識に犯した罪でさえも血で清めなくてはなりません。わが国のある貴族がまだ平民だったときに旅をして、ロラン地方の法廷でこの種の窮地に巻き込まれたことがあります。彼は馬で遠乗りに出かけ、ぼんやりとしながら遊歩道沿いをぶらぶらしていました。馬のむちを手にしていたのですが、たまたま目の前にいる一人の侯爵の背中に付いたイモムシを見つけたのです。「伊達者」とは思いもせず、その虫を殺すために、むちを振り上げ、びしっと両肩にかけて打ちました。そのため歩道にいた人たちは皆、ぎょっとしました。侯爵の剣はすぐに抜かれたのですが、狼藉者《ろうぜきもの》は身を守るための武器がなかったので、重大な命の危険にさらされたのです。はっとすると、すぐに許しを請い、単なる不注意からしてしまったことなのですが、ちゃんとしたどんなつぐないもしますと言ったのです。こんな侮辱が血を見ることなしにそそがれたという先例があれば、侯爵も彼の言い訳を認めていたことでしょう。名誉に関する秘密会がただちに召集されました。そして長い討議の後で、故意でない無礼は、とりわけ「こんな輩」のものは大目に見てあげようということになりました。ささいなきっかけから、さまざまな大げんかになるいきさつをわかってもらうために、最近リヨンで起こったことを詳しく述べてみましょう。これはそのいきさつを身をもって目撃した人の口から聞いたものです。二人のフランス人が庶民的な定食屋で、べらべらとしゃべって、その場の人びとをびっくりさせたのです。ついにそのうちの一人が偉ぶってもう一人の名前をたずねました。「小声でしか名前は言わないぞ」――と彼は言いました。「名前を隠すとは、よくよくのわけがあるのだろう」と最初の者が答えました。「教えてやるぞ」――ともう一人が言いました。こんなことばを口にしながら、彼は立ち上がりました。そしてテーブルをまわって彼のほうに行き、皆に聞こえるように大声でさけんだのです。「私はピエール・ペザンと言います。あなたは無礼者です」。こう言いながら彼は歩いて外に出たのです。名前をたずねた男はその後を追って通りに出て、そこで二人はぶつかり合い、剣を抜き、闘ったのです。問いかけをした男は体を刺されたのですが、その身内の者たちは有力者だったので、勝った者も国外に逃れなくてはなりませんでした。彼は裁判にかけられ、欠席裁判で有罪とされました。財産は没収され、妻は悲嘆にくれ、子どもたちはこじき同然になり、彼自身もいまでは、流浪の身になり飢えかけています。イギリスではまだ、厳しい作法がすべて取り入れられているわけではありません。紳士といってもほんの一撃で侮辱されてしまうものですが、いったん命がけで、攻撃する者に立ち向かえば、生き通すこともできるのです。わが国の名誉についての法律は、侮辱を受けた相手を殺せとか、さらに自らの血の最後の一滴まで闘えなどという義務付けはしていません。ローマ人には決闘の実例はありません。彼らは確かに、名誉については、フランス人と同じくらい勇ましかったし神経質でした。コルネリアス・ネポスが語るところによると、ある有名なアテネの将軍が仲間と言い争いをしたとき、後者はスパルタ出身で、かっとなりやすい性格なので杖をふり上げて、なぐりかかったということです。こんなことがフランス人の「伊達者」にふりかかれば、死はどうしても避けられなかったはずです。でも次に起きたことに注目してみましょう——例のアテナイ人は侮辱行為に憤慨するどころか、今時のいわゆる紳士的なやり方で言ったのです——「どうぞなぐってくれ、でも聞いてくれ」——彼はスパルタ人ののどをかっ切ろうなんて夢にも思わず、その激しい気性をじっと我慢したのです。その欠点を補ってあまりあるじつに数多い長所がある友人の弱点として。

決闘という当世風のやり方を黙認し助長する、おろかさとそのわざわいをここでくわしく述べる必要はありません。二人がまだ互いを思いやる気持ちになっているのに、この野蛮な慣習にとらわれて、互いに殺し合った友人たちの例をあげる必要はありません。また私自身も知っているさまざまな例を列挙したりしません——一族全滅とか、女、子どもが寡婦になったり、みなし児になったりとか、一人息子がいなくなってしまった父母や、決闘によって社会が失った貴重な命などのことです——決闘は激しい口論やけんかの最中に、その気はないのに口にした不用意なことばでなされたのです。立派な男が死というものに身をささげなくてはならない苦境を強調するつもりはありません——というのも彼がならず者や弱い者いじめ、酔っぱらいや狂人などに侮辱されたのが不運だったのです。またこのたぐいのおろかしさについてこまごまとは述べません——確かにことばでは言いたくないのです——軍務についている紳士が侮辱されたときに追い込まれるどうにもならない状況のことです——もし彼がその敵に挑戦し闘わなければ、軍法会議による破廉恥罪で徹底的にやられてしまうのです。もし闘って相手を殺せば、殺人罪のかどで民衆裁判にかけられます。そしてもし王の情けがかけられないと、間違いなくしばり首になります——決闘に自らの命をかけるという危険は別にしても、彼の良心は、自身の判断に反して、おそらく名誉のための見せかけの決闘に身をささげた男の血しぶきに染まるのです。これらのことはあなた方自身も常識的な判断ができると思います――しかし私は日ごとに根付くと思えるこの巨悪に対して改善策を思い切って提起するつもりです。あらゆる名誉毀損《きそん》罪を受理し審査してくれる法廷を設立するのです。そしてその目的のために制定された国会制定法により罰金やさらし台、公民権剝奪という判決、社会的追放、また流刑などで罰する権限をあたえるのです。そうすれば侮辱された人は、誰でもこの法廷に訴えることができるという手段を手にできるのです。剣、ピストル、または他の致命的な武器で私的な復讐をしようとする者には、破廉恥罪で王国外追放と宣告できるのです。昔のけんかがきっかけとなった決闘や衝突などで、互いに剣かピストルまたは他の致命的な武器を使ったと認めるなら、誰でもこの同じ罰則にかけられることにしましょう。もし決闘で誰かが殺されると、死体は一定期間、公開の絞首台につるしておき、その後外科医どもにくれてやりましょう。その敵も殺人者としてしばり首にして、また解剖してしまいましょう。そして何か汚名のしるしを二人の思い出のために建ててあげましょう。そのような決まりがあれば単なる名誉をかけた決闘は事実上行われなくなるのではないかと思うのです。というのは考え深い者なら誰でも、もしこの危険行為をすることが同時に不名誉と破滅を確実に招くことがわかっていれば、自らの命をかけてまでの暗殺業など絶対にやらないと確信しています。それで決闘により、しかるべき女性から夫を、多くの子どもたちから父親を、家族から大黒柱を、社会からその一市民をうばう士官は――社会にとってはその半分の価値もないものを命からがら盗むか奪う追いはぎとか住居侵入者のように――遺体をさらしものにしないでくださいと懇願できるはずもないということを、良識のある人なら誰でも認めるでしょう。イギリス人が決闘を行うときの不正行為をなくすことができたのはアメリカの海賊から学んだものだと思います。そんな向こう見ずな連中は個人的ないさかいにピストルでけりをつけたのです。そしてこの改善点はイギリスに取り入れられて大きな成功をおさめました。けれどもフランスや大陸の他の国々ではそれはイギリス人が野蛮であることの証拠だと見なされています。しかしながらそれは常識にかなう唯一の決闘方法です。というのはそれによって人は皆、同一線上にならぶのです――年寄りは若者と、弱い者は強い者と、鈍い者は敏捷な者と、剣の握り方を知らない者は、赤ん坊のときからフェンシングを習った乱暴者と。明らかに自分のほうが強いとわかっている者が敵を打ち負かしてみても、どこが名誉なのでしょうか。一般民衆の生来の気持ちの強さがあれば、この場合の争いの結果なんてたいしたことはないのです。それ故、おくびょう者が身分ある人物を挑発して闘わせるという多くの事例も目にしてきました。決闘がとめどもなく流行して、主君たちが闘ったチャールズ二世の治世下、バッキンガム公爵であるヴィリエールはシュロズベリー伯爵夫人を誘惑し、彼女を恥さらしにしても満足できず、機会があれば伯爵と一騎打ちをしようとしたのです。というのも彼は、伯爵はひ弱で体も小さくもの静かで目立たず、とてもそんな一対一の闘いには向かないので、簡単に勝てると思ったからです。彼はとことん伯爵を笑いものにしました。そしてついに、侮辱されても憤慨する気力もないシュロズベリーを間男しても自慢にはならない、と公衆の面前で断言したのです。これは見過ごすことができない侮辱でした。伯爵は果たし状を送りつけたのです。それで二人は介添人として選んだ二人の紳士に立ち会ってもらい、バーンズエルムズで闘うことにしたのです。四人すべてが同時に交戦しました。最初の攻撃はシュロズベリー伯爵には致命的でした。また伯爵の友人は公爵の介添人を殺しました。バッキンガム公爵は自らの手柄に有頂天になり、クリーフデンにある伯爵の屋敷にただちに向かいました。そしてそこで夫の殺害を自慢した後で、彼は伯爵の妻と同衾したのです。そして剣に付いた血潮を自らの勇気の記念品として彼女に見せたのです。しかし、まさにこのバッキンガム公爵は実際はおくびょう者に他ならなかったのです。勇敢なオソリー伯爵がチェルシーフィールズで闘おうと彼に挑戦したとき、バッキンガム公爵はテムズ川を渡ってバターシーまで行き、そこで伯爵を待つふりをしました。そしてそれから上院に対して、オソリーと待ち合わせたが、約束を守らなかったと訴えたのです。上院が、けんかに割って入ることがわかっていたし、またその期待にもそむかれなかったのです。上院は二人に、このけんかは他にめんどうは起こさないという約束を固く守らせました。

女性の優しさにふさわしくないことがらについて、こんなにたくさんの記述でご婦人をわずらわせてしまったことをお詫びしたいと思います。しかしあなたは人間というものに深く関係するものなら、どんなことでも無関心ではいられないことはわかっています。奥様、人間への関心こそが私が語ったすべてのきっかけになったということは断言できます。

忠実な僕

# 第十六信　ニース　一七六四年　五月二日

拝啓

数日前に私はこの地方の二人の紳士と一緒に馬の遠乗りをしました。そして一筋の小川を見ましたが、その水はかつては、水道で古代の街セメネリウムまで送られました。切り立った岩壁と深いくぼみ（ここでは渓谷という立派な名前です）でへだてられていますが、当地はそこから一マイルほどのところです。その水は美味で冷たく軽く透明で、岩の真ん中の穴から湧き出しています。それは山の真ん中を通る地下水道に通じています。これはローマ人がつくったものですが、よく見れば見るほど、ますます驚くべきものに思えました。そこに住む農夫がこのように言っていました――「朝八時にこの穴に入り、かなり遠くまで行ってしまったので、そこから出てきたのは午後四時過ぎになってしまいました」。堅い石でできていてセメントのようなもので裏打ちされたきちんとした水路――頭上はアーチ形になっています――にたまった水の中を歩いたと彼は言ったのです。でもそのアーチのほとんどはとても高かったので、まっすぐに立つことができたのです。しかし水路の他のところの水底には土と石ころがひどくたまっていたので、通るときには、身をかがめなくてはなりませんでした。彼のことばによると、一定の距離ごとに空気穴があり（確かにこの一つを現在の出口から遠くないところで見かけました）、両側には幅が広いところと石造りのベンチがいくつかあり、手にハンマーと作業道具を持った石の人物像があちこちにあるということでした。この男は自らの冒険譚を大げさにするために、ちょっとしたつくり話をしているのではないだろうかと思えました。しかしこの通路に入った者が何人かいて、たいまつの明かりでかなり進んだのですが、水源にはたどり着けなかったという確かな情報もあります。その水源というのは、この地方の言い伝えを信じれば、この幅が広くなったところから八リーグの距離のところにあるのです。でもこれはまったく信じられません。この水の流れは現在、ラ・フォンテン・ドゥ・ミュラーユと呼ばれ、さまざまな支流に分岐し近くのブドウ畑や庭園に入念に導水されて、地面の水やりに使われています。この同じ山から半マイルほどさらに南寄りに、同じ水質の水がさらに豊富に湧き出ていてラ・スルス・ドゥ・タンプルと呼ばれています。同じような水路で送られ、他のものと同じように使われたのです。だから、それらはどちらも同じ水源からのものではないかと思います。水源はまだ発見されていませんが、かなり離れたところにあるはずです。なぜならその山脈は西の方角に数リーグ連なっていますが、どこにも水のある様子はないのです。でも地下水路は別にして、これら二つの水流は切り立った岩壁と深い峡谷を越えてセメネリウムまで延びる水道によって送られたはずです。それには莫大な費用がかかりました。このラ・スルス・ドゥ・タンプルの水は岩の水脈の上のうず高い石から湧き出ています。オリーブ、穀物、紙などのためのいくつかの水車を回すのに役立っています。その水は貧弱なアーチの上に架けられた近代的な水道を通っていきます――この費用は庶民がまかなったものです。そして後にはとても小さな流れに分岐し、この干からびた不毛な土地をうるおすのです。ローマ人たちは入浴の習慣があるので、多量の水がないとやっていけなかったのです。このことが自国に水があまりないときには、遠くからそれを送る手間と費用を惜しまないようにさせた一つの理由だろうと思います。しかしこの動機以外に別の動機もあったのです――彼らは水の好みにひどく細かいので、飲用とか料理用には一番きれいで軽い水を大変な手間をかけて、遠くから送りました――入浴、その他家事に使う目的の水質が良くない水が豊富にあったとしても。セメネリウムの街があったところには水質のいい湧き水があります。でも井戸水はすべて硬水です。ところが長い距離を流れていくと、硬度が緩和されるのです――とりわけ、もし太陽と空気の影響にさらされれば。ですからローマ人が水を、日光の当たる状態の水道でかなり長い距離を流して軟水にして、水質を改善したのは十分な理由があったのです。セメネリウムの浴場で使われたものはおそらく鉛管で送られたのですが、ごく最近そのうちの数本が偶然に掘り返されました。これらの古代の廃墟を再び訪ねて、円形闘技場を、私が荷造り用のひもで計測したということはぜひ知ってもらいたいのです。楕円形になっています。長径は一一三、短径は八八フィートくらいです。でもその計測の正確さは保証できません。真ん中に四角い石があって鉄の輪が付いていましたが、観客に飛びつかないように野獣がそこにつながれていたのだと思います。観客席はいくつか残っていて、向き合った入口が二つあります。それぞれに大きな通用門一つと、側面のもっと小さなアーチ形のドアが二つあります。また外壁のかなりの部分も残っています。柱や他の建築装飾はありません。この近くのドゥ・グベルナーティス伯爵の庭園では神殿（これは前の手紙で述べました）の入口に面した浴場の遺跡を見ました。そしてここには数本の大理石の柱身がありました。白い雪花石膏《せっかせっこう》（アラバスターという白色で上質のきめの細かい石膏）の美しくカットされたコリント式の柱頭が特筆すべきものです。ここで伯爵は良質な大理石をたくさん発見したので、さまざまな用途に使ったのです。また大理石や青銅でできた手足のない像も何体かありました。農民は土地を耕しているときに、それまで何度も拾い出した真鍮や銀のメダルを私に見せてくれました。それと一緒に色ガラス製の楕円形のビーズもいくつかあったのですが、ローマの婦人たちがイヤリングとして身に付けたものです。またひどく読みづらくなった小さなめのうの印章もあります。そのメダルのうちの二つはマクシミアヌス帝〔ローマ皇帝。在位二八六～三〇五年ディオクレティアヌス帝の後継者〕とガリエヌス帝のものです。残りのものは磨滅していて銘も読み取れませんでした。ご存じのように、競技会とか、あるいけにえの儀式など公の機会には、手づかみにしたメダルが群集に投げられました――このしきたりがあるので、この地方でいままでに数多くのメダルが発見されたのです。地下水路も数本見ましたが、それらはありきたりの下水道のようでした。それにパイヨン川に張り出ている崖際沿いに建っている古い石垣もかなり数多く残っています。農民たちの語るところによると、深さ一ヤード以上掘ると必ず、ドーム形のほら穴になっています。ブドウ畑や果樹園の地面のかなりの部分はその地下が丸天井のようになっています。しかもブドウ、果物、それに野菜などができる地面はどこも古代ローマの建物のくずれた石灰と残がいそのものなので、そこにニースから運んだ肥料を混ぜています。この古代都市から、じつに雄大な海が見渡せました。

けれどもどんな馬車でも、そこに近づくことは絶対にできません。もし馬に乗ってどうにかそこに登れても、おりるときには首を折る危険が常にあるのです。ニースの反対側の七、八マイルほどのところにローマ時代の別の記念碑の遺構があるのですが、それは歴代の野蛮さの跡をかなり留めています。アウグストゥス・カエサルがこれらマリチーム・アルプスの獰猛な民族（トルンピリニ、カムニ、ウェノネット、イスナルキ、ブレウニなど）を一つ残らず征服したとき、彼のために、ローマ元老院によって建てられた戦勝記念碑だったのです。モナコの街を見おろす山の上にあり、いまでは古びて荒廃した塔の外観だけ見えます。イタリア語の写本の中にその由来の説明がありますが、それによると円柱と高浮き彫りされた戦勝記念碑で装飾された二階建ての美しい建築だったようです。またその頂上にはアウグストゥス・カエサルの像もありました。その一つの側面に碑文があったのですが、その中のいくつかの単語はまだ読めます。古い建物に近いところで発見された大理石のかけらに書かれていました。しかしその全文はプリニウスに残されています。彼は次のことばでそれを述べています――『博物誌』第三巻（二〇章）

『この戦勝記念碑は皇帝カエサル・アウグストゥス（神君ユリウスの息子）のためにその皇帝位の一四年目かつ護民官の地位の一八年目にローマ人民と元老院により建てられたもの。というのは彼の指揮と保護のもとで、アドリア海からトスカナ海にいたるアルプスの国々はすべてローマ領になった。征服されたアルプスの国々はトルンペリニ……など』

しかしながら、ピエモンテ州にあり、現在はアオスタと呼ばれているアウグスタ・プラエトリア近くの戦勝記念碑を、この碑文の場所としたプリニウスは判断を誤ったのです。というのは確かにそこに凱旋門はありますが碑文はないのです。この古代の堂々とした記念碑は何よりもまず火災で破壊されました。そして後のゴシック時代に、砦のようなものにつくり変えられました。そこにあった大理石は隣村（そこはトロペア〔戦勝記念碑〕が転訛したトゥルビアと、いまでも呼ばれています）の教会を装飾するために使われたか、墓石になったか、あるいは遠くに運ばれてニースの一、二の教会に残っています。いまではその記念碑は銃眼付きの胸壁があるゴシック式のこわれかけた望楼の外観を呈しています。そしてそんな姿だから、船でここからジェノバやイタリアの他の港に旅する人びとに注目してもらえないのです。ニース近くの遺跡についてはもうすべて述べたと思います――サントスピス（この町はビュッシングがその『地理学』において、強大な町とか海港として描いているのですが、現実には町や村の形跡は少しもありません）の岩山に掘られたいくつかの地下墓地あるいは洞窟を除いて。そこはトゥルビアの塔近くの土地の一画なのですが、そこの山々と共に湾を成しています。そしてこの湾では、サルデーニャ王の権益の一つである大がかりでめずらしいマグロ漁が行われています。ここにはまだ保守がしっかりしている監視塔があり、万一バーバリー地方の私掠船（アフリカ北岸のこの地域の海賊船）が沿岸に現れたら、その近くの人びとに警告をしてくれるのです。おそらく地下墓地はサラセン人（数世紀の間、ずっとこの海域を荒らしまわったのです）の突然の攻撃にそなえて、住民のための避難所として、かつて掘られたものです。好奇心の強い連中が何人もそこに入り、たいまつの明かりでかなり先に進んだのですが、その突き当たりまでたどり着くことはできなかったのです。そしてそのあたりの言い伝えでは古代都市セメネリウムまで通じているということです。しかしこの言い伝えも、それを妖精たちが巧みにつくりあげたとすることも、どちらも馬鹿馬鹿しい根も葉もない仮説です――そこに狭い地下通路が掘られ、天井はセメントで裏打ちされた石造りのアーチ形になっています。小さな部屋らしきものがあちこちに見つかるのですが、人びとは危険がなくなるまでそこに隠れていたのだと思います。ディオドルス・シクルス〔Diodorus Siculus 古代ギリシャの歴史家。主著『歴史叢書』は大部だが先人の作品をもとにしたものとされる〕は、このあたりの昔の住民はいつも地下生活をしていた、と私たちに語るのです――〈リグリア人はたいていむきだしの地面に身を横たえます。彼らの多くは天然の洞窟と横穴に住んで、きびしい天候から身を守るのです〉。これはエチオピアの国境に住む人びと――トログロダイト〔Troglodytae ほら穴に住む人びと。上エジプト人とエチオピアの沿岸の紅海の西岸に住む人びと〕の習慣と同じでした。彼らはアエリアヌス〔Claudius Aelianus 古代ローマの著述家。主著『動物の特性について』〕によると地下の洞窟に住んでいたのです。彼らが洞窟の意味の「トローグレー」から自らの名前を取ったことは確実です。そしてウェルギリウスはその『農耕詩』でこのようにサルマチア人〔アゾフ海の北東に住んでいたアジアの一民族〕を描いています。

『地下の洞窟に彼らは安らかに身を横たえて、季節のうつろいに
気づくこともない』

これはわびしい歌ですが、土地柄が表れています。白い紙がないので茶色がかった紙に書いていています。いまなぐり書きしているものは楽しいものではないのですが、有益なものかもしれません。

忠実な僕

# 第十七信　ニース　一七六四年　七月二日

拝啓

ニースはもともとマルセイユの植民地でした。ユスティヌスとポリュビウスを信じればポカイア人がガリアに住み着き、ローマのタルクィニウス・プリスクス王の治世に、マルセイユをつくりあげたことはご存じですね。この街はとても繁栄したので、ローマ人が領土を拡張するかなり以前から、その植民団を送り出し、リグリアの沿岸に植民地をつくりました。これらの中でニース（ニカイア）はもっとも顕著なものの一つでした。おそらくこの名前は、「勝利」を意味するギリシャ語のΝιχή「ニケー」に由来しています。このあたりの先住民であるサリ人とリグリア人に対して最終的な勝ち戦《いくさ》の結果としてです――ニースはその母都市とともに、結局はローマ人によって征服され、その後は次々とゴート人、ブルゴーニュ人、フランク人、アルル王たち、ナポリ王たちの支配のもとに、プロヴァンス伯爵領として編入されたのです。一三八八年にこの街とニース郡はドゥラッツォ家に防衛してもらえなかったので、サヴォワの赤い公爵と呼称されるアマデウスに自ら投降しました。そしてそのとき以来、それらはずっとその君主の領地の一部となったのです――フランス軍に侵略され、その属領となった時期を除いて――だからフランスはこの土地にとってずっと隣国のやっかい者だったのです。そこの城はプロヴァンスのアラゴニア伯爵が築き、後にサヴォワの数人の歴代の公爵により拡張され、ついには近代的な包囲攻撃方法が始まるころまでは、難攻不落と見なされていました。フランス・トルコ連合軍が一五四三年にそれを攻撃したのですが、落城しなかったのです。しかしその後何回か負け戦が続いたので、いまでは廃墟になっています。著名な技師ヴォーバン〔Sébastien Le Prestre Vauban 一六三三〜一七〇七、フランスのルイ一四世時代の築城家〕は、ニースを要塞化するための計画を提出するようにとの命令をルイ一四世から受けたので、パイヨン川の流れを新たにつくり、街の北側を迂回し、港に流し込むべきだと提案しました。またパイヨン川が現在、城壁の西側に流れ込むところに、深い堀をつくり、それを海水で満たし、要塞をこの堀の西側に設けるべきであるとの提案もしたのです。このような小さなことは費用もあまりかけずに実行できるでしょう。けれどもそれらは無駄だと思うのです。なぜならこの街は、そこをぐるりと丘に囲まれているからです。しかも淀んだ海水からの蒸気のために空気が体に悪いものになるのは当然です。ニースが古い街であるのは疑いないのですが、いまでは古い建物はごくわずかしかありません。住民の語るところによると、それらはサラセン人の海岸線への幾度もの襲撃や野蛮な民族によりくり返される侵入によって、あるいは城の補強材として使われてしまったことか、他の建物をつくるときに、破壊されたということです。セメネリウムの街も、しかしながら、同じような災害にみまわれ、すっかり破壊されさえしたのです。けれどもかつての栄光のなごりをまだ見ることができます。また古代の碑文を彫った石がいくつかニースで発見されています。古代遺物という名に値するのは街から半マイルほどのところにある、プロヴァンスに向かう道沿いの大理石の十字架だけです。それ以外に、この種のものは何もありません。階段を設置したかなり高い台座のところにあるのですが、上のほうに四本のイオニア式の柱で支えられ、石でつくった美しい小さな丸天井があります。そこはドイツ皇帝カール五世とフランス国王フランソワ一世と教皇パウロ三世たちが、あらゆる紛争のかたをつけるための話し合いをしようと定めた場所です。皇帝は強力な艦隊とともに海路でここまでやってきたし、フランス国王は大勢の軍隊の先頭に立って陸路でやってきました。教皇のいかなる努力も、しかしながら、平和をもたらすことはできなかったのです。しかし彼らは一〇年間の休戦には同意したのです。メズレーが断言しているのですが、この二人の偉大な君主たちは、このときお互いの顔を見ることはありませんでした。この慎重さは教皇のさしがねだとしています。そして二人だけで会うようなことがあったとすれば、教皇のひそかな意図は達成されずに終わったことでしょう。列柱の前にラテン語の碑文が彫られている小さな石がありますが、それは高すぎるし、しかも表面がくずれかけているので、読むことはできません。

十六世紀には、法律の学生に学位をあたえるため、サヴォワ公爵であるエマニュエル・フィリベールによってニースに大学が設けられました。そして一六一四年にシャルル・エマニュエル一世はニース元老院を設けたのです――院長一人と元老院議員数人で構成されます。彼らは紫のローブとその他の権威の標章で見分けられます。彼らは法律をつかさどります。というのはニース郡全域で生殺与奪の権利を持つばかりでなく、訴訟がオネリアとかその他の地域からも彼らの法廷に提起されるのです。それは「最終審」であり、そこから上告はできません。総督はしかしながらその軍事力と無制限の権力を行使して、投獄や肉体的な苦痛、追放などで個人を罰します――元老院の意見を聞くこともなく、あるいは何らかの裁判という形式にしたがうこともまったくないのです。この絶対的な権力の不公正な行使に対して唯一の救済策は国王への直訴だけです――このようにして救済される望みが貧しい人たちにどのくらいあるかおわかりですね。

宗教については、ここでは無知と偏見というもっとも暗いかげりのもとで、迷信が幅をきかせていると言ってもさしつかえないでしょう。ニースの城壁の内外に一〇の修道院と三つの女子修道院があると思います――しかもそのすべてで、何か人文学でめざましい進歩をとげた者は、一人として聞いたことがありませんでした。どんな聖職者も、司教や司教補佐の直接の保護と権威のもとにあるので、いかなる俗権の行使も受けません。ニースの司教はフランスのエンブルンの大司教の補佐です。そして司教管区の歳入は英貨五〇〇ポンドから六〇〇ポンドほどになります。われわれはまた宗教裁判所という機構を有するのですが、国王の特別な許可なしに、何らかの権力の行使をあえてするとは聞いていません。どの教会も大逆罪を犯した者を除いて、いかなる犯罪人にも聖域になっています――そして司祭たちは、この点での自分たちの特権をとても大事にしています。彼らは腕を広げて、殺人者、追いはぎ、密輸をする者、破産した詐欺師、またありとあらゆる重罪犯を受け入れます。そして命と自由を条件として要求するまでは、彼らを決して手放さないのです。ローマ・カトリック教会の権力と影響力を高め、拡張しようと意図されたこの不名誉な特権の悪影響をくわしく述べる必要はありません。道義と秩序がこわされていくのです。私は臨月の妻を三日前に殺したある男を見たことがあります。彼はフィレンツェの教会の階段のところでぶらぶらしていたのですが、動揺することもまったくなかったのです。またほんとうに憎むべき悪者がローマの女子修道院の回廊のところで、悪さをしているのを見ることほどありふれたこともないのです。

ニースには貴族や侯爵夫人、伯爵それに男爵などが数多くいます。この中でほんとうに尊敬すべき家系は三つか四つほどです。残りは「成り上がり者」で中産階級出身ですが、さまざまな仕事で小金をため、買収しながら貴族の地位にまでのぼりつめたのです。弁護士出身の者もいるし、薬剤師出身の者もいます。ワイン商人出身の者もいるしアンチョビ商人出身の者もいます。そしてヴィルフランシュには実際、ある伯爵がいて父親は街でマカロニを売っていたそうです。この土地では侯爵位あるいは伯爵領を英貨三〇〇とか四〇〇ポンドくらいで買う男がいるらしいのです。そして爵位は封土によって決められます。しかし彼は三〇ないし四〇ギニーほどでも「貴族という称号」を買えるでしょう。サヴォワには貴族の家系が六〇〇ほどあります――しかもその大部分は自らの威信を保つための年一〇〇クラウン以上の収入も手にできないのです。ピエモンテ州の山中やこのニース郡でさえ、由緒正しい貴族の家系がいくつかありますが、彼らもありきたりの農民の状態にまで落ちぶれてしまいました。それでも自らの家系の昔からの誇りは失わず、血管の中を流れる高貴な血筋を鼻にかけているのです。ある紳士が山中を旅しているときに、こんな田舎住まいの貴族の一人の小さな家で一晩過ごさねばならなかったと私に話してくれたことがありました。そうしたらその貴族は夕方、息子に「お前、あの偉ぶった豚野郎に食わせてやったかい」と言ったのです。しかしこれはニースの貴族については事情が異なります。彼らの中には年間四〇〇〜五〇〇ピストール（一ピストールは一〇リーヴル相当の貨幣）ほどの収入のある者が二、三人はいます。それ以外の者はたいてい一〇〇ピストールほどの収入です。絹、油、ワイン、オレンジなどでもうけたものです。それらは彼らのささやかな農園でつくられ、そこにはまたカントリーハウスもあるのです。これらの中にはつくりがしっかりし、また広々として、場所柄がいいものが少数あります。でもたいていはひどくみじめです。貴族たちはその血筋いかんにかかわらず、また肩書きを安く手に入れたくせに、その特権を決して手放そうとはしないのです。そして「体面」を保つのにきゅうきゅうとしていて、中産階級からは敢然と身を隔てているのです。彼らの家族内での暮らしぶりについて詮索するつもりはありません。でも奥方は金や銀の織物の化粧着をまとって人前に現れ、髪を巻き毛にして髪粉を振りかけています。香水をつけ、ほお紅を塗り、付けぼくろもしています。一方、伯爵殿はレースとか刺繍の服を着て、気取って歩くのです。紅とおしろいはこのあたりでは必需品です。というのは、そこでは生まれつきの顔色と肌色は浅黒くて黄色いのです。またその女性たちの大部分は太鼓腹になっているのに気がつきました――彼女たちが食べる多量の野菜くずによるものだと思います。草を主に食べる馬やラバ、ロバ、牛はみな同じようにふくれています。この種の食べ物は胃に多量の酸性の液体を分泌させるので、いつもお腹がすくのです。こんな連中の底抜けの食欲に仰天したことがよくあります。ニースの良家の食事ともてなしを、私が描けるなんて期待しないでください。わが領事は真正直な人物ですが、この土地に三四年も住んでいても、彼らの家では一度も飲み食いしたことがないと教えてくれました。

ニースの貴族たちは国王の特別な許可証なしには国を離れられません。しかもこの許可が得られても短期間です。また陛下の不興を招くといけないので、あえてそれを破ろうとはしません。そういうわけで楽しみはどうしても自国内で見つけなくてなりません。そしてこれは積極的な人びととか、じっとしていられない人びとにとっては、決してたやすいことではないことは心得ています。実際この街の宗教は信仰心が少しでもある人たちには楽しみをたっぷりあたえてくれます。しかもこれがここでは当たり前のことになっています。人形芝居や放浪楽士それに綱渡り芸人などが次々と立ち寄るのですが、場所柄が合わないので、太鼓をたたくこともなく、野営を引きはらったこともあります。夏の夜八時か九時ごろ、貴族が数人、「庭園」というところに集まっているのが見られるかもしれません。でもそれは実際には街路のようなもので、片方にはじつにみじめな家々が建ちならび、その反対側には町の城壁の一部があり、海のながめをさえぎっています——この土地を居心地いいものにしているのは海だけなのですが。ここでは貴族たちが二人連れで丸太の上に寝そべっているのが見えるでしょう——月明かりに、ひどく多くのアザラシが岩にいるみたいです——どの奥方も自分のチチスベイ（cicisbeo「お供の騎士」ともいうような、かつてイタリアに見られた貴婦人のエスコート役の若者）を連れています。というのもニースでは、このイタリアの習慣があらゆる階級の人びとに広まっているということをわかってもらわなくてはなりません。しかも嫉妬などという激情はニースで見聞きしたことはありません。夫とチチスベイは盟友みたいに暮らしています。しかも妻と夫の愛人はこの上なく温かい気持ちを表して抱き合うのです。そんなことをこまごまと述べるつもりはありません。ニースの破廉恥な記録を繙《ひもと》くと、きっと堕落させられる危険があります。上品さと繊細さについては「ヤフー人」についてのスイフト首席司祭の記述〔『ガリヴァー旅行記』第四巻〕をよく読むといいでしょう。そうすればニースの伊達者の特徴の、あの「卑猥さ」があるていどはわかるでしょう。しかし「庭園」は貴族たちが夏の夜に出かけていく唯一の公共の場所というわけではありません。城門の一つのすぐ外側にある街道沿いの堀の中で、彼らが腰をおろしているのを見かけるかもしれません。カエルの鳴き声や教会の鐘の音、たえまなくもうもうと土煙をまきあげながら通過していくラバとロバのいななきなどをセレナードとしているのです。こんな楽しみ以外に総督邸（いわゆる総督府）での公的な「親睦会」が毎晩あります。そこではこんな貴族たちがファージング硬貨（十三世紀からイギリスで使われた四分の一ペニー相当の硬貨）をかけてトランプ遊びをします。謝肉祭の時期にはまたこの同じ総督府で、予約制の舞踏会が一週間に二、三回はあります。この会合ではどんな人も仮面をかぶって踊ることが許されます。でも舞踏がすむと仮面を脱がねばならず、もし中産階級の人なら退場させられます。いかなる人も総督の許可と保護なしには舞踏会はできません。もし許されれば彼の家は身分の区別なくあらゆる仮面を受け入れます。そして彼らに入場券があたえられるのですが、それは総督の書記官によって一枚五ソルで売られドアのところで守衛に手渡されます。もし私が特別な友人を喜ばせたいと思ってもヴァイオリンは二丁以上は持ち込めないのです。そしてこれは「親睦会」と呼ばれます。

サルデーニャ王はあらゆる機会をとらえて、大ブリテン島の国民を特別な尊敬のしるしで区別しています。ところがわが民族はニースの住民たちから、敵意のこもった目付きで見つめられているということを固く信じられるほど、この目で十分なものを見てしまいました。それで、これは一つには宗教的な偏見から、また一つにはわが国の莫大な富へのおろかな思い込みから生じるねたみの気持ちから生じるのです。私自身としては、礼儀作法については彼らに何の借りもありません。ですから、これについてさらに述べるつもりはありません。これまでの私のことばの特徴であるつつしみとおだやかさ（そうであったことを望みます）から逸脱しそうになるといけませんから。

忠実な僕

# 第十八信　ニース　一七六四年　九月二日

拝啓

私は五月にジュネーブのB氏に手紙を書き、ニースで調達できる諸物品について彼が欲しがっている情報は何でも伝えました。この気候で暮らすようになるかもしれないあなたの友人や患者のために、同じ細かい点についていまから述べてみます。

カレーからニースまでの旅は四人乗りの大型四輪馬車または二台の駅伝馬車（召し使いは馬に乗せて）を大急ぎで走らせても、諸経費込みで一二〇ポンドほどで簡単にできることでしょう。カレーかパリでは旅行用の大型四輪馬車かベルリン型馬車がきっと見つかります。それらは三〇～四〇ギニーで買えるのですが、また祖国に戻るときにはとても重宝するものです。

ニースの町では家族全員のための家具付きの住まいなど見つかりません。城門の一つのすぐ外側のところに家具付きの貸し家が二軒あり、ひと月で五ルイ金貨ほどの家賃です。この近郊のカントリーハウスについてですが、それらは冬には湿気がこもるし、たいてい煙突がありません。そして夏には暑気と害虫で居住することはできません。もしニースでアパルトマンを借りれば必ず一年間は借りなくてはなりませんが、これには英貨二〇ポンドほどかかります。この金額で、煉瓦敷きの一階部分（台所と二つの大きなロビーと煙突がある立派な二つの部屋、寝室や更衣室として役立つ三つの大きめの小部屋、執事室もある）と召し使いや木材や物置のための三つの部屋（そこへは狭い木の階段で昇っていきます）を借りています。また小さな庭が二つあり、そこにはオレンジ、レモン、モモ、イチジク、ブドウ、スグリ、サラダ用野菜、煮込み用野菜などがたくさん植えられています。ここは素晴らしい水質の汲み井戸から給水されていますが、家の玄関にも大きくて冷たい別の立派な井戸があります。こんなアパルトマンのための家具はひと月二ギニーほどで借りられるのですが、必要なものはむしろ買うことにしました。そしてこれに六〇ポンドくらいかかりました。ここを出るときにはその半額くらいは戻ると思います。ニースでは腕のいい料理人を見つけるのはかなりむずかしいのです。このあたりの人たちのためにひと月三、四リーヴルで働いている普通のメードでも八～一〇リーヴル以下ではイギリスの家族とは一緒に住みません。彼女たちは皆だらしがなく、ものぐさで手がつけられないのです。ニースの市場は供給事情がきわめていいのです。牛肉はピエモンテ州産ですが、とてもおいしくてしかも一年じゅう食べられます。冬には同じように最高の豚肉とおいしいラム肉が食べられます。でもマトンはほどほどです。ピエモンテ州はまたトウモロコシで太らせて去勢したおいしい食用オンドリを産します。そしてこのあたりでは最高のシチメンチョウを育てていますが、ガチョウはほとんどいません。ニワトリと若いメンドリはすごくやせています。太らせてみようとしたのですが、うまくいきませんでした。夏には舌の病気にかかって、大量に死にます。秋と冬は猟の獲物の季節です――ノウサギ、ヤマウズラ、ウズラ、野生のハト、ヤマシギ、シギ、ツグミ、メジロムシクイ、ズアオホオジロなどです。イノシシは山の中でときどき見かけます。おいしい味でジャマイカのノブタのそれに似ています。それで初冬のころ素晴らしいバーベキューができます。この時期には食べごろになっているのです。でもやせているときには、その頭だけが食卓に供されます。キジは数がほんとうに少ないです。ヒースの荒地の猟の獲物については、一羽のヤマシギしか見かけませんでしたが、それは召し使いが市場で買い求めて、家に持ち帰ったものでした。しかし総督付きの料理人が台所に入ってきて、主人は夕食に客があると言い――羽を半分むしり取ったところでしたが――それを持ち去ってしまいました。ノウサギは大きくて太っていて肉汁もたっぷりしています。ヤマウズラはたいてい赤っぽい種類です――若いメンドリほどの大きさで香り高いのです。また山中には灰色のヤマウズラが数羽と白い色の別の種類のものもいます。それらは一羽の重さが四、五ポンドくらいです。メジロムシクイはスズメより小さいのですが、とても太っていて普通は半生で食べます。その一番いい調理方法は中身をくりぬいたロールパンに詰め込むことです。バターをよく塗り、こんがりとしてぱりぱりになるまで焼くのです。ズアオホオジロはかごに入れられ、えさをたっぷりあたえられ、ついには太りすぎて死んでしまいます。そうして珍味として食されます。ツグミは内臓ごと供されます。というのはこの鳥はオリーブを主に食べるからです。また羊の内臓も食されます。羊も山の香草を食べるからです。夏には牛肉、子牛肉やマトン、鶏肉、カモも食べます。でもカモはとても太っていてしまりがないのです。この季節はどの肉も固いのです。というのはとても暑いし、ハエもすごいので、屠殺された後は、保存しておくこともまったくできません。バターと牛乳はそれほどおいしくはないのですが、一年じゅう手に入ります。茶と白砂糖はじつに手ごろな値段でマルセイユから入ってきます。

外海《そとうみ》の魚の種類ほど豊富にあるとは思われませんが、ニースにはさまざまな魚がいます。だいたいシタビラメなどの平べったい魚はごく少ないのです。ここには灰色と赤い色のボラもいます。ときにニシマトウダイを見ることもありますが、それはサン・ピエールと呼ばれています。岩場の魚として中型のマグロのような魚とタイセイヨウサバがいます。ホウボウはよく姿を見せるし、大きめのコダラの一種もたくさんいます。それらはよく食べられていますが、沿岸で獲れるものほどおいしくありません。このあたりの一番おいしい魚の一つはスズキで、重さが二、三ポンドほどあり、白身で身もしまり、とてもおいしいのです。もう一つは決してそれよりまずいわけではありませんが、小型のサメの一種ですが、ほとんど同じ大きさで、くすんだ灰色をしています。そして鼻は小さくて丸みを帯びています。頭から下のほうはだんだんと薄く平べったくなり、尾ひれはシタビラメのようです。これはヤツメウナギと思われている古代のムステラ（プリニウスが言及しています）のはずがありません。ここにはまたヴィヴレ、いわゆるとげのあるハチミシマも見られます。長くて鋭い背骨が目立ち、漁師の指にはとても危険です。イカも大量に獲れますが、この土地の人びとはそれでおいしいラグーをつくります。またしっぽのような長い触覚がある気味の悪いタコは、それを漁師の足によくからませます――タマネギと一緒にシチューにするとカウヒール（牛の足を煮込んだシチュー）のような味になります。市場にはときにイセエビも見られるのですが、これは、はさみのないロブスターでちょっと甘い味がします。またイワガキも少しありますがとても小さくていやな臭いがします。漁師たちは海中に、焼き石膏《せっこう》のようなとても堅いセメント質のものをいくつか見つけるときもあります。そこにはムール貝の一種が含まれています——ナツメヤシの実（a date）に似ているのでヒカリニオガイ（la datte）と呼ばれています。このような石化物はたいてい三角形で、一つ一二～一五ポンドくらいの重さでしょう。そしてその一つにはこのようなムール貝が一二個ほど含まれているものもあるかもしれません。とても珍しいものですが、特別な味や香りはありません——目で見ても空気と海水には全然触れていません。大理石と同じくらい堅い岩に閉じ込められていても生きているし、汁気もたっぷりしています。しかしながら周囲を覆っているセメント質のものに穴があいているので、まわりの液体がごくわずかしみ込んでくるはずです。ムール貝を獲るために、このセメント質のものは、大きなハンマーでつぶさなくてはなりません。しかもその身は、貝がらをわざわざつぶすという骨折りに値するものではないと言ってもいいものです。このあたりの魚の中には、ウナギの一種でヘビと見まごうくらいのじつにグロテスクな動物がいます。それはくすんだ黒い色で、黄色い斑点があり、一八インチか二フィートくらいの長さです。イタリア人はそれをウツボと呼びます。でもそれが古代ローマで同じ名前だったかどうかはわかりません。古代のウツボはとても美味なものとされ、特別の場合にそなえて池で養殖されたのです。ユリウス・カエサルは一回の宴会のために六〇〇〇匹も供させましたが、これはカワヤツメウナギだったろうと想像しました。このあたりのウツボはちっとも価値あるものとされず、貧しい人たちだけが食べます。ザリガニとマスは山の中の川ではめったに見つかりません。メカジキはニースでとても珍重され、ランプルール（l'empereur 王者の意味）と呼ばれています。六、七フィートほどの大きさですが、見たことはないのです——

ほんとうに数が少なく、獲れてもたいてい隠してしまうのです。というのは、その頭部は総督のものなのです。彼には一番うまい魚を格安で買える権利もあるのです。そんなわけですから、とびきり上等なものは漁師が隠してしまい、ピエモンテ州やジェノバまでひそかに輸送されます。でもこの沿岸の主な漁業はイワシ、アンチョビ、マグロなどです。こんなものは年じゅう、少しは獲れるのですが、春と夏が一番豊富な季節です。六月と七月にはおよそ五〇隻の漁船団が毎晩八時ごろ海に乗り出して、おびただしい量のアンチョビを獲ります。小型船でも一晩に二五ルップ（ニースでの重量単位。一ルップはおよそ二五ポンド）くらい獲ることがあり、六〇〇ポンドの重さになります。でもここでのポンドはイタリアの他の地域と同様に、わずか一二オンスだということはぜひ言っておきたいのです。アンチョビはニースの貿易では重要品目なのですが、そこのどんな家族でも大切な食材になっています。貴族と中産階級はサラダとアンチョビで夕食を取りますが、それらは小斎の日にはいつも食べられるものです。ここの沿岸いたるところの漁師と船乗りたちは乾かしたパン以外はほとんど食べません――それに塩漬けのアンチョビを少し添えます。そして魚を食べ終わるとパンくずを塩水につけます。新鮮なアンチョビのフライよりおいしいものなどあるはずがないのです――私はテムズ川のキュウリウオより好きです。イワシやアンチョビが魚網で獲られ、塩漬けにされ、樽詰めされ、ヨーロッパのありとあらゆるさまざまな王国や国々に輸出されるのは言うまでもありません。イワシは、しかしながら九月に体がもっとも大きくなって太ります。野心家連中が国王からマグロ漁を六年間請け負いましたが、それは独占事業なので英貨三〇〇〇ポンドほど支払っています。また魚網や船のための維持費もかなりかかります。魚網がこの近くの小さなサントスピス湾を横切るように巧妙にしかけられています。というのも魚がそのあたりにたくさん集まるからです。魚網は冬期と修理が必要なとき以外は、撤去されません。しかし魚が入り込み、内部を移動するための魚道もあります。船には常に見張りをしている男がいます。魚がかなり入ったことがわかったら、魚道をすべてふさぎ、網の一角に閉じ込めるというやり方をします。そしてそれを船の中に持ち上げて、かかったものを取り出し保存します。マグロは普通五〇～一〇〇ポンドの重さですが、もっと大きなものもあります。それらはすぐにわた抜きされ、煮られ、薄切りされます。はらわたと頭から油が取れます。その切り身はある程度乾燥させ、油と酢を使って食べることもよくあるし、油で樽詰めにして輸出されることもあります。これはイタリアとピエモンテ州では珍味とされ、チョウザメの味に近いのです。古代人の「ガルム」という有名な魚醤はマグロのえらと血からつくられました。サルデーニャ島では、はるかに大がかりなマグロ漁が行われています。そこでは四〇〇人も雇っているそうです。しかしこれはサンピエール公爵の事業です。ヴィラフランカの近くには海面下の岩礁にくっついて成長するサンゴやカイメンをいつも採取している人たちがいます。彼らのやり方はとりわけ巧妙というものではありません。サンゴについては、軍艦の甲板にある、いわゆる縄糸をよりあわせたものから縄をつるし、とても重いおもりで沈むようにしています。すると下降するときに、サンゴに当たるので、サンゴが岩からはがれます。そして縄糸の繊維にからまった破片も一緒になって海上に引き上げられます。カイメンはかぎが付いた十字棒を使って採取されます。それを下におろすとカイメンに食い込み、岩からはがしてしまうのです。アドリア海やエーゲ海のある海域では、五分間ほど潜水できる人がこれを集めます。もうこれ以上はお引き止めはしません。でもこのような岩礁のいたるところに見事なシーフェンネル〔地中海沿岸原産のセリ科の多年草〕がたくさん育っていても、注目されることなく、知られてもいないということはぜひ述べなくてはなりません。

敬具

第十八信　ニース　一七六四年　九月二日

# 第十九信　ニース　一七六四年　十月十日

拝啓

ニースの食料品の値段についてお話しする前に通貨について少し触れるべきでしょう。サルデーニャの金貨はサヴォワ地方のダブロン金貨ですが、ピエモンテ州の二四リーヴルの価値があり、一ルイ金貨くらいの大きさです。また半ダブロン金貨というのは一二リーヴルになります。銀貨では一スクード（六リーヴル）と半スクード（三リーヴル）それに四分の一スクード（三〇ソル硬貨）がありますが、これらはどれも数が少ないのです。ルイ金貨とフランスの六リーヴル硬貨と三リーヴル硬貨以外に金貨や銀貨はめったに見ません――これはフランスがニース市民との密輸で損しているという確かなしるしです。市場で主に使われる硬貨は銀めっきした銅貨ですが七ソル半として通用します。二ソル半の価値がある同じ種類で別のものもあります。それらは片面に国王の頭部の刻印があり、裏面には名前と称号が彫られ、公爵位を示す冠を表しているサヴォイ家の紋章があります。片面に百合の花のかざりが付いた十字架が刻印された一ソルの純銅硬貨もありますが、その裏面には他のものと同じように王のイニシャルと王冠がきざまれていいます。最後にもう一つ小さな銅貨がありピカロンと呼ばれています。それは一ソルの六分の一の価値のものですが、十字架だけがきざまれていて、裏側には引き解け結びの紋があり、その上に同じ銘の王冠があります。金貨と銀貨の刻印と銘は七ソル半の硬貨と同じものです。ピエモンテ州の一リーヴルは二〇ソルであり、イギリスの一シリングとほぼ同じ価値です。一〇ソルは、ですから英貨六ペンスに等しいのです。ニースでは肉屋の肉はたいてい一ポンド三ソルで売られています。そして子牛の肉はもうちょっと高価です。でも一ポンドはわずか一二オンスにすぎないので、一六オンスあっても英貨二ペンス半よりちょっと少ないくらいのものです。魚は一般に一二オンスにつき四ソルで売られています。つまりイギリスの一ポンド（二〇シリング）で五ソルです。五ソルはわが国の三ペンスくらいです。でもときにはピエモンテ州の魚一ポンドに五ソルとか六ソルさえ支払わなくてはなりません。ロンドンの市場で五シリングとか六シリングで売れるようなシチメンチョウもニースではたった三シリングほどです。三〇ソルつまり一八ペンスで私はおいしい食用オンドリが買えます。そして同じ代金をひとつがいのヤマウズラか、おいしいノウサギ一匹のために支払います。二四ソルでヤマシギ一羽を買えます。しかしハトはロンドンより高価です。ウサギはとても珍しいのです。そしてニース郡全域でもガチョウはほとんど見られません。ノガモとマガモは冬に手に入るときもあります。そしてこれから海鳥のことを話すつもりですが、カワセミ（カワセミは息子を亡くした王女ハルシオンが身を投げて姿を変えたものと言われ、冬至の海を鎮める力があるとされる。カワセミは生息地域が広く、その姿、色合もさまざまである）について私が知っていることをお話ししてもかまわないでしょう。それはこのあたりではとても珍しいのですが、ハトぐらいの大きさの鳥で、体は褐色で腹部は白いのです。驚くべき本能で海面に巣をつくり、十一月に卵を産みます。このころ地中海は水車用の貯水池のようにいつも波静かでなめらかです。ここの人たちはそれらをmartinetsと呼びます。というのもそれは聖マルタン祭(Martinmass)のころに、孵化し始めるからです。巣が海岸近くに浮かんでいるのがときどき見られます。そしてたいていは男の子たちの掘り出しものになります。子どもたちはそれを熱心に手に入れようとします。

ご存じのように小斎の日でも、海鳥は魚の一種として、どれでも食べることがローマ教会によって許されています。ですから、とりわけ修道士たちはこの許可をぜひ利用しようとします。このような緯度では水夫たちはウミガメを海でよく見かけるのです。しかしそれはロンドンの参事会員たちがひどく欲しがっている緑色の種類のものではありません。地中海のカメはすべていわゆるアカウミガメの種類です。西インド諸島では腹ぺこの水夫とか黒人、最下層の人びと以外は食べません。その中の一匹に二〇〇ポンドくらいのものがありましたが、最近ニースの漁師たちによって陸揚げされました。彼らはそれが海面に寝ながら浮かんでいるのを見つけたのです。そんな化物《ばけもの》を見たので町じゅうびっくりしました。正体がわからなかったのです。しかしながらパオラの聖フランチェスコのいわゆるミニモ会修道士たちは、衝動的にそれは自分たちの獲物だと言って、ついにはそれを取り囲んだのです。他の修道院の修道士たちは、それほど空腹ではなかったので浜辺に群がりおりて、それを食べるなと強く言いました。またもしかしたら、これは超自然的で悪魔的なものかもしれないとほのめかしたし、魔よけに聖水をまくことさえ提案したのです。群衆は帰依《きえ》する修道院ごとに意見が分かれました。大騒ぎになり、警察は騒動の原因を取り除くためにそのカメを海に戻せと命令しました——この宣告が実行されるとフランシスコ会の修道士たちはため息をつき、なげきの思いで見ていました。リクガメはテラピンとも呼ばれますが、ニースではこの土地固有の動物としてかなりよく知られています。でも一番いいものはサルデーニャ島から持ってきたものです。この動物のスープまたはブイヨンは当地では肺病患者のための卓効ある強壮剤として必ず処方されるものです。ニースのパンはとてもまずいので体にはちっとも良くないと信じています。小麦粉はたいていかび臭く、砂がまったく混じっていないとは言えません。これは製粉するときにはがれる石臼の破片とか、またはむきだしの地面で脱穀するときの小麦の付着物が原因です。というのもこのあたりには麦打ち場はないのです。これからニースの野菜を注意して見てゆくつもりです。冬にはグリンピース、アスパラガス、アーティチョーク、カリフラワー、マメ、インゲンマメ、セロリそれにエンダイブなどを食べます。キャベツ、セイヨウアブラナ、ラディッシュ、カブ、ニンジン、テンサイ、スイバ、レタス、タマネギ、ニンニク、エシャロットなどもあります。山からはジャガイモ、マッシュルーム、シャンピニオン、それにトリュフなどが収穫できます。ピエモンテ州には白トリュフが生えますが、これは世界じゅうでもっとも美味だとされています。一ポンド三リーヴルほどで売られています。この季節のフルーツはオリーブのピクルス、オレンジ、レモン、シトロンとそのたぐい、干しイチジク、ブドウ、リンゴ、セイヨウナシ、アーモンド、クリ、クルミ、セイヨウハシバミ、セイヨウカリン、ザクロ、それにセイヨウサンザシと呼ばれるものの実があり、ナツメグくらいの大きさで細長くて赤い色でおいしい酸味があります。また市場で売られているチェリーローレルの実も加えたいのです――見た目にはとてもきれいですが口にするとまずいものです。夏にはそんな野菜類はどれも最高の状態になります。また小さなズッキーニみたいなものもありますが、このあたりではそれと卵、チーズ、新鮮なアンチョビなどを使ってとてもおいしいラグーをつくります。スペイン人がベレンゲナと呼ぶナスからつくるものも別にあります。それはバーバリ地方のムーア人ばかりでなくスペインでもレバント地方でもよく食べられています。ほぼ鶏卵の大きさと形で、どんぐりのおわんのようなものにつつまれています。熟すと薄い紫色になります。長いとげがある高さ一フィートほどの茎の上で育ちます。ここの人たちはそれを薄く切って下ごしらえし、焼いたり煮たり、他の材料とシチューにするなど、さまざまなやり方をしています。でもそれらはせいぜいまずい料理です。このあたりにはセイヨウフウチョウボクがありますが、庭の塀の穴の中で伸び放題になっているので栽培するまでもありません。一つ二つの庭にはヤシの木がありますが、ナツメヤシの実はなりません。私の天気の記録にはこのあたりの主要な果物の季節を記入しました。五月にはイチゴが出まわって二、三ヵ月間は出盛りになります。これは木成りの種類の貴重品で、香りもすごくいいものです。しかしスカーレットイチゴとモスカータイチゴはニースでは知られていません。六月初旬とかもっと早い時期でさえ、サクランボは食べごろになります。このサクランボの種類はちょっとしつこいのですが、大粒で肉厚で香りもいいものです。また「ケント州のサクランボ」というものもちょっと見ましたが、それはとりわけこの暑い気候では、とても冷たくすっぱくておいしいのです。サクランボの後にアンズとモモが続きます。それらはすべて自然に成長するように接木された果樹なので、いわゆる垣根仕立ての木に成るものより香りがいいのです。その木々はアーモンド同様に手をかけなくてもまた耕さなくても育ち、実をつけるし、ニース近くの平原でも見ることができるでしょう。しかし適当に耕してやらないと果実の質が落ちます。ニースで見た最高のモモは小さなレモンほどの大きさで楕円形をした黄色いアルベルジュでした。その実はイギリスのモモよりしっかりしていて、しかももっとおいしいのです。この種類の木が庭にも何本かあります。ここにはまた他の種類のものがたくさんありますがネクタリンはありません。プラムの種類は少ないです。またこのあたりのセイヨウナシあるいはリンゴは感心しません。でもいままでに食べたもので一番おいしいのはフィナル産のものでポミカルリと呼ばれています。この気候の果物の大部分について見かける最大の欠点は、それらが甘くてしつこいので、暑い国ではとても冷たくてありがたい、あのおいしい酸味がないことです。これはまたブドウについてもあてはまります。それは豊富でしかも、さまざまなものがあり大粒で果汁もたっぷりして、プラムほどの大きさです。自然は、しかしながら体を冷やしてくれるおいしい他の野菜のジュースをせっせとつくってくれました。マスクメロンが夏じゅう豊富に出まわります。イギリスの一ペニーのお金で私の頭の大きさくらいのものが買えます。しかし一二ソル(英貨八ペンスくらい)で一〇か一二ポンドくらいの一番重くて一番いいものが一つ買えます。アンティーブとサルデーニャからはスイカという、また別の果物が手に入りますが、それはジャマイカとか、その他の二、三の植民地ではよく知られているものです。アンティーブのものは普通の砲弾くらいの大きさです――しかしサルデーニャとジャマイカのスイカはその四倍も大きいのです。果皮は緑色でなめらかで薄いのです。中身は赤い色の果肉で、大きくて平べったい黒い種が入っています。そして考えられるかぎりの、もっとも冷たくておいしいさわやかな果汁がいっぱい入っています。果肉がまるごと胃の中で溶けるのではないかと思えるくらいです。というのはそれを口にあふれるほど腹いっぱい食べてもまったく問題ないのです。体にとても優しいので、炎症でひどく熱があるときには最良の水薬として服用されます。ジェノバ、フィレンツェ、ローマなどでは薄切りにされ街頭で売られています。そして担ぎ人夫は荷物を運んで汗を流しながら、通り過ぎるときに、それを買って食べます。ロンドンの担ぎ人夫は、その渇きを一杯の強いビールでいやします――ローマとナポリの担ぎ人夫はスイカひと切れ、または氷水一杯で元気を回復します。前者は一ペニー半、後者は半ファージングの値段です――体が一番喜ぶのはどちらなのでしょうか。どちらにしても男たちは必ず満足すると思います。ビールは疲労回復になるとともに強壮剤にもなるとよく言われます。でもコンスタンチノープルの担ぎ人夫は水より強いものは飲まず、動物性の食べ物もほとんど食べないのに、これまでに知られている他のいかなる担ぎ人夫より重い荷物を持ち上げて担ぐのです。一番まともな旅行者を信じれば、トルコ人は七〇〇リーヴルの重さの荷物を運ぶということですが、それはいままでにいかなるイギリス人の担ぎ人夫がほんのちょっと運ぼうとしたものより重いと思います。

これらの暑い国々の飲食物については、シャーベットについても忘れずに述べておきます。それはコーヒーハウスや行楽地などで売られているものです。これは氷った泡粒でオレンジ、アンズ、モモなどの果汁でつくられます――口当たりがとてもいいのですが、冷たすぎるので、この暑い土地でもそれを飲むのが心配になるほどでした。でも控えめに食べれば、悪いことは何もないということを、人から聞いたり経験を重ねたりしてわかりました。

日々の家計の切り盛りの中でもう一つの重要なものはワインですが、ここには質が良くてしかも手ごろな値段のものがあります。ラングドック地方のタヴェルワインはブルゴーニュ産のワインと同じくらい良質なものですが、ニースでも一瓶当たり六ペンスで買えます。サンローランの甘口のワインはフロンティニャンのものに匹敵するとされていますが、四分の一リーヴル当たり、八、九ペンスほどの値段です――かなりいいマラガワインもその半額で買えます。自家製のワインをつくる人たちは、さまざまなブドウ園からブドウを選び、家で摘み取り、果汁をしぼり、発酵させます。農民がつくるものは赤ワインも白ワインも、普通は混ぜ物など入れません。しかしニースのワイン商は醸造したものを、水で薄めたりハトのふんや生石灰を混ぜることさえするのです。通りすがりの外国人が自らブドウを買って独自のワインづくりをするとは考えられません。そうではなく農民のすすめで、一一ルップ当たり五リーヴルのものを一八とか二〇リーヴルくらいの代金で買います。つまりこの町では二八〇リーヴル支出しても、四分の一リーヴル当たり三ペンスにもならないものしか入手できないのです。ニースのワインは水で割るとおいしい飲み物になります。庶民が飲む召し使い用の質が落ちるワインもありますが、それは居酒屋では一瓶当たりせいぜい一ペニーくらいです。当地の人びとはワインの取り扱いではイギリス人ほど洗練されていません。それは栓付きの小瓶とかコルク栓なしの大きな携帯用酒瓶に詰められます。そして少量の油を表面に載せます。一日か二日前に開けても、そのために質が落ちるとは思われていません。それでためらうことなしに、暑い太陽とか、ありとあらゆる天気のもとにそれをさらします。こうやってもその風味や香り、透明度にほとんどあるいはまったく影響しないことは確実です。

ニースのブランデーなど飲めるものではありません――またリキュールは粗悪な砂糖が入っていてとても甘いので、他の成分の味と香りはほとんど留めていないのです。

家庭の切り盛りの最後の項目についていまから述べようと思いますが、燃料つまり薪のことです。それを一クィンタル（ニースの重量で一五〇リーヴルくらい）当たり、一一ソル（六ペンス半ペニーよりちょっと多め）で買います。オークが原料の一番いいものはサルデーニャ産です。一般用はオリーブですが、それを生のまま切って夏の間は寝かせねばなりません――そうしないと火付きがとても悪くなります。台所と二つの部屋では、台所のかまど用の炭と、火を起こすための松ぼっくり以外に、四週間で一万五〇〇〇リーヴルもの木材を燃やしました。その松ぼっくりはパイナップル（pine-apples）くらいの大きさで、しかも形もよく似ています。ですから確かにそのため、この名前（pine-tops）になったのです。テレピン油をたっぷり含むので炎が驚くほど上がります。同じ目的でこのあたりの人たちはブドウの小枝を切ったものを使いますが、それは薪の束にして売られています。この木材がこんなにたくさん使われるのはイギリス風にビーフの切り身や骨付きの大きめの肉片をローストするときに大きな炎が使われるからです。このあたりのロースト用の肉は二～三ポンド以上のものはあまりありません――そして彼らの他の料理もかまどの穴の上でつくられます。でももう、あなたを台所から連れ出さねばなりません。私はあなた様をあまりに長くここに引き止めてしまいました。

忠実な僕

追伸　イギリス人が支払う家計上のほぼすべての項目について述べました――肉屋の肉を除いてですが。現地の人びとがその三〇パーセントも安く買っているのは確実です。われわれを巻き上げる彼らのやり方は、彼ら自身の邪悪さと憎しみの念を証明するばかりでなく、政府の恥さらしにもなるものです。というのも政府は、政治と感謝の念で強く結ばれている国の人民のためにこれに介入すべきです。

| スモレットの時代のサルデーニャ通貨とイギリスのシリング、ペンスとの対比 | | |
|---|---|---|
| 金貨 | シリング | ペンス |
| サヴォワ地方のダブロン金貨＝ピエモンテ州の24リーヴル | 24 | 0 |
| 銀貨 | | |
| 1スクード（6リーヴル） | 6 | 0 |
| 半スクード（3リーヴル） | 3 | 0 |
| $\frac{1}{4}$スクード（30ソル硬貨） | 1 | 6 |
| 銀めっきした銅貨 | | |
| 7ソル半のもの | | 4 $\frac{1}{2}$ |
| 2ソル半のもの | | 1 $\frac{1}{2}$ |
| 銅貨 | | |
| 1ソルのもの | | |
| ピカロン（$\frac{1}{6}$ソル） | | |

# 第二十信　ニース　一七六四年　十月二十二日



拝啓

私自身と友人たちの好奇心を満足させること以外には何もすることがありませんから、喜んでご命令にしたがいます――でも私が調べたこともあまり面白くないだろうかと心配です。私がいるところは国としてまたは社会としての価値や重要性はほとんどありません――またその住民の性格や経済についても珍しいとか興味深いものもありません。

ニースには景気がいいと言われている商人が何人かいます。知り合いのその一人は手広く商売をしていて、一年に二回ロンドンに行き、東インド会社の売り出しに参加します。綿モスリンやその他のインドの商品をごく大量に買い込み、川船に積んで、ヴィラフランカまでそれらを運びます。スイスに少し運ばれるものもあります――しかしその大部分は、当地でごく当たり前に使われている偽造の検印を使ってフランスに密輸入されていると思います。実際ここの主要な通商は密輸業で、それはフランスに不利な形で営まれています。そしてこの王国のレヴァント会社の税徴収人たちは、それを見て見ぬふりをすることで利益を得ているようです。確かにかなりの数の商品がトリノやピエモンテ州の他の地域からラバでここに毎週運ばれ、その後は陸路または水路でヴァール川の対岸まで運搬されるのです。ピエモンテ州のラバはとても頑健です。そのうちの一頭は六〇〇リーヴルもの重さの荷物を運ぶのです。それは簡単に飼えるし、働いても夜の休息以外の休みは求めません。足もとがしっかりしているので山越えに使える唯一の交通手段です。また足もとを選ぶときには常に断崖沿いを歩くのが観察されます。彼らを気ままに歩かせないと、乗り手が命を失う危険があるでしょう。というのも意地っ張りのところがあり、大あばれすると大きささえあります。馬に乗っている人がこんな動物と出くわすと非常に危険です——ラバは馬が大きらいなので信じられないくらい怒って攻撃するのです。そのため馬とその乗り手は大けがをするかもしれません。それでこんな運命を避ける一番いいやり方は馬に拍車を当てて逃げ、安全を求めることです。私も一度ならず彼らの前から逃げなくてはなりませんでした。ラバは遠くに馬を見つけるとすぐに恐ろしい鳴き声をあげて必ず警告します。プロヴァンス地方のラバはこれほど獰猛《どうもう》ではありません。それというのも彼らは馬を見ることや、一緒にいることにもっと慣れているのです。しかしピエモンテ州のラバはそれまでに見たものの中では一番大きかったし、しかも強かったのです。

ニースの商業を改善するためのきわめて現実的な計画がいくつかトリノ県庁に提出されましたが、それもこれまではうまくいっていません。イギリス人はピエモンテ州産の生糸を毎年二〇〇〇～三〇〇〇俵ほど輸入していますが、これはジェノバかリボルノで船積みされます。われわれはまたオネリアやサンレモ、またこの近くの他のところでもかなりの量の果物と油を買い込みます。これらすべての商品はニースではより安く船積みできるでしょう。そこは自由港なので輸出業者は税金を払わないのです。またニース郡そのものでもかなりの量の麻、オレンジ、レモンや、高品質の油、アンチョビ、絹それにワインなどを産出します。このワインはラングドック地方のものより質が良くて、イギリスで飲んでいるポートワインをはるかにしのぐものです。このワインは濃厚で香り高く、保存にもかなり耐え、海上輸送により風味も増すのです。ここのワイン商の中にはラングドック地方やプロヴァンス地方でできたフランスワインをニース産とかイタリア産としてイギリスに輸出する手合いもいるということです。もしニースの商人が生糸、油、ワインなどの倉庫をニースにつくり、ロンドンのその取引店がインドの商品、金物、それにイギリスの他の品物を積んだ船（それはこのあたりやピエモンテ州、サヴォイ、スイス、それにプロヴァンス地方にも販路を広げるでしょう）をここに定期的に送れば、この街の商業は栄えることでしょう――とくにもし国王が、その港を拡張して安全にするための必要な経費を出してくれればなおさらです。でもこれはあまり重要ではないのです。というのはヴィルフランシュには素晴らしい港があり、ニース港からはせいぜい一マイル半です。しかしニースの商業の改善についての大きな障害は資金、まじめな労働態度、意欲などが払底していることです。住民そのものはたいていとても卑劣な悪党なので、商取引において、彼らを信用する外国人はいないのです。取引相手をだますために、油樽の半分に水を詰めるとか、アンチョビの樽に悪臭のするその魚の頭を詰めることなどは周知のことです。

ここの小売商はたいてい貧しく、がつがつしたペテン師どもです。その多くはマルセイユ、ジェノバまたその他のところで破産し、債権者から逃れてニースまで逃げてきたのです。そこは自由港なので、ありとあらゆる外国のペテン師どもの隠れ家になっています。ここにはまたかなりの数のユダヤ人がいますが、彼ら専用の通りに集まって暮らしています。そしてそこは毎晩閉め切られます。彼らは仲買業者でたいてい貧しく、安物や残り物、古着、また古い家具などを取り扱っています。修道士たちが独占しているまた別の形の商売もあります。女子修道院には数多くのミサが遺嘱《いしょく》されるので、寄贈者たちの遺志を実現してあげることができないと思っているところもあるほどです。こんなとき彼女たちはもっと貧しい女子修道院の修道士たちとほぼ同じやり方をしてしまうのです——彼女たちは故人が喜捨したお金より少ない金額でミサを唱えるのです。差額は修道院長が着服してしまいます。例えば私の祖父がある金額を女子修道院に遺贈して数多くのミサを、一曲当たり一〇ソルの金額で、自らの魂の安らぎのために唱えてもらおうとします。するると、この修道院はそれをする時間が取れないので、一曲当たり六ソルで唱えてくれと他の修道院の修道士たちと交渉するのです。このために一回のミサごとに四ソルのもうけになります——というのもミサをどこで唱えようと死者の魂には同じことなので、そのありがたみは十分にあるのです。ニースのある貧しい紳士が自分の血管に流れる高貴な血筋をひどく鼻にかけていたのですが（たとえ、身に着けるためのしっかりした半ズボンが一本もなくても）、曾祖母が自らの魂の安らぎのために一日につき一五ソル（英貨九ペンス）の金額で永遠のミサを始めてしまったのですと、私にこぼしました——それだけが家族の財産で、いまや残ったすべてでした。彼のことばによると、さらにひどいことに、彼女が亡くなってから五〇年以上も経つので、おそらくその魂はずっと以前に煉獄《れんごく》から脱出してしまっているだろうとのことでした。だからミサを続けるのは不必要な出費になるのでしょう。こんなときは故人が司法長官の前に姿を見せ、自らの家族のために、自分は休らっているとの宣誓供述書をつくるべきだと思うと、私は彼に言ってあげました。彼はちょっと考え込み肩をすくめて、「教会の利害がからむところでは魂の告白などちゃんとした証拠にはならないと思う」と答えたのです。フランスのあるところでは「死者の日」と呼ばれる万霊節には、小教区の主任司祭が「主よ解き放ちたまえ《リベラ・ドミネ》」を、肉体が埋葬された魂の救済のために、墓地にある墓一つにつき二ソルで唱えるところもあります。

　ニースの職人たちはひどいなまけ者でとても困窮していて、しかもこの上なく不器用です。彼らの労賃はロンドンやパリのそれとほぼ同じです。わが身と家族を安楽に生活させてくれる定職について、そこから得られるそこそこのもうけのために働くより、家で飢え死にしたり、城壁のあたりをうろついたり、日光浴をしたり、または朝から晩まで九柱戯（ボウリングの前身となったゲーム）をしようとします。

　最下層の人たちというのは漁師、日雇い労務者、担ぎ人夫、それに小農などです――このうち小農たちは主に、この街の近くのあちこちにあるコテージに住み、三〇〇〇人ほどだと言われています。土地を耕すことに従事し、ひどく貧しいことが外目にもはっきりとわかります。皆、小柄で、やせてやつれて汚らしくて半裸体です。顔色はちょっと浅黒いどころか、ムーア人のように真っ黒です――だからその多くはムーア人の子孫だと思います。顔付きがひどくきついのです。一般にその女性たちもいままでに見た中でもっとも下品な造作をしています――でも歯だけは世界じゅうで一番美しいということは認めなくてはなりません。それらの貧しい人たちの食べ物は庭のごみ、ほんとうにひどいパン、トウモロコシでつくった「ポレンタ」という食事のたぐい（これはとても栄養があっておいしいものです）と少量の油です。しかもこれらのいずれにおいても、彼らはじつに貧しい食事に切り詰められているようです。煮豆の皮で家族を養っている一人の小農とつきあいがあります。彼らの豚のほうがその子どもたちよりたくさん食べています。哀れにも家族の命をつなぐための牛乳やバター、チーズなどを生産するための乳牛を所有していないのです。これほどひどいのにもかかわらず、これらの小農のうち一人でも日当一八ソル（英貨一一ペンスくらい）以下では庭仕事をしようとしません。しかもイギリスの労働者の仕事の半分もやりません。もしそこに果物とか何か運べるものがあれば、厳重な監視の目をその男に向けていないと、間違いなく彼は盗んでしまいます。一般大衆は皆泥棒かこじきです――だからひどく貧しくみじめな連中についても同じことが常にあてはまると思うのです。他の点では極端なことはめったにしません。自分より偉い人たちにはほんとうにていねいでおとなしいのです。ニース市民はじつにもの静かできちんとしています。酒びたりにはめったになりません。彼らと暮らし始めてから騒動も何一つ聞いたことはないし、また殺人や強盗とも無縁です。真夜中に一人だけでニース郡を歩いても犯罪に出くわすおそれはまずありません。警察はきわめてよく組織化されています。ピストルや短剣を所持することを許されている者など一人もいません。違反するとガレー船に送られます。ピエモンテ州のいくつかの地域では殺人や強盗は日常茶飯事だということです。当地においてさえ酔っぱらった小農たちがけんかをするとき（めったにないことですが）には、剣を抜いて必ず相手を刺します。でも女の問題を除いて、そこまで極端になることは絶対にありません――そして恋争いは情熱に火をつけるために飲んだアルコールとともにひどくなります。ニースでは一般の人たちは冬には八時、夏には九時に家に引っ込みます。こんな時刻過ぎに通りで見かける人物は一人残らず警備隊に逮捕されます――そしてもし十分な申し開きができないと刑務所送りになります。冬には九時に、夏には十時に「夕べの鐘」をついて、消灯して寝るように警告します。火事が起こりがちな町では、これはきわめて当然の予防策です――でもニースではほとんど必要ありません。というのも家には燃えるものなんかほとんどないのですから。

ニースの無法者や犯罪人に課せられる罰則ですが、極悪罪についてはしばり首になります。違反の中身に応じて、期限付きまたは終身でのガレー船の苦役につきます――またむち打ちやつるし刑もあります。後者についてですが、それは犯罪人の手を背中でしばり、滑車で二階くらいの高さに持ち上げることによって執行されます――そこからロープが突然ゆるめられ、地面から一、二ヤードのところまで落とされます。そこで自分の体重と落下する速度から生じる激しいショックを受けて体が宙づりになります。このため肩の骨がたいてい脱臼してしまうので、ものすごい痛みを覚えます。こんなぞっとするような処刑が同じ犯罪人に数分間、くり返しなされることもよくあります――このため靭帯《じんたい》そのものが関節からはずれて、腕が一生使いものにならなくなるのです。

南フランスと同じようにこのあたりの民衆の貧しさは、その家畜たちの外観からも推測できるでしょう。小農たちの荷馬、ラバ、ロバなどはかわいそうなほどやせています。まともそうな犬は一匹もいないし、飢饉の象徴の猫は、ぞっとするほどやせていて危険なくらい貪欲なのがいっぱいいます。犬と猫が小さな子どもたちをむさぼり食わないのが不思議なくらいです。庶民にゆき渡っている貧困のもう一つの証拠はこれです——ニース郡や南フランスを通り過ぎていくと、小さな森、林、植林地などがないこともありませんが、クロウタドリ、ツグミ、ムネアカヒワ、ゴシキヒワ、またその他の小鳥のさえずりはまったく聞こえません。あたりはひっそりとしていてわびしいのです。哀れな小鳥たちは、生きのびるためにそれを殺したりつかまえることに骨身をおしまない人たちの野蛮な迫害によって、命を奪われたり逃げ場を求めて他のところに追いやられるのです。スズメ、コマドリ、シジュウカラ、ツグミなどのたった一羽でさえ、それら貪欲な野鳥捕獲者の鉄砲やわなを逃れることはできないほどです。貴族たちでさえ連れ立って狩りに行きます——小鳥を殺してそれを獲物として食べてしまうためです。

ここの人たちのひどい貧困は宗教のためでもあるのです。彼らの時間の半分近くは数多くの儀式を執行するために失われてしまうのです——また財産の半分は托鉢修道士と教区牧師にささげられます。しかしたとえ教会が貧困の原因になっても、怠惰になりがちな気候の土地で、労働からの解放をもたらしてくれる、まさにあのような祝祭や見せ物、行列などを人びとが楽しむことによって、ある程度は貧困の恐怖をやわらげてくれます。もしある教会（一人の聖人にささげられていてその祝日も執り行われます）の近くの小農たちが祭り（縁日と言ってもいいのですが）をやりたければ、ニースの総督に認可を申し込みますが、それは一フランス硬貨ほどの出費になります。これが許されると、礼拝の後、男女とも一張羅の服を着て集まり、ヴァイオリン、管楽器と小太鼓、というより管楽器と太鼓の音楽に合わせて踊ります。呼び売り商人の露天ができ、プレゼント用の小間物や行商の品もならびます――ケーキやパン、リキュールとワイン、そしてたいていそこにニースじゅうの人びとが集まります。本街道で夏に行われるこんな祭りの一つで、そこの貴族全員を見たこともあります。そこにはものすごい数の小農やラバ、ロバもかなり混じっていました。皆ほこりまみれだし、たいへんな暑さで汗まみれでした。もしそれらを、煉獄を前もって知るための懺悔《ざんげ》の苦行とでも考えないと、こんな場合の彼らの楽しみがどこにあるのかということや、そこに行く動機の説明などとてもできるものではありません。

私はいま、宗教儀式のことを話しているのですが、古代ローマ人は現代のイタリア人よりはるかに迷信深かったと言わざるをえません――さらに宗教上の祝祭、いけにえ、断食、それに祝日などの数はローマキリスト教会のそれらより、はるかに多いということも言い添えたいのです。「祭日」と「平日」があったのです――「固定祝日」と「移動祝日」もありました。また「断食日」と「徹夜の祈り」もあります。「アゴニウム祭」は一月に行われました――「カルメンティス祭」は一月と二月に行われました。三月の「ルペルク神の祭り」と「マルス神の祭り」、四月の「キュベレ女神の祭り」、五月の「フローラ神の祭り」、そして六月の「マーテル・マトゥータ女神の祭り」。「サートゥルヌス神の祭り」「ロビグス神の祭り」「ワイン祭」「ウェルトゥムヌス神の祭り」「フォルナクス神の祭り」「パレース神の祭り」「ラール神の祭り」「ラティウム祭」「異教の祭り」「収穫祭」「十字路の守護神の祭り」「指令祭」――例えば「九日祭」――これは流星が出現したと思われたので元老院が設けたものです。さらにどの家族にもいくつか「祝祭」がありますが、それは、あるめでたいことを喜ぶためとか、災害をなげくためのものでした。雷が鳴ると必ずその日は神聖なものとされたのです。九日ごとに祝日があり、そのため「九日市」と呼ばれました。「特定日」というものもあり、それはたとえば、四番目のカレンズとか毎月のノーネスとかイデスというものでした（ローマ暦では「カレンズ」は月の初日、「ノーネス」は三月・五月・七月・十月の七日、他の月の五日、「イデス」は三月・五月・七月・十月の十五日、他の月の十三日に当たる）。それらに加えてローマのすべての大きな敗戦の記念日もあったのです。とりわけ「アッリアの日」は十二月一日から一五日目に当たるのですが、このときローマ人はゴール人とウェイイ人に、完全に敗北したのです――ルカヌスが語るように――「ローマ暦においては呪わしいアッリア川」〔『ファルサリア』第七巻〕。三万に達すると言われる神々のそれぞれの礼拝儀式があり、それらは驚くほどさまざまなものなので、数多くの式典、見せ物、いけにえ、お清め、また公的な行列などが必ずもよおされました。それらはほぼ一年を通して民衆が取りかかったのに違いありません。このたえまのない散財は産業活動にとっては、大いなる敵だったはずです――また人びとはなまけ者で女々しかったはずです。ローマの古代の住民と現代の住民との間に性格的にほとんど違いがないということを証明するのは少しも困難でないと思います。またこの帝国が昔から見せた偉大さはその市民たちに本来そなわった美徳のためというより、彼らが服従させた民族の野蛮さや無知、おろかさによるものだということを証明するのも困難ではありません。古代ローマの年代記と他の民族の歴史において、公的なまたは私的な美徳のさまざまなお手本が同じくらい目につきます――そしていまやヨーロッパの王国と共和国はどこも等しく文化の明かりに照らされ、政治力もバランスが取れているので、私はこう思います――もし共和制ローマで、一番幸運だった大将が、かつて陣頭指揮した軍隊の大将に再びなっても、ヨーロッパとアジアのあちこちに征服地域を広げるどころか、イタリアの小共和国をすべて征服し、支配下に置くことはできないのではないだろうかと。
もう書き疲れてしまいました――あなたもこの長い手紙を読んで疲れると思います、この私にかたじけなくも好感を覚えていただいたとしても。

忠実な僕

第二十信　ニース　一七六四年　十月二十二日

# 第二十一信　ニース　一七六四年　十一月十日

拝啓

ニースの歳入について調べるには、その住民（彼らは大げさな物言いをしがちなのですが）からの情報をあてにせざるをえません。彼らが私に教えてくれるところによると、この町の歳入は一〇万リーヴル、つまり英貨五万ポンドに達するということです――それについては少なくともその四分の一は彼ら自身の虚栄心という添加物として割り引きたいと思います――おそらくその三分の一を差し引くと、より真実に近いものになるでしょう。というのも精肉業と製パン業以外に、手持ちの資金源は見いだせません。その資金を一年ごとの賃貸借契約で、見返りがもっともいい人に貸し付けます。また「輸入税」がありますが、これは町に持ち込まれる食料品に課せられる関税です――でもこれはごくわずかです。国王は毎年一〇万リーヴルをニースから受け取っていると言われていますが、それはこの町と郡が免除されている人頭税の代わりの上納品（英貨七〇〇〇ポンドほど）から得られるものです――居酒屋で売られるワインにかかるわずかな関税、また「港税」などもあります。これらの後者は碇泊税なのですが、それはニースとヴィラフランカに入港するどの船舶も、そのトン数に応じて支払うものです。またサルデーニャ島とこの海岸を往来する、ある規定以下の積載量の外国船が東に向かうときには、すべてつかまえて拿捕《だほ》するとおどされるので、入港して規定の税金を支払わなくてはなりません。モナコ王も同じような税金を取り立てます――また彼とサルデーニャ王は武装した巡洋艦を保持し、この特権を行使します――しかしながらイギリスとフランスは全額を一回払いにしたので、条約でそれを免除されています。おそらくもともとこれは、水夫たちのための海岸の灯台を保守するために設けられたものです。バルト海峡を通るために支払う通行税のようなものです。ヴィラフランカの西側にある灯台は十分な修理がなされていて、冬でも明かりが入ります。その税は、しかしながらフェラッカ船とか他の小型船にはひどくやっかいです。というのは、それらの港に入って接岸しなくてはならないので、航海がひどく遅れたり、かつ順風という恩恵も失うのです。タバコは国王が自らの費用で製造し、ひどく高価に売りつけ、自分のもうけにします。だからこの商品の密売の罪を犯した者は皆、終身のガレー船送りになります。塩は主としてサルデーニャ島から来るのですが、国王の倉庫にたくわえられ、そこからピエモンテや王の内陸の領地など、他の地方に輸出されます。またサルデーニャ島では小型だが格好のいい、じつに素晴らしい馬を産すると言ってもさしつかえないでしょう。丈夫で元気いっぱいだし、しかも飼育も容易です。ニース全郡で国王に五〇万リーヴル（英貨二万五〇〇〇ポンドほど）をもたらすと言われています。これはすべての町と村によってなされるささやかな献金から得られるものです――というのも土地には教会の十分の一税以外の税金や賦課金はかかりません。王の歳入は、だから塩とワインにかかる税金と上納品から入ってきます――でも評価総額の五分の一は差し引いてもいいでしょう――それで王はニース郡からおよそ四〇万リーヴル（英貨二万ポンド）を得ていると結論づけられます。王のニースからの歳入がたいしたものではないということは、彼に仕えている役人たちに支給される給与の少なさからも明らかです。長官で年収およそ英貨三〇〇ポンド、そして管理官で英貨二〇〇ポンドほどです。総督の給与が英貨三五〇ポンドを超えることはありません――それでも彼には「袖の下」という特権が多少はあります。でも気概のある男ならそんなものにはしがみつきません。現在、総督は自分自身の土地は持たないでささやかな職禄を享受しています。これはニースでの役職とあいまって全体で英貨五〇〇ポンドほどになります。

もしニースの政治家たちを信じられれば、サルデーニャ王の全歳入は二〇〇〇万ピエモンテリーヴルに届かぬことはありません。それは当地の金額で一〇〇万リーヴル以上です。ニースより税金が低く課税されているところは、キリスト教国では他にはない、ということは認めなくてはなりません――そしてその土地は生活に必要なものはまかなってくれるので、住民は少し勤勉になれば、大小の森や山があり、泉、小川、川、急流、小さな滝などが美しいこの晴れやかな土地で、黄金時代を復活させることができるでしょう。このような田園の恵まれたものの中にあっても小農は貧しくみじめです。彼らには生活を切り開くためのたくわえはありません。自らが耕す土地の借地権もなく、来る年も来る年も、気まぐれな地主の思うがままになっています。彼らは直前の通告だけで、追い出されるかもしれないのです――また托鉢修道士とか教区牧師にも悩まされています――なぜなら彼らは労働の最良の成果をもぎ取ってしまうのです。結局この土地はそこで混み合っている多数の家族にとっては乏しすぎるのです。

ニースの芸術や科学がどうなっているのかお知りになりたいでしょうが、それらは現実にはほとんど皆無と言っていいほどです。何か才能のある人物が、かつてこの土地から生まれたなんてことは聞いたことがありません。しかも現在では、そこは無気力と迷信の巣窟のように思えます。二つの啓《ひら》けた民族の間にあって、審美眼も文芸もこれほどない人たちがいるなんて、じつに驚くべきことです。ここにはしかるべき絵画も胸像も彫像も建築物もありません――教会の装飾からして発想が乏しく、仕上がってもさらにひどいのです。熟読に値する何ものかをそなえている公立、あるいは私立の図書館さえありません。ニースには一軒の書店もありません。人びとはイタリア生まれを鼻にかけているのですが、音楽などからきし駄目です。楽器をたしなむ者も少数いますが、技巧だけに走りがちです。天分もセンスもないし、和声法や作曲についてもわかっていないのです。フランス人の中でも、ニース人たちはプロヴァンス人でもあることを誇りにしています。しかしフィレンツェ、ミラノ、またはローマなどの住民はイタリア生まれという名誉にこだわりがあるのです。ここの身分ある人たちは二ヵ国語を同じくらいうまく話すか、またはどちらもたどたどしいのです――卑しくてぞんざいなことば使いだし、発音もひどいのです。彼らの土地ことばはいわゆるPatoisというものです。でもそんな呼びかたは適当ではありません。Patois――これはラテン語の単語patavinitasに由来するのですが、土地のなまりとか地方ことばという意味以上のものではありません。この単語はPatavium、つまりリウィウスが生まれたPaduaに由来します。リウィウスは実力のある作家ですが、彼はその歴史書に生まれ故郷の地方語をいくつか加えたのです。このPatoisはニースの地方語ですが、昔のプロヴァンス語に他なりません。これからイタリア語、スペイン語、フランス語などが派生しました。これはローマ帝国をほろぼしたゴート族、ヴァンダル族、フン族、ブルゴーニュ族などの侵入の後のくずれたラテン語がもとになってできたことばです。それはイタリア、スペイン、またフランス南部などの至るところで十三世紀まで話されていました。それからイタリア人はその標準的な形をつくり、現在の母語と呼ばれるものにしたのです。スペイン人もフランス人も同じようにそれを洗練してそれぞれのことばにしました。ラテン語によく似ているのでロマンス語と呼ばれました。スペイン人もいまだに母語をロマンス語と名づけています。遍歴の騎士の最初の伝説がプロヴァンス語で書かれたので、その後の同じような行為はロマンスという名前になったのです――そして騎士道についての記録には騎士や巨人、また魔法使いなど現実離れした冒険譚が載っていたので、ありえない話やつくり話は今日まで、すべてロマンスと呼ばれています。ウォルポールはその王族と貴族の目録において、「獅子心王」Coeur de Lion と呼称されるリチャード一世によって書かれた古代プロヴァンス語による二つのソネットを紹介しました。そしてヴォルテールはその歴史論において、同じ言語によるいくつかの実例をありがたくも紹介してくれました。ニースの Patois「方言」が長い年月の間に変化と転訛をこうむったことは疑いありません。というのもとりわけ正字法とか発音においては、そのもともとの純粋さを保とうとする努力はなされなかったのです。それは俗人のことばとして軽蔑されています。しかもここには、その起源や成り立ちを知っている者はほとんどいません。私は古代プロヴァンス語の痕跡を手に入れて、現代の方言と比べようとしましたが、手に入りませんでした。しかも、これについて少しでも情報をあたえてくれる人も見つけられません。無知で怠惰でおろかなので手がつけられません。Patois のほとんどすべての単語はイタリア語、スペイン語、またフランス語などにいまでも見られます。ただその発音は少し変化しています。イタリア語とスペイン語で馬の意味の Cavallo は、cavao になります。maison はフランス語の「家」ですが、maion に変わっています。agua はスペイン語で「水」の意味ですが、ニースの人たちは daigua と呼びます。「ここはなんというぬかるみだろう」という表現を、彼らは acco fa lac aqui と言いますが、それはイタリア語の単語二つと、フランス語の単語一つと、スペイン語の単語一つから成る文です。これは、その三つの言語がニースの Patois の中で混合される割合にほぼ近いのです。それは多少の変異がありますが、プロヴァンス地方、ラングドック地方、またガスコーニュ地方全域に広がっています。この言語で書かれた聖母マリアへのカンツォーネまたは賛歌の二、三節をここで紹介しましょう。それは最近ニースで印刷されたものです。

1　神の御母であるマリア様、よき守り人よ、いたいけなそなたの息子はフェネストロ（地名）であがめられる。御身をたたえてその助けを求めます。そしてこれ以上の前置きなどなしに、御身のほめ歌をうたいます。

2　なんという天国の空気よ！　なんという神々しいおごそかさだ！　ソロモンは御身の姿をよく見つめている。そなたがもっとも美しいと言う。そしてそれはすべての女性についてよく言われる。しかも決して裏切られることがない。

3　なんという天国の空気よ！　なんという神々しいおごそかさだろう！　まぶしいばかりの美だ。善きものが目を清める。御身は王冠をかぶり世界をその手にする。玉座にすわって子どもを支える。（原語による詩にスモレットによるその英訳が付いている。ここはその大意である）

ご存じのようにその優美な思想と表現のためにこのカンツォーネを選んだのではなく、現代プロヴァンス語で見いだされる唯一の印刷例としてあげるのです。このPatoisをさらに知りたいという好奇心があるなら、ご満足のいくように努力してみます。まさしく「忠実な僕」より。

# 第二十二信　ニース　一七六四年　十一月十日

拝啓

かつて私はこの街と郡についての完全な自然史を書こうと思いましたが、その仕事にはまったく耐えられないことがわかりました。丈夫でないので体力がないし、チャンスもないから、鉱物、植物、動物などの本格的なコレクションはつくれません。自然哲学のこのような分野にそれほどくわしいわけでもありません。私の疑問を方向付けしてくれる本もありません。情報や援助を少しでもあたえてくれることができる人は一人も見つかりません——しかも彼らが数多くのさまざまな種につける、わけのわからない名前がむずかしいのでとまどっています。それらについての記述を他の名称で読んだことはあります——でも以前に見たことがないので、目で区別できるとはあえて言えません。ですから、そのときどきの不完全な情報で満足してください。

ニースで行われている有用な技術は以下のものです——園芸と農業（その成果も出ています）、ワイン、油、また縄類などの製造です。養蚕とその後の蚕製品の管理と製造、それにすでに述べた漁業、その他です。

ごく数少ない狭い低地を除いて、この土地にもともとある土壌ほど期待が持てないものはありません。低地には固めの粘土があり、それに丹念に水をかけてやると、かなりいい牧草ができます。その他のところはどこも、土地は小石混じりの軽い砂地ですが、ブドウとオリーブを栽培するのには十分間に合います――でも料理用の香草やその他の果物のために区画された地面には、よくよく注意して肥料をほどこさなくてはなりません。イギリスの農夫が使っているような堆肥づくりのための黒牛も彼らにはないのです。荷物運搬の唯一の動物であるラバとかロバのふんは、この目的のためにはほとんど役に立たないのです――また土地はもともと不毛なので、硝酸カリウムと揮発性塩をたっぷり含んだものを必要とするのです。ですからハトのふんに頼るのですが、それは期待に十分にこたえてくれます。どんな小農でも自分の塀の片隅に通行人のための公衆トイレを設けます――またニースの街では、どの共同住宅もこのような貯蔵所が一つはあり、その中身は売るために注意深くたくわえておきます。小農はロバを連れ、樽を持って、夜明け前に運んで行くのですが、そのよしあしに応じて代金を支払います。味と臭いでそれを丹念に調べます。毎日「脂肉」を食べるプロテスタントの家族の屋外トイレは、半年も粗食の生活をしている良きカトリックのそれより高い値がつきます。ミニムの女子修道会のこえだめなど汲み取る価値もありません。

ここの土地はイギリスのように踏み鋤で掘り返されるのではなく、短い水平の柄のある幅広の鋭い鍬《くわ》で耕作されます。そして夏はとても暑く乾燥しているので、とくに木陰がないところの植物には毎日朝晩、水をかけなくてはなりません。大地の産物がこんなに混み合いながら生育しているのが見られるのは驚くばかりです。栄養分を互いに奪い合っていると思えるくらいです。さらに空気不足で窒息してしまうかもしれません――しかもこれが、いくぶんそうなっていることは疑いようがありません。オリーブやその他の果物の木々は互いに密生し、列をなして植えられています。これらはブドウのつるでつながれ、列と列との間の隙間には麦が植えられています。街にサラダと煮込み用の香草を供給する菜園は、プロヴァンス地方の本街道沿いのいたるところにあります。それらは高い石塀や溝で囲われていて、籐《とう》、大きな葦《あし》のたぐいが植えられています。それらはこのあたりでは多くの用途に使われています――その葉はロバを養ってくれるし、茎は囲い地のフェンスとして役立つばかりでなく、ブドウや豆を支えたり、蚕のねぐらをつくるのにも使われます――これはあずまやにもなるし、歩行用の杖として持ち歩くこともできます。これらの菜園はすべて山から流れて来る小川によって給水されています。とりわけ私が前の手紙で述べた二つの水源からの小さな支流です。それはある山の二つの山裾から流れ出るものですが、フォンテン・ドゥ・ミュラーユとフォンテン・ドゥ・タンプルです。

ニース近郊ではかなりの量の麻を栽培していますが、これまでに見たものの中でも、もっとも大きくて、もっとも丈夫です。加工して他国に輸出されるものもあるし、縄製品になるのもあります。栽培する人たちがどんなにもうかっても、夏にはひどい邪魔物になります。腐らせるために麻を穴に放置すると、その悪臭にはとても耐えきれないので、体には絶対よくないのです。

この近郊は耕地が足りないので、むきだしの岩盤の表面に「空積みの石材」（ただ積んでおくだけのもの）を置き段々畑のようにして、土と肥料を入れ、オリーブ、ブドウ、麦などを植えます。同じ窮余の策がパレスチナ一帯でもなされました。というのはそこも岩がちで不毛だし、ニース郡より人口もはるかに多いのです。

ここは狭い土地ですが、素晴らしいクローバーが広がる美しい牧場がニース近くにいくつかあります――そして土壌と太陽と空気の恩恵に十分に浴する広々とした畑にまかれた麦は驚くほどの高さまで伸びます。七フィートや八フィートくらいまで高くなったライ麦を目にしたこともあります。この気候ではどんな野菜も驚くほど大きくなります。小麦、ライ麦、大麦、カラス麦以外に、このあたりでは多量のメリカ――それはわれわれがトウモロコシと呼んでいるものです――も収穫できます。前の手紙でこの穀物の料理はポレンタという名前で知られており、とても栄養があり肺病に卓効のある滋養物とされていて、素晴らしい即製プリンになると述べました。その実の皮と茎は燃料として使われます。またその葉は「わらぶとん」の材料として、普通のわらよりはるかに好まれます。

冬には菜園のさまざまなマメ科植物は花盛りの若い木々の美しい植え込みのように見えます――しかも芳香があたりにただよいます。ギンバイカやスウィートブライア、スウィートマジョラム、セージ、タイム、ラヴェンダー、ローズマリーなど、またその他の多くの香りのいい香草、草花は細心の注意で栽培しなければならないのですが、ここでは山中で自生しているのを見かけることができます。

ニースの人たちが、その隣人のピエモンテ州の人たちから養蚕を学んでから何年もたっていないし、これまでに彼らがなしとげた進歩もたいしたものでもありません――ニース全郡で一つ三〇〇ポンドの梱《こり》を一三三個くらい生産しますが、それは四〇万リーヴルの価値があります。

四月初旬にクワの葉が伸び始めるころ、蚕になる粒状の卵が孵化します。粒々はワインで洗われ、水面に浮かぶものは駄目なものとして捨てられます。残りを亜麻布の小さな袋に入れ、女性の胸に入れると、蚕の姿が見えてきます――それからこれを浅い木箱に置いて、一枚の白い紙で覆います。そこには小さな穴があけられていて、蚕が孵《かえ》るとその穴から姿を見せ、紙の上に載せた若いクワの葉を食べます。これらの箱は保温のために二枚のふとんの間に置かれ、毎日誰かがそこに行きます。新鮮な葉を中に入れてやると、それを食べる蚕は次々と他の保管場所に移されます。これは四本の木の支柱があり、二段または三段（段ごとに二〇インチくらい離して）になった寝床です。この寝床は籐《とう》で編んだもので、そこに若いクワの葉を載せます。隅の柱や、その他の補助のつっかい棒は数段の寝床を支えるためのものですが、そこにヒースがざっと巻きつけられています――孵化した蚕をその床にならべると、脱皮の段階がすべて見られます。これはそれらが動き始める前に次々と三回くらい行う変態です。蚕はきわめて敏感な生き物なので、そのねぐらを清潔に保ってあげることとか、ときどききれいな空気を送り込むための注意はいくらしてもしすぎることはありません。たまたま悪臭のために多くの蚕が弱って死ぬのを見たこともあります。土のついた葉や、蚕が必ず出す汚物は毎日注意して取り除かなくてはなりません――そしてときどき、酢とかバラやオレンジの花のエッセンシャルオイルの香りで空気を清めるといいのです。でも、こんな細かいやり方はめったになされません。たいていそれらは皿に盛られた小エビのようにうず高くなり、なかには葉を食べるのもいれば、新しく孵化するのもいます。脱皮するときに、もがき苦しむのもいるし、弱ったり、実際に死ぬのもいます――半分食べかけのしおれた葉っぱがまわりに敷かれ、かつ汚らしい女、子どもが大勢いる狭苦しい部屋などでのことです。信頼のできる二、三人から、生理中の女性がそれに触れたり、または近づくだけでも、蚕は間違いなく死んでしまうということを聞きましたが、これは確かなことなのでしょう。でもこれは生まれつき体臭がひどい女たちについても言えるはずです。この時期にたいていそれがひどくなるのです。この地方で使われるクワの葉はせいぜいダムゾン（プラムの一種）の実ほどの大きさの白くて小さな実をつける樹種のものです。それは栽培され、葉はリーヴル単位で量り売りされます。六月中旬までには、クワの葉がすべてもぎ取られてしまいますが、新しい葉が次々と伸び、二、三週間もたつと、また若葉が茂ります。前回脱皮して一〇日ほどしてから、蚕は自分の住処のつっかい棒に登り、ヒースの中の場所を選んで、じつに面白い回転をし始め、ついにはぐるぐる巻きになります。そしてそれがつくったまゆは（ハトの卵ほどの大きさで絹のさや状のものです）数本の繊維でつり下げられた状態になります。一つの外皮につつまれた二つの蚕が紡いだ二重のまゆが見られるのもまれではありません。かなりの量の絹を紡ぐためには莫大な数の蚕が必要なはずです。一オンスの卵、または粒々から、まゆが四ルップ、つまり一〇〇ニースリーヴルできます――そしてまゆ一ルップ、つまり二五リーヴルの状態が良ければ、三リーヴルの粗絹が取れます――ですから一二リーヴルの絹が一オンスの粒々から取れます。そしてこの一オンスの粒々は一リーヴル、つまり一二オンスのまゆに含まれるのと同数の蚕によって生み出されます（当時は、同じ重量単位でも地域によって重さが異なることもあった。リーヴルは英国の重量単位ポンドに相当する）。蚕飼《こが》いするためにまゆを取っておくときには、メス、オスを同数選ばなくてはなりません――しかもこれらはそのまゆの形でいとも簡単に見分けられます――オスがいるものは両端がとがっていますが、メスのものは丸いのです。まゆがつくられた後、一〇日か一二日たつと、さなぎはそこを通り抜け、ひどく不恰好で大きくて感じのよくないガになります。そしてオス、メスを紙または亜麻布に交互にならべるとすぐに交尾します。メスは卵を産み、それは大切に取っておきます――メスもオスもまったく栄養を取りません。まゆから脱皮した後、八日か一〇日後にはたいてい死んでしまいます。このまゆの絹を巻き取ることはできません。というのは、さなぎがまゆを突き破るときに、繊維を切ってしまっているからです。そのためそれは最初煮てから、羊毛みたいに選別されて梳《す》かされます。そしてその後紡がれ、絹製品の素材として用いられます。最良の絹を生み出す他のまゆは違う方法で処理されます。中に入っているさなぎが突き出てこないうちに、絹は巧みに、しかも注意深く巻き取られます。ひと握りのまゆを、ふっとうした湯が入った湯わかしに投げ入れます。すると蚕が死ぬだけでなく、絹の細い繊維を凝集させ固まらせる粘着物質も溶けるのです。そのため切れることもなく、簡単に解きほぐせます。これらの短い繊維が六、七本一緒になると、ねじった鉄のようなものの上を通されて糸車に固定されます。それを一人の娘が回転させると、もう一人がふっとうした湯に手を入れて、糸を分離させ、もしたまたま切れそうになったら、くっつけます。そして新しいまゆをびっくりするくらい上手に、しかも手早く補給します。このたぐいの製造工場がニースの城門の一つの、すぐ外側のところにあります。そこにはこんな糸車が四〇～五〇台同時に動いていて、数週間は雇用の機会をあたえるので、若い女性の数が倍増します。ふっとうする湯に浮かぶまゆを取り扱う者はきわめて慎重にやらなくてはなりません。そうしないと指をやけどしてしまいます。ふっとうするまゆの臭いは、じつにいやなものです。港の近くには絹をより合わせるためのちょっと変わった水車小屋があります。ニースの町には貧しい男女のみなし児たちのための、きちんとした救護院があって、絹をなめらかにしたり、染色したり、紡いだり、織り上げるために、一〇〇人以上がそこで雇われています。プロヴァンスの村々では貧相な女たちが糸巻き棒で粗絹を紡いでいるのを路上で見かけます。しかしここでは同じ道具は麻や亜麻を紡ぐのに使われているだけです。でも亜麻はニース産ではありません――しかし、この手紙をえんえんと紡がないように、糸玉をここで巻き上げて、あなたに心からのさようならを告げます。

敬具

# 第二十三信　ニース　一七六四年　十一月十九日

拝啓

この前の手紙で蚕のことや、このあたりでのあの独特な虫の取り扱い方について手短に話しました。さて引き続きワインと油の製造法について述べてみます。

ブドウの収穫は九月に始まります。ブドウは選別され、注意深く摘まれて、大きな桶に入れられます。そこで素足で踏まれて、果汁が下にあるコックで注ぎ出されます。このやり方でもはや得るものがなくなると、つぶされたブドウがプレス機にかけられ果汁がもっと出ます。この二重の圧搾《あっさく》で得られた果汁を栓をしていない樽に詰めると、発酵し始め、不純物がその穴から出てきます。この流出で生じる減量分は絶えず新しいワインで補われるので、樽はいつも満杯です。その発酵はブドウの品質に応じて、一二日か一五日または二〇日間ほど続きます。ひと月ほどでこのワインは飲めるようになります。ブドウがひどい品種で、飲みごたえがないときには、ワイン業者は果汁にハトのふんや生石灰を入れて、自然には入ってないエキスを混入します。しかしこれはひどく有害な混ぜ物です。

油製造の過程も同じように簡単なものです。最良のオリーブは野生のものですが、採取できる量はごくわずかです。オリーブは十一月初旬に熟して落下します。でも二月、それどころか四月まで木に残るものもあります。これが一番貴重だとされています。オリーブを集めると、それがしなびてしわくちゃにならないうちに、ただちに作業を始めなければなりません。そうしないと品質が落ちる油になります。まず最初に、それは丸い石の桶に立てた石臼（その心棒は水力で回転します）によりペースト状につぶされます。このペーストはイグサ製のかごとか、草を織りあげて上下に丸い穴のあいた円形のケースに入れます。いっぱいになると、その形はチェシャーチーズに似ています。これをたくさん積み重ねてプレス機にかけてしぼると、油がその不純物とともに、地面に固定した下の容器に流れ込みます。そこからひしゃくで汲んで、水を半分入れた桶に入れます。汚いものが底に沈んで、油が表面に浮かぶと、浮きかすが取り除かれ、小さな楕円形の樽に詰めます。桶に残ったものは水を張った大きな石の容器に投げ入れ、よくかきまわしてから、一二日から一四日間くらいそのままにしておくと、灯火や機械類に使う粗製油が取れます。こういったやり方の後の廃棄物のもろもろからも、もっと品質が劣り悪臭のする油を取り出します。ときにはオリーブをさらに簡単につぶしてペースト状にして、油をより分離させるために熱湯を少し混ぜることもあります。しかし、このようにして得られる油は悪臭を放ちがちです。極上のいわゆるヴァージンオイルは主にグリーンオリーブからつくられ、とても高価な値段で売られます。というのはきわめて少量の油をつくるために多量の原料が必要なのです。このようなすべての処理の後に残るものでさえ——乾燥したパルプですが——燃料として売られ、煙突がないアパルトマンを暖めるための平型のストーブに用いられます。

記述するだけの価値があるニースの製造業は、もうすべてあげてみました。このあたりで質の悪い紙がつくられているというのは事実です。また皮をなめして住民が使う皮革をつくる人たちもいます。けれどこの仕事はじつにずさんです。手袋や靴が製造者の手を離れると、だいたいぼろぼろになってしまうのです。大工や建具屋、また鍛冶屋の仕事は仕上げが粗雑でとても不細工です。数本の棒とイグサの座面からできた粗末なものしか、ニースで手に入る椅子はないのです。これは一ダース一二リーヴルで売られています。この地でつくられている金物、例えばナイフ、はさみ、ろうそくの芯切りばさみほどひどいものはありません。真鍮とか銅製の道具はどれも粗悪品です。銀器製造職人はスプーン、フォーク、つまらない指輪や女性の首にかける十字架以外はつくらないのです。

家屋は山から掘り出したごつごつした石でつくられていて、その隙間を割栗石《わりぐりいし》で詰めるので、表面にしっくいを塗らないと、とても不恰好になるでしょう――それを塗るとかなり見栄えがするのですが。たいてい三階建てでタイルを張っています。もっとつくりのいいアパルトマンは広々としていて、天井も高く、床も煉瓦を敷き、屋根は化粧しっくいが厚く塗られ、壁も白く塗られています。身分のある人たちは部屋にダマスク織やストライプ入りの絹、彩色した布、つづれ織または亜麻布プリントなどを掛けています。窓やドアはどれも自在板になっています。石の仕切りが入った部屋には腰板がなく、床と天井は煉瓦としっくいでできているので、ここで火事になってもわが国ほど恐ろしい結果にならないのです。腰板は虫たちにとっての隠れ家になるかもしれません。また白壁はこんなに暑い気候ではより良い効果があります。このあたりやイタリア全土でよく使われているベッドは、板張りの上に置いた一枚か二枚の敷きぶとんとわらぶとんでできているのですが、それは二つの木のベンチに支えられています。カーテンの代わりに「クズィニエール」つまりガーゼのようなものからできた蚊帳《かや》があり、必要に応じて開閉するので、寝ているところはすっぽりと覆われます。でも身分のある人にはカーテン付きのベッド台もあります。しかしカーテンは夏にはまったく使用しません。

このあたりでは皆、正午きっかりに食事をします――そして冬に私はこの時間をのがさないで、通りや城壁を毎日歩きます。そこは他の時間には男、女、子ども、荷物を運ぶ家畜などで混み合っているからです。城壁はありとあらゆるたぐいの乗り物が通る公共の通路です。ニースには個人用の四輪大型馬車二台以外に総督のそれも一台あると思います――しかし椅子かごもあるので、それは手軽に利用できるでしょう。夏に海水浴をしたときには、わが家から一マイル離れた海水浴場への行き帰りに乗せてもらうのに、三〇ソル（一八ペンスほど）支払いました。これから海水浴についてお話しします――ニースの西側にはきれいで広々とした数マイルほどの海岸がありますが、泳げない人には十分に注意して泳ぐように警告すべきだと思います――というのは海がとても深くて、水際から一、二ヤードも行かないうちに実際、突然深くなってしまうのです。この人たちは私が五月初めに泳ぎ始めると、とても驚きました。肺病みたいな男が、とりわけひどく寒いときに、海に飛び込むなんて常軌を逸していると思ったのです。そして医者の中にはすぐに死んでしまうだろうと予言する手合いもいました。でもその海水浴のおかげで回復したことがわかったとき、スイスの将校の中には同じ実験をやってみる者もいました。また数日後には、われわれと同じことをする者が何人かニースの住民の中にもいました。しかしながら、これをやるための施設は何もありません。だから上品さなんてちっとも気にしないくらいでないと、女たちはその効用から完全に除外されてしまうに違いありません。というのは海岸にはいつも漁船がならんでいるし、人で混み合っているのです。万一、ある女性が水着を着たり脱いだりできるように海辺にテントを立ててもらう費用を出しても、しかるべきお供が何人かいないと、海に入ろうとしないでしょう。だから海に頭から飛び込むこともできないでしょう――これは水泳のやり方では最高のものだし、危険性も一番少ないのです。せいぜい彼女にできることは、海水を家の中に持ち込んで水浴び用のたらいを使うことぐらいです。これは自分自身または医者の指示でつくることができるでしょう。

当地の気候と土地柄について付け加えることは次の手紙で述べることにします。これであなた方は、「忠実な僕」がつぶさに論じてきた話題から解放されることと存じます。

敬具

## 第二十四信　ニース　一七六五年　一月四日

拝啓

当地の気候のあらましは、天気について書き込んだ記録からかなり正確に確かめられるでしょう。それはできるだけ慎重に注意しながらつけたものです。よく読めばニースでは、私が知っている世界のどの地域よりも風雨が少ないことがわかるでしょう――しかも大気はきわめておだやかなので、数ヵ月間、頭上には一片の雲もない美しく青い大きな広がり以外は見えません。海から水分が蒸発して雲がちょっと湧いても、この小さな土地にはめったに、あるいは決してそれが浮かぶことはありません――たぶん、それは当地を取り巻く山脈に引き寄せられ、雨とか雪となってそこに落下します――他のところからここに寄せ集められるものは数リーグの高さにまでそびえ立つ、まさにあのアルプス山脈によってさえぎられると思います。この大気は乾燥して不純物がなく濃密かつ、さらっとしているので、神経衰弱や発汗障害、筋肉弛緩、リンパ液の循環障害、血液の循環障害などから起こる不具合に悩む人びとの健康にはうってつけのものに違いありません。壊血病にかかりやすいという一面はあります――大気が海の塩分を含んでいるのは疑いありません。ニースに着いてから、壊血病が原因の吹き出物がずっと右手にできていたのですが、それは体の具合に応じて良くなったり悪くなったりしています。去年の夏のある日、強い海風が吹いて、全身が塩水まみれになり、口の中でもそんな味がしました。歯肉がはれ、痛くなったのです。家族のもう一人の歯肉もそうなりました。こんなことは以前に起こったことはないのですが。しかもひざの関節の激しい痛みにもおそわれました。そのときは海に面したカントリーハウスにいたので、とりわけ海風にさらされたのです。風が止むと歯肉のはれは引きました。でもとくに目立ったことは手の壊血病変がなくなり、まるまるひと月はぶり返さなかったことです。海の塩が血液に溶解して血流が強まると、リンパ管壁から塩分がにじみ出るとされています．おそらく海洋性の壊血病は、体の表面のリンパ腺とか呼吸中の肺のリンパ腺によって大気から吸収された塩分で、リンパ管壁が少し爛《ただ》れてしまうからです。海洋性の壊血病の末期の症状では、毛穴からしばしば血がにじみ出るのは確実です――そして、これはひどい膿瘍《のうよう》が原因とされています――この病気になると確実に膿瘍ができます。動物の体液を化膿させせないためには一定量の塩分が必要だということは知られています――でもどのくらいの量で化膿するかについては、専門家に判断をまかせます。当地の多くの人たちの歯は悪くなっていませんが、壊血病をわずらっています。彼らは肌の吹き出物、壊疽《えそ》を起こした歯肉、骨の痛み、倦怠感、不消化、また気分の落ち込みに悩んでいます――でも主訴は徐々に進行する「消耗症」です。肺の不調はまったくありません。そして顔面はだんだんと紅潮して、ついにはまさに悲劇の結末を迎えてしまうのです。これは、やせた体に当たる、ひどく乾燥して塩分を含んでいる空気のせいなのでしょう。体力は発汗によってひどく消耗しています。この土地の空気にはかなり塩分が含まれています。というのはそこを山脈が囲んでいるので、大気が周囲のそれと混じり合わないのです。それと混じり合えば、塩の粒子は拡散してしまうのですが——しかもそれを落下させたり溶解する雨も露もないのです。これまで述べてきたような空気は、私のような分泌物が多い粘液質の体質には決して悪くはない影響をあたえるはずです。しかしながらここに来て以来、目に見えて体が衰弱してきたことは認めなくてはなりません——この衰えはイギリスで起きた消耗症が進行したものだと思ってはいますが。しかしニースの空気はシュッツ氏〔Mr. Shutz ウェールズ王ジョージ三世の宮内官。ニースの気候を絶賛した〕にさらに著しい影響をあたえました。彼はひどい神経症になっていたので、生きるのが大変でした。またいつも胸の痛みを覚えました。そしてそんな体調不良が続いたので、ナポリに転地したことがあります。そこにかなりの期間住んだのです。そしてかなり良くなりました。でもまた体が衰弱し、めまいを覚え、気分が落ち込み、食欲もまったくなくなってしまったので、当地に来るようにすすめられたのです。そしてその旅の成功は期待をはるかに上まわりました。当地の気候としては天気がかなり悪かったのですが、体調はずっと申し分のないものでした。ニースに着いてからは胸の痛みはなくなりました。思いっきり食べ、よく眠り、元気いっぱいでとても丈夫だったので、昼間は動きまわっていました。ヴァール川まで歩いて行っても、夕食までにはまた戻ることもできます。彼はまたこのあたりの山は全部登ってしまいました。転地したことで、こんなにすばやく幸せな結果を、私はかつて見たことはありません。私もニースに着いてからは、ここ数年間経験したこともないほど自由に息ができたし、気分ももっと快活だったということもまた認めなくてはなりません。わが家の家政婦の父親（ダンスの教師でした）はぜんそくでひどく苦しんでいたので、フランス、スペイン、イタリアには住めませんでした。でもニースの空気が肺になじんだので、二〇年以上仕事を続けることができ、七十歳を超えた去年の春に亡くなりました。この気候から得られたもう一つのいいことは、ずっと身にまとわりついていて生きるのもつらくなるほどの微熱からずいぶん解放されたということです。またイギリスやフランスにいるときほど、かぜも引きません。そして実際に引くかぜも以前のかぜほど長引かないし、ひどくもないのです。ニースの空気はとてもさらっとしているので、夏には、いや冬でさえ（雨模様を除いて）露や湿気をまったく感じることもなく戸外で夕べを（実際には一晩じゅう）過ごすこともできるでしょう。また霧については、それはこのあたりではまったく見られません。夏に空気は西インド諸島の風のように、西から吹く規則正しい海風によって涼しくなります。午前中に吹き始め、昼間の暑さとともに強まります。六時か七時ごろには吹き止みます。そして日没後、すぐに山地からの心地よい陸風が続きます。しかしながら西からの海風は、熱帯地方の西インド諸島のように、当地でいつも吹いているものではありません。というのは風を起こす太陽がそれほどの力もないのです。このあたりは風向きが変わりやすい地域に近いし、山脈、岬、海峡にも囲まれていて、それらはしばしば空気の組成と流れに影響をあたえます。冬至のころ、ニースの人たちは雨と風を予想するのですが、それは一般的には二月初旬まで間欠的に続きます。でもこの最悪の天候のときでも、太陽がときおり見えるので、歩くか馬に乗って毎日戸外に出かけることができます。というのも水分はすぐに地面に吸収されてしまうので、それは当然乾いているのです。また彼らは四月には、にわか雨や突風があると思っています。八月中旬に一週間も雨が降るとうれしいのです。そのために乾いた地面もうるおってブドウやその他の果物が大きくなるばかりでなく、大気を冷やし、熱気をやわらげてくれます――というのは、そのときには耐えがたいものになっているのです。しかし雨季は秋分かそれを少し過ぎたころです。一二日か一四日ほど続き、土地の住民にはとても歓迎されます。この雨季は十一月の終わりごろまで続くことがよくあり、ときには十二月まで続きます。こんなときは残りの冬はだいたい雨は降りません。このあたりの大雨はたいてい南西風をともないますが、それは古代人の「嵐のような南西風」でした。当地ではそれは、Lybicus が転訛した Lebeche と呼ばれています。たいてい一、二日激しく吹き、地中海をうねらせ、大波を立てるので、波がしばしばニースの街に入ってくるのです。それはまた地中海上に浮かんだ、いかなる雲も吹き飛ばします。雲が雨に変わると好天が続くのが普通です。この理由からニースの人たちは「Lebeche のために天気が落ち着く」と言います。しかしながら雨のこの季節には風向きは変わりやすかったのです。十一月十六日から一月四日まで大雨が二二日間も続きました。それはこの地方ではじつにまれな災害です。でも季候はヨーロッパの至るところで以前より不安定のように思えます。七月には華氏温度計の水銀はローマでは八四度まで上昇しました。これはそれまでに知られている最高温度です。しかも、まさにその翌日、シビッリーニ山地に雪が降りました。同じ現象は八月十一日と九月十三日にも起きました。これらの天気の急変の結果こうなりました――発疹チフスは普段より少なかったのですが、寒さからくる突然の発汗障害は、かぜとか炎症性ののどの痛み、それにリューマチなどを引き起こしたのです。病弱なイギリス人が何人かいることは知っています。彼らはニースの気候や空気とほとんど、またはまったく変わらないと考えて、エクス島で冬を過ごしたのです。でもこれはまったくの思い違いです。というのは致命的な結果になるかもしれないのです。エクス島には北風と北西風が激しく吹きつけますが、それはかつて私がスコットランドの山地で感じたのと同じくらい寒いプロヴァンスの風です。ところがニースはマリチーム・アルプスによって、こんな風から完全にさえぎられています。その山脈はこの小さな土地を囲んで海岸線に至る円形闘技場の形になっています。しかし当地の気候が温暖であることの議論の余地のない、もうひとつの裏付けとしてのオレンジ、レモン、シトロン、バラ、スイセン、ナデシコ、キズイセンなどからも推測できます――これらは真冬でさえ実がなり、花も咲くのです。当地の気候についてはいいことばかり述べてきましたが、次にその問題点を指摘してみます。冬とか、とくに春は、太陽は暑すぎるので、戸外でどんな運動をしても、呼吸が荒くなってだいたい汗だくになってしまいます。しかもこの季節の風はひどく冷たく肌に突き刺すので、このように開いた毛穴にしばしば悪影響をあたえるのです。たとえ熱のために血液と体液が薄くなっても、一方で冷たい風が繊維組織を収縮させて発汗を抑えるので、炎症性の病気が必ず起きます。だから人びとは次にかぜ、肋膜炎《ろくまくえん》、肺炎また高熱などに冒されてしまいます。ある年寄りの伯爵が三月は外出しないように私に忠告してくれました――「というのは、そのときには体液が動き始めるのです」。夏の炎熱の間はタフな体質の人でさえ、激しい運動とか不摂生の結果、発疹チフスになる者も少しはいて、発疹熱や丹毒、粟粒発疹《ぞくりゅうはっしん》なども起きて、これらはたいてい致命的なものになります。でも一般の人たちは健康です――ほとんど運動をしない人たちでさえも――この気候に思い入れしすぎでしょうか！　医術についてはニースの医者たちのやり方はまったく理解できません。ここには全部で一一人いるのですが、その仕事ではせいぜい四、五人しか暮らしてゆけません。彼らは一回の往診の料金として一〇ソル（英貨六ペンス）受け取ることができますが、これは割に合いません。ですから彼らは医学の権威を保てる状態にあるかどうかとか、高等普通教育を受けた者がそんな条件でニースに骨を埋めるだろうかとあなたは思うかもしれません。ヴィラフランカに住み着いたイタリア人の医者と知り合いなのですが、彼はとてもいい人間で上流階級の人たちによって集められた毎年の寄付金のある額の俸給で開業しています。また駐屯部隊やガレー船にいる病人の往診のための国王からの手当もあります。全部で三〇リーヴル近くになるかもしれません。

この問題ある気候の中でも害虫はかなりの比重を占めます。毒ヘビやヘビが山中で見られます。わが家の庭はトカゲだらけでサソリも少しいます。でもいまだに、そのどちらについても、たった一種類しか見かけません。夏にはできるだけ注意して警戒をおこたらないのに、とてつもない群れをなすハエ、シラミ、ナンキンムシなどに悩まされます。でもクーズィンというブヨがその他あらゆるものの中で、一番耐えがたいのです。昼間は口や鼻孔、目や耳に虫が入らないようにすることは不可能です。それらは牛乳、茶、ココア、スープ、ワイン、水などにどっと入るのです。砂糖も汚れるし、食べ物も不潔になります。しかも果物も、がつがつ食べられてしまいます。家具も床も天井も、それに実際のことなのですが、人間も全身びっしりと覆われ、汚らしくなります。ろうそくに火をともすと、すぐにクーズィンが大挙して耳のところでぶんぶんし、刺されてひどい思いがします。ですからベッドに入るまでは休めないし、ほっとできません。蚊帳で寝れば安全です。この囲いは暑いときにはすごく不快なものですし、せきとつばに悩む私のような者にとってはとても不便です。またそれは効果もありません。それらの虫が数匹、毎晩のように中に入り込み、六匹ほどいれば、朝まで悩まされること請け合いです。これは一年じゅう続く災難ですが夏には耐え難いのです。同じようにこの季節にはガも、ひどいわるさをするので、毛織りの生地が駄目にならないようにするには、これ以上ないほどの注意を必要とします。五月から十月初旬まではものすごく暑いので、朝六時過ぎから夜の八時までは戸外で動くこともできません。そのため運動の恩恵をまったく奪われてしまいます。街の内外には木陰になった歩道はありません。早馬で旅をする以外に、借りられる大型四輪馬車も、ほろ付きの二輪軽装馬車もありません。確かにヴァール川までは普通の本街道以外に車輪のある乗り物が通れる道はありません。またヴァール川では砂や石からの太陽の反射で焼けこげそうだし、また同時にほこりで窒息しそうになります。涼しい夜に乗り出しても、暗闇の中を戻るという不便があるでしょう。

ニースの不便さということについては、またそこで使われている水についても触れなくてはなりません。それは井戸から汲まれます。しかもたいていはひどい硬水なので、石鹸で凝結します。近郊にはいい水を供給する泉や川が数多くあるし、たいした費用もかけずに町の中に送れるので、公共のどんな通りにも水道があります。でも住民は公共心がないか、または費用が出せないのです。わが家はポーチに汲み井戸があり、庭にも別のものがありますが、それは料理用のためのかなりいい水を供給してくれます。しかし飲み水はこの近くのドミニコ派修道院の井戸から運んできます。亜麻布はパイヨン川で洗います。そこに水がないときにはリンピアという小川で洗いますが、それは港に流れ込んでいます。

このあたりの温泉の湯について語るときにはロクビリエールの温泉を省くべきではないでしょう。それは山中の小さな町でニースからは二五マイル以上離れています。三つの源泉があり、どれも泉温が違うのです。一番熱いものは情報から判断できる限り、サマセット州のバースにある「キングズ・バス」のそれとほぼ同じです。私はロクビリエールの、これらの温泉を論じるラテン語の写本を精読したことがありますが、これはほぼ六〇年前にサヴォイ公の最初の侍医によって書かれたものです。温泉に含まれているイオウやチッソについて多くを語ってくれます。でも、その効果はバースの温泉の湯の特徴である例の揮発性硫酸塩によるものではないかと思います。解毒作用と緩下《かんげ》作用があるので、循環不全とか粘着性体液また筋肉弛緩や内臓不全などが原因の病気には効き目があります。ここからロクビリエールへの道には、かなり危険なところがいくつかあります。断崖沿いにあるので、ロバ以外の乗り物では通過できません。町そのものにもろくな宿泊施設もないし、また社交仲間はほとんど、またはまったくおりません。温泉の湯は町から一マイル半離れたところにあります。浴槽や風雨をしのぐ施設もないし、それを飲む人にも何の便宜もありません。しかも一番すぐれた効能もそれを源泉で飲まないと失われてしまいます。このような難点がある程度解消されれば、このすぐれた気候のために、ここに来る病弱な人たちはロクビリエールで避暑するように忠告したいのです。山中にあるので夏の間は涼しくておだやかな空気につつまれます。ここは壊血病に悩む人びとにとって、ニースの塩分を含んだ空気を避けることができる保養地になるでしょう。そして彼らは新しい活力と気分に満ちあふれ、戻ってきて当地で冬を過ごします。厳しい気候はここではまったく無縁です。ロクビリエールに行き自分だけで使えるように、源泉のところに小屋を建てようとまで決心していたところ、去年の六月に小別荘でひどく体調が悪くなったのです。ニースのある紳士が親戚のロクビリエールの主任司祭の家にしかるべき住まいを私のために確保しようとしてくれました。生バターも、おいしい鶏肉も、この上ない子牛肉も、あっさりしたマスも欠かすことなどないと請け合ってくれたのです。しかもロクビリエールでは生活用品はニースの半額で手に入るとのことでした。しかし、あの小別荘からわが家に戻ったとたんに体調が良くなったので、さらなる転居というわずらわしさと出費を重ねる気にはなれませんでした。

　ところでニースについて知る価値のある細々としたことは、すべてもうお伝えしたと思います。しかも、おそらくお知りになりたい以上のことだろうと思います。でもこんな場合、私があなたの友人かつ僕になることを望んでいないなどと思われるより、冗長で面白くないと思われるほうがましでございます。

忠実な僕

（第一巻終わり）

# 第二巻

# 第二十五信　ニース　一七六五年　一月一日

拝啓

私がこのイタリアへの旅を決心しましたのも、あなた様のご意見によるものですし、それにまた私自身の気持ちと他の友人のたびたびの忠告も力添えをしてくれました。あなた方が私の回復についてすっかり絶望していることは、イギリスの文通相手から最近届いた、どの手紙にも見られる、ひどく心配している様子や熱心な助言からも明らかに読み取ることができました。あなたはアルプス山中の長旅をすすめてくれましたが、それはもっともな忠告でした。あの山々をよじ登って体を動かしていると得るものがあったはずですし、同時に冷たくてきれいな、体にいい空気も吸ったはずです。ですからそのため、この暑い気候が主な病因となっている微熱もたぶんなくなっていたかもしれません。でも私は会話と友情で、一人ぼっちの恐怖がやわらげられる旅仲間が欲しかったのです。それに私はこんな旅の途中で直面するはずの便利なものや必要なものの欠乏に立ち向かえるほど強くはなかったのです。わが友人であり尊敬すべきアームストロング博士は、船旅の効果を確かめてみたらいいだろうと私に熱心にすすめました。言うまでもないことですが、これは肺結核患者にすぐれた効能が見られたのです。じっくり考えてみてこの案だと思い、それをもう幸運にも実行したのです。フィレンツェとローマの遺跡をどうしても見物したいと思っていました。あの驚くべき建物とか彫像、絵画などを目にしたいものだと思い、いてもたってもいられない気持ちでした。それらは版画や叙景文でしばしば感服していました。あんなに数多くの偉業の舞台となった、まさに古典の大地を踏みしめたいという心からの強い気持ちを感じました。だからあの名に聞こえた国の首都に足を踏み入れることもなくイタリアの、この片田舎からイギリスに戻るという思いに耐えきれなかったのです。健康については海路の旅、陸路の旅、それに転地などをすれば、さまざまな好刺激を得られるだろうと期待しました。

ローマはニースから四〇〇〜五〇〇マイルあり、その道のりの半分ほどを私は水路で旅しようと決めました。実際にはロバを手に入れ、時速二マイルほどで山々をよじ登り、それにいつなんどき首の骨を折るかもしれないという危険に身をさらすこと以外には、ここからジェノバに行く方法はないのです。アペニン山脈は一連のマリチーム・アルプスに他ならないのですが、ヴィルフランシュからレリチ（これはジェノバの反対側四五マイルほどのところにあります）まで、ほぼたえまなく断崖が続きます。そして、たいてい海沿いでも砂浜の海岸線がないので、点在するいくつかの町や村は別として、道筋は岩山の斜面沿いにあります。しかしラバと歩行者用の道もあるので、広くしたり改良したりすることができるのは確実です。そうすれば軽装二輪馬車やその他の馬車も通れるようになり、通行税も取れて、そのためじきにその費用もまかなえるでしょう。なぜならイギリス、オランダ、フランス、スペインあたりからイタリアに旅する者なら、サヴォイとピエモンテ経由でアルプス山脈を通過するまわり道をする者はいないでしょう――エクス、アンティーブ、ニースなどを地中海沿いに早馬で通り、ジェノバのリビエラ地方（これは海側からは、夢のような美観を見せていました）を通り抜けられるという便宜がもしあればの話ですが。『アントニウスの道路図』〔作者不詳のローマ帝国の道路図〕にある有名な「アウレリア街道」（これはローマを起点としジェノバとその近郊を通過し、ローヌ川のほとりのアルルに行き着きます）を改修できないとはなんと残念なことでしょう。それはマルクス・アウレリウス帝によってつくられたとのことでした。そしてそのなごりがいくつか、いまでもプロヴァンス地方で見られます。ジェノバの貴族たちは皆商人なのですが、卑しく利己的でおろかなことを考え、あらゆる手段を使ってリビエラ地方にいる彼らの領民を奴隷のように扱って、みじめにしているという事実があります。こんな考えだから彼らは、その土地に陸路で近づくための手段はすべて慎重に排除しています。しかも同時に彼ら自身に直接かかわる自らの資本による通商がさまたげられないように海上の取引もさせないのです。

海路を行きたくない、あるいは行けない、また馬に乗りたくない人は、踏み台が付いた普通の椅子かごに乗せてもらい、かついで運んでもらうといいでしょう。これは山脈を越えてトリノにまで行くニースの女性たちがやっている旅のやり方です。でもこれはとても退屈だし、物入りなので、男性としてはごめんこうむりたいと思ってしまうことが多いに違いありません。

ここからジェノバまでのもっとも快適な乗り物は甲板のないフェラッカ船で、一〇人とか一二人の屈強な水夫たちが漕ぐものです。これらのどの船もニースのものではないのですが、ジェノバ行きの乗客を港で毎日待っているのが見られます。それにマルセイユ、アンティーブまたジェノバの領地間を商品とか乗客を乗せてしきりに行き交っているのが見られます。フェラッカ船は大きいので駅伝馬車も積めるし、船尾の床板の上部には雨よけもあり、そこに乗客はすわって雨を避けるのです。座席の間の敷きぶとんに客はゆっくり身を横たえることができますが、それはたいてい船長が敷いてくれます。体が丈夫な者なら何でも耐えられるでしょうが、こんな旅をする病弱な者なら誰でも、自分のほろ付き軽装馬車と敷きぶとんとシーツを用意すべきだと忠告したいものです。こうしないと不満が残るものになります。もしフェラッカ船で乗客がたった一人なら、場所代として一ルイ金貨ぐらい払わなくてはならないし、しかも船長の指示どおりにやらねばなりません。海に耐えられる間は、昼夜航海を続行し、客は他の多くの不便を強いられるのです。しかし八シークィンまたは四ルイ金貨で、ニースからジェノバまでフェラッカ船一艘を一人占めできるし、船長に毎晩接岸してもらうこともできます。それをもっと意のままにしようとすれば、日当をたっぷりあげてそれを借りるのです。そうすれば好きなだけ上陸できるし、そこにいられるのです。私が航海を再びすることになったらそんなやり方をするでしょう。というのもそれは一番安上がりだし、どんなやり方よりも気分がいいだろうと信じています。

ここジェノバとの距離は、地図によると九〇マイル以上はありません。しかしフェラッカ船の船員は一二〇マイルだと主張するのです。もし、あらゆる湾の奥の岸辺沿いをのろのろと移動するなら、この計算は正確かもしれません。しかし海が荒れているとき以外は、それは岬から岬までまっすぐに進んでいきます。また逆風のときでさえ、強風でなければオールを使って、二日半ほどで船旅を終えます。順風のときはやすやすと一四時間で航海します。

どうしても早く行きたい人は至急便運搬人と一緒に行くといいのです。彼は装備十分な軽装船をいつも用意していて、手ごろな心付けで旅行者を喜んで乗せてくれるでしょう。海路でも陸路でも、いつも至急便運搬人とともにイタリアを旅するイギリスの紳士を知っています。陸路を早馬で旅するとき、運搬人はいつでも立派な軽装二輪馬車と、手に入る一番いい馬を必ず確保できます。また両者の費用は税金でまかなうので、旅仲間のプレゼント代くらいしかかかりません。それは一人旅の費用の四分の一にもなりません。こんなチャンスはイタリアのどの町でも毎週のように手に入ります。

私自身もここからジェノバまでゴンドラを一艘借りました。これはフェラッカ船より小さな船で、四人の男たちが漕ぎ、船長が舵を取ります。料金は九シークィンでしたが、それは一〇本のオール付きのフェラッカ船に支払うものよりかなり高めです。船体がとても軽いのでかなり速いだろうと確信しました。しかもその船長はとりわけ正直で有能な船乗りとして推薦されていたのです。この旅では妻とカリー嬢が私に連れ添いました。またR氏もいました。彼はニース生まれで、旅の費用は私が支払ってあげました――彼はこの地方の習慣や、そこを旅するいろいろなやり方を知っているので、わずらわしいこともかなりなくなるし、費用も少しは助かると思ってのことでした。でもひどく当てがはずれました。イタリアから彼一人だけで戻ってくるかどうか、賭けをする者が何人かニースにいましたが、彼らもまた当てがはずれたのです。

われわれは召し使いを一人連れて九月初旬に乗船しました。イタリアの旅が危うくなるほどの暑さもこの季節にはやっとやわらぎます。じつに気分のいい気候でした。またもし旅を少しでも延期していたら、冬になる前には戻れないだろうと予想したのです。そうなったら海もひどく荒れ、甲板のない船で一三五マイルも航海するのは寒すぎたでしょう。

それでわが領事の署名と公印のある正式の通行許可証と、ジェノバとリボルノのイギリス領事あての彼からの推薦状（これはどんな旅行者にも道中の万一のときのために持っていくようにすすめたいと思います）を用意して、午前十時ごろ、船に乗り込み、サントスピス湾にある友人のカントリーハウスで三〇分くらい休みました。そして昼にモナコ湾に入りました。そこでは船長は規則どおり通行税を支払わなくてはなりませんでした。これは前の手紙で説明しました。この小さな町は駐屯軍を除くと八〇〇人か九〇〇人ほどの人口です――海に突き出た岩盤にあり、とてもロマンチックに見えました。そこの君主の宮殿は一番人目を引くところにあり、その前には木々のある遊歩道もあります。各部屋は優雅にしつらえられていて、見事な絵も何枚か飾られています。砦は十分な手入れがなされていて、ここにフランスの二つの大部隊が駐屯しています。モナコの現在の君主はフランス人でマティノン公爵の息子ですが、モナコの女性の後継者（名前はグリマルディです）と結婚しました。ここの港には風があまり吹き込みません。でも水深がないので大型船は入れません。北のほうにはサルデーニャ王の領地が城門から一マイルもないところにあります。しかしモナコの君主は、海岸沿いに東に向かってメントンまで五、六マイルほど自らの領土を踏みしめることができます。これもまた海辺にあり、彼の領地になっているもう一つの小さな町です。彼の歳入は一〇〇万フランスリーヴルと計算され、英貨四万ポンド以上になります。しかしモナコ公国は三つの小さな町と不毛の岩盤という、ろくでもない領地から成るので、年収も七〇〇〇リーヴル以上にはなりません。その他はフランスの領地からあがるものです。これは一部はマティニョン公爵領と一部はヴァランス公爵領から成ります。後者は一六四〇年にフランス王によって、このモナコの君主の祖先にあたえられたものですが、ナポリ王国のいくばくかの土地の損失をうめ合わせるためでした。この土地も君主がモナコからスペインの駐屯軍を追い出し、フランスの庇護を求めたときに没収されてしまいました。そのため彼は、その王国ではマティニョン公爵であるとともにヴァランス公爵でもあるのです。彼はだいたいフランスで生活し、グリマルディという名前と紋章を用いています。

ジェノバの領地はヴェンティミリアからですが、これはニースから二〇マイル離れた海辺の別の町です。だからこの名前が付いたのです。モナコ、メントン、ヴェンティミリアとか、この海岸沿いにある他のもっと小さな町をいくつか通過して、われわれは順風を受けながらサンマルタン岬を周航しました。しかも夜にならないうちにさらに二〇マイル以上は進めそうでした。しかし女たちが船酔いしたり、荒れた海をこわがり始めたのです。R氏はひどく不安になり、ここどノリ（四〇マイル以上の距離があります）の間以外のところでは、しかるべき宿も見つからないだろうから、サンレモに上陸してもらえないかと船長にこっそり頼みました。そのためにわれわれは上陸し、ある宿駅に案内されたのですが、それはゴンドラの船頭がジェノバのリビエラ地方で一番いい宿だと請け合ったのです。われわれは暗くて狭い急な階段を上っていき、長テーブルとベンチのある食堂みたいなところに入りました。とても汚くてみじめで、イギリスの一番安っぽい居酒屋でさえ赤面するほどでした。人っ子一人われわれを出迎えませんでした。こんな儀式にフランスで出会えるだろうと思ってはいけないし、ましてやイタリアではもっと期待できません。船長は台所に入っていって、一行がこの家に泊まれるかどうか召し使いにたずねました。そうしたら「わかりません。主人が家にいないのです」という返事でした。船長が主人の所在を知ろうとしたら、別の者が「散歩に出かけてしまいました」と答えました。その間われわれは水夫やラバ追いなどと一緒に大部屋にすわっていなければならなかったのです。やっと宿の主人が戻り、泊まる部屋はありますと言ってくれました。わが身を横たえたところにはベッド二つくらいの余地がありましたが、カーテンもベッド台もなく、干しイチジクがたくさん載っている、くさりかけた古いテーブルが一つと、ぐらぐらした椅子が二つありました。壁はかつては白く塗られていましたが、いまではクモの巣がたれ下がり、汚れてしみだらけでした。だから煉瓦の床の掃除は半世紀もしていないと思います。われわれはこの寝室にいかにも似合いの離れ家で夕食を食べました。話にならない食事でした。料理法はひどいし、盛り付けもでたらめでした。このあたりでは清潔さとか便利さはまったく期待できません。こんな宿泊でもフランスやイタリアの最上の宿屋で、ていねいなもてなしを受けたくらいの金を払いました。

　翌日は風がひどかったので航海は続けられませんでした。そのためまた二四時間をこの快適なありさまで過ごさなくてはなりませんでした。R氏がここで二人の知り合いに会えたのは幸運でした。一人はフランシスコ修道会士で愉快な人物でした。もう一人は聖歌隊長で宿にスピネット（チェンバロの一種）を届けさせて、その声と演奏で心から楽しませてくれました。そのどちらにも彼はすぐれていました。神父はとても気さくな人物で友人のピサ大学教授あての推薦状を書いてくれました。彼がそこで大げさなことばで「あなたの卑しい僕」のことを述べているのを見るとお笑いになるかもしれません。でもイタリアは大げさなことばづかいが生まれた国なのです。

サンレモは特筆に値する町で、なだらかな丘の斜面にしっかりと建てられています。しかも小型船が入れる港もあります。それらの船の多くは浜辺でつくられています。しかし、ちょっと積載量のある船は入り江に投錨したままでいなければなりません。というのは、その入り江は安全どころではありません。サンレモの住民は小さな共和国をつくっていますが、これはジェノバの従属国です。彼らは一七五三年まで例外的な特権を享受していたのですが、その年に新しい塩税ができたので反乱を起こしたのです。でも自由のためのこの努力は実を結びませんでした。彼らはジェノバ人たちによってすぐに鎮圧されてしまいました。ジェノバ人はサンレモの住民から特権をすべて剝奪《はくだつ》し、海辺に砦を築きました。この砦は港を守り、町を威圧するという二つの目的にかなっています。現在の駐屯軍は二〇〇人もいません。その住民は最近ラティスボンに派遣団を送り、帝国議会に保護の懇願をしたと言われています。このあたりには平地はほとんどないのですが、丘にはオレンジ、レモン、ザクロ、オリーブなどがいたるところにあります。そのため立派な果物と良質な油の大規模な取引が行われています。サンレモの女たちはプロヴァンス地方の女たちよりはるかに美人で気立てもいいのです。一般に彼女たちはかわいい目をしていますし、顔立ちも晴れ晴れとして純真なのです。衣服は特徴あるものですが、ことばでは伝えられません。でも概してそれらは私が見たグルジアとミングレルの女たちを描いている何枚かの肖像画を思い出させてくれます。

三日目もまだ逆風でしたが、弱まったので再び乗船して、海岸沿いを漕いでいきました。そしてポルト・マウリシオとオネリアを通過しました。それからカポ・ディ・メレという岬をめぐり、アルベンガやフィナーレとか、その他のあまり知られていない場所を通過しました。ポルト・マウリシオは海沿いの岩盤にあり、防備もたいしたことはなく港も小さいので、ごく小型の船以外は入れないのです。その東二マイルほどのところにオネリアがあります。広々とした海辺にあり、砦もいくつかある小さな町で、サルデーニャ王が支配しています。この狭い地域にはオリーブの樹木が数多くあり、そこからリビエラ地方全域で最良とされている油がかなり取れます。アルベンガは小さな町ですが、ジェノバの大司教の属司教の司教管区になっています。ここは海辺にあり、あたり一帯では麻を大量につくっています。フィナーレはジェノバ人の辺境領の首都なのですが、共和国にとってはたいへんなやっかいの種でした。しかもこれは事実なのですが、サルデーニャ王とオーストリア家との一七四五年の決裂の唯一の原因でもあったのです。この町はかなりしっかりしたつくりですが、港は浅くて広々としているので、安全ではないのです。しかしながら浜辺ではかなりの数のタータン船、またそれ以外の船もつくっています。しかも近郊では油と果物が豊富です。とりわけポミ・カルリというおいしいリンゴが収穫できます――これはすでに前の手紙で述べましたね。

夕方にはノリ岬に着いたのですが、そこは風が吹きすさぶときには、きわめて危険だとされています。これは海沿いのとても高い垂直な岩、むしろ山なのですが、海がさまざまなところを浸食するので、数多くの洞窟があり、それが何マイルも続くのです。そしてところどころに大小の入り江があります。また入り江と海の間には小さな砂浜があります。風が強いときにはそこを通過しようとするフェラッカ船はありません。風がおだやかなときでさえ、岩やほら穴に押し寄せる波がこだまして、とても恐ろしい音を立てます。しかも同時に海もひどく荒れるので、ひそかな恐怖心をいだくことなしに見たり聞いたり感じることができる人はいません。

その岬のこちら側には庭園のように耕作された美しい浜辺があります――農園はまさに丘の頂上までつくられ、そこに村や城、教会、別荘などが点在します。実際にリビエラ地方はどこでも同じように美しい姿を見せてくれます――建物をつくれないところや耕作できないところ以外は。

岬を通過するとわれわれは湾曲した海岸線をたどり、小さな湾に入り、ノリの町に着きました。そこで夜を過ごそうと思っていました。食事をするためにわれわれがもっと早く接岸しなかったことを意外に思うかもしれません。ところがじつを言うとフェラッカ船の中にハム、舌肉、くんせいにした雌鶏、チーズ、パン、ワイン、それに果物などのたくわえがあったのです。それで船中で毎日午後一時か二時ごろ、軽食を食べたのです。同じルートをたどろうとする人たちのための一つの必要な情報としてこれを書くのです。またブランデーを買い込んでおくと役に立つこともわかりました。それは漕ぎ手が飲むためのものなのですが、彼らは刺激になるものを常に欲しがるのです。ところが、こんなみじめな連中でも小斎の日には、これ以上はないほどの小さな獣肉のひとかけらを口にするくらいなら、むしろ飢え死にするほうがましだと思っているのです。私はしばしば金曜日とか土曜日に彼らに「こってりしたもの」をぜひ食べさせようとしました。

でも彼らはいつも憎悪の色を見せて、それをはねつけました——「神様、お助けください」とか何かそんなことをさけびました。さらにそんな手合いでも、ただの一人も、かつてののしったことなんかないし、下品なことを言ったことがないこともわかりました。朝はミサに参列せずに出帆しようとはしませんでした。そして逆風のときは、いつも聖母マリアとか聖エルモへの賛美歌を歌いながらオールを漕ぎ出したのです。こんなささいなことでも教会のしきたりに反する者は、自然と道徳に反するもっとも凶悪な罪をおかす者より、はるかに恥ずべきだということを、この国の至るところでしっかり認識させられました。殺人者、姦通者、また男色者なども教会から容易に赦免され、社会にも迎え入れてもらえさえするでしょうが、特別な許可なしに土曜日にハトを食べる男は、神に見捨てられた人でなしとして敬遠され憎悪されるのです。私はこれについて数人の知識人と話し合いました。そしてこのたぐいの不行跡を行う者は異教徒同然の不実なキリスト教徒と見なされ、またあらゆる罪の中でも異教はもっとも忌《いま》わしいものとされていると思うようになったのです——当然のことです。

ノリはジェノバの支配下にある漁師たちの小さな共和国ですが、彼らは自らの特権に執着しています。この町は海辺にあり堅固なつくりです。その海岸の岩盤の上にある城によって防御されています。でも港はたいしたものではありません。宿はサンレモで泊まったあの宿のほうがまだましだと思わせるくらいのものでした。あやしげな夕食（それはあえて述べません）の後、床についで休みました。しかし寝床に入って五分もしないうちに、体のあちこちに何かが這っているのを感じたので、明かりを取って調べてみたら、大きな虫を十数匹も見つけたのです。猫や小牛の胸肉を大きらいな人が持つような嫌悪感を、私もこんな害虫に対して持っているということをわかってもらいたいものです。すぐに飛び起きたら気分が良くないので、大きなコートを着込んで、離れの部屋にある大きな箱の上に横になり、そこに朝までいました。

こんなに山がちなところではヤギがたくさんいるだろうと思うかもしれません。そして実際その群れの多くが岩がちの土地で草を食んでいるのを見ました。しかし同じ重さの黄金をあげても、お茶のためのミルクを半パイントさえもらえなかったことでしょう。ここの連中はミルクを飲むなんてことは思いもつかないのです。彼らにそれを欲しいと言うと、馬鹿みたいに驚いた顔付きになり、口をぽかんと開けて立っているのです――これにはひどく腹が立ちます。小農たちがその子どもにヤギの乳をあげることを思いつかないなんて驚くべきことです――子どもたちの命の糧《かて》のひどい食べ物よりずっと栄養があって、しかもおいしいのに。翌日は船を漕ぎながらヴァドとサヴォナを通過しました。サヴォナは堅固な砦と港がある大きな町です。港にはかつて大型船も入れました。でもそのためにジェノバ人のねたみの的になってしまったのです。この共和国の敵になりそうな国の軍艦の避難所になってはいけないということで、港が部分的に閉鎖されたのです。

それからアルビソーラ、セストリ・ディ・ポネンテ、ノヴィ、ヴォルトリなど、またじつに多くの村々、別荘やジェノバの貴族たちの壮麗な宮殿も通過しました。それらは海岸沿いに三〇マイルにもわたってほぼ一連の建物群になっています。

午後五時ごろサンピエトロ・ダレナという美しい郊外地区に足を踏み入れました。そしてジェノバに着いたのです。それを海から見たときは、浜辺から山脈のかなり上のほうまで円形劇場のような丸い形にそびえ立ち、まばゆいばかりのながめでした。そして陸側は二重の城壁で囲まれていて、外側のものは円形で一五マイルもあるということです。遠くから最初に目に入るものはとても優美なランテルナ灯台ですが、それは港の西側に突き出た岩盤に設けた灯台です。とても高いので晴れた日には三〇マイル離れても見えるほどです。灯台の岬を曲がると、防波堤に近づきますが、これはジェノバ港の一部になっています。港の両側からつくられていますが、かなり建設費用がかかりました。そして海中の二つの長い大がかりな桟橋になっています。それぞれの突端には別のもっと小さな灯台があります。これらの防波堤の両端に真鍮でつくられた大砲が据えられています。その真ん中に港への入口があります。しかし、これでもまだ広いので大波が入ってしまうのです。そのため南風や南西風が激しく吹くと船積みがやりにくくなります。防波堤の内側には共和国のガレー船のためのダルセナという、もっと小さい港または係船ドック（潮の干満にかかわらず船の高さを一定に保って、荷の積み下ろしをするために水門を閉じるドック）があります。われわれは錨を下ろしているかなりの数の大小の船の間を通り過ぎました。そして水門のところで上陸し、港近くの「マルタ十字」〔*A Brief Account of the Roads of Italy,* 一七七五で推奨されている宿〕という宿に向かいました。ここでたまたま手厚いもてなしを受けたので、イタリアの内陸部も期待が持てると思いました。また他の動機もあったので、この町に数日とどまることにしました。しかしあまり長く引き止めましたので、これ以上は書き続けてもらいたくないとお思いのことでしょう。ですからここのところは、ひとまず失礼します。

敬具

# 第二十六信　ニース　一七六五年　一月十五日

拝啓

ジェノバが「華麗なる街」と呼ばれているのは理由がないわけではありません。街そのものがきわめて堂々としています。そして貴族たちはじつに誇り高いのです。富を誇る者も少しはいるかもしれませんが、一般に彼らの財産はじつにささやかです。友人のR氏はジェノバの貴族の多くは年収が五〇万リーヴルほどだと請け合いました。しかし、じつは国の全歳入もこの額以上のものではありません。しかもジェノバの一リーヴルは英貨九ペンスほどにすぎません。年間一万リーヴルほどの収入があるのは五、六人の貴族だけで、大多数はその額の二〇分の一も超えません。彼らは家族でとてもつつましく暮らしているし、人前では黒い服しか着ないのです。そのため支出はごくわずかです。もしジェノバの貴族が四半期に一度、宴会を開けば、一年の残りはごくつまらないものを食べて生活しなければならないということです。最近彼らの一人が友人をもてなし、その段取りは息子にまかせたということを聞きました。その息子はおよそ英貨一〇シリングに当たる一シークィンもする魚料理を注文してしまったのです。その老紳士はこれが食卓に供されるのを見るとすぐに、たまらずにわっと泣きだし、大声でさけんだのです――「ああなんというぜいたくざんまいだろう。大損だ。破産だ」。

一般にイタリア人の誇り、または見栄は他国人のそれよりも称賛すべきものを持っていると思います。フランス人は収入のすべてを派手で安っぽい衣服とか五〇や一〇〇もの大げさな料理の食事（その半分も食べられないし、食べられるとも思われていません）を供することにかけてしまうのです。持ち衣装は「古着屋」行きです。料理は犬に行き、彼自身は悪魔のところに行き、その死後には生きた痕跡はちっとも残りません。ジェノバ人はそれとは反対に、わが身とその家族がどうにかやっていけるくらいの収入で暮らしています。立派な邸宅や教会を建てるための資金をためるためです。それらは後代まで残り、審美眼と信仰と気前のよさについての数多くの記念碑となるのです。しかもその一方では貧しい者と、よく働く者には仕事とパンをあたえるのです。堂々とした仕上げの立派な邸宅を五つも六つも、市中やリビエラ地方のあちこちに所有しているジェノバの貴族も何人かいます。「バルビ通り」と「新通り」という二つの通りには庭と泉が美しい立派な邸宅が二列にずらりと並んでいます。でもそれらは外見が華々しいわりには見映えがしないと思います。

この街の商業はいまのところ、それほどたいしたものではありませんが、にぎわっているようです。通りは人であふれているし商店の品ぞろえも十分です。しかも市場にはどんなものでもとびきりのものが供給されています。しかしながら、このあたりでつくられるワインはごく平凡なしろものです。そして酒類はすべて公営の酒屋で買わなくてはなりません。その売り上げは国のもうけになります。彼らのパンはどこで食べたものよりも白くておいしいのです。また牛肉はピエモンテ地方から来るものですが、肉汁がたっぷりしていておいしいのです。イタリアでの食費はフランスとほぼ同じで、一食につき一人当たり三シリングほどです。ジェノバ共和国はとても貧しく、そのサン・ジョルジェ銀行（世界最古の銀行とされる）は、最初はコルシカ人の反乱や、その後のこの街の不運（一七四五年の戦争でオーストリア人に占領されたのです）などの、じつにひどい打撃を受けてずっと不振続きだったので、その債権が近く回収される見込みなんて全然ありません。コルシカ島のパオリの反乱を鎮めるためにフランスに助けを求めたということ以上に、この共和国の弱体さをよく表すものはありません。というのはパオリと島民の勇気と大胆さについて語り尽くされたとしても、もしジェノバ人たちが戦場でしっかりした作戦や決断力があれば、彼らをいともやすやすと制圧できるだろうということを、確かな筋から聞きました。

街を占領してしまったオーストリア人を追放するため賞賛すべき努力をしたのは事実です。でもこの努力は圧政と絶望の結果です。もし私が、このあたりの数人の政治家のそれとなく言ったことばを信じるなら、ジェノバ人たちが、あの占領を止めさせることができるただ一人の男に、前もって多額の金をあたえて、暗黙の了解を取り付けていなかったら、オーストリア人を阻止できなかったでしょう〔オーストリアの将軍のBotta-Adorno侯爵のこと。彼はジェノバ市民に金品で買収されて占領した街を明け渡した〕。私自身としては人間の本性についてそんなうがった見方はできません。あんな報酬で自らの君主への義務をないがしろにしてしまう人間は考えられないのです――彼は兵隊たちの命や、入院していても怒り狂った民衆に引っ張り出され無残に虐殺された人間にもまったく関心がありません。彼に罪がないというもう一つの推定根拠もあります。彼はいまだに君主に可愛がられています。そんな恩恵はあたえるべきでないとも思えるのに。「ホレイショよ！　政治には、われらの哲学では夢想だにできない、なぞがあるのだ」〔『ハムレット』のせりふの言い換え〕。ジェノバの占領は火種になりそうなので、それを期せずして失ってもどうということもなかったのです。オーストリア人が追放された後、街を再び手に入れるために彼らが戻ってきたとき、工兵が将軍に問われたので、命がけで一五日もやれば占領できます、と断言したのは確かです。しかもこの断言の四日後に、オーストリア人は退却したのです。この逸話は近隣のしかるべき紳士から聞いたのですが、彼はそれを工兵自身の口から伝え聞いたのです。おそらくこれは天の意志だったのです。神の摂理がロシアの現皇后にいかに有利に介入したかはご存じですね。最初は夫を亡きものにし、ついでイワン王子の暗殺を命じました。そしてこれについてはその実行者に報酬がたっぷり支払われたのです。彼女が恐怖心をいだくただ一人の生き残ったライバルである、自らの息子の命さえ縮めようと決心したようです。

ジェノバ人たちは保護を求めていまや、フランスの腕の中に飛び込みました。彼らが有利な取引をしているイギリスとの友好を深めるほうが、より賢明なものだったかどうかはわかりません。イギリスが地中海を支配していれば、リビエラ海岸一帯に信じられないほどの損害をあたえることはいつでもできるでしょう――ジェノバの海洋貿易ができないようにしたり、その首都を打ちこわすことです。というのは突堤と街を要塞化したので、この街は連射砲撃はもちろんのこと、たった一回の砲撃の脅威にも、まださらされていないと思ったら、私はひどい思い違いをすることになります。ジェノバには全部で五〇〇門くらい大砲があるということですが、断固とした司令官がいて強力な部隊があれば、後先考えずそこに入港してもひどい損害は受けないだろうと断言できます――四〇〇門以上の大砲とか砲弾、小型臼砲《きゅうほう》による何時間もの連射砲撃を見たのですが、ダメージはほとんどあたえられなかったのです〔作家の体験にもとづくもの。彼は現在のコロンビアのカルタヘナのボカチカ海岸で一七四一年のイギリス・スペイン戦争に参加した〕。
ジェノバが最後に包囲されているときに、フランスの援軍は、突風がイギリスの艦隊を海岸から追いやるまでモナコで待機していなければなりませんでした。そして、それからイギリスの巡洋艦につかまるかもしれないという切迫した危険にもかかわらず、小船で海岸沿いに進んだのです。陸路なら全然進めないと思います――もしサルデーニャ王がそれを防害しようと少しでも思えば。王は山道を監視するか、道がまったく通行できないように二〇カ所くらい、あちこち分断するかもしれません。ドン・フィリップが、その軍隊とともにニースからジェノバまで進んだとき、海岸線のごく近くを進軍せざるをえなかったのは、イギリス船のために道の五〇カ所以上のさまざまな場所が通行できなくなっていたからでしょう。山道はたいてい海沿いの断崖に沿っていてひどく狭いので、馬に乗っている者が二人もいれば、互いにすれ違うこともほとんどできません。また道路自体もひどくでこぼこで、すべりやすく危険なので、騎兵は馬をおりて、一頭一頭、それらを先導しなくてはならなかったのです。また一方ではロイトルム男爵はピエモンテの大騎兵隊の指揮をしていたのですが、力ずくで山道を封鎖するとか、敵がとうてい進めないように、この道を破壊することまでできたのです。これらについての対策がなぜ取られなかったのか、あえてくわしくは述べません。またフランスの臣民であり熱心な支持者でもあるモナコ王がモナコの中立を保つことができた理由もわかりません。その町は休養地として、また安全な港として、またマルセイユからジェノバまで送られる援助品の中継地点なのです。偉大な同盟の成功と利点は了見の狭い身勝手で下劣なことどもの犠牲になることがよくあるのだ、ということだけははっきり言っておきたいのです。モナコの街はそのまわりをぐるりと高い山脈に囲まれています。でも海側からはケッチ型帆船の砲撃によって四時間で灰燼に帰してしまいます。

私は運よくジェノバのある婦人に紹介されたのですが、彼女はわれわれを歓待してくれ、とてもていねいにもてなしてくれました。彼女は私を修道院長に紹介してくれたのですが、彼は文人でもあり、話もじつに面白かったのです。すでに私のことはうわさで知っていたので、親しくしている、この国の何人かの一流の人物と面識を持てるようにしてあげると言ってくれました。この婦人は私がそれまでに知りえた、国じゅうでもっとも知的で家柄もいい人物の一人です。われわれは何回も彼女のサロンに同席しました。彼女は冬をジェノバで過ごすように熱心にすすめてくれたし、じつは私もほとんどそうする気になっていました。でも私はニースに心引かれていたので、そこからは容易には離れられなかったのです。

ジェノバには数日滞在して、一番有名な教会とか宮殿などを見物していました。それらの教会のいくつか、とりわけ受胎告知教会では、ごてごてした装飾を見かけましたが、洗練されたものというより豪華さを表していました。じつに数多くの絵画があるのですが、ほんとうにいいものはほとんどありません「ポンテカリニャーノ」については、ずいぶんうわさには聞いていましたが、まったく期待にこたえるものではありませんでした。それはその街の山の手になっている二つの小高い場所を結ぶ橋なのですが、眼下の家々はアーチの基部より低いところにあります。アーチを支える橋脚の高さ以外にその構造には変わったところや、わずかでも目につくところは何一つありません。この橋の近くに美しい教会があって、その一番高いところからは、その街、海、周囲の土地（森と別荘が果てしなく続いています）などのとても広大で豊かなながめが開けます。ゴシック式の重々しいその大聖堂でただ一つ目につくものは礼拝堂ですが、そこに洗礼者ヨハネの骨と称するものが納められており、三〇個の銀のランプがいつも燃えています。パラッツォ・バルビ・ドゥラッツォ・レアーレ（王宮）とドリア宮殿をぜひ見たかったのですが、その許可を取るのは思ったより大変でした。武器庫とか、港をさらっていたときにたまたま発見した古代ガレー船の船嘴《せんし》（軍艦の舳からくちばし状に突き出たもので敵船に体当たりする）についての見物は私が戻るまで延期しました。

ここでフィレンツェとローマへの信用状を手に入れ、当地に運んでくれたものと同じ船を借り、さらにレリチまで運んでもらいました。ジェノバとリボルノの中間くらいにある小さな町ですが、ここでは海に飽きた旅行者が駅伝馬車を借り、ピサとフィレンツェまで陸路の旅を続けます。五〇マイルほどのこの旅に三ルイ金貨支払いましたが、フェラッカ船ならもっと安上がりだったでしょう。ジェノバで波止場に上陸するときは、ロンドンのハンガーフォードステアで船頭たちにつきまとわれるのとちょうど同じように、フェラッカ船の船員たちにつきまとわれます。彼らに声をかけるとすぐにレリチ、リボルノ、ニース、アンティーブ、マルセイユ、それにリビエラ地方のどんなところにも、いつでも喜んですぐに出発してくれます。

まだ逆風だったのですが、天気も良かったので、海岸沿いを漕いでいきました――いくつかの美しい町と村、それにものすごい数の小別荘（丘一面のオリーブの木々の間に散在する小さな白い家々）のかたわらを過ぎて行きました。そしてここにはビロードやダマスク織の織り手たちが住んでいます。フィノ岬を曲がると港に入りましたが、そこにはポルトフィーノ、ラヴァーニャやセストリレヴァンテなどの町があります。この最後のところに、この日の夜は泊まりました。その家はまあまあだったので、寝床に文句をつけるたいした理由もなかったのです。でも暑かったし、ひどくいやな臭いもしました——屠殺されてまもないけだものの皮革から発するものですが、それは乾燥させるために庭の離れ家に広げられていました。わが宿の主人は肉屋で、見かけはどうしても殺し屋風でした。その妻は体が大きい男のような女丈夫で、屠所にしばしば出入りした様子がありありと見えました。愛想のいい顔で出迎えてもらうどころか、陰気で恩着せがましい顔をちらりと見せながら中に入れたのです。それはこんなことを言っているようでした——「あなた方はあまり好きではありませんが、知り合いのゴンドラ漕ぎに免じて一晩泊めてあげます」。ありのままに言うと、夕食はひどい調理法でじつにみじめたらしいものでした。ものすごく不快な夜を過ごし朝にはべらぼうな勘定を支払ったのに、宿泊の礼もなかったのです。のど笛をかっ切られることもなくこの家を出られてほっとしました。セストリレヴァンテは海辺の小さな素敵な町ですが港の施設はありません。ここで水揚げされる魚はたいていジェノバに運ばれます。ジェノバはまた油や、マカロニという名の大量につくられているパスタの消費地でもあるのです。

翌日われわれは切り立った岩壁のある、じつにわびしい海岸に沿った道を旅しました。ところがその岩壁の上にはたくさんの農家と、信じられないほどの労力をかけたブドウの急な段々畑が見えました。午後にはポルトヴェネーレを経てスペチア（またはスペッツァ）湾に入ったのですが、これは古代文明人のポルトゥスルナエでした〔ここはエトルリアの町でワインが有名。スペツィア湾のある現代のラ・スペツィアである〕。入口にはパルマリア島があって、この湾はじつにおだやかで安全な港になっています。とても広いので、キリスト教国のすべての海軍を収容できるくらいです。片方にある入口はわびしいポルトヴェネーレの町の高いところに築かれた小さな砦によって守られています。さらに中に入ると大砲が二〇門ほどある砲台があります。そしてポルトヴェネーレと向き合う右手には海中の岩につくられたトーチカがあります。湾の奥には左手にスペチアの町、右手にはぜい弱で、たいしたこともない城に守られたレリチの町があります。湾の周囲にはオリーブやオレンジの森が広がって、じつに気持ちのいいながめが開けています。戦争が起こると、ここはジェノバとリボルノに近いので、イギリス軍にとっては格好の基地となるでしょう。しかも入口が二つあるおかげで、風向きがたまたまどんな具合になっても、巡洋艦が頻繁に出入りできます。要塞はそのさまたげには全くならないだろうと思います。

レリチの宿駅での泊まりなど我慢できるものではありません。夕食ではあやうく毒を盛られそうになりました。泊まることになっていた場所が息もできないほど風通しが悪く、狭苦しかったので一晩じゅう、離れ家にある四つの椅子の上に寝て、革の旅行かばんを枕にしたのです。こんなもてなしでも一ルイ金貨程度は支払いました。ここはイタリアに入ったり、そこから戻る旅行者のための主要な公道なので、宿の主人の仕事もたくさんあるのですから、こんなひどい客扱いはなお許されるものではありません。

リボルノまでずっと海路の旅をしていれば費用をいくらか節約できたことでしょう。でもこのときまでに海にはうんざりしていたのです。次にすべきことはピサ（レリチから七つほど宿駅の距離があります）経由でフィレンツェまで陸路で旅することでした。個人用の馬車がない人たちは道中ずっと二輪軽装馬車を借りるか、「替え馬」――宿駅ごとに馬車を替えるイギリスのやり方――で旅をしなくてはなりません。この場合、宿駅ごとに自分の荷物を運ばねばならないのでひどく不便です。このあたりの二輪馬車は車輪が二つあるだけの哀れな乗り物です。通常の二輪の荷馬車みたいに不安定なので、イギリスのいわゆるひどく仕立ての悪い（小さくてほろもなく、がたがたのひどいしろもの）一頭立ての軽馬車のようです。この乗り物と二頭の馬のために一駅ごとに八パオロ貨（英貨四シリングくらい）を支払います。また左馬騎手は報酬として二パオロ貨を期待します。それで八マイルごとに五シリングほどかかるのですが、個人用の馬車で旅すれば、四シリングしかかかりません。というのも、そうすれば馬一頭について三パオロ貨しか支払わないのです。

レリチから三マイルほどでマグラ川を渡りましたが、ほぼ干上がっていて細い流れのように見えました。そしてさらに半マイルほどでサルザーナに着きました。ジェノバの領土の端にある小さな町なのですが、そこで馬を替えました。それからモデナ公爵領であるマッサ・カッラーラ県に入り、ラヴェンザを通過しました。これは小守備隊付きの朽ち果てた砦のように見えます。そしてマッサで食事をしました。ここは感じのいい小さな町ですが、年老いたモデナの公爵夫人が住んでいます。できるだけ急いだのですが、チェルキオ川を通過しないうちに暗くなりました。これはピサ近郊の絵にならない川です。ピサには夜の八時ごろに着きました。

サルザーナからトスカナの辺境までの土地は狭い平原で、右側は海、左側はアペニン山脈がのぞめます。ここはていねいに開墾された囲い地になっています。牧場や小麦畑、オリーブの農園があります。そして生け垣にしている樹木はブドウの十分な数の添い木になっています。ブドウはそのまわりにからみつき交差し合っています。トスカナ領に入った後、とても広くて美しいオークの森を通過しました。その森は、もしわれわれが行き暮れて盗賊のおそれがなかったなら、ずっと気分良く見えたことでしょう。この日の旅の最後から一つ手前の宿駅はヴィアレッジオという小さな町にあるのです。地中海をのぞんで港町の雰囲気があり、ルッカ領です。道路はまあまあですが、宿はひどいものです。ピサではとてもいい宿に泊まれてほっとしました。そこで一晩ゆっくり休めると思ったし、休めたのです。同じ喜びをともにできたらと思います。

敬具

# 第二十七信　ニース　一七六五年　一月二十八日

拝啓

ピサは美しい古都です。すっかり荒廃してしまったわけではありませんが、崩れかけた古寺《ふるでら》を見て感じるのと同じ崇拝の気持ちをいだかせます。家々はしっかりしたつくりですし、通りは広々としてまっすぐでよく舗装されています。商店の品ぞろえは十分ですし、市場にも物資が豊富に供給されています。偉大な名工によって設計された優雅な宮殿がいくつかあります。教会は味わいがあり、装飾もなかなかです。この街を貫流するアルノ川の両岸はフリーストーンの美しい河岸になっていて、三本の橋がそこにあります。そのうちの真ん中のものは大理石でつくられ、素晴らしい建造物です。しかし人の数はとても少ないのです。それでまさに、このために当地はしみじみとしたわびしさがあります。それは瞑想的な気質の人間にとってはきわめて心地いいのです。私としては人の数が多い商業都市の騒々しさには耐えられないので、ピサに行きわたるものさびしさは、住む場所として当地を選ぶ大きな魅力になるでしょう。でも、これだけがピサに住む動機ということではありません。ここには気のおけない友人もいるし、趣味もいい学識のある人間さえ何人かいます。人びとは一般につき合いやすく礼儀正しいとされ、食べ物もじつに豊富で値段も安いのです。街の人が多く集まる地区から少し離れると、一年に三〇クラウンくらいで大きな家を借りることができるでしょう。しかし中心街近くでは一日に一スクード（五シリングくらい）以下では、家具付きのいい家は手に入りません。夏の空気は街の近郊の淀んだ水から立ちのぼる蒸気で体に悪いとされています。というのはこの街の周囲は低地でじめじめしている肥沃な平地なのです。それでもこの湿地はかなり排水されました。だから空気もかなり良くなりました。アルノ川についてですが、そこにはちょっと大きな船舶はもう航行していません。ピサ大学はかなり老朽化しています。この街でつくられている皇帝のガレー船がもたらすささやかな仕事以外には、そこで行われている産業についてはわかりません。おそらく住民は小麦、ワイン、畜牛などの土地の作物を食べて生活しているのです。コジモ一世が建設を始め、トスカナ大公であるフェルディナンド一世が完成した、一〇〇〇以上のアーチがある水道で素晴らしい飲料水が住民に供給されています。それは四マイル離れた山脈から水を送るのです。かつては繁栄した強大な共和国の首府であるこの高貴な町には、城壁内に一五万人以上いましたが、いまではひどく荒れ果てているので、わびしい通りに草がはびこり、一万六〇〇〇人以上はいません。

例の鐘楼、あの八階建ての美しく傾いた円塔を私が訪れたことは疑うまでもありません。そして各階が立ちならぶ円柱で装飾されています。これは大聖堂の近くにあり、垂直線から一方にひどく傾いているので、一八八フィートのてっぺんからおもりを落とすと、土台から一六フィートのところに落ちることになります。私としても、それは建築家がわざとそうしたことを専門家が大いに骨折って証明してくれなかったら、この傾きは土台のこちら側への偶然の傾き以外のものだとは夢にも思わなかったでしょう。見る目がある人間ならどんな人でも、あちら側の円柱もかなり傾いているのがわかるでしょう。しかも出入口そのものも傾いているのです。この建物では円柱を、できるだけ垂直線からずれているように見せることが建築家の大きな野心であったろうと思われるのです。というのはこの点では、どんな凡庸な石工でも彼らの競争相手になれたでしょう。しかももし彼らがほんとうにそれを技《わざ》の実例としたかったら、傾いているように見せることなく、付柱《つけばしら》が全部見えるようにあちら側の付柱を短くすべきだったのです。このような斜塔はイタリアではよく見かけます。ボローニャにもあるしヴェニスにもあります。またヴェニスとフェラーラの間にもあるし、ラヴェンナにもあります。そしてこのような斜塔はすべて片方だけに傾く土台のせいだと考えられてきたのです。

　大きなゴシック式の建造物である大聖堂には、堂々とした柱が林立しています――斑岩《はんがん》、花崗岩、ひすい、濃黄色大理石、また蛇紋岩大理石などがその材質です。それに素晴らしい絵画と彫像もあります。でも最高の見物は真鍮の扉なのですが、ジャンボローニャ（十六世紀、フランス生まれのマニエリスムの彫刻家）がデザインし仕上げたものです。それぞれの区画ごとに新約聖書と旧約聖書の歴史を表す浮き彫りがなされています。この作品にひどく心引かれたので、それをよく調べたり、ながめたりして日がな一日立ちつくすこともできたほどです。この正面に向き合って建つ洗礼堂にも美しい大理石がいくつかあります。とりわけ正面のものと、さまざまな動物の像に支えられた説教壇です。

　大聖堂とこの建物（その側面は百歩くらいの長さです）の間に有名な墓地があり、エルサレムから運んだ土で覆われているところから「カンポ・サント」（聖なる地所）と呼ばれています。長方形の広場ですが、とても高い壁に囲まれていて、いつも閉鎖されています。この内部には空き地全体をぐるりと囲む広々とした回廊があり、瞑想的な哲学者にとっての高貴な遊歩道になっています。ここには主に平べったい墓石が見られます。壁にはジオット、ジオッティノ、ステファノ、ベノッティまたブオナミコや彼らの同時代人、またその弟子たちの中からの数人（絵画修復の直後に活躍しました）によるフレスコ画が描かれています。主題は聖書から取られています。手法はつまらないものだし、スケッチは不正確だし、下絵も一般にぎごちなく、色使いも不自然ですが、その表現には見るべきものがあります。そして全体はフレスコ画の技法復活直後のこの高貴な芸術によってなされた努力の興味深い記念碑になっています。ここには巧妙でしかも心地よい遠近法によるだまし絵も何枚かあります。とりわけある動物たちの姿ですが、それらはどんなところから見ても、まったく同じように見えるのです。墓地の一角は特別な混合土なので、そのため九日ほど後には、死体の形はなくなり骨になります。おそらくそれはただの土と生石灰が混合したものに他なりません。回廊の一角にはこの混合物の中に死体が納められたときにこうむる腐爛の三つの異なる状態が描かれた絵があります。最初の三日目に、肉体はひどくふくれて、顔貌《かおかたち》はとても大きくなって、ひどくゆがんだものになるので、見る者は恐怖をいだきます。六日目にはれは引いて、筋肉はすべて骨からはずれてたれ下がります。九日目には骨だけになります。カンポ・サントの片隅に小さくても立派な礼拝堂があります。墓もいくつかあり、その一つにミケランジェロによる美しい胸像が安置されています。この回廊の反対側の突き当たりに古代の墓がならんでいるのですが、浅浮き彫りで装飾されています。それらはピサの艦隊によって、その遠征途上のさまざまな場所からここにもたらされたものです。墓石の上の、亡くなって横たわっている女性の姿に胸打たれました。それは一枚の薄い掛け布につつまれています。じつに細やかに彫られていて、体のすべての屈曲とか隆起して曲がった筋肉など、すべて見えます。石ではなくてぬれた亜麻布のように見えます。

ピサからフィレンツェまで四シークィンで四頭立ての帰りの馬車を借りました。この道はアルノ川沿いにあり、じつにいいのです。そしてあたりは晴れやかで変化に富んでいます——丘と谷、森と水、牧場と小麦畑——ミドルセックスやハンプシャーに似た植生があり囲い込みされた土地です。でも次のような違いもあります——このあたりの木々にはすべてブドウがからみつき、白や黒の熟した房があふれんばかりの豊かで夢のような姿を見せ、どの大枝からもたれ下がっています。このあたりのブドウはフランスやニース郡のように、列をなして棒で支えられながら植えられているのではなく、生け垣の樹木の周囲にからみつき、その葉と果実でほぼ覆ってしまうのです。ブドウのつるは木から木に伸び、本物の葉っぱや巻きひげ、それに一フィートもある大きな房などからできた美しい花綱を見せてくれます。この巧みなやり方で囲い地の地面は小麦畑、草地、または何か他の作物のために残しておくことができるのです。ブドウを支えるためによく植える樹木はカエデ、ニレ、ハンノキあたりですが、アルノ川の堤はハンノキが多いのです。この川の水質はよくないのですが、もし流れが澄んでいれば、素敵な田舎の川になるでしょう。でもいつもにごっていて変な色をしています。フィレンツェの下流一〇マイルか一二マイルくらいの川沿いに、大理石の採石場がいくつかあります。そしてそこから石材が船で運ばれます——川に船が浮かぶほど水量があればですが――大雨とかその水源になっているアペニン山脈の一部のウンブリアの山々の雪解けの後などです。

フィレンツェは壮麗な街で、いまでも広場、宮殿、泉、橋、彫像、拱廊《アーケード》など堂々とした首都の特徴がすべて見られます。当地の教会は壮大で、東洋の花崗岩、斑岩、ひすい、蛇紋岩大理石、その他の宝石の柱ばかりでなく、傑出した大家による絵画作品によっても装飾されていることは言うまでもありません。しかしながらこのような教会の中には、竣工資金がないので、正面がないままになっているのもいくつかあるのです。アンティークの著名なギャラリーやサン・ロレンツォ礼拝堂、ピッティ宮、大聖堂、洗礼堂、彫像のあるトリニタ橋、凱旋門などこの大都市の観光ポイントは、当然、すべて見たはずだとお考えですね。でもこんなものはいずれも二〇人ものさまざまな旅行作家によってつぶさに描かれているので、ありふれたことばをさらにくり返しません。

川の両岸にたたずむその街の姿は、じつに優雅なたたずまいです。両岸を結ぶ四つの橋と石の河岸がこの地をさらに美しくしているのです。寡婦のヴァニーニさんの「英国式旅館」〔この宿は *The Gentleman's Guide in his Tour through Italy*, 一七八七の中で推奨されている〕に泊まったのですが、それはこのあたりでも好ましい立地条件でした。この家の女主人もイギリス生まれだったので、面倒見がすごく良かったのです。宿泊する部屋は心地よく、もてなしもていねいで、しかも安く泊まれました。フィレンツェにはかなりの数の上流階級の人びとがいますが、その多くは暮らし向きがいいのです。このため衣服や化粧、さらに会話も華やぐのです。でも初対面の人には打ちとけないところがあります。そのため他の土地のいかなる婦人でも貴族だという称号が確認できなければ、意地悪はされませんが、仲間には入れてもらえません。外国の習慣をまったく知らないままのこの差別的態度も――自分の国ではどんな人でも（一番つまらない人物でさえ）何らかの家族権があれば、「公爵」とか「伯爵」とか「侯爵」などの称号を、相続できるか、名のることができるということを知っている人びとには――ある程度は許されます。

しかしながら彼らの自尊心にもかかわらずフィレンツェの貴族たちはとても腰が低いので、小売店主たちと共同経営したり、さらにワインの小売りまでやるのです。この街の宮殿や大邸宅には必ず、鉄のロッカーが付いている通りに面する小窓があります。そしてその上には空の携帯用の酒瓶が看板として掛けられています。そこに召し使いをやってワインを一瓶買うのです。彼が小さな通用口をノックするとすぐに使用人が開けて、欲しいものを渡すと、代金を受け取ります――他の居酒屋でも給仕は皆やっています。貴族がイチジク半ポンドとか一パーム（一三インチ）のリボンかテープを売ることとか、酸っぱいワインの携帯用酒瓶一つだけの代金を受け取ることが、はしたないことと見なされていないのは、ただごとではありません。ところが彼の娘を何らかの知的職業で名をあげた人の家庭に嫁がせることは破廉恥だとされてしまうのです。

フィレンツェはかなり人口稠密なのですが、そこにはこれといった商売はほとんどないようです。しかし住民は大公が一人でも住み着くと、多大なおこぼれにあずかれると勝手に思うのです。ですからその大公のお迎えのために現在ピッティ宮を修繕しています。ロレーヌの王たちの相続以来のトスカナの歳入がどのくらいになるかわかりませんが、メディチ家の最後の公爵たちのもとでのその歳入は二〇〇万クラウン（英貨五〇〇万ポンドくらい）になると言われました。これは土地、家屋、花嫁の持参金、法律の訴訟などへの重税、また通行税、生活必需品への重税、この首都に入るすべての食料品への税もろもろからあがったのです。もしレティ（Leti）を信じるなら、大公は当時、四万人の歩兵軍と三〇〇〇頭の馬を調達し維持できたのです。さらにガレー船一二隻、大砲付き大型ガレー船二隻、軍艦も二〇隻あったのです。トスカナがこんな軍事力の半分以上のものをいまでも維持できるかどうか疑問です。フリゲート艦数隻から成る皇帝海軍を現在、指揮するのはアクトンというイギリス人です。彼はかつて東インド会社が使う船の船長だったのです。最近、カトリック教を奉じトスカナの提督に任命されました。

上流階級のための娯楽としてフィレンツェには、かなりいいオペラハウスが一つありますが、人びとは音楽にはあまり興味がないようです。イタリアは確かにこの芸術の母国です。それでもその一般大衆が周囲の国民より音楽好きだとか耳が肥えているとは思えません。ここにはまた中産階級や下層民のための粗末な役者の一座があります。しかしどの階層の好みにも一番合うように思えるものは教会の祭事という見せ物です。ある行列を目にする機会があったのですが、そこには町の貴族全員が各自の馬車に乗って参加していました。そしてその馬車は「コルソ」という名の大通りを埋めつくしていました。それは哀れな乙女たち（毎年彼女たちの数人しか持参金をもらえないのです）を援護する慈善団体の記念祭でした。これらの生娘たちが二〇〇人ほど、二人一組の列となって歩きました。ゆったりとした紫のガウンを着て頭には白いヴェールを巻くという古式ゆかしい装いでした。彼女たちの前後には懺悔服《ざんげふく》を着て細長いろうそくをともした悔悟者たちの雑然とした群れもつきまとっていました。そして修道士たちは十字架を担ぎながら連禱《れんとう》

（司祭の祈りに民衆が唱和すること）をどなりちらしていました。でも大がかりなものは等身大の聖母マリアの像なのです。金めっきされた枠の中に立っていて、大きな張り骨のある黄金の衣装を身に付けていました。まがいものの宝石をどっさりと持ち、顔は塗りたくられ、つぎはぎだらけで、髪はちぢれていてカールするなど、まさに流行の最先端でした。十字架上の救世主キリストの像はほとんど注目されなかったのですが、三、四人のたくましい托鉢修道士の肩に聖母が姿を現したときは、人びとは皆、泥の中にひざまずいたのです。聖母が特別に崇拝されるというのは、もともとはフランス人がそうしていたからに違いありません。女性に親切にすると自尊心がくすぐられるのです。

ローマカトリック教のどんな場面でも、心から感動しているとか、狂信しているというしるしを少しでも示している見物衆は一人も見たことはありません。「聖週間」に自らを苦しめるあの鞭打苦行者《べんだくぎょうしゃ》たちはだいたい農民か、その目的のための雇われ連中です。信心会の連中はこんなときにどうしても目立ちたがりますが、女性のコルセットとかキルト製のジャケットなどの秘密兵器を使って背中が痛くならないように配慮します。信心会というのは篤信家の団体ですが、彼らは特定の聖人の旗のもとに結集します。行列の日になると悔悟者の格好をしたり仮面をかぶったりしますが、衣服に付けた十字架でも見分けられます。このような団体の一つに入っていない人間など、貴族でも平民でもまず一人もいません。だからその団体はイギリスのフリーメーソン団とかグレゴリオ団また反フランス主義者にもたとえることができるでしょう。

フィレンツェの城門の一つのすぐ外側のところに、先代の皇帝がトスカナ公国を引き継いで正式に入場するにあたって、つくられた凱旋門があります。そしてここに上流階級が馬車に乗り夏の夕べをくつろぐために集まってきます。どの乗り物も立ち止まり、あちこちに小さな話の輪ができます。貴婦人たちは中にすわり、チチスベイが馬車の両側にある乗降用の踏み台に立ち、会話をかわして彼女たちを楽しませます。こんな色事のルーツとその歴史をくわしく調べるととても興味深いと思います。イタリア人は尻軽さを非難されたので、そんな屈辱を振り払おうと決心したのです。それで将来はそうならないようにしたのですが、それとは正反対のものになってしまいました。チチスベイを選ぶ習慣は家族の絶滅を防ぐ意図があると思われていることくらいわかっています。婚約者相互の愛情のかけらもない政略結婚の結果として家族がしばしば絶滅するのです。この政治的な熟慮がイタリア人の尻軽で執念深い気質にどのくらい影響したかどうかあえて判断しません。しかし、この国のどの既婚夫人にも必ずチチスベイまたは下男が付き添います。彼らはどこでも、またいつでも彼女のお供をします。しかも彼女たちの特権に夫はあえて踏み込まないし、どの世間からも非難されたりあざけられることもないのです。私としてはイタリアの男まさりの女の耐え難い気まぐれと危険なかんしゃくにさらされるチチスベイのつとめを果たすくらいなら、ガレー船に生涯つながれるという有罪の判決を受けたいくらいです。私自身の観察から国民性を判断するつもりはありません。しかしもしゴルドニ〔Carlo Goldoni 一七〇七～九三、ベネツィア生まれの劇作家。近代イタリア喜劇の創始者〕がその喜劇で描いた肖像が現実の姿から取られたものなら、イタリア女は世界じゅうでもっとも傲慢で無礼、気まぐれで執念深い女どもであると、ためらわずに言えるでしょう。確かに彼女たちのいらだちはまったくしずめようもなく、しかも不実な気持ちもあるので、私の思うに、彼女たちは喜劇の素材としてはまったく使えないのです。というのは喜劇というものはこんな極悪を非難するより、おろかさをひやかすことなのですから。

生粋のイタリア人は「トスカナ式の書き方とローマ式発音」（理想的イタリア語）に見いだされると言われるのをよく耳にしたことがあるでしょう。トスカナ人の発音は、のどにかかっていて気分がいいものでないのは確かです。彼らが発音するCとGの文字の帯気音はイギリス人の耳を刺激します。しかもスペイン語のXのそれより、はるかに耳ざわりだと思います。それはまるで話をする人の口蓋がなくなったような音なのです。ピサで話すのを聞いた最初の男は、情事の最中にその不運にたまたま見舞われたのではないかと実際に想像したほどです。

イタリアでたまたま出会うもっとも興味深いものの一つは「即興詩人」です。それは頼まれるいかなる主題にも即興的に詩を吟じるという驚くべき才能がある個人に名付けられます。わが宿の主人のコルヴェシ氏はフランシスコ派の修道士の息子がいますが、彼はこの方面では偉大な天才です。主題をもらうと兄がヴァイオリンを伴奏し、驚くような流麗さと正確さで叙唱部のリハーサルを始めます。こうしてたちまち彼は節まわしのいい主題にぴったりの小唄を二〇〇〜三〇〇ほど朗唱します。それらにはたいてい、その場にいる者への優雅な賛歌も含まれています。イタリア人は歌心にあふれているので、彼らの多くはアリオスト、タッソーまたペトラルカなどの最良の部分を暗記しています。そしてこれらが、即興詩人たちがその韻、リズムまた表現語句などを引用する偉大な源泉なのです。しかしこの冗長な書簡を引き延ばす韻も理由もないと思われるといけませんので、いつものくり返しのことばで終わりにします。

忠実な僕

# 第二十八信　ニース　一七六五年　二月五日

拝啓

あなた様の先月五日の面白い手紙はとてもお情け深く、しかも楽しいたまわりものでした。しかしお疑いは根拠のないものです。名誉にかけて請け合いますが、大衆をあおるどんな論争にも私は全然かかわっておりません。またたまたま、貴紙の一つで見かけるもの以外は、あなた様の政治的なかけひきについては何もわかりません。それがときどき読めるのはヴィルフランシュの領事様のおかげです。フィレンツェで見たものについてもっとくわしく述べるようにとあなた様は要求されますので、そのご命令にしたがいます。古美術品を収容する有名なギャラリーはギリシャ文字のΠ《パイ》の形に建てられた堂々とした石の建物の三階にあります〔ウフィツィ宮をギリシャ文字のΠの形にたとえたのはアディソン Joseph Addison 一六七二～一七一九である〕。その上部からはアルノ川がのぞめ、足にあたるものの一つに公爵の宮殿が接しています。この宮殿で法廷が開かれます。その川の対岸にあり、この裁判所からたっぷり一マイルほどのところのピッティ宮にメディチ家は何世紀も住んでいたので、新しい建物を計画した建築家ヴァザーリ〔Giorgio Vasari 一五一一～七四、イタリアの画家、建築家、『美術家列伝』の著者〕は同時に回廊を考案したのです。つまり屋根のある通路なのですが、それはピッティ宮を起点とし、橋の一つと平行し骨董品のギャラリーに到ります。その中を大公は自らの古美術品を楽しみたいときとか裁判所に出廷するとき、人目につくことなく通ったのです。しかしこの回廊のつくりと仕上げについては、とくに普通と違うものはありません。

もし私がフィレンツェに住んでいれば、このギャラリーを毎日歩く許可を得るために、何かとびきりのものをあげるでしょう。リュケイオン〔アリストテレスが哲学を教えたアテネの学びの園〕やアカデメイアの森〔プラトンが教授したプラタナスとオリーブの植え込みで有名なアテネ郊外の森〕、あるいはアテネまたはローマのいかなる歩廊とか哲学的な小道よりあのギャラリーに、私ははるかに心引かれることでしょう。ここの両側に並んだ彫像や胸像をながめていると、古代の男女のあらゆる著名人の顔となじめるでしょうし、彼らの目鼻立ちの表情から性格の違いさえ見きわめることができるでしょう。このコレクションはローマの歴史家たち、とりわけスエトニウス〔Suetonius ローマの歴史家で『皇帝伝』の著者〕とディオン・カシウス〔Dion Cassius 二二年の歳月を費やした八〇巻からなる『ローマ史』の著者〕のきわめてすぐれた注解です。ここと、ローマのカピトリヌス神殿どちらにもあるカラカラ帝の胸像をながめていると心に訴えかけてくるものがありました。残忍な目付きのことですが、それは他の優しい造作とは相容れないように見えるのです。そして「Caracuyl」という形容語にふさわしいものであるのがわかります。これによって彼はスコットランドの古代住民から区別できたのです。スコットランド高地人のことばの「caracuyl」はcruel eyes(残忍な目付き)という意味です――『フィンガル』〔オシアン作とされる六巻の叙事詩〕の独創的な編者〔James Macpherson 一七三六～九六のこと〕によって、われわれはこう解釈しています――この編者は、カラカラはケルト人の単語でローマ式の発音になってしまったものに他ならないと思っているようです。でもじつは、カラカラはゴール人の衣服の名前であり、それをこの王が好んで着用したのです。そしてここから王は姓を取ったのです。ブリトン人のCaracuyl

はギリシャ人の「険悪な顔付き」〔ホメロスの『イリアス』から引用〕と同じものですが、これでホメロスは「叱りとばす英雄たち」をしばしば表現したのです。私はバッカスの巫女《みこ》が大好きですが、その主な理由はあの素晴らしい衣裳のためです。彼女の動きで風が立ち、身にまとっていた衣服が波のようにふわっと舞い上がるように見えました。もう一人の陽気なバッカスの巫女がいて、踊る姿をしています。キヅタの王冠をかぶり、右手は一房のブドウを、左手はティルソスの杖〔バッカスが使った松ぼっくりのような装飾物が先端に付いた杖〕をにぎっています。有名なフローラの頭部はじつに美しいものです。しかしキューピッドとプシュケーの群像には期待していたほど感激しませんでした。

広々としたギャラリーに見えるすべての大理石像の中では、次のものがもっとも嘆賞すべきものです。それは「白鳥とレダ」です。ユピテルについて言うと、こんなに変形されるとガチョウそっくりに見えるのです。これほど不細工なものは見たことがありません。しかし彫刻家は羽根にちょっと隠れたレダの手の表現ではその技を見事に示したのです。その羽根は仕上げがさりげないようでありながら、まさにその下の指の形も見えるくらいです。ガニュメデス〔ギリシャ神話の美少年〕とされる若者の像は美術通たちから名高いヴィーナスにたとえられます。また私が判断できる限りでは根拠のないことではないのです。しかしそれはこれ見よがしのものではなく、真の感動をあたえるものなので、一般の見物人よりは美術通を楽しませるのです。有名なアイスクラーピウス〔医療をつかさどるローマの神〕の像の価値を高めているものは、その技に対する私の尊敬の念によるものかどうかわかりません。精巧な職人技による立派なひげがある姿をしています。等身大より大きく、豪華なパリウム〔主にギリシャ人が着用した外套のたぐい〕をまとい、まわりに蛇が巻きついている節くれ立った杖に左腕

が載っています。オウィディウスによると、

彼の魔法の杖にからまる蛇を見つめなさい〔オウィディウス『変身物語』第二巻〕

彼は手に「薬草の束」を持ち、足には「履物」を載せています。そのわきには横たわるイノシシの彫像がありますが、これは傑作として嘆賞に値するものです。野性的に見えるところと、ゆったりとしてものうい体つきのコントラストが絶妙です。これと同じような生きたイノシシが寝ているところにたまたま出会えば、その剛毛をなでてしまうほどのものです。ここにはハドリアヌス帝お気に入りのアンティノウス〔皇帝の小姓として仕えた伝説的な美少年〕の優美な胸像もあります。またアレクサンドロス大王の横顔の美しい頭部もあり、ものうげで心配そうな表情が浮かんでいます。彼がつくられた事情については美術通も意見が一致していません。オクシドラケ〔アレクサンドロス大王の攻撃に抵抗したパンジャブ地方の偉大な国〕での危険な出来事で出血して気絶しかかっているか、キリキア川で水泳をして熱が出て衰弱したのか、父のユピテルに、自分にはもう征服すべき他の世界がないと最後の訴えをしているところなのでしょう。ひざまずくナルキッソスの姿は忘れられないものだし、その表情も見事です。二人のバッカスも完璧な仕上がりです。しかし（こう言うのは残念ですが）ミケランジェロ・ブオナローティ作の古代様式のほうが好ましいのです。またそれについてのエピソードはご存じですね。この作家はいわゆる美術通によって古典作家の流儀を模倣しないと非難されたので、ひそかにこのバッカスを完成させ、片腕を切り取った後で（それを証拠の品として残しておきましたが）

埋めてしまったと言われています。この像は偶然に掘り返されたものですが、最高の鑑定家により、完璧な古典作品と認められました。この事態にブオナローティは例の腕を差し出し、自分がつくったものだと主張したのです。ビアンキ〔Giuseppe Bianchi ウフィツィ美術館の学芸員。彼のガイドブックを使って作家はこの記述をしている〕は、これはうそだと見なしたのですが、次のように述べています——ヴァザーリは同じ作家によって大理石に彫られたこれと似た、また別の子どものことを語るのです。それはローマに運ばれ、短期間土に埋められ、古典作品として掘り返され、莫大なお金で売られたのです。私はまた試金石でできたモルフェウスに心引かれました。それはアディソンが描いています。ところがそのありあまる見識をもってしても、このギャラリーを語るときの彼はいくつもの大きな間違いをしたとビアンキに宣告されたのです。

一般には「メディチ家の」と呼ばれ、チボリで発見され「トリブーナ」という別室〔一五八〇年代後半につくられたウフィツィ美術館の八角形の部屋で、メディチ家の重要なコレクションが収納されている。フィレンツェを訪ねるグランド・ツアー客のお目当てのギャラリーであった。Johann Zoffany がこれを描いた有名な絵画がその姿を伝えている〕に置かれている有名なポンティア・ヴィーナスについてですが、まったく触れないでおくか、または少なくとも実際に感じたことは言わないほうがいいと思います。こうしないと、それは途方もないとか、的はずれに思えるでしょう。この像を見て他の人たちがいだいた、あの熱烈な賞賛の念を私が感じないのは見る目がないために違いありません。この像はかつてテスピアの小さな町が異邦人であふれたというプラクシテレス〔紀元前四世紀ごろにアテネで活躍したギリシャの彫刻家〕によるキューピッドと同じ名声があるのです。このヴィーナスの目鼻立ちはちっとも美しくないし、姿勢もぎごちなくて不細工なものだと思わざるをえません。昔の人たちとわれわれの美意識が異なると強調するのは、的はずれの言いわけです。彼らのメダルとか胸像また歴史家などからその正反対のことがわかります。この彫像の手足とつり合いは均整と比例のもっとも厳密な法則にしたがっている優雅な形であり、かつ精巧なつくりであることは疑いようもありません。しかもとりわけその背中は美しい仕上げなので、どんな素人の見物人でも賞賛せざるをえないほどです。これはまさにプラクシテレスによる「クニドスのヴィーナス」と間違えます。それをルキアノスはこのように描くのです。「ああ、なんと美しい背中だろう。つかむ手にもあふれる腰のふくよかさ。そのお尻は何と優美に丸みを帯びていることだろう。骨にひどく薄っぺらにくっついているのでもなく、ふくらんでたるんだ肉の大きなかたまりでもない」〔ルキアノスの模倣者によって書かれたという説もある〕。このように描かれる像が「メディチ家のヴィーナス」でないのは、その基部のギリシャ語の碑文からも明らかでしょう——「ΚΛΕΟΜΕΝΗΣ ΑΠΟΛΛΟΔΟΡΟΥ ΑΘΗΝΑΙΟΣ ΕΠΙΩΕΣΕΝ」——「クレオメネスの息子ポドロス作」。たとえこの碑文が偽物と考えられており、ΕΠΙΩΕΣΕΝではなくΕΠΟΙΗΣΕであるべきだ、ということをわれわれが知らないとしても。しかしながら、これは言いがかりにすぎません。というのもわれわれは間違いなく古い時代の多くの碑文を見てきたのです。そしてそのつづり字は彫刻家の無知のためか、不注意な間違いがあります。この像は有名なフリュネだろうと推測する者も他にいますが、その根拠がないわけではありません。彼女はアテネの高級娼婦なのですが、エレウシスの大競技会の祝典において、風呂から全裸でやって来て全アテネ市民の目の前に姿を見せたのです。私は踊るファウヌスをとても気に入ったのですが、「格闘者たち（Lotti 相撲取り）」にさらに魅了されました。その姿勢は美しく仕上げられているので、手足のさまざまな曲がり具合とか筋肉のふくらみもよくわかります。でもトリブーナの彫像すべてで、もっとも気に入ったのは「研ぎ師」（Arrotino 普通は「研磨師」と呼ばれる）だったのですが、これは一般には奴隷を表しているとされています。彼は短剣を研いでいるときに、ふとカタリナの陰謀〔キケロに対する陰謀〕を耳にするのです。ご存じのように彼は片ひざをついた姿です。その表情にあんな不安な気持ちを浮かべているのは見たことがありません。でも国家に対する謀叛を偶然にも立ち聞きする人間が必ずおそわれる驚愕の表情ではないのです。マフェイ侯爵〔作家の勘違い。マフェイ侯爵 Maffei ではなくスキピオネ侯爵 Francesco Scipione である〕の次のことばは正しかったのです――サルスティウス〔ローマの歴史家〕が、まさにその陰謀のくわしい事情を語っていても、それがこのように気づかれてしまったことにはまったくふれなかった。またこの像は研ぎものをしているようにも見えないのです。その片手でにぎっている石は粗くてなめらかでないので、砥石《といし》のようにはまったく見えないのです。スカエウィヌスの自由民のミリクスであると主張する他の人たちもいます。スカエウィヌスはネロの暗殺を企て、ミリクスに短剣を研がせたのです。ミリクスはその短剣を皇帝に手渡し、陰謀を暴露したのです。でもその姿と表情はこんな解釈を決して許しません。ビアンキはこのギャラリーの案内者ですが、この像は卜占官《ぼくせんかん》のアティウス・ナウィウスだと考えています。ナウィウスはタルクィニウス・プリスクスの命令により小刀で石を切ったのです。この推測はアントニウス・ピウスの大型メダルによって確認できるようです。それはヴァイヨン〔Jean Foy-Vaillant 一六三二～一七〇六、フランスの貨幣学者〕の『ローマ皇帝たちのコインについて』の中に描かれていますが、そのメダルには問題の人物らしきものが次の銘とともに刻印されています――「年老いたタルキニウムの前にひざまずいてアティウス・ナウィウスは小刀で石を切る」。

この像では卜占官はその衣類や紋章では見分けられないと彼は明白に認めています。彼はまた、あの石は砥石ではないと付け加えることもできたかもしれません。私自身としては最後のものはとても巧妙ですが、これら三つの見方のどれも満足すべきものだとは思いません。おそらくその姿は歴史には決して記録されていない個人の出来事を暗示しているのです。このトリブーナのじつに数多い絵画の中ではティツィアーノのヴィーナスに一番魅了されました。それには愛らしい表現とやわらかな色使いがあり、ことばでは言いつくせません。この部屋には三〇〇点ほどの作品があると考えられていますが、その大部分は巨匠たちの手になるものです。とりわけラファエロによるものですが、彼の三つの手法によって、生涯の三つの時期にそれぞれの名声を確立したのです。有名な「ふたなり」の像についてですが、それは別の部屋にあります。この作品で彫刻家が性を巧みに混合していることは認めますが、それもせいぜい自然界では化物にしかすぎないのです。そんなものは見ていてもまったく楽しくありませんでした。しかも頭部と胸部が女性のもので、その他の体の部分はすべて男性のものである像を表現するのに、それほどの才能を必要とするとは思えません。この名高い美術館には珍しい物がこれほどふんだんにあります――彫像、胸像、絵画、メダル、象眼細工されたテーブル、宝石をあしらった飾り棚、ありとあらゆるたぐいの宝石、数学で使う器具、古代の兵器と軍事用の機械さえあるので頭がくらくらしてしまうほどです。だから想像力豊かな初めての訪問者は、魔法の力で装飾され建てられた妖精たちの宮殿にいると思うかもしれません。

ここから離れたところにある部屋の一つで有名なサン・ロレンツォ礼拝堂のために設計された

祭壇のアンテペンディウム（祭壇の前飾り）を見ました。珍しい構造になっていて色大理石と宝石がちりばめられています。ですから自然物の持つ無限の多様さも表しています。黄金の柱頭の数本の水晶の柱によって装飾されています。この建物の三階にはかなり多くの芸術家がいますが、彼らはこの象眼細工という、とても珍しい仕事にかかりきりになっていました。宝石やさまざまな色の大理石で図形を描くのです。それらは皇帝が使うためのものです。イタリア人はこれを「はめ込み石」と呼んでいますが、石による一種の象眼細工です。木材の飾り棚の化粧板のようなものです。フィレンツェ独特のものなのですが、ローマ人が偉大な完成度にまで仕上げたモザイク作品よりはるかに興味あるものに思えます。

フィレンツェの大聖堂は大きなゴシック様式の建物で、その外部は大理石で装飾されています。キューポラがとくに目立ちますが、これはローマのサン・ピエトロ大聖堂の建築家によって模倣されたと言われています。そしてその規模についてですが、キリスト教国の他のどんな教会のそれより大きいのです。洗礼堂がその傍らにあるのですが、昔の神殿でもあり、マルス軍神に捧げられているとのことです。内部には大理石の立派な彫像が何体かあります。またこの扉の外部に青銅の彫像が一、二体あります。しかしそれは、とりわけロレンツォ・ギベルティによる青銅の扉のレリーフの作品で名高いのです。これは「天国の門」としてつくられたものに値するとミケランジェロは言っていました。私は満ち足りた思いでそれをながめました。それでも初めて見とれたピサのそれのほうに、より大きな崇拝の念をいだき続けていたのです。鑑賞眼がないためか新奇なものの魅力のためにこんな気持ちになっているのです。ギベルティの扉も新奇なものの魅力で目に止まったのです。教会、図書館、宮殿、墓、彫像、噴水、橋などを含むフィレンツェで見る価値があるものをすべて詳細に知りたい人はキースラー（John George Keysler 一六八九〜一七四三、ドイツの作家『ドイツ、ハンガリー、ボヘミア、スイス、イタリア紀行』の著者）を参照すべきでしょう――でも彼の描写は凝っていて、しかも詳細なので読んでいると頭痛を覚えましたし、また「ドイツ人の天分は頭より背中にあるのだ」〔「背中にいいものは頭にはよくない」と「ドイツ人の才覚はその指にあるのだ」という二つのことわざを作家が一緒にしたもの〕という古いことわざも思い出しました。

サン・ロレンツォ礼拝堂にはとてもがっかりしました。花崗岩、斑岩、碧玉、蛇紋岩大理石、ラピスラズリその他の宝石がふんだんに使われ象眼細工で図形を表しているのですが、全体としてはさえない印象です。このような「はめ込み石」は大きな建物の装飾というより、飾り棚としてよりふさわしいのです。というのも大きな建物の装飾というのは、その建物の大きさにつり合う大柄なものにするべきです。その組み合わせの意匠はとても小さいので、人がそこに初めて入るときには特別な印象はありません――全体に対して小さいな、という印象があるのです――あたかも大広間が細密画で埋めつくされたようです。もし丸天井（これはまだ完成していません）を塗るときにも、そのつり合いと遠近感を同時に考慮しないとこの礼拝堂は、私が思うに趣味が悪い大げさな記念物になってしまうでしょう。

ピッティ宮の庭はエジンバラのホーリールードハウス宮殿のように周囲をぐるりと回廊で囲まれた三辺を持つ優雅な広場です。そしてこの建物の下部の粗石積みのために力強く堂々としています。この庭には立派な噴水があり、そこから水が流れ落ちます。また、ここにはリュシュポスの作品と刻銘されたヘラクレスの見事な古代彫像があります。

この宮殿の部屋は、たいてい小さくてその多くは薄暗いのです。そこの絵画の中でもっとも注目すべきものはラファエロによる「小椅子の聖母」ですが、この巨匠による最高の絵画作品の一つとされています。もしそのできばえのあら探しをしようとすれば、威厳と情感が欠けていると断言します。神の母親というよりも農民の表現なのです。彼女は初めて生まれた子どもへの若い女性の愛情と喜びを表していますが、聖母マリアが自らの子宮の産物である人類の救い主を見つめるときに示すのではないかと思える、あの夢中で放心した様子はないのです。他の点についてですが、その姿は素晴らしく、明るく感じもいいし、母親の優しささえよく表しています。また「大公の聖母」もじつに美しいのです。この作品をしきりに模写していたイギリスの画家がいましたが、完成した作品の出来栄えは見事でした。私はこんなふうに思う人間の一人です——鑑定家でさえ原画とその模倣作品を区別できないやり方で最高の作品を模写することはきわめてありうることだ。結局のところこんなことについては、私は専門家のような顔はできませんし、いままでに述べたことについても美術通のあざけりのことばを招くかもしれません。しかし私の感性が認知しうるあらゆるテーマについては印象を自由に語ることにしているのです。けれども絵画のより微妙な美を発見し識別するために要求されるものは、非凡な才能だということもまた率直に認めなくてはなりません。しかしまったくのおせじ抜きですが、私は「忠実な僕」であると心から申しあげます。

敬具

# 第二十九信　ニース　一七六五年　二月二十日

拝啓

フィレンツェでめぼしいものはすべて見ましたので、七シークィン（三ギニー半より少ない額）で立派な旅行用の四輪馬車を七週間ほど借り、シエナ――最初の晩はここに泊まったのです――を経由して、大急ぎでローマに旅立ちました。通過した土地は山がちなのですが、感じのいいところでした。シエナについては――私自身の観察ですが――トイレのような悪臭のする家に無愛想な顔をされながら宿泊させられ、夕食もとんでもなく吹っかけられたということしか言えません。この街は大きくて町並みも立派です。住民は洗練された物腰と、その由緒正しいお国なまりを誇りにしています。わざわざここに住んで最上のイタリア語の発音を学ぼうとする外国人がいるというのも事実です。大聖堂のモザイク張りや図書館の壁に描かれたアエネアス・シルウィウス（後のローマ教皇ピウス二世）を物語る作品（ピエトロ・ペルジーノや、その弟子のウルビーノのラファエロがそれぞれ部分的に描いています）などは激賞されてきました。

翌日ブオンコンヴェントでは――そこは皇帝ヘンリー七世が修道士によって聖餅《せいへい》で毒殺されたところです――馬丁に酒代をやらなかったのです。そうしたら仕返しとして、客を乗せ慣れていない若い二頭の種馬を四輪馬車の引き革に付けたのです。それはまったく手におえなくなり、四分の一マイルも行かないうちに馬と左馬騎手は、ほこりだらけになって横ゆれしながら進んで行ったのです。このありさまなので馬は夢中で身をふりほどこうとしました。力いっぱい蹴ったので、馬車もわれわれのトランクどちらも、ばらばらになってしまうのではないかと思いました。ぎょっとしましたが、それでもわれわれは何ら体に傷を負うこともなく、馬車から飛び出ました。馬車は無事でした。でも解いてあげないうちに馬たちは大けがをしてしまったし、窒息さえしかねなかったのです。馬丁の無作法に腹が煮えくり返るばかりだったので、この地区の治安判事に訴え出ることにしました。窓にガラスも紙も板も入っていない情けない部屋の中に彼はすわっていて、古くて油じみたぼろな厚手のコートを着込んでいました。しかもこわれた椅子二脚とキャスター付きの粗末なベッド一つ以外に家具のたぐいはまったくなかったのです。青ざめた顔色をしてやせていたので治安判事というより、飢えて死にかけた囚人のようなありさまでした。私の訴えを聞いてから彼は出てきて、離れ家（または鐘楼）らしきところに入り、手ずから大きな鐘をついたのです。この合図で宿駅長が二階にやってきたので、そこでは彼が一番の有力者だと思います。というのは例の治安判事は帽子を手にして彼の前に立ち、ひどくへりくだって、私が述べた訴えをくり返したのです。この男はわざともったいぶって、馬小屋の中でとびきりいい馬を付けてやれと馬丁に自ら命じたとか、起こった不運は、前の列の馬を他の興奮しやすい二頭の馬の足並みに合わせられなかった前の左馬騎手のやり方がまずかった、と請け合ったのです。彼がこの事件の責任を負い、また治安判事より力もあることがわかったので、このことばを口にするだけにしました――「二頭の馬はわれわれをけがさせるか、おどすために故意に馬車に付けられたことが確信できました。しかもここには裁判官がいないのでフィレンツェのイギリス公使に正式に訴えることにします」。通りを抜けて馬車(このときまでに新しい馬が付けられていたのです)のところまで行くときに馬丁に会ったので、彼を思いきりむちでぶつところでした。でも私のしようとすることがわかったので彼は走り去って姿が見えなくなりました。いままでに出会ったありとあらゆる人間の中でも、イタリアの馬丁とか左馬騎手また宿駅のあたりにたむろするその他の手合いがもっとも意地が汚く、無作法でむかつくのです。その傲慢さとしつこさに何も感じない旅人ならば幸せです。というのも傲慢さとしつこさよりいやなものは彼らの危険な復讐です。フィレンツェで、あるイギリスの紳士が私に語ったところによると、そいつらの一人をあまりの非礼さになぐってしまったら、長い剣を持って飛んできたので、あわや一大事になるところだったというのです。彼らは皆こんな剣を持っていて、少しでも腹が立つと、それを簡単にふりまわしかねないのです。でも彼らの正面からの攻撃は、思いがけない復讐の仕打ちより手ごわいものではありません。それを実行するとなるとイタリア人は不実で残酷になります。

この日の晩はラディコファニというところで過ごしました。かなり高い山の頂上にある村ですが砦にもなっています。宿屋はこの町のずっと下のほうにありますが、トスカナの最後の大公の費用でつくられたものです――とても大きくて、しかもひどく寒いので、いたたまれないほどでした。そんなに高いところにあるのにわざと冷たくしていると思えるくらいなので、真夏でも部屋に火があればうれしいのに、と旅人なら思うかもしれません。しかし暖炉のある宿はめったにありませんし、部屋にもカーテンとか天蓋付きベッドなど一つもありません。その周辺の土地はどこもかしこも荒地で不毛です。三日目にローマ教皇の領地に入ったのですが、地味が肥えたところが二、三カ所はありました。岩の頂上にあるみすぼらしい町アクァ・ペンデンテを過ぎて――岩の頂上から、その名前のもとになったロマンチックな小滝が流れているのですが――ボルセナ湖の沿岸を旅したのです――美しい水をたたえていて周囲が三〇マイルくらいで真ん中に島が二つあります。湖岸には見渡す限り、オークとイトスギのきれいな森があります。セイヤヌス〔ローマの政治家・策略家〕誕生の地である古代のウォルシニィの廃墟近くにあるボルセナの町はわびしい村落です。そして近郊のモンテフィアスコーネはワインで有名ですが、みすぼらしくて荒廃の影が濃い町です。山腹にあるのですが、この山は私が所持していた唯一の案内書『グランド・ツアー』(Thomas Nugent トマス・ニュージェント著、一七四九年刊)の著者によると、古代人のソラクテ山と思われます。ホラティウスを信じればソラクテ山はローマからも見えたということです。というのはタリアルコスに寄せる九番目の賛歌で彼は述べるのです。

雪にあんなに深くつつまれてソラクテ山の白い山頂がそびえているのが見えます
〔ホラティウス『カルミーナ』(歌章)から〕

でもモンテフィアスコーネを見るためには、彼の視覚はシミヌス山を貫いていなければならなかったはずです。そのふもとにヴィテルボの町があります。プリニウスは「ソクラテ山はローマから遠くなかった」とわれわれに語ります。しかしモンテフィアスコーネはこの町から五〇マイルのところにあります。またデプレ（Ludovicus Desprez）はホラティウスについての注で、それはいまではソレステ山と呼ばれていると述べています。アディソンはカンパニア州でその傍らを過ぎたとわれわれに語ります。偏屈者のマチルダを思うと強い憤りを感じました。彼はこの美しい土地をローマ教皇庁に渡したのです。そしてその支配下では、かつてどんな国も栄えたことはないとされています。

モンテフィアスコーネとヴィテルボのほぼ中間で、前輪が一つ、折れた太い車軸とともに吹き飛んでしまいました。それでももし先頭の左馬騎手の一人が、じつに偶然にもごく器用な人間でなかったら窮地におちいったでしょう。というのも数マイル以内には町どころか一軒の家さえなかったのです。この状況を他の旅行者への警告として述べているのです――ハンマーと釘、余分の鉄の留め具を一つか二つ、大きな包丁、グリースの入った袋などを用意しておくのは、こんな運の悪いときに応じて使うためです。

ヴィテルボ山には美しい植生とローマの貴族たちの大きな別荘が至るところにあります。彼らはここにやって来て、夏に「田舎家」暮らしをするのです。ヴィテルボの町については、それはマチルダがローマ教皇庁にあたえた土地の首都だということだけ述べておきます。しっかりした町づくりですし、公共の噴水や数多くの教会と修道院に彩られています。でも人口稠密などころか、住民全部でも一万五〇〇〇人は超えないのです。宿駅はそれまでに入ったうちでも最悪なものの一つです。

この山（古代人のシミヌス山）を過ぎると、現在はデ・ヴィコという名前の湖の周囲をちょっとまわりました。そうしたら湖岸は最高に美しい田園風景でした——丘あり谷あり、森あり林間の空き地あり、水も木影も日光もあったのです。見るべきものもない他のところをいくつか通り過ぎてローマ平原におりていきましたが、そこはほぼ沙漠なのです。この土地のながめは現在の状況では、古来の耕作地と肥沃さの思い出が少しでもあるどんな人の心にも、残念な思いと憤りの感情をもたらさざるをえないものです。草木一本ない荒れ果てた丘陵地そのものでわびしく陰うつで、囲い地とか小麦畑、生け垣、樹木、灌木、人家、小屋、あるいは居住地などはほとんどないのです。古代の要塞陣地、墓、寺院はあちこちにあり、ローマ街道のなごりもいくつかあります。これらの古代の舗道《ほどう》のことはよく耳にしていたのですが、それを見たときにはとてもがっかりしました。カッシア（またはシミナ）街道は大きくて堅い火打ち石で舗装されているので、そこを通る馬の足もひどくつまずいたのに違いありません。また舗装がすべりやすいので乗馬している人の命も危険にさらされました。おまけにとても細いので、現代の馬車が二台も通れば、いまにもひっくり返りそうな危険をおかさずに、そこで互いにすれ違うことはできないでしょう。生活上の便宜に慣れ親しんでいるという点で、われわれは古代ローマ人にまさっていると私はいまでも思っています。

『グランド・ツアー』にはローマから四マイルもない道路の路肩に墓が一つ見えると記述されています。これはネロの墓とされており、両端に浅浮き彫りの彫刻がほどこされています。じつは私はそんなものは皇帝の墓ではなく、ありふれた墓石のたぐいだと思っていました。しかしスウェトニウスが語るところによると、部下の自由民の荘園で自害したネロの遺体は、二人の乳母とめかけのアタたちの手で、ドミティアヌス家の墓地に移されたということです。そこはローマに入るときの左側にあるポポロ門のすぐ近くです。現在ではまさに、そこにサンタ・マリア・デル・ポポロ教会があります。さらに彼の墓はグルテルス〔Jean Gruter 一五六〇～一六二七、『古代の碑文』の著者〕が保管していた墓碑銘によっても識別できました。ジャコモ・アルベリッチが、その『教会の歴史』の中でひどくおごそかに語るところによると、この邪悪な皇帝の骨を守護していた多くの悪魔たちが黒いワタリガラスの姿になって、そこに生えていたクルミの木に陣取ったということです。そこから通り過ぎる人びとを襲撃したのです。それでついにローマ教皇パスカリス二世が、厳粛な断食と啓示の結果として、廷臣や枢機卿たちと連れ立ってやって来たのです。その木を切り倒し、燃して灰にして、ネロの骨もろともに、ティベル川に投げ込んだのです。次にそこに祭壇を献堂したのですが、後に教会が建てられました。ローマの街を初めて目にしたときの私の気持ちがどんなものかおわかりだと思います。この街は、それまでにこうむったどんな災難にもかかわらず、なお堂々とした威厳のある外見を保っています。ティベル川の対岸にあるのですが、この川をわれわれはモレ橋で渡りました。かつてはミルウィウス橋と呼ばれ、われわれが入った門から二マイルくらいのところにあったのです。この橋は監察官アエミリウスがつくったので、最初はその名前が付いていたのです。この道を通って多くの英雄たちが征服を終えて祖国に帰ってきました。そこを通ってじつに多くの王たちがとらわれの身となってローマに連れて行かれました。またそこを通って数えきれない王国や国家の大使たちが帝国の首都に近づきました。そしてローマ人の怒りをまぬがれるように祈り、温情を懇願し、保護を求めました。またそれはマクセンティウス帝の敗北と死でも名高いのです。彼はここでコンスタンティヌス大帝に打ち負かされたのです。この橋と右手のポポロ門との間の広場はいまでは庭園や別荘になっています。古代のマルス広場の一部だったのですが、そこで民会が開かれました。またここでローマ人はあらゆる運動をよくやっていました。ポルチコ、寺院、劇場、テルマエ〔さまざまな施設がある大がかりな公衆浴場〕、円形闘技場、バシリカ〔古代ローマの広場の中心的な公共の建物〕、オベリスク、円柱、彫像、また小さな森などで彩られていました。規模については著者により意見が異なっています。でもそこにはパンテオン、円形闘技場（いまのナボーナ広場）、火葬場、アウグストゥス帝の霊廟などがあったことを皆認めているので、いまの都市の大部分は古代のマルス広場のところに建てなくてはなりません。その橋から街まで通じる街道はフラミニア街道の一部なのですが、リミニまで達していました。しかも今日の道路のように立派に舗装されています。古代の橋はその残骸しか残っていません。この構造あるいはティベル川にかかっている他の五本のローマの橋の構造には注目すべきものは何もありません。美観とか立派さ、堅牢さなどについてもウェストミンスターの橋に比肩できるものなどフランスでもイタリアでも一切見たことはありません。またブラックフライアーズの橋〔Robert Mylne 一七三三〜一八一一 が設計したもの。彼はグランド・ツアーに出かけて古代建築を研究した。スモレットにも面識があったらしい〕が完成すれば、世界でもこれに匹敵する記念碑的な構造物などないでしょう。川について言うと、これはテムズ川にくらべると取るに足らない川にすぎないし、汚くて深くて流れも速いのです――小船、バーク型帆船、また艀などは航行できます。そしてそれらの荷積み、荷下ろしの便宜のためにリペッタの船着場の新しい税関の近くにしっかりした河岸があります。その両側には階段が設置され、優雅な噴水で彩られ、素晴らしい水がたくさん噴き出ています。

この川の川床は古代ローマのがらくたでかなり上昇してしまったそうです。そしてこのために水位がしばしば堤防を超えたとされています。あるローマ市民の話によると、友人が下町の川の堤防に近いところを、新しい家の基礎工事のため掘ったところ、古代の道路の舗装跡を見つけたということです。それはいまの地表から三九フィートの深さのところでした。だから彼は、いまのローマのこの場所は古代の街より四〇フィートほど高くて川床もそれだけ高くなっていると結論づけたのです。でもこれはまったく信じられません。古代にティベル川の川床がいまよりローマで四〇フィート低かったとしたら、この土地よりちょっと高くなった川床は滝または大滝になっていたはずです。というのはこの川床が市街地より高くなっているなどとは言えないのです。さもなければ、そんな高さのため川の流れがせき止められ、平地すべてが水びたしになったことでしょう。それが現在氾濫するのは少しも異常ではありません。昔からよくあったことだし、古代の街に大きな災害もあたえたのです。アッピアノスやディオまたその他の歴史家たちはユリウス・カエサルの死の直後のティベル川の洪水を描いています。この洪水はアペニン山脈に降った大量の雪が突然解けたために起こったものです。この災害はホラティウスによってアウグストゥス帝の賛歌に記録されています。

褐色のティベル川がその急流を水源に逆流させ、ウェスタの神殿をひどく破滅するのをわれわれは目にしたのです――それとともにヌマ王の治世についての気高き記念碑も。

一方イリア（ローマの女神ウェスタに仕えた乙女の名。息子のロムルスはローマ建国の王になる）の胸は悲しみと怒りに満たされてその復讐の想いでうずくのです。増水したが、しかしいまや、妻想いの川はすべるように遠ざかる――ユピテルに命じられて――ゆったりと波打ちながら大海原に。〔ホラティウスの『頌歌』より〕

リウィウスは、はっきりとこう記しています――「ティベル川があんな洪水になったので、大闘技場も水びたしになり、アポロン競技会もウェヌス・エリュキナ神殿に近いコッリーナ門の外側で行われました」。ティベル川が大闘技場を水びたしにするときアポロン競技会を別の場所に移すこの習慣についてオウィディウスは『祭暦』でこう言及しています。

別の競技会をあなた方は目にするでしょう――蛇行するティベル川が草原を縁取るところです。あるいはその気まぐれな流れが草原に満ちあふれれば、カエリウスの丘にはほこりまみれの騎馬たちが見られるでしょう。

ポポロ門（かつてのフラミニア門）からわれわれはローマに入ったのですが、これは優美な建築物です。大理石の柱と彫像が美観を添え、ミケランジェロのデザインによって仕上げられています。内側には美しい広場があり、そこからローマの主要道路が三本分岐しています。そこは大闘技場からここに運ばれ、教皇シクストゥス五世の任期に、建築家ドミニコ・フォンターナが建てた有名なエジプトのオベリスクが花を添えています。またここには同じ芸術家によってデザインされた美しい噴水もあります。そして二つの主要路の出発点に向き合う二つのじつに優美な教会があります。こんな華麗な入口があるものですから、初めての人は必ずこの古色蒼然とした街に圧倒される思いがするのです。

名前を門のところで告げてから税関に行きました。そこでトランクや馬車の検査を受けました。またここでは何人もの荷担ぎ人夫たちに囲まれてしまいました。彼らはいやになるくらいしつこく仕事をさせてくれとせがむのです。まったく必要ないと何度言っても、一人は前に二人は後ろという状態で三人も乗り込んでしまったのです。だからこんな具合でスペイン広場までやって来たのですが、そこにはある人物が住んでいて、その家までの道順は教えてもらっていたのです。ローマにやってくる外国人は普通の宿屋にはめったに泊まらず、家具付きの借家に直行するのですが、それがこのあたりにはたくさんあるのです。スペイン広場は広々としていて、風もよく通り、ピンチョの丘のすぐ下の山の手の感じのいいところにあります。そして二つの美しい噴水で彩られています。ここにほとんどのイギリス人が居住しています。そのアパルトマンはたいてい広々としていて家具も十分にそろっています。また間借り人は食料や生活に必要なものはすべて十分に供給されます。でも、もし私が節約しようと思えば、スペイン広場以外の街の別の地区を選ぶでしょう。それにこの広場は遺跡からかなり離れています。きちんとした二階部分、それに三階にある二つの寝室のために、一日当たりわずか一スクード（五シリング）しか支払いませんでした。食卓は三二パオロ銀貨（一六シリング）ほどで家主が大いに、にぎわしてくれました。日当一四パオロ銀貨（七シリング）で四輪馬車を借りました。また三パオロ銀貨（一八ペンス）

で荷担ぎ人夫たちも雇いました。御者はまた、一日に二パオロ銀貨の手当てがもらえます。ローマの食べ物は安くておいしいのです。しかしながら、子牛肉はそれまでに食べたものの中で一番おいしかったのですが、とても高価で一ポンド、二パオロ銀貨（一シリング）で売られています。当地にはモンテプルチアーノとかモンテフィアスコーネ、またモンテディドラゴーネなどの芳醇なワインもあります。でも食事のときによく飲むものはオルヴィエートのものですが、香りのとてもいい小さな白ワインです。外国人はローマの珍しいものすべてについて教えてくれる古物研究家を雇うようにと忠告されることがよくあります。しかもこれは必要な出費なのです——絵画、彫像、建築などに精通したいときには。私自身としてはそんな野心はありませんでした。この大都市を際立つものにしている古代遺跡を見たかったのです。そして版画や著書で感嘆した絵画や彫像の多くの実物をじっくり見たかったのです。それで一人の助手を選びました——彼はこんな事柄にくわしく、まじめで教養がある人物として推薦されたのです。同時に私としても古代と現代ローマの地図と案内図をそろえました。また『古代ローマと現代ローマの素晴らしさを発見するための教育的案内書』〔Giuseppe Vasi ジュゼッペ・ヴァシ著、一七六三年刊〕という小さな手引書もありました。でも『古代と近世ローマ』〔*Roma antica, e moderna* スモレットのローマについての主な情報源、作者不詳、一七五〇年刊〕という題名の三巻本をよく読むことがもっと有益でした。それにはこの街の内外で目につくすべてのものの記述があります。またかなり多くの銅版画によるさし絵と興味深い歴史的な注も豊富です。この案内書の値段は一ゼッキーノでした。でもこれらのことに関連してローマで出版された本と版画などのすべてを、一〇〇ゼッキーノ出しても買うことはできないでしょう。この中で一番有名なものはピラネージの版画ですが、彼は腕のいい建築家、版画家であるばかりでなく博学な古物研究家でもあるのです――その推論が独断的なものになりがちだとしても。また古代ローマの美術についていくつかの説を立てましたが、その主張を通すのは簡単ではないでしょう。ローマに行くわが国の若い紳士たちは詐欺師連中に用心しなくてはなりません（その何人かはまさにわが国からやって来たのです）。絵画や古美術品を手がけて、何もわからない外国人に、がらくたを一流の芸術家の作品として押し売りすることもしばしばです。イギリス人は他のどんな外国人よりこのペテン師の被害者です。どぶに捨てるほど金がありあまっていると思われているのです。だからさらに、たくさんのわながしかけられるのです。イギリス人はあらん限りの無駄使いをして、とてつもない富を手にしているというこの世評をゆるぎないものにすることが誇りなのです。しかも、さらにひやりとさせるのは、イタリアに足を踏み入れると、とたんに絵画、音楽、彫像、また建築などに精通したいという野心にとらわれてしまうことです――ですから、この国のいかさま師どもはこの弱みに必ずつけ込み、利用してしまうのです。イタリアのあちこちで数多くの世間ずれしていない青年たちと出会いました。彼らは、イギリスがわざと自国の評判を貶《おとし》めるために送り出したようにも思えます。無学で短気で荒けずりで品行もよくないのです。身に付いた知識や経験もないし判断力を磨いてくれたり行状を見張ってくれる指導者が一人もいないのです。名うてのばくち打ちにかかわって、おそらくまさに最初の手合わせで、すっからかんになる者もいるし、ひねこびた歌姫から梅毒をうつされ、ふんだくられてしまう者もいます。悪らつな骨董商にはめられるのもいるし、画商に巻き上げられるのもいます。ヴァイオリン弾きになるのもいるし、作曲家じみたことをするのもいます。でも彼らは皆、芸術について物知り顔に解説するので、最高の目利きかつ伊達男として帰国します。いままでに出会ったこのたぐいの連中の中でも型破りの人物は七十二歳の男なのですが、彼は二十二歳の青年を保護しながら教育しようとして、実際イタリア全土を旅しています。ローマに着くと、その町にいる同郷人すべてから挨拶状をもらいます。翌日には返礼訪問があると彼らは思うのですが、居留守を使うのです——だから結局お互いに話ができないのです。これは手の込んだもてなしだし気くばりなのですが、フランス、イタリアあるいはラップランドなどから何ら助けてもらうことなく、イギリス人が自らの才覚でつくったものです〔イタリアではどこでも、イギリスの上流の人は母国から上流の人がやってきたことを知ると、最初に訪問しなければならない。その反対にパリではイギリスの上流の人がやってくれば、そこに以前からいた人たちを最初に訪問せねばならないという奇妙な習慣もあったらしい— John Morgan の著書から〕。画家または観光ガイド以上の地位にいるイギリス人なら、誰もローマのコーヒーハウスには通いません。また謝肉祭の時期以外には公的な娯楽はまったくないので、同郷人に会える唯一のチャンスは名所めぐりをするか交歓会（イタリアにおける会話とか社交的な楽しみのための夕べの集い）に出席することしかないのです。イタリア人は地位ある人物として紹介された人びと以外は、外国人を受け入れるのにきわめて慎重です。しかし、もしローマに上流階級のイギリスの婦人がたまたまやって来ると、彼女はたいていパーティを開きます。すると、ここにイギリス人がやって来ます。次の手紙では気取ったり形式張ることもなく、ローマで目につくことをもっとお伝えします。でも目利きだなんてさらさら思わないし、そんなのは実際、親愛なるあなた様の友人かつ召し使いの身分のこの身にはまったくそぐわないのは明らかです。

敬具

# 第三十信　ニース　一七六五年　二月二十八日

拝啓

初めて来た者の目には（とりわけ夏の熱気の中では）ローマのいたるところに見える、じつに数多くの公共の噴水ほど好ましいものはありません――考えられる限りの意匠が華やかに彫刻されており、街からかなり離れているさまざまな湖、河川、水源地などから水道で送られる冷たくておいしい汲めども尽きぬ水を噴き出しています。これらの作品は古代ローマ人の勤勉さと開豁《かいかつ》さの遺物なのですが、彼らは水についてはきわめて見事な手際でした。しかしながら健康と楽しみと便利さをもたらす、あの立派な水路の修繕費用は慈悲深いローマ教皇にかかっていたということは大いなる賞賛に値するものです。しかしながら、この豊富な水量にもかかわらず、ローマ人はきれい好きにはなりませんでした。その通りや宮殿でさえも汚物でひどいのです。立派なナボーナ広場は噴水が三つ四つあって華麗ですが、その中の一つはおそらくヨーロッパでもっとも素晴らしいものです。そしてそのすべてからひどく大量の水が放出されています。でもこんな水量にもかかわらず、この広場はロンドンで牛が売られるウェスト・スミスフィールドとほぼ同じくらい汚いのです。彼らのじつに優雅な宮殿の廊下や拱廊《アーケード》また階段でさえも汚物がたまっていて、とりわけ夏には炭酸アンモニウムと同じくらい強烈に臭うのです。彼らの祖先がずっときれい好きだったなんて絶対に思えません。クラウディウス帝の治世に、ローマにはその周辺を含めて七〇〇万人くらい（この数は少なくともイギリスの総人口に等しい）はいた――古代ローマの大部分は寺院、ポルチコ、バシリカ会堂、野外劇場、テルマエ、円形闘技場、私的または公共の歩道と庭園が占めていた（そこには、もしいたとしてもおびただしい数の住民のうちのごくわずかしか住めなかった）――住民のほとんどが奴隷と貧しい人びとであり、トイレはなかったし、亜麻布もほとんど使われなかった――などと想像してみると、彼らはものすごく押し合いへし合いしている、ひどく薄汚れた連中が大部分だったという結論が自然と出てくるはずです。芋の子を洗うようだったことは、その高い家屋からもわかるのですが、これを詩人のルティリウスは天によじ登るために建てられた塔にたとえました。この不都合を取り除くために、アウグストゥス・カエサルは布告を出したのですが、それは将来は七〇フィート以上の家（おおまかな計算では六階建てになる）を建ててはならないとしたのです。しかし古代ローマ人が薄汚れた連中だったということは議論の余地がない――これは以下の二つのことから明らかです。ウェスパシアヌス帝は街路からひどく厄介なものを取り除くのに多大な費用がかかるということで、糞尿に課税したのですが、それは個人一人当たり年間一四ペンスくらいの負担額でした。またヘリオガバルス帝が市街、郊外からクモの巣をすべて集めるようにと命令したとき、それは一万ポンドもの重さになることがわかりました。これは住民がいかに多くいるかを示すためになされたのです。でもそれは人口の多さというより汚さを証明するものになってしまいました。同様に彼らが昼食または夕食に招かれたときにお互いの家で、食べたものを無理に吐き戻すという、きわどい習慣も付け加えたいのです。暴飲暴食するために胃を空にしたのです。それは彼らが午飲馬食するばかりでなく、けがらわしいことのひどい証明です。ホラティウスがナジエデヌス〔ローマの美食家のことであろう〕の宴会を描くときにこう述べています——天蓋の下に彼らはすわっていて、それが落ちるとともに、乾季の烈しい風がもたらすのと同じくらいのほこりが舞い上がったのです。

ボレアス〔北風〕がなめらかな平原に吹き渡るように、あんなにもうもうとしたほこりがたなびきながらうず巻いています〔ホラティウス『風刺詩』より〕

かかとをつかまれて街中を引っ張りまわされ、ティベル川に投げ捨てられる前に、「なげきの階段」〔処刑された犯罪人の死体がさらしものにされたカピトルの丘に続く階段〕や「タルペイアの岩」〔殺人を犯した者が突き落とされて殺された断崖〕から突き落とされた犯罪人の腐爛する死体がしばしば道路の通行のさまたげになっているのが目に入ったことでしょう。この川に「クロアカ・マクシマ」〔cloaca maxima 古代ローマの大下水溝〕も、ローマのあらゆる汚物もそっくり流されたのです。またたいした理由もなく自殺した人びとの遺体もすべてあったのです。教会どろぼうと判決された者とか、雷に当たって死んだ者は、火葬も埋葬もされないで、地面で腐爛するままに捨ておかれました。

いまの人も普通考えられているより、古代ローマ人の習慣にとらわれていると思います。パリの「孤児院」で初めてそこの子どもたちを見たとき、巻き布で体をあまりぐるぐると巻かれていたので、思わず涙が出そうになりました。またそのとき、仰々しくておろかなこの習慣には、古代人のやり方を言い訳にすることもできないと思いました。しかしローマのカピトリヌス神殿では、エジプトのミイラのように足元からぐるぐる巻きにされたものとまったく同じように体をきつく巻かれた古代の子どもの彫像を偶然に見かけました。こんなありさまでは血流は体の表面のあらゆるところでさまたげられてしまうはずだし、頭以外は思いのままにならないのです。子どもの体でしめつけてさしつかえないのは頭だけです。きゃしゃな幼児の体温は、そんなのろわしい巻布で上昇してしまうにきまっているし、またこんなやり方が健康と栄養摂取にとっては絶対に必要な筋肉とか関節の動きを必ずさまたげるということが、もっともおろかな者にも理解できないなんてとても考えられません。それにまた体の表面にある静脈では心臓に戻る血流がさまたげられるのに、体の深いところにあって圧迫されない動脈は、その中身をたえず頭の中（そこは血流が何の抵抗も受けないのです）に送り込んでいるということもちょっと思いつきません。脳血管はもともとしなやかなものだし、頭蓋《とうがい》の縫合線そのものもまだ閉じられていないのです。こんな残酷なしめつけの結果はどうなるのでしょう。手足はやせ衰え、関節の継ぎ目もゆるんでしまいます。頭もしめつけられます。しかも脳水腫のため頭はふくれ、目も痛むのです。こんなのろわしいやり方が、がにまたや小人のような体、大きな頭の人などをフランス南部やイタリアでよく見かける一つの大きな原因だと思います。

　古代のしゃれ者や伊達者から大いに取り入れた巻き毛など今日の流行を見ても、同様に驚きました。ネロの胸像をフィレンツェの美術館で見かけましたが、その髪はフランスの伊達男のように巻き毛をたくさん使って表現されていました。スウェトニウスによって描かれた彼の描写と一致するものです——「衣服にとても凝っているので、彼はほぼ頭のてっぺんまでギリシャ風に、髪の毛をずっと巻き毛にしていました」（スウェトニウス『カエサルの生涯』から「ネロ」）。しかしながら、このおしゃれがギリシャ由来だとわかってとても残念でした。オト帝についてですが、彼は「髪の毛が薄いので」縁なしの小さな帽子をかぶっていました。彼には自らの禿頭を月桂冠で隠したユリウス・カエサルの例をまねる権利はなかったのです。しかしカピトリヌス神殿にはセプティミウス・セウェルスの第二の妻ユリア・ピアの胸像があり、「自在カツラ」をかぶって、まさに最新の流行の装いでした。ちぢれ毛がそこにはまったくないという違いはあります。髪油や髪粉はまったく見えません。これらの改善点は上流社会が喜望峰の土着民にならったものです。

いまのローマは城壁内部の空き地の三分の一もありませんし、昔よく人びとが集まった場所もまったく見向きもされません。カピトリヌス神殿からコロセウムまで——フォロ・ロマーノとフォロ・ボアリオ（牛の広場）を含む——は、古代の建物のかけらでつくられた一、二の教会以外に原型を留めているものはまったくありません。カピトリヌス神殿をおりて二つの寺院の現存している柱と柱の間を通って行くと、柱脚とか柱身の一部ががらくたに埋もれています。それからセプティミウス・セウェルスの凱旋門を通り抜けてパラティーノの丘のふもと沿いをめぐって行きます。この丘は右手にあるのですが、ローマ皇帝たちのものであった古代の宮殿のがれきに埋もれています。そしてそのふもとには美しい柱が何本かぽつりぽつりとまだ残っています。左手にはパークス（平和の女神）神殿のなごりが見えますが、これはローマのすべての神殿の中でも、もっとも大きくかつ壮麗なものであったようです。ウェスパシアヌス帝によって建てられ奉納されたものですが、その中にエルサレムの神殿で見つけた宝物と貴重な容器のすべてを運び入れたのです。ポルチコの円柱はネロの黄金の家（ウェスパシアヌス帝はこれを取りこわしました）から移されたものです。この神殿はまたアウルス・ゲリウスが言及した書庫でも有名でした。さらに行くと右手にコンスタンティヌス帝のアーチ門があり、そのほとんどはきわめて優美な建築物になっています。その前にはメータ・スーダンス〔ドミティアヌス帝がつくったとされるコロセウムの南西にある大きな噴水〕のなごりがありますし、コロセウム（いまはコリセオです）というあの巨大な円形闘技場の堂々とした廃墟も目の前にあります。これは野蛮なローマ教皇たちや近世のローマの皇帝たちによって、つまらない宮殿をつくり装飾するために、解体され荒廃させられてしまいました。円形闘技場の背後には同じティトゥス・ウェスパシアヌス帝のテルマエがありました。同じところにチルコ・マッシモ（楕円形をした古代ローマ最大の闘技場）もあります。そしてこれの両側面からローマの城壁まで（近世ローマの倍以上の広さです）は、古代の遺跡でほぼ埋めつくされています。地上に見えるものより地下に隠れているもののほうが多いと思います。このあたりのみすぼらしい家屋や小農たちのガーデンウォールでさえもこれらの貴重な材料でつくられています——大理石の柱身や柱頭、彫像の頭部、腕、足、それに切断された胴体などです。じつに残念なことにローマのいかなる古代遺跡にも家具付きの借家は一軒も残っていません。ローマの元老院議員の住まいがどんなものであったかわかればいいなと思います。「ローマの家の内庭」「炉」「神棚」「部屋」「食事用のカウチ」「食堂」などについてもっとくわしくわかればとも思うのです。「アトリウム」（玄関の間）には女性たちが住んでいて毛織物製造に従事していました。「田舎の別荘」は広すぎて、アウグストゥス帝の治世にはやっかいなものになるほどでした。そして「散策地」は二つのポルチコの間の木陰の歩道なのですが、そこで男たちは冬季に運動をしたのです。私は審美眼があるわけではないのですが、今日の建築の趣向にはうんざりしています。近ごろの教会や宮殿はつまらない装飾でめんくらうほどごてごてしています。そのため意匠が多様に細分化されるので、全体としての効果はそこなわれています。どのドアや窓にも独特の装飾、造形、フリーズ、コーニス、ティンパヌムがほどこされています。かつまた、ごてごてと無駄な花綱、柱、ピラスター（柱形、壁の一部を柱状に突出させたもの）、アーキトレーブ、エンタブラチュアもあります。それでどういうわけかわからないのですが、見映えのする偉大なものやまとまったものは残っていないのです。ですから古代の建築を特徴づけるあの大いなる簡潔さとか大振りの光と影、またことばにならないΕΥΣΥΝΟΠΤΟΝ〔英語で言いにくいが「ひと目でわかる優美さ」くらいの意味〕をさがしても無駄なのです。大きな建物が十分な効果をあげるためには「孤立」すべきです。つまり、そのまわりに大きな空地を設けて他のすべてのものから離すべきです。しかしローマや、私がこれまでに実際に目にしたイタリアの他のどんな街でも、宮殿など他のみすぼらしい家屋にすっかり埋もれてしまっているので、その美しさと壮麗さはほとんどわからなくなっています。広い通りや広場に面しているものでさえも、邪魔物がないのは正面だけです。他の部屋は庶民の家に隣接しているので薄暗いのです。しかもそれを外から見ると汚いものや不快なものに囲まれています。たいてい中庭は見事な回廊でぐるりと囲まれ、その上にも開放的な回廊があります。しかし階段はたいていい狭くて急で高いのです。上げ下げ窓がなく、小さな菱形の窓ガラスもくもっているし、煉瓦の床も汚れているし、また黄金の縁飾りのある深紅のカーテンもあるので、部屋は陰気な感じです。こんな事情にくわえて、陰うつな題材にもとづいて描かれた多くの絵、手足のない古い彫像、胸像、浅浮き彫りの作品、骨壺、それに墓石などが部屋の装飾になっているのです。しかしながら、こんな一般的なやり方にも例外があるということは認めなくてはなりません。アレクサンドル・アルバーニ枢機卿の別荘は軽やかで華やかで優美なのです。しかしその部屋は小さすぎるし、いささか趣味の悪い彫り物と金めっきで装飾過多になっています。ボルゲーゼ家の公爵の一人の部屋はイギリス趣味でしつらえられています。そして「コロンナ・コネスタビレ宮殿」には広間または美術品展示室があります。それはその調和美と明かりと家具と装飾のために、それまでに見たものの中でももっとも高貴で優雅で心地いい住まいなのです。

イタリア人が近代ローマの偉大さについてくわしく話すのを聞くのは楽しいことです。この街には三〇〇以上の宮殿があると言うかもしれません。彼はまた歳入が二〇万クラウン以下のローマの公爵はあまりいないし、ローマには世界じゅうで、もっとも学識ある人間ばかりでなくもっとも練達した政治家が生まれるとも言うかもしれません。こんな口調で話している彼らの一人に、三〇〇の宮殿どころか、その数はせいぜい八〇くらいだとか、ローマには一年に四万クラウン（英貨およそ一万ポンド）くらい稼ぐ人は六人もいないと、信頼できる筋から聞いたと答えました。また彼らの公爵がそんなに裕福で、政治家も練達しているなどというのは、その富と才能が国のためにはなっていないということだと強く反論しました。沙漠のようなローマ平原に勤勉な人びとが住みついて耕作するように、なぜ枢機卿や公爵が頼んでその気にさせないのですかと質問しました。この街の近くの湿地を排水して、空気（あんな泥沼からの不愉快な蒸気で夏にはきわめて体に悪いのです）をきれいにするための寄付をなぜしないのですかとも問いかけました。富を寄付して政治を良きものにするとか、陸海軍力を強めて祖国を守ったり、商業や製造業を盛んにして、ヨーロッパの政治の規模では取るに足らない国の威信をなぜ高めないのですかとたずねました。こんなすべてのお金がいったいどうなっているのかぜひ知りたいとも言いました――というのはローマには金貨とか銀貨はほとんど出まわっていないのです。外国人の預金を取り扱っている銀行家でも、商売上の決済にはスピリト・サント銀行の紙幣を使うほうが有利だと思っているからです〔スコットランドの経済思想家John Law 一六七一～一七二九が提唱した「紙幣」はスピリト・サント銀行などが発行しローマでしばらくの間流通した。十八世紀のイギリス人は、この「紙幣」を使わず「信用状」(letters of credit) という昔からのやり方を好んだ〕。そしていまはこのことに没頭しているのですが、イタリアの流通貨幣について参考にしたどの本を読んでも正確なことは書かれてないと思えます。トスカナは教皇領なのですが、そこではシークイン金貨、二パオロ硬貨、一パオロ硬貨、また半パオロ銀貨しか見かけません。これら以外にローマには銅貨があります。いわゆるバジョッコと半バジョッコです。一〇バジョッコが一パオロです。一〇パオロが一スクードですが、これは架空の硬貨です。二スクードが一シークインです。そしてフランスのルイ金貨は二シークインと二パオロの価値があります。

ローマがカトリック勢力を恐れることはありません。彼らはローマを宗教の中心都市として迷信的に崇拝し重視しているのです。しかし教皇たちはプロテスタントである海洋国家との仲たがいはしないほうがいいのです――とりわけイギリス人とは。というのも彼らは地中海を支配しているし、ミノルカ島も手中にしているので、主力部隊をいつでもローマから四リーグ以内に上陸させ、この街を抵抗なしに獲得できる力があるのです。ローマは古い城壁に取り囲まれているのですが自衛できません。あるいはたとえ自衛できるとしても城壁の周囲はとても広いので、二万人もの駐屯軍を必要とすることでしょう。この街でたった一つ目に入る防御施設はサンタンジェロ城です。それはティベル川の対岸にあって、立派な橋で渡れます。しかしかつては「ハドリアヌス帝の霊廟」だったこの城など、正確にねらいをつけた一〇発の砲撃もあれば、半日ももたないでしょう。古代の墓を要塞に変えるのは近世ローマ人の才覚にゆだねられたやり方だったのです。それは民衆の暴動やその他の緊急時に教皇の臨時の避難所としてのみ役立ちました——皇帝軍が街を強襲によって占拠したときのクレメンス七世の場合にそうだったように。またこれは教皇がヴァチカンに居住していたときだけのことなのですが、ヴァチカンから城までは屋根付きの歩廊が続いているのです。教皇がこの街の反対側にあるモンテ・カヴァッロ（馬の丘）で暮らしているときは、それが役立つことはないのです。サンタンジェロ城は砦としてはどんなに不出来なものでも、古代の堂々とした記念碑的な建築物としては誇るべきもののようです。また低地にあるとはいえ、ローマに初めてやって来る人たちの目に入るものの一つです。川の対岸には「アウグストゥス帝の霊廟」のくずれた遺構がありますが、それでもなおはるかに雄大でした。その城壁の一部は残っていて、段がついているところは庭園になっています。こんながれきを見ていると、ここに葬られているマルケルスについてのウェルギリウスの悲劇的な描写を思い出しました。

新しい墓ができて大がかりな葬儀がなされるとき、ティベル川はその川沿いに、どんなうめ

き声を聞くだろうか〔ウェルギリウス『アエネイス』第六巻〕

オウィディウスの美しい詩「リウィアに寄せる慰め」は、アウグゥストゥス帝とその甥マルケルス、ゲルマニクス、アグリッパ、ドルススなどの遺骨が、この墓廟《ぼびょう》に納められた後で書かれたものですが、次のようなきわめて感傷的な詩句で結ばれます。

運命の姉妹よ。このぱっくりと口があいた墓穴を閉じてくれ。あまりに長くその痛ましい扉は開けられたままになっている

この作家が墳墓について述べたことばを、あなたはこの手紙についても言いたくなることでしょう。ですから、私がいつまでも「忠実な僕」であることを請け合いながら、おなじみのやり方で書き終わることにしましょう。

敬具

# 第三十一信　ニース　一七六五年　三月五日

拝啓

前の手紙でイタリアの今日の宮殿について感じていることを思いのままに述べてみました。これからこのあたりの庭園について感じていることもありのまま述べてみます。住民はそれをありとあらゆる大げさな賞賛のことばと喝采でほめたたえています。でも庭園と噴水で名高いフラスカーティとチボリにある別荘を、私はまだ見たことがないということは認めなくてはなりません。そこに行こうとしたのですが、天気が急変したので、郊外に出かけられなくなったのです。九月の最終日にパレストリーナの山々に雪が積もりました。そのためローマはとても寒くなったので冬服を着込まなくてはなりませんでした。こんな悪天候が続いたのでフィレンツェに戻らなくてはならないと思いました。しかしフィレンツェのポッジョ・インペリアーレ宮（モーツァルトが演奏会を開いたとされる宮殿）とピッティ宮の庭園はすでに見ていたのです。またヴァチカンやモンテ・カヴァッロの教皇の宮殿、ローマのルドヴィージア家、メディチ家、ピンチョ家などの別荘の庭園も見ていたのです。ですから庭づくりにおけるイタリア人の嗜好《しこう》を判断する権利はあると思います。これまでに述べたものの中ではピンチョ家の別荘の庭園がもっとも有名でもっとも広大です。周囲が三マイルもある広さで、そのすぐ近くにローマの城壁があります。しかもローマというのはさまざまな高低差のある地形なので、庭園で見かけるような自然美のことごとくが引き立ちます。ですから、この街とその近郊はさまざまな素晴らしい景観を見せるのです。

美しくて広い庭園あるいは公園では、イギリス人は小さな森やその中の空き地（手入れもされないのに、目に心地よく混じり合っています）をいくつか目にしたいと思うものです。これは自然と偶然でつくられたものなのでしょう。彼らは木陰があり小石を敷いた歩道を見たいのです。またベルベットみたいになめらかなのですが、はるかに生気があって感じのいい緑が鮮やかな広い芝生を見たいのです。池や運河、窪地、小さな滝、また水の流れる小川も見たいのです。スイカズラとノバラのかぐわしい香りがし、飛鳥たちのさえずりが響き渡る、じつに気分のいい小道が切り開かれた荒地や森、木立も見たいのです。あちこちの花々を見つけ出してはすがすがしい気分になり、うっとりするのです。また日差しを避け、瞑想と休息のためのひそかな場所、岩屋、庵、寺院、あずまやも見つけるのです。それにまた、これ以上ないほど格好良く手入れされた生け垣や木立、遊歩道、芝生なども目にしたいのです。単純な自然美とか簡潔さの魅力を愛する人はイタリアの森にそれらを求めても無駄なのです。ピンチョ家の別荘の庭園には、松が四〇〇本も植えられていて、それらをイタリア人たちはうっとりと感心して見とれるのです。また庭園の入口から宮殿まで延びる樹木のある長い歩道もあります。だから木陰もたくさんあります。地面のいたるところに小道や生け垣があります。でも木立は手入れされていません。歩道にあるのは、ありふれた黒土や黒くてほこりっぽい砂だけです。生け垣は高くてひょろっとしているので、見映えがしません。樹木はいじけています。からからに乾いた広い褐色の地面に緑はほとんど見えません。でこぼこがなく整然とした小道の常磐木《ときわぎ》は変わった形に刈り込まれています。花壇はほっそりとしたイトスギと華やかな菱形であやどられています。一方で、花々は並んだ鉢に植えられ、地面はまるで鍛冶屋の炉の燃えがらで覆われているかのようにほこりっぽく見えます。水はかなり豊富ですが、まとまってたくわえられることはありません。それはまた、乾いた土をよみがえらせるためのちょろちょろとした流れや小川になることもなく、気分のいいささやかな滝になることもなく、浣腸器の先に付ける通常の太さくらいの管を通って庭のあちこちにある噴水から噴き出しています。この噴水はその彫刻と構造については一見に値するものだと言っていいでしょう。しかもここには注目すべき数多くの彫像もあります。しかしそれらはただの場所ふさぎであり、イギリスの庭園の設計意図である素朴な簡潔さとは似合わないのです。つまりここで見られるものは、遊歩道、小さな森と噴水、四〇〇本の松林、数匹のやせた鹿のいる小さな牧場、花壇、鳥の飼育場、岩屋、それにつり堀などさまざまです。しかも、これらありとあらゆる小細工にもかかわらず、私が思うに、それはバッキンガムシャー州のストウ庭園またはケンジントンやリッチモンドの庭園とくらべてさえ、じつにくだらない庭園です。イタリア人は研究熱心なので卓越した芸術を理解できるのですが、自然美というものがどんなものなのかわからないのです。このピンチョ家の別荘はボルゲーゼ家が所有していますが、絵画と彫刻、とりわけ古代の大理石の彫刻の研究にはまたとない学校です。というのは庭にある彫像や胸像、またさまざまな部屋にある膨大なコレクションの他に、この家の外側のほぼ全体に浅浮き彫りと高浮き彫りの興味深い作品が彫られています。一番の傑作は「馬に乗ったクルティウス〔半伝説的なローマの若者〕のそれで深い穴、つまり地面の割れ目に飛び込もうとしています――それは、このいけにえが入ると、すぐに閉じてしまったと言われています。屋内の展示作品では、古代の墓に描かれた「バッカス」と「メレアグロスの死」〔メレアグロスは伝説的なギリシャの英雄。カリュドンの猪を狩って射止めた〕に感激しました。また腕に幼子《おさなご》のバッカスをいだくシーレーノス〔バッカスの酔っぱらいの養父。水と泉の精〕の見事な彫像もあります。きわめて美しい剣闘士もあり、白い雪花石膏のシャツを着た黒大理石の珍しいムーア人もいます。雪花石膏の台に立つ素晴らしく均整のとれた黒大理石の雄牛もあります。手足と頭が真鍮でつくられた色が黒いジプシーもいます。それに有名な「ふたなり」もあり、フィレンツェのそれと張り合っています。しかしながら、こんなものの中で一番興味引かれるのはベルニーニ〔Gianlorenzo Bernini 一五九八～一六八〇、著名な建築家、彫刻家〕が仕上げて設置した敷物です。じつに念入りに仕上がっているので見た目には羊毛のやわらかさと競っています。その上にある彫像の形の押し跡が残るようにも思えるのです。当今《とうこん》の人の名誉ですが、この芸術家が素晴らしい彫像を二つつくったということもまた認めましょう。そしてそれらをこの別荘の装飾品に見いだせます。つまり巨人ゴリアテめがけて石を投げる格好をした投石機を持つダビデと、アポロの接近で月桂樹に変身するダフネです。後者の像の土台には、教皇ウルバヌス八世が若いときに書いた次の優雅な二行があります。

　うつろいやすい美を望んでも骨折り損だ。つまらない木の葉か、にがい果実しか手にできないのだヴィーナスの精巧な古代の二つの彫像とさめざめと泣く奴隷、それに足のとげを抜く若者も忘れるべきではないでしょう。

でもローマの骨董品をいちいち列挙するつもりはありません。それらについては私よりはるかに適任のさまざまな著者たちがすでに述べています。しかし思いつくままに、筋道立ったものはないのですが、もっとも注目すべきものについて私がどんな観察をしたのか伝えてみたいのです。しかもそのことばは、いずれも借りものでないことを誓います。それでそれらが何らかの賞賛に値するとしたら、そっくり私の手柄にしてもいいのでしょう。またもし、それらが見当違いのものなら、どんな非難にも甘んじて耐えることにしましょう。

サン・ピエトロ大聖堂の広場はきわめて崇高です。左右の二重の柱廊は半円形に湾曲しながら延びています。これと巨大なエジプトのオベリスク、二つの噴水、ポルチコ、また大聖堂の見事なファサード（正面）などは壮麗な建築物の集積です。そのため必ず畏敬と賛嘆の念にかられます。しかしヴァチカンの建物群から完全に離れていたら、この大聖堂はさらに際立つことでしょう。どこにも非の打ちどころがなく傷もなく、完璧な建物の傑作になったことでしょう。ところがいまのところそれは、広大で未消化で不規則な建物群に付属した美しい一部分にしかすぎないのです。この著名な寺院建築については何も言わないことにしましょう。内部の装飾についても言うべきことはありません。寺院の入口の上のところに見える偉大なモザイク絵画の、嵐にほんろうされる聖ペテロの小帆船は、このごろの作品とくらべると粗っぽいのですが、それでも十四世紀初頭に活躍したジオットの作品と見なせば、偉大な希少作品です。ジオットの師匠はチマブーエですが、彼はギリシャの芸術家たちの絵画と建築を研究しました――その芸術家たちはコンスタンチノープルからやって来て、イタリアで初めてこれらの芸術を復活させたのです。ところでサン・ピエトロ大聖堂に話を戻すと、ミケランジェロによる「母のひざにいだかれた死せるキリスト」の名高い像は、私にはまったく気に入らなかったのです。キリストの体はまるで肺結核で亡くなったかのようにやせおとろえています。しかも女性のひざに横たわっている真っ裸の男の姿格好には下品とは言えないまでも、はしたないものがあります。ここにはいい絵が何枚かあります――むしろ名作絵画のコピーと呼びたいのですが、モザイクできわめて完璧に仕上げられているのです。とりわけドメニキーノによる聖セバスティアヌスの作品とグイド・レーニの絵画の大天使ミカエルです。私はこの画家の作品はどれもすごく気に入っています。その様式には優美さと繊細さがあるのです。表現はしばしばミスが目立ち、方法はいつもわざとらしく不自然なのですが、彼の人物画はどれもきわめて美しいのです。まさにこの作品でも大天使はフランスのダンス教師そっくりのところがあります。また同じ画家による聖母も見たことがあります――これはバルベリーニ宮殿にあると思います。そこの人物たちは魅力的なのですが、聖母は嬰児《みどりご》イエスの衣服をつまみ上げているところが表現されています。しかもイタリアオペラの舞台に立つ歌手みたいに気取っていてこっけいなのです。モザイク画の作品は驚くほどよくなり、聖堂にふさわしいものとして見事に考え尽くされていますが――聖堂の湿気はパレットの色彩には大敵だとしても――それでも絵筆による作品とくらべようとは思いません。表面のガラスの光沢は（この言い方が許されれば）私が思うに、絵のいくつかの部分に不自然な光を当てています。そしてそれに近づくと、一片一片の継ぎ目は、キャンバス地の絵画のごく多数のひび割れのように見えます。しかもこのやり方は退屈きわまりないものだし費用もかかるのです。この聖堂の近くの家で働いている画家たちを見に行ったことがありますが、そこでの精密なやり方が大いに気に入りました。また一万七〇〇〇にもおよぶ数字がついた別々の引き出しに保管されている莫大な数のさまざまな色彩にもひどく驚きました。モザイクの人物一人につき五〇ゼッキーノが私への要求額でした。しかし聖堂に戻りましょう。サン・ピエトロ大聖堂の聖歌隊席の祭壇は、そこにほどこされたありとあらゆる装飾にもかかわらず、未熟で凝った装飾の集まりにすぎません。ギリシャ建築の精神に基づいてつくった寺院というより、インドのパゴダにふさわしいものです。椅子を支える四つの巨大な像は不器用な仕上げで大きすぎます。彫像の衣装を真鍮または石で巨大なものに仕上げると、見た目もごついし、感じも悪いのです。だからそのために古代人たちは必ずぬれた亜麻布を模倣したのです。そこに下の手足の形も現れ、たくさんのぬれたひだとなってたれ下がるのです。そのために全体は軽やかで、やわらかで粘土を思わせるくらいです。

この二つの彫像の重量は一一万六二五七ポンドもあり、しかも椅子一脚だけを支えているので、バランスがとても悪いのです。というのは支えるものは支えられるものにふさわしくすべきですから。『ローマ教皇座の本質について』〔Francesco Maria Febei 一六一六～八〇著〕という書物を信じれば、ここでは四人の巨人が使徒ペテロの古い木の椅子を支えているのです。ローマカトリック教の迷信の数々——例えばいわゆる聖遺物、不調和な尖塔《せんとう》と鐘楼、それに気分が悪くなるほどくり返される十字形（それ自体はほんとうに下品で不快なもので、死刑囚の刑務所だけにふさわしいものです）などは寺院の内部の装飾と同様、建物の外観を悪趣味なものにしているにすぎません。どの教会も十字形につくられているのですが、実際は建物の内部からも外部からも肉眼でその全体をとらえることはできません。そのため建物本来の持ち味がそこなわれています。スペインのエスコリアル宮〔エル・エスコリアル王立修道院、フェリペ二世が創建し一五八四年に完成した〕は焼き網の形に設計されています。というのはその修道院はバーベキューにされる豚のように焼かれた聖ラウレンティウスの忘れ形見として建てられたのです。殉教史というショッキングな主題にこんなに多くの絵画の労力が注がれたことが悔やまれます。むち打ちやはりつけ、キリスト降架《こうか》などの数知れない絵の他に「ホロフェルネスの首を持つユディト」「洗礼者ヨハネの首を持つヘロディア」「眠るシセラを暗殺するヤエル」「十字架上で苦悶するペテロ」「石打ちの刑を受けるステパノ」「全身に弓が刺さっている聖セバスティアヌス」（聖セバスティアヌスの殉教図のこと）「石炭で焼かれる聖ラウレンティウス」「皮剝ぎの刑の聖バルトロマイ」、また同様に恐ろしい絵が他に一〇〇枚もあります。そのため心は暗く閉ざされてしまうばかりだし、狂信的な気持ちにもさせるのです。そしてこの気分に満ちている社会にずっと悲惨な結果をもたらしてきました。

　天蓋を支える四本の金めっきした真鍮のねじり柱でつくられている大きな祭壇の主教席は、疑いなくきわめて堂々としたものです——たとえ彫刻や装飾用の縦溝、唐草風の木の葉、花綱、また少年や天使たちの像でごてごてと装飾されていなくても。それらはその下で絶えず燃えている一二二本の銀のランプとともに、分別のある観察者に賛嘆の念をいだかせるというよりむしろ、無知な大衆の目をくらませて信仰心をかきたてるのです。

この有名な建築については、その部分部分の見事な均整美と整合性ほど、賞賛に値するものは他にはないと信じています。そのもろもろの彫刻、金めっき、浅浮き彫り、円形浮き彫り、墓、彫像、円柱、絵画などにもかかわらず、全体としては装飾しすぎているようには見えません。初めて中に入ると、どこも整然としているように見えるので、とてつもないものが視界に入ることはありません。またこの寺院は実際よりかなり小さく見えます。ドアから見ると聖水の壺を支える子どもたちの像は自然な大きさに見えます。しかし近づくと巨大なものであることがわかります。同様に壁に描かれているオリーブの小枝をくちばしにくわえたハトの姿は手が届くところにあるように見えるのです。でもそれに近づくと、あたかもつかまらないために飛び上がるかのように、かなり高いところに後退するのです。

私はパンテオンを見てひどくがっかりしました――これまでのいかなる評判にもかかわらず、それは上に穴があいた巨大な闘鶏場のようなものです。ポルチコはアグリッパが建て増したものですが、間違いなくきわめて優美です。でも私の思うところ、それはあの簡素な建物とは不調和なものにすぎません。私は古代文明人を崇拝しますが、あの円形の建物のどこが美しいのかわからないのです。アーチ形のリブが二本とコーニス（軒蛇腹）が一つあって開口部のない単なる円筒または丸壁そのものです。そして丸天井つまりキューポラがあり、その真ん中がくり抜かれています。私が話しているのは最初の建物のことでアグリッパのポルチコを考えているのではありません。内部は霊廟のような雰囲気が強く感じられます。さまざまな埋葬所から掘り出した荷馬車二八台分の古い腐った骨をここに移してから、そこを聖母マリアと聖なる殉教者全員のための寺院として奉納しようという思いを教皇ボニファティウス四世にいだかせたのは、おそらくこの外観のためだったのです。私はそのてっぺんの穴によってここが十分に採光されているとは思いません。この穴は直径二九フィートくらいです――『グランド・ツアー』の著者は、それはわずか九フィートだと書いていますが。同じ著者は内部に入るための一一段の下降用の階段があると述べています。またそれは高さが一四四フィートあり、幅もそれと同じだとか、銅で覆われていたとも述べています――この銅はポルチコの真鍮の釘とともに、教皇ウルバヌス八世が持ち去ってしまい、サン・ピエトロ大聖堂などの高い祭壇の天蓋を支える四本のねじり柱につくり変えられました。実際には教皇アレクサンドル七世以前に、地面は寺院の一部が埋もれるくらい土盛りされたのです。そして歩廊《ほろう》につながる下降用の階段が数段あったのです。しかし教皇は地面をまさにポルチコの柱脚または基盤まで削り取るように命じました。このポルチコは現在、通路と同じ高さなので、おりるところはまったくないのです。その高さは二〇〇掌尺《しょうしゃく》（手の平の幅、または手首から指先までの長さ）あり、幅は二一八掌尺あります。そして一掌尺が九インチであるとすると、高さは一五〇フィート、幅は一六三フィート六インチです。教皇ウルバヌス八世が持ち去ったのは銅の覆いではなく大きな真鍮の梁だったのです。これはポルチコの屋根を支えていたものです。この梁の重量は一八万六三九二ポンドでした。ですからサン・ピエトロ大聖堂内部の柱ばかりでなく、現在はサンタンジェロ城にある大砲のいくつかにも十分な量の金属を供給したのです。さらに異常なことは、それらの円柱の金めっきに四万クラウン金貨もかかったと言われていることです。実際に無駄金がこれ以上かけられたことはないのです。ウルバヌス八世も同じようにこの円形の建物に鐘楼を二つ建て増しました。でも私は中央の穴をガラスでふさがなかったことが不思議でならないのです。というのはその下に礼拝に来る人が雨模様のときに、雨ざらしになる（またそのため、そこはひどく湿っぽくなり体にも悪い）のはじつに不便だし不愉快に違いありません。私は何度もそこに行ったのですが、その都度それはますます陰鬱にまた墓場じみて見えたのです。

ローマ人の度量の大きさは、その寺院というより、劇場、長円形闘技場、楕円形屋外大競技場、模擬海戦場、水道、凱旋門、ポルチコ、バシリカ、しかし、とりわけテルマエなどに著しかったのです。その寺院の大多数は小さくて取るに足らないものでした。それらのうちのたった一つでも、規模と壮麗さにかけては、近代のヴァチカンのサン・ピエトロ大聖堂と比較できるものはなかったのです。有名なユピテル・カピトリヌス神殿もその長さと幅が半分もないのです。長さがわずか二〇〇フィートであり、幅が一八五フィートでした。ところがサン・ピエトロ大聖堂の長さは六三八フィートにも及び、幅も五〇〇フィートを超えます。これは世界の七不思議の一つと称されるギリシャのユピテル・オリンピウス神殿のまさに倍近いのです。しかしこの街の古代遺物について、私自らがさらにくわしく話すのは別の機会にしましょう。おそらく必要以上に細々しく（おそらく的はずれでしょう）なりすぎています。私が暴走し始めるときは友人の気安さで、どうか止めてもらいたいのです。もっとも遠まわしの言い方で十分です。よろしく。

敬具

# 第三十二信　ニース　一七六五年　三月十日

拝啓

フラウィウス・ウェスパシアヌス帝によって建造されたコロセウム、つまり長円形大闘技場は古代につくられた最高の見物です。その長円形の外壁の半分近くがまだ残っています。ドーリア式、イオニア式、コリント式、そして混合式という四つのオーダーの列柱で装飾された四列の拱廊《アーケード》から構成されています。その高さと大きさは一〇万人に達する収容観客数から推定できるでしょう。ところがフォンタナ（Fontana）の求積法によると、人が腰をおろすと一人当たり一フィート半のスペースを取るので、三万四〇〇〇人以上は収容できなかったのです。というのも建物全体の周囲は一五六〇フィート以上はなかったのです。ヴェローナの長円形大闘技場は周囲が一二九〇フィート、ニームのそれは一〇八〇フィートです。コロセウムはウェスパシアヌス帝によってつくられたのですが、彼はこの仕事に三万人のユダヤ人の奴隷を雇いました。しかし完成させ神にささげたのは息子のティトゥスでした。それを公開した初日に五万匹の野獣を供したのですが、すべて闘技場で殺されました。ローマ人が野蛮な人間であったのは疑いようもありません。ぞっとする見せ物を面白がっていたのです。犯罪人の死体が街中を引っ張られていくのとか、

「ため息の階段」とか「タルペイアの岩」（この二つの場所に犯罪人の死体は腐爛するまで放置されティベル川に投げ入れられた）から見せしめのために投げおろされるのを嬉々として見ていたのです。船嘴演壇《せんし》〔公開演説用のためのもの〕にはロンドンのテンプル・バー（ロンドン旧市街の西端にあった正門。一八七八年に郊外に移された）のように、著名な市民の生首がいくつか掛けられているのがごく当たり前でした。彼らはキケロの首がまさにあの船嘴演壇にくくり付けられているありさまさえ耐えたのです――そこで彼は無罪だということと、公徳に反することは何もしていないということを、とうとうとしかも心に染み入るように述べたのです。聴衆は幾度も感きわまりました。また彼らは大闘技場で野獣にばらばらに食いちぎられた仲間を見てぞくぞくしました。哀れな奴隷や小人が敵によって殺されるのを見るときは拍手して絶叫しました。絶体絶命の捕われ人が群れをなして戦わねばならなくなったときには狂喜し、じつにその極みに達したのです。ついには一方が他方に一人残らず虐殺されました。公共の闘技場の剣闘士として、ネロ帝は元老院議員四〇〇人と騎兵隊員六〇〇人を送り込んだのです。女たちでさえ、互いに殺し合いをしたり、野獣とも戦ったのです。そして大闘技場を鮮血で染めたのです。タキトゥスは「しかし元老院議員の多くの息子たちや最上級の既婚女性たちでさえ、この邪悪なやりかたに身をさらしたのです」と述べています〔『年代記』〕。捕虜や奴隷をその主人や偉人の墓にささげるいまわしい慣習は、いまだにアフリカの黒人には残っているのですが、ローマ人やギリシャ人などの古代文明人の間でもまた行われていたのです。『イリアス』二三巻の、あの一節をいきどおりと戦慄なしに読むことはできないでしょう――それは一二人の勇敢なトロイの捕虜たちが無慈悲なアキレスによって、友人パトロクロスの墓にささげられたことを描いています。

一二人の高潔なトロイ人がその花の盛りに虐殺されて、愛らしい亡骸《なきがら》を炎がいまや焼き尽くそうとしています

ウェルギリウスでさえ、その信心深い英雄をして八人の「イタリア人の若者」を「パラスの霊にいけにえとしてささげさせるのです〔『アエネイス』第一〇巻〕。民族が勇壮になればなるほど、その大衆の楽しみはますます流血ざたになりがちなのは私には理解できません。真の勇気とは野蛮さではなく人道的になることです。この血なまぐさい精神の幾分かはある島（名前は伏せておきます）の住民に受けつがれているのですが、それについてはノーコメントです。コロセウムがローマの街を略奪した外国人によって破壊されたと思われても当然でしょう――実際に彼らはそこから装飾品や貴重なものをうばったのです。しかしこの建造物を解体して現在の壊滅状態にしたのは近代ローマのゴート人とヴァンダル人です。その一部はローマ教皇パウロ二世によって破壊されました。サン・マルコ大聖堂をつくるために、石材を使えるようにするためでした。この後でも同じ目的のためにリアリオ枢機卿とファルネーゼ枢機卿によってもこわされたのですが、後者はパウロ三世の名前で教皇の地位についたのです。こんな損傷にもかかわらず、古代の壮大さをまさに堂々と伝えるものは十分に残っています。

大闘技場や模擬海戦場を建造物や人工的な池と考えると見事なものです。しかし、それらを馬や戦車の競走のための敷地とか海戦を見せるための人工的な海と見れば、古代ローマ人は馬術や

海戦ではまことにお粗末な知識と技量しかないということを証明するように思われるのです。カラカラ帝の大闘技場の跡地があります。そこはイギリス人の狩猟家が息抜きできるところがほとんどありません。チルコ・マッシモはローマでは際立って最大のものですが、ペルメル球技場（ペルメルは十六、十七世紀にヨーロッパで行われた球技。イギリスではセントジェームズ・パークの並木のある歩道で行われた）ほどの長さはなかったのです。しかもセントジェームズ・パークなら、そんな球技ももっとゆったりと、しかも快適にできるとあえて言いたいのです。ニューマーケット競馬場でやっているイギリスの競馬を見れば、古代ローマ人は腰を抜かすと思います。チルコ・マッシモはその幅が三〇〇ヤードしかありませんでした。これのかなりの部分は中央の細長いスペースのスピナで占められ、神殿や彫像や二つの大きなオベリスクなどで立派に見えるのです。またユリウス・カエサルの命令でつくられたエウリプス（池）もあります。ワニやその他の水生動物たちを入れるためだったのですが、それらはときどき殺されました。これはとても大きかったのでヘリオガバルス帝は、それを最上のワインで満たし庶民の娯楽として、そこで海戦を見せたのです。フィールドの三辺を縁取っていましたが、戦いの範囲は一英マイル（一・六キロくらい）をそれほど超えなかったのです。そしてプロブス帝が野獣の狩猟のための森をつくるために、そこにモミの木を植え込む費用を出したとき、これはセントジェイムズ・パークの池の南側の植え込みより広かったかどうか大いに疑問です。ところでイギリスの国王が、わが国の猟の獲物とされている何らかのたぐいの動物のために、公園のこの一角を猟場に変えると、どんなあざけりを招くかは、あなた方の判断にまかせます。

　ローマの皇帝たちは理性と中庸の定めによって大衆の娯楽を定着させるというより、それを大がかりで、途方もないものにしたい気持ちがあったようです。この目的から彼らは模擬海戦——船の戦い——を始めたのだと想像できます。それは真水を人工的にためたところに、双方に六隻ずつの小型ガレー船を配置してなされました。これらのガレー船は普通の小型漁船ほどの大きさもなかったと思います。というのは、それらは船体の片側の二本オール、三本オール、四本オールで動いたからです。これは二段オールとか三段オール、四段オールのガレー船の等級に当たるものでした。これはまだ解明されていない疑問点だということはわかっています。またローマのガレー船にはオール用の甲板が何段もあったと信じている古代研究家がいたことも知っています。しかしこれはほとんど立証されていない想像であり、古代のコインやメダルに残っている、それらのどんな姿にもまったくそぐわないのです。ドミティアヌス帝統治下のスエトニウスはこれらの模擬海戦についてこのように語るのです——「彼はティベル川の近くにこの目的のためにつくられた人工の池で、ほぼすべての海戦を見せてくれた。そして豪雨の中でそれらを見つめていた」〔『ローマ皇帝伝』より〕。この人工の池の水量はハイドパークのそれより多くはなかったのです。それでも歴史家は、現実の全艦隊にとってもほぼ間に合うだけの大きさはあったと述べています。然々《しかじか》の日にサーペンタイン池〔ハイドパークにあるヘビの形の池〕で二隻の軍艦の模擬戦を見せるとか、敵からぶん取った戦列艦をハイドパークコーナーからタワー埠頭まで並べて運ぶと公示されたら、イギリスの船乗りは喜ぶものでしょうか。ルキウスは確かに、ある戦いに勝ったので、一一〇隻の軍艦をローマの街じゅうを引っ張らせたのです。歴史家たちの「水夫や船員は真水を張った池の小さな漕ぎ舟で訓練され育成された」という証言ほど、その海軍力を軽蔑すべきものとして述べているものはありません。もし海が数マイルの近さになく首都を貫流するティベル川もなかったら、こんなものでも冷水浴槽ほどの大きさもない淀んだ池より、水夫の訓練には、はるかに便利だったことでしょう。有名なアクチウムの海戦（これは帝国の運命を決定した出来事として古代史ではきわめて名高いものです）では、イギリスのフリゲート艦が六隻もあれば敵の艦隊二つくらいは打ち負かすこともできただろうと私は固く信じています。

テルマエを記述しようとすれば、私にはまるまるひと月はかかってしまうでしょう。そしてその大きな廃墟はいまでもローマの城壁の内側に見ることができます――あちこちにある数多くの砦の跡のように。ディオクレティアヌス帝の大浴場はローマの民衆が使うための、そして教育用の堂々とした学校と呼んでもいいのではないでしょうか。この建物の美術館は人工の、または天然のもろもろの珍品の完璧な博物館になっていたのです。しかも、どんな技芸についても公的な学校がありました。それでも私の目で判断すると、カラカラ帝のつくったアントニウスの浴場はもっと大きくて立派です。そこは二三〇〇人が同時に入浴してもお互いの体を見られることもないほど十分に仕切られていました。絵画、建築、彫刻など、あらゆる魅力的なもので引き立てられました。水を送る管は銀製でした。多くの浴槽は貴重な大理石でつくられ水晶のランプで照明されるのです。この彫像の中には有名な「ファルネーゼの雄牛」とか「ファルネーゼのヘラクレス」が見られました。

イタリアのような暑い国では入浴は、とりわけ亜麻布が使われる以前には、健康と清潔のためには必要欠くべからざるものであったのです。しかしこれらの目的はテルマエで温浴するよりティベル川に飛び込むほうが、はるかによくかなえられたことでしょう。この温浴は女々しいアジア人から模倣した、ひどくぜいたくなものだし、すでに暑い気候でしまりがなくなった体の組織をさらに弱らせるということにもなりかねなかったのです。彼らが夏に冷水浴をしたのは確実です。しかし普通はぬるめの入浴をしてしばしば香水を入れたのです――また心地よくリラックスするために蒸し風呂に入りました。しかも香りのいい軟膏でさらに効果を高めたのです。テルマエはじつにさまざまな部分と施設からできていました――水泳場、ポルチコ――ここで人びとは一緒に散歩、会話、討論などを楽しんだのです。キケロが述べているように、「彼らはポルチコを散歩しながら議論を交わしたのです」。バシリカは入浴前後に人びとが集まったところです。アトリウムはとても広い中庭なのですが、ヌミディア産の大理石と東洋の花崗岩の堂々とした列柱が華を添えています。エフェベイアでは若い男たちがレスリングとか、その他の運動をよくやっていました。フリキダリウム（冷浴場）はたえまのない空気の流通によって冷やされているところですが、それは窓の配置とその数によっても効果を高めています。カリダリウム（温浴場）では入浴するために水が温められました。プラタナスはスズカケノキの美しい植え込みです。スタジアムは競技者の演技の場です。エクセドラは休養の場で、疲れた人たちのための座席が設けられています。パライストラでは誰でも一番好きな競技種目を選びました。ギュムナシオンでは詩人、雄弁家また哲学者たちが自作を朗読したり熱弁をふるって楽しんでいました。香料塗布室には入浴者たちが使うための香りのいい油や軟膏が置かれていました。そしてコニステリウムではレスラーたちが取り組む前に砂をまぶされました。ローマのテルマエでは料金を取るところもあったし、無料で開放されているところもありました。マルクス・アグリッパが造営官だったときは、民衆が使うために、一七〇もの私的な浴場を開設したのです。有料の公共の浴場では一人当たり一クォドランス貨を支払ったのですが、それはユウェナリスが述べるように半ペニーほどの価値です。

シルウァヌスの神には豚を一頭いけにえとしてささげます。そして公共の浴場には一クォドランス貨しか支払いません〔『風刺詩』から〕

しかし入浴の時間が過ぎると、マルティアリスによると、ときにはかなりの費用がかかりました。

入浴時間が過ぎると、係りの者が疲れて、今度は一〇〇クォドランス貨もの金を要求するのです

最上の貴族と最下層の平民では、場所の違いはなかったのですが、貴族たちは浴場で体を洗うとか、そこでの飲み食いには、最高級の亜麻布のタオルとともに彼ら専用の金銀の皿を使ったのです。また「あか落とし具」という器具を使ったのですが、それは体をこするブラシのたぐいでした。ペルシウスがこの行で言及している習慣です。

ねえ君、このブラシを入浴中のクリスピヌスのところに持って行ってくれ〔『風刺詩』から〕

庶民は海綿で満足したのです。入浴時間は昼から夕方だったのですが、夕方には一番重要な食事をしました。浴場が開いたという合図は鐘などの方法でなされました――ユウェナリスからわかるのです。

急げ、入浴の鐘が鳴っているぞ。まだ遊んでいるのか。たぶんメードがそっとマッサージしてくれるよ〔この引用はユウェナリスからではなく、マルティアリスの『エピグラム』からのもの〕

男女別の場所が設けられていました。そしてこれは確かなことですが、ネロの母親の小アグリッピナやその他の上流階級の既婚女性たちが費用をまかなった、女性専用の浴場も開設されたのです。入浴の習慣はローマ人の健康にはごく当たり前のものになったので、ガレノスは『健康を維持することについて』という書物で、ある哲学者のことを述べています。彼はわずか一日でも入浴しないと必ず熱が出てしまうのでした。浴場の礼節を保つために一連の法律と規則が公布されました。そしてテルマエは検閲官によって検査されました。彼らはたいていローマの主要な元老院議員の一人でした。アグリッパはパンテオン近くの自らの庭園と浴場をローマの民衆にゆずりました――それらを装飾していた彫像の中に、入浴しようとする一人の裸体の若者を彫った作品がありました。これはリュシッポスの手になるものですが、じつに優雅に仕上げられていたので、ティベリウス帝はその美に感動して自らの宮殿内にそれを運ぶように命じたのです。しかし民衆が反対して大騒ぎしたので、しかたなくまたもとの場所に戻したのです。この高貴な浴場はスパルティアヌスで読むようにハドリアヌス帝によって修復されました。しかしいまは何も残っていないのです。

古い水道の現在の状態についていては満足すべき情報はほとんどありません。マッジョーレ門とラテラノ大聖堂の広場近くではクラウディア水道の遺跡以外は何も見かけませんでした。そんな古代の水道が一四本もあったことはご存じでしょうが、そのうちの数本は四〇マイルという遠距離からローマまで水を送ったのです。それらの水路はとても幅が広かったので、馬に乗って武具をまとった男が通れるほどでした。ですからローマがゴート人に包囲され水も遮断されたとき、ベリサリウス将軍はこの水道から街に敵が侵入するのをふせぐために、これに防御工事をほどこしました。それ以来、この古代の水道は干上がってしまい、荒廃するばかりだったと思うのです。街の装飾であると同時にそれに恩恵をもたらす、あのような途方もない建造物をつくってくれたありがたい人たちにローマの民衆が大いに感謝していたことは疑いの余地はありません。でもその費用の百分の一をかけた水道でも同じ水を供給できたことでしょう。しかもその場合でも、それを遮断するのはそんなに容易なことではないと敵も思ったことでしょう。現在の町にあれほど豊富にいい水を供給してくれた教皇たちは、ヴェルジネ水道、フェリーチェ水道、パオラ水道などの運河を修復するためにかけた手間と費用ゆえに大いに称讃されるべきです——それらはいまのローマよりはるかに大きな街でも十分にまかなえるくらいの豊富な水を供給しているのです。

アウグストゥス帝の娘婿でありかつお気に入りの友人でもあるマルクス・アグリッパが自国の市民の利益や便宜、慰みなどのために驚くべき努力をしたことを考えると、彼が国民的英雄であったことは不思議ではありません。このヴェルジネ水道をローマに最初に通したのが彼だったのです。この街に貯水池を七〇〇、噴水を一五〇つくったのです。しかも貯水塔も一三〇ほどつくり、その建造物を一年で、三〇〇の彫像と四〇〇本の大理石の柱で装飾したのです。またローマにユリア水道を引き、荒廃していたマルチア水道を補修しました。彼が民衆のために開設したたくさんの浴場と広い庭園付きの堂々としたテルマエを私はすでに見ました——遺産としてそれらを残してくれたのです。しかし、これらのほどこしものは偉大で気前のいいように見えますが、彼が都市国家ローマのためになしとげたもっとも重要な貢献ではなかったのです。公共の下水道はタルクィニウス・プリスクス王の命令で初めてつくられました。この目的は清潔というよりウェラブルム〔パラティヌスの丘の西側の湿地帯〕への地下の下水としてであり、大雨の後の低地にたまった、淀んだ水を排水するためだったのです。これらの水のさまざまな支流は大きな中央広場に集まり、そこからはクロアカ・マキシマによって、排水がティベル川に送られました。このクロアカ・マキシマはタルクィニウス・スペルブス王がつくったものです。他の下水道はマルクス・カトとワァレリウス・フラクスという監察官によって付加されました。これらの下水はすべて詰まって荒廃していたので、マルクス・アグリッパによりきれいにされ修繕されたのです。彼はまた汚物を流すために同じような運河を街全体の地下に掘りました。クロアカ・マキシマを補強、拡張し、干し草を載せた大きな荷車も通れるようにしました。そして七本の水流をこれらの地下の通路に集めて、それらがいつも清潔で淀まないようにしたのです。こんなもろもろの施設があるのにもかかわらず、もしウェスパシアヌス帝が公の道路から汚物を取り除くのに多大な費用をかけざるをえなかったとすれば、古代ローマ人はいまのイタリア人より、きれい好きではなかったという確かな結論を出してもいいのでしょう。

すでに述べたアウグストゥス帝とハドリアヌス帝の霊廟以降、ローマにおけるもっとも注目すべき古代の墓はガイウス・ケスティウスとチェチリア・メテッラのそれです。前者のものはサン・パウロ門近くに建っている美しいピラミッドです。高さが一二〇フィートでいまでも完全な状態です。内部には丸天井のある小部屋があり古代絵画で装飾されていますが、いまではほとんど消えかかっています。建物は煉瓦づくりですが、大理石を張っています。このガイウス・ケスティウスは執政官だったのですがとても裕福でした。また七人の「祝宴係」の一人として働きました。彼はいわゆる「横臥寝台の祝宴」（神々の像がカウチにならべられ、食べ物がそれにそなえられるローマの宗教行事）や「徹夜の祝宴」などの神々の祭りを取り仕切っていたのです。全財産を自ら友人のマルクス・アグリッパに遺贈したのですが、アグリッパはとても気前がよかったので、それを遺言者の親戚にあげたのです。一般には「カポ・ディ・ボヴェ」（牛の頭の意味）というチェチリア・メテッラのモニュメントがアッピア街道の城壁の外側にあります。この婦人はメテルス・クレティクスの娘であり、クラススの妻でもあったのです。クラススは彼女の追憶のために、この堂々としたモニュメントを建てたのです。それは二階または二層になっています。一階は正方形に切った石でつくられています。二階は丸い塔になっていて、浅浮き彫りの雄牛の頭で装飾されたコーニス（軒や壁などを帯状に取り巻く突出した装飾）があります。こんなわけで「カポ・ディ・ボヴェ」という名前なのです。雄牛は神々へのきわめて深い感謝の念がこもったいけにえであるとされていました。プリニウスは雄牛、雌牛について語るときに、

それらは神々の怒りをなだめるための最高の、かつもっともふさわしいいけにえであるとされてきた〔『博物誌』から〕

と述べるのです。塔の上部には堂々としたキューポラまたはドームがありましたが、それにはありとあらゆる建築の装飾がほどこされていました。この建物のドアは真鍮でした。そして内部には溝彫りされた精巧な仕上げの大理石の壺にチェチリアの遺灰がおさめられていました。そしてその壺はいまでもファルネーゼ宮殿にあります。現在ではその地面はかなり上昇してしまっていて建物の一階部分をおおうまでになっています。目にすることができるものは丸い塔だけで、ドームとその装飾は見えません。そして次の碑文がアッピア街道をのぞむ、その頂上近くにまだ残っています。

Q・クレティクスの娘でクラススの妻であるチェチリア・メテッラのために

いま、われわれは墓碑銘のことを話題にしていますが、この手紙はファウォニウス・イオクンドゥスによって作成されたとても変わった遺言書を結びとします。彼はポルトガルで亡くなった

のですが、この遺言書で有名なシルワァヌス神殿の正確な位置が確認できるのです。

我輩P・ファウォニウスの子である我《われ》ガルス・ファウォニウス・イオクンドゥスは、ウィリアトゥスとの戦いで死に瀕しているが、わが妻クィンティア・ファビアとの息子たち、イオクンドゥスとプルデンス両人を、わが全不動産、動産の連帯相続人であると宣言する。ただし、このわが遺言の日から五年以内にここに来て、亡骸をローマに運び、わが命令、指図によってラテン街道につくられた墓所におさめるという条件付きで。また奴隷も解放奴隷も上述の墓に、わしと一緒に生き埋めにしないこと。またもしそのような者がいたら、外に出すこと。ローマ法を尊重すること――古式を守り墓は遺言にそむかないこと。もし正当な理由なく、別のやり方でやれば、子どもたちにまさに遺贈すべき全財産はウィミナリス山のふもとのシルウァヌス神殿の修繕にあてるというのがわしの気持ちである。そして祭司長ならびに神殿にいるユピテルの神官たちが、子どもらの不信心に復讐するのに力を貸してくれることと、シルウァヌスの司祭たちがわが亡骸をローマに運び、自らの墓にていねいに埋葬されることを、見届けると約束してくれることを、わが魂は懇願する。街の執行官がわが家の奴隷は全員自由だと宣言し、一人ひとりに、わが相続人と遺言の指定執行人から、衣服一着と純銀一ポンドを受け取った後、母親とともに解放されることも、わが願うところである。

ルシタニアの農園で。七月二十五日。ウィリアトゥスとの戦いの最中に私が常に「忠実な僕」だということを、あなた様に得心させるための紙の余裕はほとんどありません。

敬具

# 第三十三信　ニース　一七六五年　三月三十日



拝啓

私がローマの貴重な絵画や彫像の半分も見てしまったなどと思わないでください。この首都には、そのどちらも途方もなくたくさんあるので、それらをざっと見るだけでもまるまる一年はかかるかもしれません。しかも結局そのいくつかは見落としてしまっていることでしょう。それでももっとも有名な諸作品は見ました。だから好奇心は満たされたのです。たぶん私が真に目が肥えていて、本物の眼識と鋭い感性があれば、こんなうわべだけの観察でも好奇心が湧くばかりなので、ローマにひと冬そっくり足を留めることになったかもしれません。ヴァチカン宮殿を歩いていると、ラファエロの「アテネの学堂」にとても魅了されました。しかしそれは湿気で見るに耐えなくなっていました。一人の数学者の証明を注視する四人の少年の表現は驚くほど変化に富んでいます。この芸術家についてのウェブ氏（Daniel Webb 一七一九〜九八、アイルランド出身の文学・美術批評家）の批評は確かに正当です。おそらく彼はそれまでに世界が生んだ最高の道徳的な画家なのです。それまでに顔付きや態度、身振りなどを、あれほど幸福そうに表現した人物はいないのです。しかしあまりに粘液質だったようなので、熱狂的な表現はできなかったし、絵画における崇高なものにも到達できなかったのです。ウェルギリウスの静謐《せいひつ》はあるのですが、ホメロスの情熱はないのです。九人のムーサの神々が楽しむために、アポロンがヴァイオリンを弾くという馬鹿げたこと以外に、彼の「パルナッソス」には私に感銘をあたえるものはありません。

教皇シクストゥス四世の礼拝堂におけるミケランジェロの「最後の審判」には、じつにさまざまな楽器から成る大がかりな演奏会で、わが耳をうろたえさせるものと同じような混乱があると、わが目には映りました――いやむしろ、たくさんの人びとが一緒におしゃべりしているところなのでしょうか。人物や人物集合体を一人ひとり見ると、それぞれの個性的な表現は満足すべきものです。しかし一団となった全体は単なる人間の寄せ集めなので、調和、つり合い、秩序がなくまとまっていないのです。群衆や個人を多数必要とする主題は、いかなるものでも画家は避けるべきです。というのは多くのものが互いに保たねばならない関係を失わず、しかもそれらを一つの視点でまとめることは、この芸術では不可能です。ミケランジェロには巧みな解剖技術、正確なデッサン、大仕掛けの作品、力強い火のような表現がありましたが、優美さはほとんど眼中になかったようです。王様や英雄、枢機卿また高位聖職者はローマの「荷担ぎ人夫」の中から選んでいたと想像できるくらいです。また車裂きの刑で悶死する苦しみをもとに十字架上のイエスを描いたのも事実です。それに聖母子像の原型は文字どおり馬小屋で見いだされました。「王宮の間」はシスティナ礼拝堂の控えの間になっていて、ここではカトリックの偉人たちが他に多くの善行をしたのですが、パリやトゥールーズまたその他の地域で、聖バルトロマイの夕べにプロテスタントを虐殺したありさまを描くものが見られます――『ローマ記述』〔Fèa Carlo 著〕においてはこのように語られています――「最初の絵ではジョルジュ・ヴァザーリがフランスの司令長官のコリーニの身の上を描いています。彼は反乱軍とユグノーの首領として殺害されたのです。またその近くの別の絵では、パリやこの王国の他の地域の反乱者とユグノーたちの虐殺が描かれています」。このようにしてローマ宮廷はお抱えの画家を雇い、いかなる民族の年代記も赤面する、もっとも不実で残酷で不名誉な虐殺を、称讃に値する行為として賛美し不滅のものにしたのです。

　サン・ピエトロ大聖堂の大きなポルチコの両端に対峙《たいじ》するコンスタンティヌス大帝とシャルルマーニュ大帝という二つの騎馬像について述べる必要はありません。というのは、それらには特別に興味深いものは何もありません。ヴァチカンのベルヴェデーレ宮殿の入口の「眠れるクレオパトラ」は大いなる称讃に値します。でも「アポロン」のほうがもっと心に訴えました。これはかつてつくられた像の中でも、もっとも美しいものだと信じています。「ナイル河の像」は広々とした中庭にあり、幼い子どもたちがその上に乗っているのですが、じつに素晴らしいものです。でも、こわれかけているので全然見向きもされません。ウェスパシアヌス帝が「平和の神殿」に設置したと、プリニウスが描くものがこれなのかどうかわかりません。そこで遊んでいる一六人の子どもたちはナイル河の増水を表していました――でも絶対に一六腕尺（中指の先端から肘までの長さ、約四五～五〇センチ）以上は上昇しなかったのです。有名な「ラオコーン像」については期待以上でした。ミケランジェロが驚嘆すべき作品と呼んだのは理由がないわけではなかったし、プリニウスがそれを、かつて大理石に彫られたもののの中でも、もっとも優れた作品だと言ったのもまったく妥当です。しかしながら有名なフルヴィオ・オルシーニ〔Fulvio Orsini 一五二九～一六〇〇、ファルネーゼ・コレクションのキュレーター〕は、これはプリニウスが言及した彫像ではないという意見です。モンフォーコンが述べるその理由は以下のとおりです――プリニウスが描く彫像は一つの石からつくられました。でもこれは違うのです。古物収集家のアントニオーリは、ティトゥスの浴槽が実際にあった地面で見つけたラオコーンのヘビの断片を所有しています――これらの彫像はティトゥスの建物の内部にあったというプリニウスに一致しています。たとえそうだとしても、われわれがいま見る作品は古代の名誉となるものです。大理石、花崗岩、銅、鉛などのその模造品や鋳造品、それにその素描、版画をあなたはとてもたくさん見たのですし、それについてのキースラー（John George Keysler 一六八九～一七四三）の記述や他の旅行書も二〇冊ほども読んだのですから、それについてはもう何も言うことはありません――彼らも私も、または他の誰も、それをいくらほめてもほめすぎないのだということを除いて。確かにそれは寄せ集めのつくりです。とくにこの点ではプリニウス自身が間違っているかもしれません――「絵画と彫像についてのありとあらゆる他の試みより好ましい作品に仕上げられています。もっとも卓越した芸術家たちがその才能を寄せ集めて、一つのかたまりから父と息子たちがからみあった見事なヘビたちを彫り出したのです」。それまで目につかないように巧妙に隠されていたのですが、接合部分をミケランジェロは見つけました。この驚くべき群像はロードス島の三人の彫刻家たちの作品です。いわゆるアゲサンドロス、ポリュドロス、アテノドロスです。そしてティトゥス・ウェスパシアヌス帝のテルマエで発見されたので、いまでも本物の古美術品だとされています。ミケランジェロを思わせるという彫像の胴を切断したトルソーについては、よくながめる時間も初見でその美をとらえるだけの審美眼もありませんでした。ペイディアスとプラクシテレスとの競い合いでつくられたと言われるヴァチカン宮殿の前の馬の丘の有名な馬や、カピトル神殿の前のカストルとポルックスの像の傍《かたわ》らの馬もすでに見ました。でも、それらすべてをひっくるめて、とりわけ気に入ったものはコリント産真鍮の騎馬像です。この広場（カピトリヌス神殿の広場です）の真ん中に建っていて、マルクス・アウレリウス帝だと言われています。これはルキウス・ウェルス帝のはずだと考える者もいます。ルキウス・セプティミウス・セウェルス帝だと主張する古物研究家たちもいるし、コンスタンティヌス大帝だと言う者もいます。というのも、それはこの皇帝によってつくられたラテラノ宮殿の広場に建っていたからです。ところが教皇パウロ三世はそれを、そこからカピトリヌス神殿に移しました。マリウスの戦勝記念碑はきわめて精巧な彫刻作品だと思いました。また、この広場に通じる階段の下にある二つのスフィンクスに見とれました——それまで目にしたエジプトの意匠で唯一のすぐれた実例だったのです。というのはカピトリヌス神殿の博物館の一階にある、あの国の二つの偶像や、まさにこの建物のエジプト室にあるすべてのエジプト彫刻などは、自然な姿をひどく奇怪に表現したものなので、ローマの彫像の中で一定の位置を占めることができなかったのでしょう——異国の迷信的な珍品としてだけ、またはその素材ゆえに——それらはたいてい玄武岩や斑岩、または東洋の花崗岩などからつくられています。

この博物館の中庭のさらに奥の入口に面して、自らの墓に身を横たえる川の神の彫像がある立派な噴水があります。これがかの有名なマルフォリオに他なりません。アウグストゥス広場のマルス神殿で発見されたのでこの名前なのです。通りの一角に建っている手足のない別の像のパスクイーノに貼られた風刺への返答を伝達するものとしてのみ注目すべきものです。〔パスクイーノには諷刺か警句が貼られ、マルフォリオにはこれらへの返答が貼られた〕

これらの部屋の一つで見かける大理石の棺――そこにはアレクサンデル・セウェルス帝の遺骨が入っていたと考えられています――は興味ある古美術品です。そこに浅浮き彫りされた彫刻は貴重なものですし、皇帝とその母ユリア・マメアを描いている蓋《ふた》の人物像もとりわけ貴重です。

この博物館の階段室（それは現在カンポ・ヴァチーノと呼ばれているフォロ・ボアリオにあった神殿からここに運ばれたものです）にある六つのオーダーで分類したローマの古い平面図（フォルマ・ウルビス・ロマエ Forma Urbis Romae のこと。これは古代ローマの神殿などの平面プランを彫った大理石の板である）をよく見る時間がなかったのが残念です。

この建物の上のほうの部屋に置かれている大理石、浅浮き彫り、碑文、墓、胸像、彫像などの膨大なコレクションを私がくわしく述べることなんかできそうもありません。そんなものは一回しか見ませんでしたが、そのときは次の品々に感銘したのです――「酔ったバッカスの神」「ユピテルとレダ」（少なくともフィレンツェの美術館のそれに匹敵します）。古い「泣き女」つまり雇われ会葬者――アイルランドやスコットランド高地でまだ雇われている、あのしわだらけの老婆のようなものです。彼女たちは死者をたたえて葬式で弔い歌を歌います。有名な「アンティノウス」は優雅な姿ですが、それをプッサンは均整美の規範または標準として研究したのです。「二人のファウヌス」そしてとりわけ「瀕死の剣闘士」（「瀕死のガラテア人」）、この彫像の肉体の形、顔の表情、美しい手足、もりあがった筋肉はあまねく称讃されています。しかし、その背中の仕上げは信じられないくらい優美です。いわゆる「背最長筋」という長い筋肉は自然に表現され丹念に仕上げられているので、大理石でも実際のやわらかな肉体に匹敵するほどの出来栄えです。しかも生身の肌のように起伏した脊椎骨をすべて数えることができるかもしれません。でも、この像がどんなに優れていてもクレシラス〔フィジアスと同時代人のアテネの彫刻家〕の有名な「瀕死の剣闘士」には及ばないようです――これはプリニウスのことばですが、「その表現はまったく信じられないくらいだった」と言うのです。カピトル神殿と反対側の中庭には、馬をむさぼり食う見事なライオンの彫像があります。ガイウス・ケスティウスのピラミッドに近いオスティア門の近くで発見されたものです。そしてこの左手の柱廊の下にはいわゆる「海戦記念柱」があります。それは海戦でカルタゴ人に初めて勝利したガイウス・デュリウスをたたえて建てられたのです。しかしこれは古い碑文がある近世の柱です。碑文はひどく摩滅しているので読むことはできません。上のほうの画廊と大広間にある絵で、もっとも気に入ったのはグイド・レーニの「バッカスとアリアドネ」と、ルーベンスによる「ロムルスとレムスに授乳する狼」でした。ファルネーゼ宮殿の中庭は古代彫像で囲まれているのですが、そこでもっとも有名なものはきわめて優美な衣服をまとった「フローラ」〔現在ナポリ国立考古学博物館所蔵〕です。また死んだ少年を担ぐ剣闘士、またネメアの獅子〔ギリシャ神話に登場するライオンで人や家畜をおそったとされる。ヘラクレスに退治された〕という獲物を持つ「ヘラクレス」もあります。しかし目の肥えた者が他の何よりも高く評価しているのはグリュコンによる「ヘラクレス」です。私のみならず、あなたもそれが獲得した偉大な名声でご存じのものです。この驚くべき像が発見されたときには足がなかったのですが、じつに幸運にもグリエルモ・デッラ・ポルタによって補われました。そのため後にもとの手足が発見されても、ミケランジェロは優雅さとまとまりからして、近代芸術家のものを好みました。そのためにもとの手足はしまっておいたのです〔ミケランジェロが好んだポルタの補作はあまり価値が認められなかったので、原作の手足が修復された。ゲーテ『イタリア紀行』でもこれに言及している。*Italian Journey* trans. W.H. Auden and Elizabeth Mayer, 1970. P.P. 161-2〕。中庭の後ろの小さな家、または小屋にはディルケーの素晴らしい群像が保管されています――それは一般に「ファルネーゼの雄牛」と呼ばれていて、カラカラ浴場からここに移されたものです〔ふたごの兄弟が母を虐待したディルケーを雄牛にしばりつけてかたきうちするという神話を主題とした彫刻作品〕。ディルケーの髪の毛は一頭の雄牛の角にしばられていますが、この牛には絵画でも彫刻でもそれまでに見たこともないような精神性と激しさと怒りに満ちた反抗心が表現されています。この雄牛を海に投げ込もうとしている二人の兄弟の彫像は見事な対照を見せる美しい姿をしています。そしてその一人がちょっと曲げるようにして握っているロープは、のみによる驚くべき仕上がりなので、石でつくられているとは信じられないくらいです。ディルケー彼女自身は端役にしかすぎないと思われますが、大いに賞賛すべきは後ろ足で立ち上がって雄牛に吠えかかる犬です。この驚くべき群像はロードス島の二人の彫刻家アポロニウスとタウリスクス〔紀元前一五〇年ごろロードス島で活躍した二人の兄弟〕によって一つの石から彫られました。そしてプリニウスによって『博物誌』の三六巻で言及されています〔どちらもカラカラ浴場からの出土品でファルネーゼ家のコレクションになっていたもの。十八世紀にローマを訪れる人びとに激賞された。現在どちらもナポリ国立考古学博物館の収蔵品になっているが、前者は原作者リュシュポスの「ヘラクレス」のグリュコン（Glycon 紀元前一世紀ごろのアテネの彫刻家）によるコピー作品と考えられている。後者はプリニウスが描いたオリジナル作品の二、三世紀ごろのコピー作品と考えられている〕。古代から、われわれに伝わった芸術のあらゆる貴重なモニュメントはギリシャの芸術家たちがつくったものです。ローマ人たちは素晴らしい審美眼があったので、ギリシャの芸術に感服するばかりでした。それはギリシャの建築や音楽を取り入れたということや、その彫像や絵画などの大がかりなコレクションによってもきわめて明白です。しかし画家としてまたは彫刻家として大成したローマ人のことはまったく読んだ記憶はありません。そんな職業はローマでは名誉に値するものではなかったと言っても言いすぎではないのです。というのは絵画、彫刻、音楽また修辞学、医学、哲学などでさえ奴隷たちによって教えられ、かつ実践されたのです。それらの教授たちが偶然とか運命のいたずらで、たまたま奴隷たちであっても、これらの技芸はローマでは常にほめたたえられ、またあがめられたのです。絵画や彫刻の仕事はかなり実入りがよかったので、ローマのような自由共和国においては、じつに数多くの個人が貪欲にそれらに就いたはずです。でもおそらくローマという土壌はそのような技芸について特別な天才を生まなかったのです。今日のイギリス人たちのように、彼らは詩、歴史、倫理学で頭角を現したのです。しかし卓越した絵画や彫刻、建築、また音楽には決して到達できなかったのです。ピッキーニ宮殿でイヌとイノシシがいる、メレアグロスの名高く美しい三つの彫像から成る作品を見ました〔現在、ヴァティカン美術館所蔵〕。それとともに巧みをつくしたオオカミもあったのです。サン・ピエトロ・イン・ヴィンコリ教会にあるミケランジェロの著名なモーゼの彫像を私は夢中でながめていました。またサンタマリア・ソプラ・ミネルヴァ教会では同じ作者のキリストの彫像も見ました。その右足には青銅のめっきがなされていますが、信者たちが何回も口づけしています。歯の痛みには卓効があるものとされていると思います。というのは年老いた紳士と老女が、じつにつらい様子で、歯肉を次々とそれにこすりつけているのを見たことがあります。

ラファエロの有名な「キリストの変容」を見るために私がサン・ピエトロ・イン・モントリオ教会まで出かけたのはご想像のとおりです——それがもし私のものなら、真っ二つに切ってしまうところです。空中の三人の人物に注目しがちなので、その下の山上の人物はほとんど、あるいはまったく注目されません。このたぐいの主題では、絵の光と影の配置について守らねばならない相互関係や調和など無視されるのはわかっています。群集は互いに何の関係もないように見えます。この作品の並はずれて素晴らしいところは、キリストの顔の神々しい表情ばかりでなく、空中に美しく浮遊する、その驚くべき軽やかな姿にもあると思います。聖ルカ教会では、ラファエロの最高傑作の一つとたたえられているのですが、聖母マリアの肖像を描くルカの絵にはまったく感銘を受けませんでした。確かにほとんど印象がなかったので、人物たちの配置さえ記憶にありません。聖ロムアルド教会（the church of St. Romauldus）のアンドレア・サッキによる祭壇画〔この作品は現在ヴァチカン美術館所蔵〕は、もしその聖人自身の姿がもっと重々しくて、もっと神々しい光が射していれば、絵の価値がさらにあるものなのでしょう。ボルゲーゼ宮殿では主に次の作品に感銘を受けました――「ヴィーナスと二人のニンフ」と、もう一つの「ヴィーナスとキューピッド」ですが、どちらもティツィアーノの作品です。レオナルド・ダヴィンチによる素晴らしい「ローマ信仰」（Roma Piety）とドミネキーノによる有名な「ミューズ」もあります。後者は美しく軽やかでふくよかな姿をしています。コロンナ・コネスタビレ家の宮殿ではグイド・レーニによる「ヘロディア」に魅せられました。ラファエロによる「幼児キリスト」と「聖母」もあります。それに四枚の風景画があるのですが、二枚はクロード・ロラン〔Claude Lorraine 一六〇〇～八二、フランスの風景画家。主にローマで暮らした〕のもの、他の二枚はサルヴァトール・ローザ〔Salvator Rosa 一六一五～七三〕のものです。ロスピリオージ宮殿付属の夏の別荘では、グイドの「アウローラ」を心ゆくまでながめることができました。この作品は部屋の湿気で見るに耐えないという評判にもかかわらず、色彩はまだかなりよく残っています。フレイ〔Jakob Johann Frey 一六八一～一七五二、スイスの版画家〕によるこの絵の版画は見事ですが、もとの絵の美しさを十分には伝えていません。バルベリーニ宮殿には大理石の彫刻と絵画が数多くあります。前者の美しいヴィーナス像に心引かれました。また精巧な仕上げの眠るファウヌス、古代の彫刻に身を横たえる魅力的なバッカス、そして有名なナルキッソス。絵画で最高の喜びをもたらしてくれたものはグイドの「マグダラのマリア」でした。これはパリのカルメル会修道院にあるル・ブリュンによるそれよりもずっといいものです。ティツィアーノによる「聖処女」。ラファエロによる「聖母マリア」、しかしこれはフィレンツェのピッティ宮のそれに匹敵するものではありません。またプッサンによる「ゲルマニクスの死」がありますが、それはこの大コレクションのうちでも最良の作品の一つだと思えるのです。ファルコネリ宮殿にはグエルチーノによる美しい「聖チェチリア」があります。ラファエロによる「聖家族」、またドメニキーノによる「涙を流す聖ペテロ」の美しい表情豊かな姿。アルティエリ宮殿では冒瀆者を破滅させようと天からおりて地上に呼びかける聖者を描く、カルロ・マラッティの絵に見とれました。感心したのは単なる肖像画として聖人が描かれていることです。その他の部分の仕上げはごく平凡でした。おそらくそれらは中心人物の重要性を保つためにわざと抑制されていたのです。同じ主題でもサルヴァトール・ローザなら感じが違うものになったと思います——暗い嵐のまったただ中で自らも命を奪われる稲妻で冒瀆者を照らしたことでしょう。こうした火の効果と自らのぞっとする状況により、ゆがんだ顔に不気味な輝きもあたえたことでしょう。そして場面全体を恐ろしく、しかも生彩あるものにしたことでしょう。同じ宮殿でコレッジョによる有名な「聖家族」を見ました——画家はそれを未完成にしたままでしたし、どんなわけかわかりませんが、補修を引き受けようとする他の画家もいなかったのです。ここにはまたティツィアーノによる「パリスの審判」がありますが、きわめて貴重な作品と見なされています。オデスカルキ家の宮殿にはミケランジェロとラファエロによる二枚の「聖家族」があるのですが、どちらも傑作と見なされています――まったく異なる様式なのですが、互いに好敵手である二人の偉大な画家たちの特徴をよく表しています。

これ見よがしなことをするほど私がおろか者なら、ローマで実際に見たもっと数多い数百の彫像や絵画のことも書いてしまうでしょう。また見もしない、そんな大がかりな目録で数の水増しさえするでしょう。しかし私がいかに見栄っぱりでも、そんなことはしませんでした。また誓って言うのですが、実際に見たこと以外は何も書かなかったと請け合います。私の批評のことばについてですが、それらがあまり薄っぺらだし当てにならないものなので「忠実な僕」以外の誰かのはずがないと思うかもしれません。

敬具

# 第三十四信　ニース　一七六五年　四月二日



拝啓

ヴァチカン図書館について何もお伝えすることはありません。しかしその部屋と装飾については疑いなく堂々としたものです。そこにある書物の数は四万冊は越えないし、閲覧もまったくできず、しかも書棚にしまい込まれています。手稿については、他国民であるわが国民にも広く公開されているもの――ウェルギリウスとテレンティウスのとても古いいくつかの写本――しか見たことはありません。精巧な彩飾がほどこされた二、三のミサ典書、ルターに対抗してヘンリー八世によってラテン語で書かれた七つの秘蹟の書物、それにアン・ブーリンあての国王の何通かのラブレター〔これを編集したものが一七一四年にロンドンで出版された〕などもあります。私はまたサンタ・マリア・ソプラ・ミネルヴァという教会の女子修道院付属のカサナテンセ図書館を訪れました。ドミニコ会修道士である主席図書館員あての推薦状を持っていたので、彼は私をとてもていねいに迎えてくれ、ありがたいことに古典の珍しい手稿のいくつかを見せてくれました。

ローマで好奇心を満足させてから、出発の準備をしました。そしてラディコファニとモンテフィアスコーネ間の道は石ころだらけの悪路なので、銀行家のバラツィ氏にフィレンツェに戻るもっといい道はないのかねとたずねたのです。またテルニの滝も見たいという強い願いも口にしました。テルニ経由の道なら、他の道より四〇マイル短縮できてはるかに安全で楽だし、とてもいい宿の便宜もあるということを彼は私に確約してくれました。もし地図に目を通すという手間をかけていれば、テルニ経由の道は四〇マイル短縮できるどころか、他の道よりずっと長いということがわかったはずです。でもこれはバラッツィ卿だけの思い違いではなかったのです。道の大部分はけわしい山脈を越えたり断崖沿いにあります。そのために乗り物の移動がうんざりするほど長くなり、恐ろしくて危険です。それに宿屋についてもそれまでに入ったものの中でも、どんな点でも一番ひどかったのです。あえて言いたいのですが、マーシャルシー債務者監獄とか王立法廷監獄〔スモレットは一七六〇年にここに収監されたことがある〕の並みの囚人でも、この道沿いのいたるところで、われわれが泊まったところよりもっと清潔に、しかもゆったりと収容されているのです。宿はぞっとするくらい汚ないし、たいてい食べ物も不足しています。食用になるものが見つかったときでも、調理法で毒殺されかかったほどでした。ベッドにはカーテンや台枠がなく、窓にはガラスもなかったのです。しかもこんなたぐいのもてなしのために、いい部屋に泊まり大盤振る舞いされたくらいの宿賃を支払いました。もう一度くり返しますが、それまでに知りえたすべての国民で、イタリア人はもっとも悪らつで強欲です。最初の日は丘の頂上にある小さな町のチヴィッタ・カステラーナを通り過ぎて、いわゆる一流の宿に投宿しました。そこには枢機卿や高位聖職者また君主もよく泊まったのです。小斎の日だったので、宿にはパンと卵とアンチョビしかありませんでした。夕食を食べずに寝てしまい、わらぶとんに横になったのですがノミ、シラミにひどく食われてしまいました。翌日になると道路はところどころネラ（またはナル）川に突き出た断崖沿いについていました。この川は古代には白い泡と河水の硫黄分で有名でした。

硫黄のただよう白流のナル川もウェリーヌスの川も同じように
（ウェルギリウス『アエネイス』より。訳文は『筑摩世界古典文学全集』二十一巻、一五六ページから引用）

それは細い川なのですが、流れは急で、ここから遠くないところで、ティベル川に流れ込んでいます。古代のオクリクルムの遺跡近くのオトリコリや、山の頂上にあるナルニという夢のような街——近くにはアウグストゥス・カエサルによってつくられた、途方もない橋のアーチがいまでも一つだけ見られます——を通り過ぎてテルニに着きました。そして夕食前に二輪軽装馬車を二台借りて、三マイル離れた有名なマルモレの滝を見に行きました。崖際沿いにかなり長くついている、細い道をたどりながら、けわしい山を登りました。下のほうでは、ウェリノ川と合流したネラ川の激しい流れが、ごうごうと音を立てていました。ウェリノ川はマルモレ湖から流れ出る川なのですが、断崖を流れ落ちる滝になります。高さは一六〇フィートほどです。こんな水量が山から流れ落ちるのです。それは水煙や水蒸気、白い濃い霧などとなって舞い上がります。太陽が輝いている間は、これらの微粒子は必ず二重の虹になります。大滝の耳をつんざく音。この近くにある他の多くの巨岩と断崖は、その下の泡が湧き立つ二本の急流の川とあいまって、ものすごい雄大さを見せてくれます。しかしながらこの印象は、それをながめる適当な場所がないので、かなりそこなわれています。周囲のかなり高い山脈が視界をさえぎらなければこの滝ははるかに目ざましいものに見えるでしょう。正面から見えないので、側面の斜め方向から見なくてはなりません――身震いせずには近づけないほどの断崖の端に立ちながら。この位置もゼッキーノ金貨四、五枚の出費で、はるかに近づきやすく、またとても安全にもなるのです。しかもこのための税金もささやかなものですが、テルニの宿の主人が旅行者に課すこともできるのです。こんな並はずれたものを見たい連中から、一人ずつ、半ゼッキーノ金貨を取って、馬車を貸し出すからです。この小旅行のための料金（早馬の一駅分くらい）を渡した左馬騎手二人以外に、軽装馬車の後部に男が一人いました。彼はその滝のいくつかの絶景地点を教えてくれるつもりだったのです。それでその要求額はパオロ銀貨四、五枚でした。こんなならず者の宿の主人のふんだくりが、どんなものかわかってもらうために、次のことを言わねばなりません――正餐と夕食（腹がすいても食べる気にもならないものなのですが）を食べ、キャスター付きベッド三台分込みの宿賃が、一泊で八〇パオロ銀貨（英貨四〇シリング）にもなったのです。そんな詐欺まがいなものに、なぜ屈したのですかとおたずねですか。じつのところ、旅の間に一度ならず、法外な宿屋の主人をその地の治安判事に正式に訴えたのです。でもちっとも満足できなかったし、時間もかなり取られました。もし手を出してこらしめていたら、女たちは驚いてこわがったことでしょう。まったく支払わないときっぱりと断れば、主人は宿駅長でもあったので、旅を続けるための馬を貸さなかったでしょう。フランスのムイでそれを実際にやってみたのです。そこではひどく興奮してしまったし、さんざんもめたので、暗くなるまで拘留されたのです。しかも結局根負けしました。

それはまた群集を図に乗せてしまいました――馬車を取り巻いて、同じ町の人に加勢しようとしていました。心身ともに健全な若い愛国者が、旅の途中で法外に吹っかけられるたびに、その原因をつきとめる労をいとわず、（フランスあるいはイタリアで）宿駅の見張り役に正式に訴える気があれば、十分に報われるものですし、その地域にも大きな貢献ができることでしょう。テルニはじつにしっかりとしたつくりの好ましい町なのですが、ネラ川の二つの支流の間の素晴らしい土地にあります。そのためそこは、古代人にインテランナ（Interamna 二つの川にはさまれた土地）と呼ばれたのです。この美しい広場に教会が建っていますが、これはかつて異教の寺院でした。この教会には、貴重な絵画が何枚かあります。土地の人びとはとても礼儀正しくて、食べ物もとても安いということです。皇帝タキトゥスと、それと同名の歴史家が生まれた土地でもありました。そこからスポレトへ旅するときに高い山を越えました。これはその高さからソンマと呼ばれています。そこでは馬車馬がさらに二頭必要でした。また道は危険で恐ろしい断崖に沿って、曲がりくねっています。われわれはウンブリア州の首都であるスポレト（かなり大きな町です）、というところを通過していきました。スポレトについては、しかしながら、私自身が気づいたことは、遠くに煉瓦づくりの有名なゴシック様式の水道が見えたということしか言えません。そのアーチについては、ヨーロッパのどんな水道より高いと、アディソンが述べています。ここからフォリーニョ（そこに泊まりました）への道は、わくわくさせるほど気分のいい平地を貫いています。美しい囲い地に地取りされていてワイン、油、小麦、牛などの産地になっています。そして有名なクリトゥンノ川ののびやかな流れによって給水されています。この川の水源は街道近くの岩から湧き出る、三、四本の小川です。右手には、町がいくつか傾斜地にあるのが見えました。そしてとりわけアッシジの町は、聖フランチェスコが生まれたことで有名です。その遺体はここに埋葬されたので、巡礼者の大きな群れがやってきます。大がかりなお供たちと一緒に、ここにやってくるローマの王女に出会いました。健康をふたたび取り戻そうという彼女が立てた誓いのために、ここに来たのです。フォリーニョは古代のフルギニアなのですが、小さな町で素敵なところです。クワ畑やブドウ畑、小麦畑が周囲にあり、小河川であるトピノ川の両岸に開けています。宿でベッドを選ぶときに一つの部屋に鍵がかかっているのを見たので、できたら開けてほしいと言ったのです。これに対してボーイは、ちょっとちゅうちょしながら、答えました――「けがらわしいやつが、あの部屋で最近くたばってしまったことを、ぜひご承知ください。しかもまだ清めもすんでいませんし、散らかっています」。それはどんなひどいやつだったのかとたずねたら、「イギリスの異教徒です」と答えました。もしボーイがわれわれをドイツのカトリック教徒と取り違えなかったら、わが国と宗教について、あんなにあからさまにはなれなかったでしょう――これはあとでR氏から聞いたことです。翌日は立派な橋を通って、ティベル川を渡りました。そしてペルージャの町があるけわしい丘陵を登って行くときに、馬が疲れ果てたので、馬車の重みで後ろ向きになって、断崖際ぎりぎりまで引っ張られてしまいました。幸運なことに、そこに一人の男が通りかかったので、車輪の一つの後ろに大きな石を置いてくれたのです。そのため止まることができました。そうしてくれなかったら、何もかもぶつかって、粉々になっていたことでしょう。この町には登らなくてはならない、いやな丘がもう一つあったのですが、それは他のものより、手ごわかったし危険でした。しかし左馬騎手と他の馬たちがとてもがんばったので、まったく止まることもなく、頂上まで行けました。そしてそこには大きな広場があり、馬がいつも替えられています。この宿駅には替え馬がなかったので、ペルージャで一昼夜を過ごさなくてはなりませんでした。これは丘の斜面にあるなかなかの町なのですが、いくつかの美しい噴水や、格好のいい教会（グイド、ラファエロ、またその師匠であり当地生まれのピエトロ・ペルジーノの貴重な絵が中にありました）があって、華やかでした。次の宿駅は古代人のトラシメヌス湖であった湖のほとりにあります。周囲が三〇マイル以上あり、水もきれいです。島が三つあり、おいしい魚もたくさん獲れます。湖の岬に町と城があります。執政官のフラミニウスがハンニバルの大量殺りくによって、完敗したのはこのあたりでした。ペルージャからフィレンツェまでは、宿駅間の距離がすべて倍あったし、しかも悪路だったので、一日にせいぜい二八マイル程度しか進めませんでした。乗り物をおりて、けわしい山を歩いて登らなくてはならないこともよくありました。しかも道はたいていひどくでこぼこで、石ころだらけだったので、がたがたゆられて、命からがらの思いさえしたのです。あんなに耐えられないくらいのゆれや、疲れを感じたことはありませんでした。それでも銀行家のバラツィ氏には、必ず毎日一〇〇回ほど感謝しました。彼の忠告のおかげで、この道をたどれたからです。それでも忍耐以外に、なすすべはありませんでした。もし馬車が信じられないくらい堅牢でなかったら、粉々になっていたはずです。五日目の夜を、カモチアというところで過ごしました。つまらない居酒屋のようなところだったので、自炊しなければならず、かび臭い部屋で休みました。そこには火など入れたことがなく、実際、暖炉もなかったのです。しかもあやうく、ねずみにかじられるところでした。翌日は馬車の鉄の装具の一つがアレッツォでこわれてしまいました。それでまた乗れるようになるまで、そこに二時間も足止めされました。その機会を使えば、近くにあるとされている古代エトルリアの円形闘技場や、ヘラクレス神殿の廃墟（カヴァリエーレの爵位を持つロレンツォ・グァゼーシがこれを書き伝えています）を見ることができたかもしれません。でも鍛冶屋はすぐに終わると、確約しました。こんな不愉快な旅を早く終わらせることが肝心だったので、少しでも遅らせないように、好奇心を押さえることにしたのです。しかしわれわれがそれまでに過ごしたどんな夜でさえ、この小さな村（名前は忘れました）で過ごしたこの日の夜にくらべれば、まだましでした。宿が汚くてぼろなことは、話にならなかったのです。夜具は不潔で、ロバ追いの胃でさえもむかつくほどでした。しかも食べ物の調理法もひどかったので、ホッテントット人でさえ、嫌悪の念なしに見ることもできないくらいでした。われわれは私用のシーツがあったので、敷きぶとんの上に掛けたのです。そしてここで、厚い外套にくるまって休みました。でもノミ、シラミにものすごく食われて、何度も目が覚めてしまったので、体を休められたなんて言えません。私は朝に危険な百日ぜきの発作におそわれたので、妻と連れの連中があわてて、全員家に入ってきました。一年ほど前にパリでも、ちょうどそんな目にあったのです。この日の午前中に馬車の車輪の一つが、アンチーザの近くで吹き飛んでしまいました。小さな町でしたが、そこにわれわれは二時間以上も、この事故で足止めされました——この遅れでひどく気落ちし、危険な目にあって動揺したので、くたくたになりました。最後の宿駅には馬がなかったので、そこまでわれわれを運んでくれた馬が、十分に元気を回復して歩けるようになるまで、待たなくてはなりませんでした。旅の者を泊めるために開放されている二つ以外は、フィレンツェの城門はすべて六時に閉め切られることは、わかっていました。しかもこの城門の一番近いものに到着するためには、渡し舟でアルノ川を渡らなくてはならなかったのです。でもその舟には、四輪馬車は積めなかったのです。閉じられないうちに一番近い城門に入れるように、前もって軽装二輪馬車と召し使いを渡してしまおうと決めました。そして大型の馬車を借りて、川岸にいるわれわれを乗せるために、来てもらうことにしたのです。だからこの川をどうしても、舟で渡らなくてはならなかったのです。というのは、おんぼろな居酒屋にまた泊まるという思いには耐えられなかったのです。でもここで、また面倒なことが起きてしまいました。軽装二輪馬車はたった一台しかなく、近衛軍の竜騎兵の士官が、彼と召し使いのために、それを予約したと言い張ったのです。長い口論が続いて、けんかになりそうでした。しかしその士官をただでそれに乗せてあげるし、召し使いは馬に乗せてあげると申し出て、事態を収めることができたのです。彼はこの申し出を、ちゅうちょすることなく受け入れました。しかしそうこうしている間に、われわれは四輪大型馬車に乗って出発しました。数マイルほど進んだら、道は大雨でひどいぬかるみになり、馬もひどく疲れてしまったので、進むことができなくなりました。左馬騎手たちは哀れな動物を手荒くむちで打ったので、馬は一生懸命、馬車を崖際まで引っ張りました――むしろ土中にえぐれた道のようなものなのですが、道路より七、八フィートくらい低くなっていたでしょう。ここで私と妻は外に飛び出て、ひざまで泥につかり、雨にぬれながら立ちつくしていました。その間に左馬騎手たちはまだむちをふるっていたので、前馬の一頭が下り坂でひどく転がり首がしめつけられてしまったのです。だからたまたま通りかかった徒歩旅行者の手助けで、引き綱から解いてもらえなかったら、窒息してしまうところでした。われわれがこの窮地にあったとき、例の士官と私の召し使いが乗った軽装二輪馬車がやって来たので、交換してもらいました。私と妻はその馬車で旅を続けました。そして彼らとカリー嬢とR氏を大型四輪馬車に乗せて、追いかけてもらったのです。ここからフィレンツェまでは、けわしい山脈が延々と続くばかりでした。舗装されていましたが、でこぼこなので、どんな馬車でも通行できないようにつくられたと思うくらいでした。どんなにがんばっても、城門が開いているうちに、フィレンツェに入るのは無理だとわかりました。御者をおどしたりすかしたり、いろいろやってみました。でもこの男は、最初は馬鹿ていねいだったのに、むっつりとして、態度も大きくなったのです。フィレンツェに着けるなどと思うなと、言い放ったのです。舟は馬車なんか積んでくれないだろうし、開いている城門に、反対側からたどり着くためには、五マイルも歩かねばならない。でも結構な宿屋に連れていってあげるよ。そこに泊まれば殿様扱いしてくれるよ、と言ったのです。こいつはわざとぐずぐずしているので、宿の主人とつるんでいることが、いまやはっきりしました。だから渡し舟と城門との距離についての、やつのことばはもちろんうそだと思いました。宿に着いた時刻は八時でした。妻と一緒におりて部屋を見ました。そして馬を小屋に入れないように要求したのです。ひどい家だとわかったので、外に出てしまいました。そうしたらこのときまでに、馬は小屋に入れられてしまったのです。よくもおれの命令にさからったなと、やつを問いつめ、馬を軽装二輪馬車に付けろと命令しました。気でも狂ったのかと言い返してきました。

あんたと奥さんは、歩いたこともない道、しかも二日間も降り続く雨でぐちゃぐちゃのところを、暗闇を五マイルも歩く体力、気力があるとでも思っているのかと、息まいたのです。おまえはとんでもないろくでなしだと、そいつに言っても、ぐずぐずしていたので、片手でえり首をつかまえ、もう一方の手で頭の上でむちを振りまわしました。攻撃用または護身用としては、それが持っている唯一の武器でした。それというのも剣とマスケット銃を、馬車の中に置き忘れてしまったのです。ついにしぶしぶながら、そいつは折れたのです。でも痛烈な戯言《ざれごと》をいっぱい飛ばしました。しかもどう見てもごろつき風の宿の主人も、そいつの冷やかしに加勢したのです。その家は人気のないところにあり、この二人の悪党以外に人っ子一人見えなかったので、われわれが殺されても、ばれるおそれはなかったことでしょう。「あの部屋が気に入らないのかい」(と宿の主人が言ったのです)。「確かにあれは、あんたみたいな上流の身分の方のために、しつらえてあるわけではないよ」「寝つくころには、もっとぼろな部屋でも満足するよ」(と御者が続けました)。「今夜フィレンツェまで歩いていけば、泥のように眠るから、ノミ、シラミも気にならないよ」「道のど真ん中や城壁の堀の中に泊まらないように気をつけろ」。私は心の中でこんな皮肉にひどく腹が立ちましたが、何も言い返しませんでした。妻は青ざめました。そこから舟まで行くときに、風体の良くない男にひょっこり出会ったのですが、彼は街まで連れていってやるよ、と言ってくれたのです。しかも上記のような状況だったので、その申し出を喜んで受けたのです――よりによって、妻の帽子とレースがいくつか入った小箱が二つ、馬車の中にあったものですから。あの左馬騎手は舟と城門との距離を誇張していたのだろう、とまだ思っていたのですが、渡し守によって、この判断を確信しました――歩いても半リーグもないよ、と言ったのです。この旅のあのときの、われわれの姿を見てもらいたいものです――私自身はとても重い厚地の外套に身をつつみ、杖を手にしていました。こんな身なりでは命懸けでも、二マイルも歩くことさえできない、と思いました――妻はきゃしゃな女で、それまで一マイルも歩いたことがなかったのです。そうしたらわれわれの前にいたこじきが、腕にわれわれの箱をかかえてくれたのです。この日は闇夜で、雨も降っていました。道はすべりやすく、ぬかるんでいました。人っ子一人いなかったし、物音一つしませんでした。あたりは静まり返り、わびしく恐ろしかったのです。かぜを必ず引いて、ひどく苦しい思いをするだろうと、思いました――たとえ暗殺されないとしても――護身用の武器がなかったので、そうされかねませんでした。厚地の外套の重みのもとで進んでいるとき（このため滝のような汗が、顔と肩から流れ落ちました）一歩歩むたびに、脚の中ほどまで泥に突っ込みました。しかも同時に、妻の体も支えなくてはならなかったのです――というのも彼女は恐怖と疲れから、なかば死んだようになって、めそめそ泣いていたのです。一番いらいらしたことは、案内人がとても速く歩いたので、しばしば姿が見えなくなったことです。だからあいつはあの箱を持って逃げてしまったと思ったのです。こんなときにできることといえば、せいぜい声を限りにさけんで、頭を撃ち抜いてやるぞ、とおどすくらいのものでした。おそらくこんなののしりやおどしを使えば、他のならず者なら威圧されたでしょう。このようにしてやっとの思いで、長い三マイルほどの旅をしたのです。人に会うこともなく、城壁をほぼ一周して、ついに城門にたどりついたのです。そしてそこで、見張りに厳しく取り調べられ、われわれが泊まることになっていた「ヴァニーニさんの宿」〔*The Gentleman's Guide in his Tour through Italy*, 一七八七で推奨されている宿〕までは、そこからたっぷり一マイルはある、と言われてから通行を許可されたのです。でもたいしたことはありませんでした。もう街にかなり入ったので、元気になりました。残りの旅もやすやすとできたので、あまり疲れることもなく、一晩じゅう同じペースで歩くこともできる、と確信しました。宿に入った時刻は夜の十時くらいでした――びしょぬれのみじめな姿だったので、ヴァニーニ夫人はわれわれは恐ろしい災難にあって、殺された者もいると思い込んで、気を失いかけたほどでした。私と妻はすぐに、乾いた靴下と靴、暖かい部屋をあてがってもらいました。またおいしい夕食も出たので、満ち足りた気持ちで食べました――あんな危険を運よく切り抜けたばかりでなく、気力、体力もすっかりよみがえったからです。でもぜんそくの恐ろしい発作が起こるひどいかぜを引きそうだと、ずっと思っていました。でもそうならなかったのは幸運でした。かかりつけのバラッツィ医師の健康を祝して、いまや初めて乾杯しました――彼の忠告どおりにやってひどく苦難したことや、激しく体を使ったことが、健康を取り戻すのにとてもよかった、と確信していたからです。これについては、タヴェルニエの感謝の気持ちを見習いたいと思っています――彼はエジプトでトルコのある高官に痛風をすっかりなおしてもらったのです。高官はタヴェルニエに、足の裏を棒で打つ刑罰を課したのです。そのわけは、彼がコンスタンチノープルで皇帝にささげようとしてかばんに入れておいたカイロの有力者の首を、タヴェルニエが見ようとしなかったからなのです。〔フランスの偉大な旅行家タヴェルニエ Jean Baptiste Tavernier 一六〇五～八九についてのここでの言及は、作家の記憶があいまいなので、記述が混乱している〕

その日の晩にわが一行の残りの者たちに会えるとは思いませんでした。というのも彼らはアルノ川の対岸の宿屋に、馬車ともども泊まるだろう、と私は思っていたのです。でも真夜中に、カリー嬢とR氏に落ち会えました――彼らは宿に馬車を残し、船長とわが召し使いの助けを借りて、われわれの後を追ってきたのです――船頭の一人に案内され、渡し舟からフィレンツェまで歩いてきたのです。R氏はひどく動揺して、いらいらしているように見えました。でも彼はその理由を説明したくなかったので、わが召し使いから受けた非礼について、私がつぐないをすべきだと思う権利もなかったのです。通行できないほど道路の状態がひどかったし、そのために生じるさまざまな不愉快な出来事に、彼らは遭遇してきたのです。馬車と荷物がそっくり行方不明になるかもしれない、というもっとも切迫した危機がいくどもあったのです。またあるところでは、走っているうちに落ちてしまった穴からそれを引き揚げるのに、雄牛一二頭とそれと同数の男たちを、雇わなくてはなりませんでした。船長とその助手、R氏、そしてわが召し使いたちが、あやうくけんかしそうになったのは、このような混乱した出来事の最中でした。カリー嬢が割って入ったので、平穏がどうにか保たれたのです。彼女はずぶぬれになったり、かぜを引いたり、さらに恐ろしい目にあって、いらだち、疲れはてるなど、さんざんでした。でも幸運にも、悪い結果にはなりませんでした。馬車と荷物は翌朝には、無事にフィレンツェに運ばれました。しかもそのときわれわれ全員は、十分休養して、とても元気になっていたのです。あなたはこうではないと思いますいます。というのはこのだらだらした手紙に、もうあきあきしているはずです。ですからもうざっくばらんに終わりにしましょう。

敬具

# 第三十五信　ニース　一七六五年　三月二十日



拝啓

春たけなわとなり、天気も大荒れだったので、フィレンツェには短期間だけいて、ピサに旅立ちました。ぜひ最短距離で、レリチに行こうと決めていました。そこでジェノバに行くフェラッカ船を借りよう、と思っていたのです。リボルノとルッカもぜひ見たいと思っていました。でも甲板のない小舟で、冬の海を航海するのが不安だったので、じつのところ、好奇心はにぶりました。宿駅ごとに荷物を積み替えるめんどうをさけるために、ゼッキーノ金貨二枚で、ピサまで馬車を二台借りました。そしてそこに夜の七時ごろ、無事に着きました。軽装馬車にはほろがなく、ずっと雨が降っていたので、どうなるか気がかりでした。イタリアのどこでも（大きな都市を除いて）出くわすひどい宿にはこりごりしていたこと、この季節の海にはうんざりしていたこと、またピサの街が大好きだったことは認めなくてはなりません。だからニースにあった書物や書類（その他の便宜や知人も含めて）から引き離されるということがなかったなら、冬にこの地にいたことは確実です。でも春にまた、あんな不愉快な旅をくり返すことを思うと、冬も楽しめないだろうと、予想しました。サルザーナで宿を取ろうと思って、レリチ行きの軽装馬車をまた二台借りました。サルザーナはレリチからは三マイルくらい手前なのですが、そこではいい宿が見つかるし、翌日はただちに舟に乗ると言われました。朝に出発したときは大雨でした。そして以前は、馬車がその車輪をほとんどぬらさずに渡れたチェルキオ川は、いまでは増水し深くて幅も広がり、流れも急な川になっていました。やっとのことで、舟に乗るように妻に説得できたのです。というのは嵐が吹き、舟が対岸から渡ってくるとき、水夫たちの必死の努力にもかかわらず、急な流れのために、かなり下流まで、それがどんどん流されていくのを、妻は見ていたのです。馬車も積み込んだので、渡るのに二時間近くかかりました。ここからピエトラサンタまでの道は、まず通行できないありさまでした。マッサに着いたときは、暗くなりかけ、サルザーナまでは、さしせまった危険があるわけではないが、水びたしになっていて、昼間でも通行できないだろう、と宿駅の主人は強く言いました。このためその晩も、この家に泊まりました——そしてそれはどう見ても、それまでに泊まった最悪の宿と言ってもいいくらいだったのです。翌日にはマグラ川は、チェルキオ川と同じくらいの川幅になっていたし、流れも同じくらい激しかったのです。しかしながら、何の事故もなくそこを通過し、午後にはレリチに到着しました。そこでわれわれは、ただちに何人ものフェラッカ船の船主に囲まれてしまいました。それでその中から、一人のスペイン人を選びました——一つには彼は実直そうだったし、またイギリスの郷紳《きょうしん》の署名がある確実な証明書を出したからです。また別の理由として彼はイタリア人ではなかったからです。というのも私はこのときまでに、あの国の民衆にひどい偏見をいだいてしまっていたからです。夜明け前に舟に乗ると、強風が吹いて、風下側の船べりが水没しそうになりました。しかしポルトヴェーネレの岬を越えようとするとき、風がまともに吹きつけました。だから主人にひどくふんだくられたあの宿に、また戻らなくてはなりませんでした。でも彼は宿駅長ほどのごろつきではなかったのです――どんな旅行者にも、あの宿駅長の宿は敬遠するように忠告したいものです。当地では賢明さと倹約の一つの実例を、実際に目にする機会がありました。それはもし私がこちらを、一人で旅するようなことがあれば、確かに見習うべきものなのでしょう。一人のイギリス人がアンティーブからリボルノまでフェラッカ船を借りていたのですが、悪天候のために、ここに足止めさせられたのです。しかし宿の主人のあこぎな態度やひどい客扱いがいやになり、私用のふとんを敷いて、舟の中で寝たのです。しかもまた舟には、食事のための便宜がすべてありました。ときには召し使いを上陸させて、食べ物を買わせ、指示どおりに、宿屋でそれが料理されるのを監視させたのです。だからフェラッカ船でも、きちんとした食事ができたのです。この日の晩に、彼は散策のために上陸し、われわれがイギリス人なのを知っていたのですが、じつに注意深くわれわれを避け、海岸を一人で歩きました。彼の使用人はざっくばらんで、フランスを通過するとき、主人は道中出会った二人のイギリスの紳士と三日間旅をしたのですが、その間は、どちらとも話はしなかったのですよ、と私の召し使いに教えたのです。しかし他の点では、彼は人柄がよくおだやかで、心も広く、人間味も豊かでした。これこそイギリス人気質です。朝五時にまた出帆しました。向い風だったのですが、どうにかセストリ・ディ・レヴァンテの町に着きました。そしてそこで、宿屋兼肉屋の主人とその家族がじつにていねいに迎えてくれました。その家はこれまでより、はるかにきちんとしていました。皆とても親切でした。本当にまともな夜を過ごせたし、朝に支払った勘定もとても安かったのです。この好転は、恐ろしい嵐のせいにすること以外の説明はできません——それは二日前に、何本ものオリーブの木を根こそぎにして、ひどい損害をあたえたので、彼らはおびえて腰が低くなってぺこぺこしていたのです。翌日には水も引いたので、午後一時前には、ジェノバに着きました。ここでわれわれをニースに運ぶというもう一つの取り決めを船長のアントニオ氏とかわしました。彼はそれまでとても親切だし、いばる様子もありませんでした。ラテン語もりゅうちょうに話したので、ほどほどの教養もあったのです。彼は世間の不運にみまわれた名門の出身ではないか、と思うようになりました。だからそのため、尊敬する気にもなったのです。しかし後でわかったことですが、じつは金の亡者で、卑劣で強欲な人間だったのです。ジェノバを立ったときには、まだ向い風だったので、フィナーレより先には行けませんでした。だからここでは、とてもひどい宿に泊まりました。しかもそれは当地では、一番いい宿として、すすめられたものでした。さらにそこがたまらないものになったのは、夜は寒いのに、台所以外に、家の中に火の気がなかったことです。ベッドは（もしその名に値すればですが）ぞっとするほど汚かったので、R氏の友人がふとんやシーツ、ベッドの上掛けなどを借してくれなかったら、寝ることはできなかったでしょう。というのは私用のシーツは、海岸からちょっと離れたところに錨を下ろしている、フェラッカ船にあったのです。宿賃もまたべらぼうでした。その家の主人はむっつりとした殺し屋風だし、ボーイも完全に気が狂っていました。主人はひどかったし、どうしようもないものでした。R氏は主人と一晩言い争っていました。状況はでたらめなフランス語で、あの生意気なピエモンテ人を絶対に殺してやるぞ、とわが召し使いに断言したのです。夜明け前に、R氏は私の部屋に入ってきて、主人にひどいことをされたと私に告げたのです。というのも、主人はわれわれの夕食と宿泊の代金として、三六リーヴルも請求したからです。そのならず者のずうずうしさにひどく腹が立ったので、その半額しか払わないし、おまけにたっぷりなぐってやるぞ、と彼に請け合いました。あの分別のあるボーイが「主人は気が狂っているので、もしひどいことをされたら、とんでもないことをしでかすかもしれない」などと言わなかったら、私があいつをなぐらなくてもすむようにしていたのにと彼は答えました。ひどく腹が立ったのですが、気の狂ったボーイが、R氏には分別のある人間のふりをし、狂っているという非難を自分の主人（おろか者というより与太者に見えた）に振り向けたので、笑わざるをえませんでした。R氏がミサに参列している間に、主人に勘定を持ってくるように、そしてそれが正当なものでなかったら、長官の前にしょっぴくぞと言ってくれ、とボーイに頼みました。その一方で私は片手に剣、もう片手に杖を持って武装したのです。宿の主人は青ざめ、目を見開いてすぐに中に入ってきました。そして勘定を請求すると、じつにうやうやしく、あなた様がまともな宿賃と思えば、いかほどでも結構ですと答えたのです。この腰の低さに驚き、一二リーヴルでいいかとたずねたら、また平身低頭して、「じつにありがたいことです」と言ったのです。それから自分の家の宿泊設備がよくないと詫び、他の紳士（彼はにこにこしながらわが家の召使い頭をこう呼んでいた）のとがめのことばで、頭が混乱してしまったと訴えたのです。彼が部屋を出たら、ボーイが主人のことばじりをとらえ、自分の額を指さし、「主人は狂っていると前日にあの紳士に教えましたよ」と言ったのです。この日は午後に強風が吹いたので、避難のためにポルト・マウリツィオに入港させられました。ところがそこの宿駅は、フィナーレのそれよりずっとひどかったのです。しかもそこをさらにぞっとさせたのは、融合性の天然痘のできものだらけの少女でした。彼女は他の部屋に行くために、通らなくてはならない部屋に、寝ていたのです。しかもひどく臭いので、家全体が臭ってしまうほどでした。サンレモからわずか一五マイルのところにいましたし、その地の宿はまあまあだとわかっていたので、陸路で行くことにしたのです。それで駅馬用のロバを五頭頼みました。ですからじつにおかしな乗馬姿になってしまいました――女たちも普通の鞍《くら》を使わなくてはならなかったのです――というのもこのあたりでは、女性も馬にまたがるのです。断崖沿いにずっと道がついていましたが、とても危ないので、けものでさえのろのろ歩くありさまでした。ロバからおりなくてはならないところも、いくつかありました。一五マイルもない距離を移動するのに、七時間もかかりました。ついにサンレモのなじみの宿に着いたのです。それは白く塗装されていて、とてもきちんとしていました。満足な食事をして、たっぷり寝たし、勘定の支払い額も不満はなかったのです。ロバについては、こうはいきませんでした。ロバには宿駅の規則にしたがって、五〇リーヴルも支払なくてはなりませんでした。宿駅長はわれわれについてきて、ロバを借りる通常の旅なら、かかっても一五リーヴルくらいだったのにと言ってのけたのです。でも私は駅馬として要求したのだから規則にしたがわなくてはならなかったのです。あんな道路は二つの通行手段について、どちらが速く旅ができるというものではないので、この差額はいっそう馬鹿らしいのです。便利さと運搬についても、駅馬を使う旅とロバの旅の違いはほとんどないのです。同じようなことですが、居酒屋の主人がタラなら一ポンドに三リーヴル要求しても不当ではありません。そしてもしそのあこぎさを突っ込まれると、もし私が「魚」が欲しいと言っていたら、その金額の五分の一であの同じ「タラ」を食べられたのにと答えるのです――しかしそれを「魚」として売ることと「タラ」として売ることに大差をつけるということも付け加えました。わがフェラッカ船は、ポルト・マウリツィオ方面から夜にやって来ました。そして翌朝乗り込むと、午後四時ごろにニースに着きました。

こうしてイタリアの旅の細かいいきさつを述べましたが、そのとき、私は数多くの困難にさらされました。そして私の弱った体はそれらに耐えられないと思いました。また激しい感情の高まりにも身をさらしました――しかしながら、うっとりとしたいい気分になったときもあるのですが。それにもかかわらず、私は二ヵ月間、絶えず心か体のどちらか、またかなりひんぱんに、どちらも不調だったと言いたいのです。体の不調は最初はすわりがちの生活から起こったので、(筋肉がたるむので自然とものうくなり気分も落ち込むのです)転地とか風物の変化にともなう心身の激しい鍛錬は、だらけた体を刺激し、体液(長く停滞して淀みかけていました)を生き生きと循環させると信じています。新しく分娩をして体力が落ちた女性のように、これまで私は二、三年はかぜを引いてばかりいました。大気中か地面にちょっとでもしめり気があるとき、無理をして外国に行くと、せきとぜんそくで、きっと二週間は病の床に着きました。しかし今度の旅では寒さと雨にたたられ、ぬれたまま立っていたり、歩いたりしました。体を動かして体温を上げ、汗をびっしょりかいても、体調は全然悪くはなりませんでした。それどころか反対に、こんな過激なことをしていると、日ごとに丈夫になっていく思いがしたものです。ニースに戻ってから、二ヵ月の大部分は雨模様でしたが、それはこのあたりのどんな人にとっても驚くべきことでした。しかしその間は、ずっと体調も気分も良かったのです。クリスマスイブには、真夜中に大聖堂に行き、典礼服を着たニースの新しい主教によって執りおこなわれた、盛式ミサを聞きました。それで吹きさらしの寒い回廊に、二時間くらい立っていました。後になっても、そんな好奇心を悔いることはありませんでした。とにかくいまはとても調子がいいので、あなたや他のイギリスの友人に会えるという望みは捨てていません。「忠実な僕」が心からのぞむ喜びでございます。

敬具

# 第三十六信　ニース　一七六五年　三月二十三日

拝啓

フランス国民はイギリス国民より税金が重いと、私が思っているかどうか、おたずねですか。しかしフランスの税金のほうが、イギリスの税金より耐えがたいものですか、とおたずねになるほうが問題は適切になると思います。というのも、負担をくらべるときには、それに耐える肩の強さをつねに考慮すべきです。国力を調べるには、その実態を精査したり、どんな国でも、国民の大部分を占める庶民の様子を観察すること以外に妥当なやり方はありません。ですからイギリスの国土が耕作されて、喜色に満ちているのを見るとき——地面が農業のすべての理想の姿（美しい囲い地、小麦畑、干し草用の草と牧草、森や共有地などに区割りされています）を見せていますが、その牧場に黒い牛がたくさんいるのを見るとき、丘陵地が羊で埋めつくされているのを見るとき、馬や雄牛の群れ（大きくて強く太っていてすべすべしている）を見るとき、物資豊富で清潔で住み心地のいい農家を見るとき、衣食住が十分に満たされ、背が高くて強健で陽気な農民を見るとき、この連中は公の必要性がもたらす税にも、十分に耐えられる、と結論づけざるをえないのです。反対にフランスの一般民衆の貧困、悲惨、不潔の徴候を見るとき——畑には囲いもなく絶望して掘り返されているし、また牧草地や休閑地もないのです。肥やしを供給してくれる牛もいないし、農耕地を仕上げる馬もいません。農家は汚く、家具もひどいものです。衣服もこじき同然で、彼ら自身もまたその家畜も、飢えきっています。彼らは地主や政府（おそらくそのどちらからも）の圧政のために、うめいていると思わざるをえません。

フランス政府の主要な課税は、以下のようになっています――最初のものはタイユ税ですが、特権階級以外の庶民は誰もが支払うものです。第二のものは人頭税ですが、これは何人も（貴族でさえ）まぬがれません。第三のものはいわゆる十分の一税と二十分の一税ですが、誰も支払います。この税はもともとは、戦争やその他の危急の際の臨時の援助資金として、取り立てられたものです。しかし徐々に平和時においてさえも、恒久税制になってしまったのです。これらの課税からあがる金はすべて、直接に国王の金庫に入ります。しかもかなりの総額になるのは、疑いようもありません。これらの他に、王には徴税請負制（補助税という特権です）からの収入もあります。つまりワインやブランデーなどにかかる物品税です。また税関の権利と塩税もあります――これは徴税請負人が、一人ひとり使う塩の量に応じて、思いのままに課税する、きわめて強制的な義務とも言うべきものです。タバコの販売独占権も持っています。貴金属の純分検証税、寄贈税、一〇〇分の一税〔不動産譲渡に関する税〕、貴族の封土を獲得した平民が国王に納める税、死亡時の国王による財産没収権、任意の取り決めならびに何らかの法的措置にもとづく、商品の交換や等価交換などから生じる税金もあります。これらの徴税請負制は、国王の財源に毎年一億二〇〇〇万リーヴル以上のものをもたらす、と言われています。それは五〇〇万英ポンドほどになります。

しかも貧しい人びとが、この額の三分の一以上のものを支払うと言われています。これを徴税請負人が手元に置くので金がたまり、お偉方に守ってもらうためのわいろにします。だからお偉方に守ってもらえるということが、このきわめて不法で過酷で不合理な徴税方法が撤廃されない、真の理由なのです。私があげたこんなこと以外にも、フランスの国王はかなりの金を上納金という名のもとに、聖職者たちから徴収します。同じように、人頭税が課せられていないプロヴァンスやラングドック、ブルターニュなどの三部会設置地方が支払う、特別税からのあがりもあります。フランス国王の全歳入は一二〇〇万から一三〇〇万英ポンドほどになります。これらは国王にとって、莫大な財源になります。しかしそのために、国民はいつも悲惨な暮らしをしいられます。しかも彼らの土地を一番うまく利用できるように改良をすることは、事実上できないのです。しかし税金が軽減されても祖国のために、身を挺《てい》しなければならない何か別なことが生じるのです。彼らは自由な身分でなければならないし、しかるべき賃貸借契約が付いた不動産も保全されねばなりません。またお偉方からの横暴と弾圧から、法律によって、実際に保護されねばなりません。

フランス国王の財産は大きなものに見えるかもしれませんが、政府の莫大な支出を負担するにはまず不十分なものです。一年に二〇〇万英ポンドほどの王の歳入は、公的借金の利子の前払いに使われてしまうと言われています。しかもその残額があっても、要塞化した町を二重に囲んでいる、大変な人数の常備軍をまかなうには、足りないことがわかっています。さらに大使、将軍、総督、地方行政長官、司令官、またその他の国王の役人をいくらでも任命するのですが、すべてこれらは名誉職というべきものなので、浪費そのもので馬鹿らしいのです。戦場においてはフランスの将軍には、いつも三〇人から四〇人の料理人が付きます。しかもフランスの栄光のために、毎日食卓に、一〇〇種類もの料理を出すのが当然だと思っているのです。ドン・フィリップとベルアイル大公司令官がニースに司令部を設置したときには、五〇人もの料理下働き人が広い場所で、鳥の羽根をむしり取るために、常時雇われていました。このおろかなぜいたくが軍全体に蔓延しているのです。兵站《へいたん》士官でさえ、食卓を開放して客を歓迎します。そしておびただしい浪費以外は何も見られないのです。サルデーニャ王はまた別のやり方をやっています。その軍隊はフランス軍より、衣食がいいし給料もいいのです。ニースの総司令官は四〇〇リーヴル程度の歳費をもらっています。このため暮らし向きもきちんとしているし、外国人さえもてなせるほどです。また一方では、アンティーブ（ここはどう見ても、ニースよりたいしたことはないのです）の総司令官は、君主の栄光を保つためにフランス国王から、その額の五倍以上のものをもらっています——これには分別のある人なら誰でも、嘲笑と軽蔑の念を覚えるのです。しかしフランスの財政のやりくりはとても苦しいので、多くの司令官やその他の士官たちは、この二年間ほど俸給をもらえなかったのです。彼らが文句をつけたり抗議しても無駄なのです。やっかい者になったときには、お払い箱です。では彼らはどのようにして、フランスの栄光を支えなくてはならないのでしょうか。貧しい民衆を抑圧すること以外のやり方があるでしょうか。財務官は私腹を肥やすために、人民の金を利用しています。国王はそれがわかっています。このようにだまし取られている役人たちが人民から金品を巻き上げて、抑圧していることを知っています。しかしこんな悪行は見て見ぬふりをするのがいいと思っているのです。こんなやり方を黙認しなくてはならないような政府は、ぜい弱でへっぴり腰だと言われかねません。フランス国王はその統治をしっかりとゆるぎないものにさせるためには、賢明な経済政策を取り入れるだけの分別と、それをどんなところにも徹底的にゆき渡らせるためのしっかりした心構えを持たなくてはなりません。王は思い切って欠点を見つけ、たとえいかなる悪らつな者といえども、こらしめる胆力を持つべきです。そして改革の最初の行動は徴税請負制の全廃であるべきです。疑いもなくフランス政府の統治には、弛緩《しかん》の徴候が数多くあります。おそらく最初にそれにつけ込むことができるのはフランス国民です。現在フランスではさまざまな仕組みが急速につくられているのですが、それらは、ひどくぜい弱な君主が統治したり、少数党が乱立するようなら、政体に大きな変化をもたらすでしょう。この王国において、偉大な発展をとげた哲学と理性の進歩につれて、迷信の根拠もなくなってきているのです。古くて狭量な考え方がなくなり、自由な精神が芽生えています。フランスでは、学問のある一般信徒なら誰でも、詐欺と強奪にもとづく専制政治の表れとしての階級社会をひどくいやがっています。南部のかなりの数のプロテスタントたちも、それらの嫌悪すべき差別を宗教的な熱狂にも似た思いを持って憎んでいます。商業と製造業によって豊かになった多くの平民たちもそれらの嫌悪すべき差別を我慢できないのです。というのはそのために、共和国における彼らの重要性にふさわしい名誉と特権からしめだされているからです。しかも王国におけるいかなる議会も裁判所も、国王の特権を無視して、その権力と権威にさからってでも、自らの権利と独立にこだわっているように見えます。ですからどんな君主といえども、邪悪な顧問官にそそのかされたり、自分自身の一徹さにより道を誤って、独断的なやり方を強行すれば、上記のような組織にとってはじつに腹立たしいのです。君主が自らのやり方を通すための強力な権力を行使する強い意志がなくても、また同じようにきらわれ軽蔑されます。しかも庶民の力というものは知らず知らずのうちに、もったいぶった王冠をもむしばむものです。もし、少数党乱立の時代に、権力闘争をめぐって万一、統治機構にひびが入れば、庶民が議会の決定権を握れて、他を圧倒できるからです。これについてはもっと多くのことが言えるでしょうし、フランスとの新たな争い（この国に強力な圧力をかけるためなのだが）について、取ることができる手段についても、いくつか言えることもあります。しかしこれらは次の機会まで延ばさなくてはなりません。というのは私が実際に「忠実な僕」であるということ以外には、いまのところ付け加える余地も時間もありませんから。

敬具

# 第三十七信　ニース　一七六五年　四月二日

博士様

ところでニースでまた冬を過ごしたので、私自身も当地の気候について、さらに二、三のことばを付け加える資格があると思います。去年の夏は暑くてたまりませんでしたが、冬になれば快適な季候を過ごせるだろうと期待していました。しかし私だけでなく、ここでは誰も十一月半ばから三月二十日まで続いた、雨がちの季候を予想できなかったのです。この四ヵ月という短い期間に五六日も雨が降ったのですが、それはミドルセックス州の最悪の半年間に、（実際大雨が降り続くことが多いのです）通常降るものより、はるかに多量だと思います。ニースでは雨季に、南風が吹くことがよくあります。しかし今年の冬は雨が降ると、南風以外のあらゆる風が吹きました。でも一番よく吹きつけた風は東風と北風でした。このような大雨（ニースの人びとの記憶にはまったくなかったものですが）があっても、天気になると気分もすっきりしました。すると地面も完全に乾くように見えました。空気そのものにも湿気はまったくなかったのです。三方が庭に囲まれた家の一階に住んでいるのですが、床にも家具にもちっとも湿り気は感じませんでした。しかも雨天のときはいつも、ひどく悩んだぜんそくで苦しい思いをすることもありませんでした。要するにここでは、冬も思ったよりはるかに快適に過ごせました。でも春分のころに、ひどいかぜを引いてしまいました。息苦しい思いをしました。また夏至に向かって、涙や鼻汁さえ出てくるのです。暑くなると体液が薄くなり、そのため皮膚の毛穴が開きます。一方東風は雪が積もったアルプス山脈とアペニン山脈を越えて、体が痛いほど激しく吹き続けます。このあたりの丈夫な人たちでさえこの季節には体を外気にさらすのを恐れています。しかも寒気は、山の雪が多分すっかり解ける五月中旬まで続くこともあるのです。そのときには空気はやわらかく、かぐわしくなります。ついには夏の進行とともに、耐えがたいほど暑くなり、海水がひどく蒸発し、空気がじめじめするので、壊血病の体質の人には良くありません。海風が強いときには、この蒸発はとてもひどくなり、皮膚は大気の塩分でべたべたするほどになります。それは去年の夏に、はっきりわかりました。この気候は、壊血病には良くないことをますます確信しています。そこで暮らさなくてはならないとしたら、海からちょっと離れた山中の田舎の別荘をどうにか見つけます。そこならハエやブヨまたその他の害虫（このために低地はほとんど人が住めなくなるのです）にわずらわされることもないし、じめつかない、さわやかな空気も楽しめるでしょう。六月にはそこに引っ込むつもりです。そしてそこに十月初旬までいます。それから冬がとても温暖で快適なニースに戻って住みます。でも三月と四月には、病弱な者が寒さ対策することなしに出かけることはすすめません。ヴァール川の対岸とかグラースの町（ニースから七英マイルほどのプロヴァンス地方の丘陵地にあり、住みやすいところです）の近くに、感じのいい避暑地が見つかるかもしれません。ここはポマードや手袋、丸形の石鹸、香水またベルガモット織の内張りのある化粧箱などで有名です。そのため住みやすいし、食べ物も豊富にあるということです。

いまやイギリスへの旅の準備をしているのですが、道中で何かとてもいいことがあることを期待しています。愉快な旅になるだけではなく、友人たちのもとにも帰れるし、空気以外には何もない（それでもおそらくなごりは尽きません）ところから、私を連れ戻してくれるでしょう。ニースでつきあえたのは外国人ばかりでしたが、彼らも私同様、当地にワン・シーズンだけ逗留しているのです。いまは体験からわかるのですが、二、三年ここに落ち着くという決心をしないで、家具を購入するなんてとんでもなくおろかなことです。ニースの人たちは、それをいつ売ってもまず損はしないよ、と自信ありげに請け合ってくれました。ところが買値の三分の一ほどでそれらを手放さなくてはならないのです。エクスまでの四輪馬車を呼びにやりました。そしてそれが到着すれば、すぐに出発するつもりです。ですから私から受け取る次の手紙は、どこかの旅行地からの日付けが入るでしょう。途中でアンティーブ、トゥーロン、マルセイユ、エクス、アビニョンやオランジュなどを通過するつもりです――これらはまだ目にしたことがないところです。そこではおそらく、親愛なるあなたも少しは興味を引かれ、気晴らしになるものが見つかります。

敬具

# 第三十八信　ニースのS医師あて　トリノ　一七六五年　三月十八日

〔この手紙は作家が自らにあてて書いたように思える。彼は実際にはトリノには行かなかったようだ。ある旅行者がスモレットあてに書いた手紙をもとにしたものらしい〕

拝啓

トリノはニースから三〇リーグほどの距離があって、その道の大部分は雪が積もった恐ろしい山中にあります。しかしながら、この道路の難所はクーネオより先にはありません。そこからピエモンテ州の首都まで素晴らしい平地を貫いて、広々とした街道が通っています。そして旅行者は軽装馬車や馬に乗り、イタリアの他の地方と同じように、早馬や宿駅ごとの替え馬で旅をします。ニースから山越えの旅をするには二つの手段しかありません。一つはロバの背に乗るもの、もう一つは椅子かごで運ばれてゆくものです。私は前者を選びました。それで二月七日午後二時に、召し使いと一緒に出発しました。ニースを立つか立たないうちに大雨が降り始めたので、一時間もしないうちに道中あちこちで、泥の深さが半フィートほどにもなりました。これはわれわれがこうむったただ一つの不便で、他の点では十分に通行が可能でした。というのもエスカレーヌという村の手前の小さな丘を一つ越えるだけでした。村には夕方六時ころに着きました。このあたりの土地はかなり良く耕作されていて、山の頂上までオリーブが植林されています。ここの宿はじつにひどかったので、疲労回復のための必要最小限の時間以上は、ベッドにもぐっている気がしなかったのです。そのため午前二時に旅立ちました。案内人も付けました。このために日給三リーヴルで雇ったのです。ブラウスという山を登り、向こう側に下山していくと、（悪路ではないけれども四時間かかりました）六時にソスペロという村に着きました。そこはそびえ立つはげ山に囲まれていても、小さな谷間にあって気分のいいところでした。この小さな平地はとても肥沃で、美しい川も流れ込んでいるので、周囲の恐ろしげな岸壁と好対照を見せてくれます。私自身とロバはここで二時間休憩して、ブルイースという二番目の山（最初のものよりはるかに大変でした）を越える旅を続け、四時間でギアンドラ亭に着いたのです。これは本街道と小川との間にあるまあまあの宿で、ブレイユの町（それは右手方向にあります）からは射程距離内にありました。朝の薄暗い時間にとぼとぼと歩いていると、目の前の二人連れにちょっとびっくりしたので、ピストルが使えるようにしました。こんな山には「山賊」（密輸にかかわる一群の農民たち）がはびこっているということを、ぜひ言っておきたいものです。彼らはじつに大胆不敵で、向こう見ずになっていました。タバコ、塩、その他の物品をあきなっていたのですが、税金も支払わず、しかも旅行者からも金品をときどき取り立てたのです。こんなならず者どもが身近にいることは、疑問の余地がありませんでした。たった二人だけでしたが、彼らに自衛の用意をしていることをわからせようと決心しました。ですから一丁のピストルを発射しました。あたりの岩からこだまする銃声はそれなりに効果があるだろうと思ったのです。しかし山と道路にはとても深い雪が積もっていて、そのこだまはほとんど、あるいはまったく返らなかったのです。ピストルには火薬がたっぷり入っていても、おもちゃのピストル程度の音もしません。それでもあやしい男たちの注意を引くことはできました。その一人がすぐに左向きになり、そのときは私のごく近くに来ていたので、全身をながめることができたのです。そいつはとても背が高く、やせていて、肌は黄色く、大きなかぎ鼻で、小さな目はきらきらと輝いていました。頭をウールの編み物でつつみ、しかもその上に、縁が耳までたれた帽子をかぶっていました。首には絹のハンカチを巻き、口には小さな木のパイプをくわえて、タバコの煙をもうもうと吐き出していました。オオカミの毛皮で裏打ちされフード付きの、毛羽立てた緑色のラシャの長い外套を着込んでいました。内側に綿を詰めた、ひどく大きな靴をはいていましたが泥だらけでした。しかもとても小さなロバに乗っていたので、長い足は地面から六インチもないところで、ぶらぶらしていたのです。この奇怪な人物は恐ろしいというよりこっけいだったので、思わず吹きだしてしまいました。口からパイプを取ると、私の名前をうやうやしく呼んだのです。ブルイース山の頂上で、こんな呼びかけに、私がぎょっとしたのはよくおわかりですね。でもすぐに、彼はM侯爵だと正体を明かしたのです。彼とは光栄にも、ニースで知り合いになっていました。自らのいでたちを自嘲気味に話した後、私と同じ日に、ニースを旅立ったということも教えてくれました。またトリノに行くことと、前もって荷物と一緒に、クーネオまで召し使いを一人送り出したということも付け加えました。彼は感じのいい道連れだということがわかっていたので、この出会いはうれしかったのです。だから旅の終わりまで同行することにしました。ギアンドラ亭で食事をし、午後には細いロヤ川沿いを、ロバに乗って進んだのです。それは恐ろしい絶壁の間の谷底を流れていて、ところどころ、滝のようになっています。すさまじい音のため、耳がほとんど聞こえなくなるくらいでした。

この山中を曲がりくねって、ジェノバ県のヴェンティミリアで地中海に注ぐのです。この山脈には雪がなかったので、むちをぴしっと鳴らすときは、そのこだまする音はまったく途方もないほどでした。高所にあるサオルジオという村（ここには峠全体が見える小さな砦があります）を通り過ぎて、五時間もすると、テンダ峠の手前の宿に着きました。そこに投宿しましたが、歓迎されるどころではありませんでした。でも一番大変だったのは、侯爵の靴を脱がせることだったのです。それは防水長靴らしいのですが、このときまでに外側は泥だらけになり、内側は雨でひどくふくれてしまっていたので、引きずりながら歩くこともできなかったし、そこから足を抜くこともできなかったのです。そんなことをすると、必ず大騒ぎになって、手足がもぎれてしまうように思えました。要するにそのくるぶしをロープでしばらなくてはなりませんでした。そして家じゅうの人が手伝って引っぱってあげたのです。哀れな侯爵を部屋の隅から隅に引っぱると、どうにか靴が脱げるかもしれないので――ついに運よく、足が自由になったのです。そして翌日の旅のために、靴を念入りに乾かして詰めものをしました。

　午前三時にここを出発して、四時にテンダ峠を登り始めました。それはこの全行程の中でも、とりわけ高い山でした。いまでは雪が深く積もっていました。そしてその頂上は、二〇フィート近い積雪でした。中腹まで登ると、密輸を防ぐためにここに配置された、兵士たちの一分隊のための兵営と、このあたりのことばで「家」を意味する「ラカ」という宿屋があります。ここで山を登るための手助けとして六人の男たちを雇いました。氷をくだき、ロバのための階段のようなものをつくるために、ハンドホー（手で扱う小型の鋤に似たもの）を全員が携行していました。頂上に近づいたときは、残念ながら、ロバをおりて、山を登らなくてはなりませんでした――しっかりと安全に雪の上を歩く「荷担ぎ人」という男たちが二人がかりで、一人ひとり助けたのです。ロバもついてきました。そしてそれは足元がしっかりした動物だし、万一のために氷ですべらないための蹄鉄も打たれていたのですが、何回もころんだり倒れたりしました。氷はとても固かったので、先端が鋭くなっている蹄鉄の釘も食い込まなかったのです。この山の頂上（ここからは周りのごつごつした岩山しか見えませんでした）に着いたので、「レーゼ」〔小さなそり〕で反対側を下山する準備をしました。このそりは二つの木材でつくった応急手段なのですが、この目的のために「荷担ぎ人」によって荷揚げされたものです。この手の乗りものはあまり好きではありませんでした。とりわけ山もひどくけわしく濃霧もかかっていたので前方の二、三ヤードもほとんど見えなかったのです。それでも案内人たちは自信たっぷりだし、以前同じやり方で通ったわが仲間もこわがらないので、思いきってこのそりに乗ってみました――一人の「荷担ぎ人」が私の後ろに立ち、もう一人が案内人として前にすわりました。彼は足を雪の中にばたつかせて、下降の速度を落としたのです。こんなふうにして、すごい速さで山をおりたので、一時間でリモンに着きました。そこはニースからコニやトリノに向かう物資を運ぶ、ロバ追いたちのほぼ全員が生まれたところです。ここで丸々二時間ロバを待ちました。召し使いたちと一緒に、一般道を通って来たのです。「荷担ぎ人」一人ずつ四〇ソル支払いました――英貨二シリングくらいです。リモンを出てから二時間で、山の渓谷がすっかりなくなりました。この山のあちこちに森と牧場があります――夏以外はその山に近づくことはまったくできないのですが。しかしテンダ峠のふもとから、道は平原を通って、はるかトリノにまで達しています。われわれが泊まった宿屋から山越えして、リモンまで行くのに六時間かかりました。そしてそこからコニまで五時間かかりました。ニースを旅立つ前日に運び屋を使って送り出した荷物をここで見つけました。そしてここで、ロバとともに案内人も解雇しました。冬季にはこの旅の全行程を、ロバ一頭につき二〇リーヴルでまかなえます。そして案内人は六日間を計算すると、一日当たり二リーヴルの支払いになります。コニまで来るのに三リーヴル、ニースに戻るのに三リーヴルの支払いでした。この山越えにつきまとう不便と危険を避けるために、ごく早朝に出発しました。最初に遭遇したのはすべりやすい道路での荷物を背負ったロバたちの長い行列でした。しかもその道幅は一フィート半もないのです。こんなに狭い道では、二頭のロバが全然すれ違えないので、ロバ追いたちはところどころで道をゆずりました。そしてロバの群れが出会うと、数が少ないほうが広い場所まで引き返し、相手方が通り過ぎるまで、そこに止まっていなくてはなりません。旅行者はこのおもしろくない遅れを避けるために（ひどい寒さを思うとたまらないのですが）、ロバたちが宿を出ないうちに、朝早く山を登り始めるのです。しかし太陽が出ているうちにここを旅する大きな危険は、いわゆる「なだれ」にあるのです。これは太陽の熱や湿気のために、道に張り出すように切り立った山々からすべり落ちる雪の球です。このように岩から解け落ちる雪のかたまりは、おそらくその直径は三、四フィートもないのですが、落下するときにかなり大きくなることもよくあるので、（長さが二〇〇歩幅ほどにもなり、とても速くすべり落ちます）旅行者は道を三歩も歩かないうちに圧死してしまいます。これらの恐ろしい堆積は、下降していくうちに、ありとあらゆるものを引きずっていきます。大木を根こそぎにするし、たまたま家に当たると、土台まで破壊するのです。このたぐいの事故は乾燥した冬にはめったに起きません。でもなだれによって、ロバとその御者が死なない年はほとんどないのです。コニではニース出身のC伯爵夫人に出会いました。彼女は運び屋たちが担ぐ椅子かごに乗って、同じ旅をしていました。これはありふれた木製のひじかけ椅子で、腰かけるところがわらでできているものです。その上部にろう引きの防水布がかかっていて、旅行者を雨や雪から守っています。また足を置くための足板も付いています。それは輿《こし》のように運ばれます。そしてこの目的のために、六人あるいは八人の人足が、復路三日を見込み、季節に応じて日当一人当たり三、四リーヴルの支払いで雇われます。この六人の男たちの二人が担ぎ棒の間に入り、普通のかごかきのように運びます。そしてめいめい他の二人に助けてもらうのです——片手に一人ずつ付くのです。しかし真ん中の者が最大の荷物を担ぐので、他の人たちと規則的に交代します。山をおりるときは、肩で棒を担ぎます。そしてこの場合、四人がかりで先端に一人ずつ付くのです。

コニではトリノに行くときには全行程同じ馬と馬車が使えますが、費用は一日半の行程で、一五リーヴルです。しかし早馬を乗り継げば、一日でも行けます。費用は宿駅ごとに七リーヴル一〇ソルで、左馬騎手にも一〇ソルあげます。われわれのやり方は宿駅ごとに駅馬を替えるというものでした。駅馬を乗り継ぐときに立ち寄る宿駅で、交替する馬を付けた駅伝馬車を使うのです。しかしその移動速度は、かなり遅いとされているので、宿駅ごとにほんの五リーヴル、左馬騎手にも一〇ソルしか払いません。速く進んでもらうために、左馬騎手一人ずつ一〇ソル割り増ししてあげました。そうしたらこの心づけのかいがあって、駅伝馬車としてはかなり速くわれわれは運んでもらえたのです。この馬車はイタリアのものと似ていて、二〇〇リーヴルほどの重さの荷物が積み込めます。

コニは二本の小川の間にあります。大都市でもなく人口が多いわけでもないのですが、その堅固な砦はたいしたものです。それが「処女要塞」という名称でたたえられるのは、何度包囲されても、決して陥落したことがないからです。コンティ公は一七四四年の戦いでそこを包囲しました。しかしサルデーニャ王に戦いをしかけた後は、その包囲攻撃をやめなければなりませんでした。そこはドイツ人のプロテスタントで、サルデーニャ軍のもっともすぐれた大将でもある、ロイトルム男爵によって、みごとに守られたのです。しかし敵の最大の敗因は長時間におよぶ大雨でした。彼らの作戦をすっかり台無しにしたので、前進することはできなかったのです。

ピエモンテ州がヨーロッパで、一番肥沃で住みやすい土地の一つであることは言うまでもありません。現在はきびしい季節のため、ひどい状態に見えるのですが、ここはピエモンテ州でも、もっとも居心地がいいところです。かなり大きな町のサヴィリアーノを通り抜けて、夕方にはトリノに着いたということを申し添えます。ニースの城門から、この立派な街に入りました。そして優雅なサンカルロ広場を通って、「名声館」〔当時トリノの最良の宿で多くのイギリス人が宿泊したBona Fama旅館。Onorato Derossi, *Nuova Guida per la Città di Torino*, 一七八一、一四三頁〕に投宿しました。カステロ広場という大きな広場の一角にあります。

トリノの話をしたいのですが、後ですることにしましょう。いま申しあげられることは、私は常に「あなた様の僕」でございますということだけです。

敬具

# 第三十九信　エクサンプロヴァンス　一七六五年　五月十日

拝啓

私はこのようにイギリスへの帰路をたどりつつあります。住民の誰とも、けんかなどすることなく、ニースを立ち去ろうと決心していました。しかしこの決心を守ることはできないことがわかりました。わが家主のコルヴェシ氏（彼の家族とはそれまで仲良くやっていました）は上流階級の出身ですが、庭付きの家をあけ渡してもらうのは当然だと思っていたのです――ところが私は家賃をミカエル祭〔九月二十九日〕まで支払わなくてはならないというのです。しかも他人にそれを又貸しするなとはっきり言われました。彼は一度ならず、家具は私の手元から自ら引きとってくれるという保証もしてくれていたのです。この約束を信用したので、家具を有利に処分するチャンスを失ってしまいました。旅立ちが近づいても、彼は家具を引き取ってくれなかったのです。それと同時に庭付きの家の鍵をどうしてもあずかりたいと言ったのです。また九月中旬ごろまでは支払わなくてもかまわなかったのですが、家賃全額をすぐに支払えと強くせまりました。とりわけ尊敬して付き合うようになった男からの、こんな仕打ちにひどく腹が立ったので、法廷でけりをつけようと決心しました。しかしこれは、ミニム会の神父のとりなしによって解決しました。

彼は双方の友人でもあり、ニースで商売もしていたので、家と家具の処分を引き受けてくれたのです。外国人が弱みにつけこまれて鴨にならずに、こんな連中と生きてゆくには、よくよく注意して身を処さねばなりません。

　馬車一台と馬四頭をエクスに呼びにやっていました。それを一日当たり、一八フランスリーヴル（英貨一五シリング九ペンスくらい）で借りたのです。ヴァール川は山々からの融雪で増水していたので、どんな馬車でも通過できませんでした。ですからこのため、馬車はアンティーブに足止めされました。だからそこへは水路を使いましたが、九マイルか一〇マイルほどでした。ここは古代文明人のアンティポリスなのですが、マルセイユからの移民によって、ニースを手本にしてつくられたということです。しかしながらおそらく、それはニースがつくられた時期よりは遅いころで、この街に向き合っているところから名付けられたものです。プリニウスが語るところによると、そこはマグロ漁で有名なところです。この事情にマルティアリスは次の行で言及しています。

　わたしは確かにアンティーブのマグロの産物なのです。
　もしサバの産物だったら、あなたには届かなかったでしょう

〔出典：マルティアリス著『エピグラム』第八巻より、アンティーブの有名な魚醬はマグロからつくられた。しかしサバからつくったもののほうがよりうまいとされていた〕

現在では、そこはイタリアに対峙するフランスの辺境の地なのですが、きわめて堅固な砦にも

なっていて、大部隊の兵隊が駐屯しています。この町は小さいし、とりたてて言うほどのこともありません。しかしその港の内湾は、外海沿いに海に打ち込まれた杭《くい》の上につくられた珍しい防波堤に囲まれています。そこには堤防と塁壁と砲台と桟橋があります。船舶がこの港に入ると、何の心配もないのです。しかしその入口には、ちょっと大きな船が入港できるだけの水深もありません。浅瀬が海岸から遠く延びているので、軍艦も町を攻撃できるほどには近づけません。しかしここも先の戦争では、砲撃されたのです。この町の主要な陸軍は中心街（ここからは港の入口がどうにか見えます）から離れた四角形の砦に駐屯しています。海中に建っているこの町の城壁には、狭間《さま》銃眼と凸角《とっかく》堡があります。そしてそこには、数多くの大砲を据えることができます。

この近辺の土地のほうがニース側の土地よりずっと感じがいいと思います。また気候には本質的な違いがないことも確かです。ここの土地はそれほど手狭なわけではありません。気分のいい囲い地に地取りされていて、広々とした野原がそれらを縁取っています。そしてここの山脈は湾の対岸にある山脈よりも海岸からずっと離れて、上方になだらかにカーブしています。またここでは平らで安全な浜辺沿いに、楽しい乗馬もできます。四月の最後の週に通ったときは、麦の穂が出ていたし、サクランボもほぼ熟していたし、イチジクは黒くなりかけていました。たまたまニースにいて、出航しようとしていたロンドン行きの船に、私の重い荷物を積み込んでいました。一緒に持ってきた小型のトランクや旅行かばんは、アンティーブで検査されました。しかし検査官に半クラウンのチップをあげたので、この儀式は形だけのもので済みました。このあたりのどんな役所でも、これは効果抜群の袖の下になるのです。

われわれはカンヌに泊まりました。それは素敵な村で地中海沿岸にあって、ロケーションも魅力的です。そして真向かいにサントマルグリット島があり、そこには国事犯が収監されます。ここは住環境がいいので、その温暖な気候ゆえに、アンティーブやニースよりこの地に住みたいものです。城壁に閉じ込められることもないし、兵隊や群集で混み合うこともありません。すでに人里離れたところにいるので空気はきれいだし、あらゆる種類の魚が十分に供給されています。

エステレル山は以前の手紙で、常緑樹と高木と潅木と香草が茂った、目も奪われる素晴らしい植生の地として述べましたが、現在はまったく荒れ果てています。去年の夏の風が強いときに、松の木に火をつけた人で無しどもがいたのです。それは数ヵ月間ずっと燃えていました。それで大火は一〇リーグ以上に広がって、信じられないほどの木がなくなりました。いまでは道の両側の地面はむきだしのままか、こげついていても倒れなかった木々の黒い幹があります。天の裁きの記念碑として、こんなに数多く立ちつくしているので、恐怖と哀れみで胸いっぱいになります。この不気味な光景を目にして目頭が熱くなり、一年半ほど前のころには、それがどんなふうになっていたのか考えてしまいました。

フレジュスに一晩泊まったときに、円形闘技場をゆっくり観察する機会がありました。肉眼で判断できる限りでは、ニームのそれと同じくらいの大きさなのですが、驚くほど荒廃しています。闘技場を見おろす石の座席はまだ残っていて、その下には小部屋があり、野獣が飼われていました。また二段になっているギャラリーの遺構もあります。そして闘技場には、向き合う大きな出入口が二つあります。この闘技場はいまでは、美しい草地になっていて、真ん中に一本の道路が通っています。しかし外壁や装飾物はことごとくなくなっています。外壁のほとんどは、いまでは修道院の一部になっています。そこの修道士たちからして、石材を修道院の建設のために持ち去ったので、円形闘技場が破壊されたということです。外壁なしの姿のこの円形闘技場の近くには、古い建物が建っていた跡があるのですが、これは皇帝または総督が住んでいた宮殿だということです。というのも、そこはローマが征服した植民地でもあり、ユリウス・カエサルがひどく愛し、それにフォールム・ユリイとかチヴィタス・フォロユリエンシスという名前をつけたのです。円形闘技場をつくったのもおそらく彼なのです。そしてそこに水を、一〇リーグ離れたシアーニュ川から水道で送ったのもまた彼なのです。しかもそのアーチを連ねた建造物のいくつかが、この町の向こう側にまだ残っています。古代の碑文（さまざまな作家がそれを公にしています）がきざまれたかなり多くの彫像がここで発見されました。ユリウス・アグリコラは歴史家であるタキトゥスの義理の父ですが、フレジュス（いまではまことにみすぼらしくてしがない町です）の生まれなのは、言うまでもありません。ここから土地は左に向かって開けていて、海と山脈の間に、広い平野があります。その山脈はプロヴァンス地方とドーフィネ地方にまたがるアルプス山脈から続くものです。この平野は美しい小川によって灌漑され、ブドウ畑や麦畑、牧場の変化もあるので、ニース付近のこげつくような砂やごつごつした岩、それにけわしい山岳の風景に見慣れていた目にはじつに気分のいいながめでした。ここはなかなかの麦作地帯のようですが、住民が食べるのに十分な量は供給できないということです。というのもマルセイユで毎年外国産の食糧を輸入しなくてはならないのです。平均するとフランス人はイギリス生まれの人を満足させる三倍の量のパンを食べます。それが確かに命を支えていることは疑問の余地がありません。だからプロヴァンス地方の人たちがブドウ畑の一部を麦畑にしてしまわないことに驚くばかりです。というのは彼らにとっては、ワインはとびきりの自慢の種なのでしょう。しかし当地ばかりでなく、フランスのどんなワイン生産地でも、庶民が飲むものはイギリスの弱いビールにくらべても、アルコール分が弱くて栄養もないし、私の見方ではおいしいものでもないのです。ワインをいつも飲んでいる農夫は牛乳、ビール、あるいは水などを飲んでいる人たちにくらべると、皆体が小さいということはぜひ言っておきたいのです。そしてワインがあまりないときのほうが、ありあまっている季節より、普通の人がずっと健康でいられるのはごく当たり前です。長生きすればするほどどんなワインも発酵酒も、人体には有害であることを確信するようになりました。しかも健康を保ち気分を高揚させるためには、単純な水にくらべられる飲み物はありません。リュックとトゥーロン間の土地は整然と囲い地に小分けされています。ここには黒牛のための不足のない肥沃な牧草地と、フランスの他のどんなところで目にするよりずっと多くの、流れが澄んだ大小の河川があります。

トゥーロンは港やドック、また武器庫などがたとえなくてもなかなかの町です。それらを見た外国人のことばはまったく正当です——「フランス国王（彼のことばです）はヴェルサイユでよりもトゥーロンでのほうが偉大なのです」。波止場、桟橋、ドックまた倉庫はきわめて整然と堅固に、しかも堂々としたつくりになっています。航海のための装備をはずした戦列艦が一四隻ほど内湾にあるのを数えました。またドックで修理中の八〇門もの大砲を装備したトナント号もありました。建造中の新しいフリゲート艦も一隻ありました。先の戦いでは、フランス国王は海軍にじつにひどい大砲を装備させたので、どんな作戦でも二、三発暴発しないものは一隻もなかったという信頼できる情報もあります。これらの事故は多大な損害をあたえたのでフランスの水夫たちはひどく落胆し、イギリス軍の大砲より自軍の大砲をこわがったのです。トゥーロンにはいまでも、使用に耐えない二〇〇〇門以上の鉄の大砲があります。これはフランス政府の弱点と怠慢のまぎれもない証拠です。しかし彼らのおろかさのもっと驚くべき証拠は、まさにこの港の入口を守る砦のありさまです。港が安全だと彼らが信じたのは、そこは入港できるはずがないと世間に思われていたからです――これだけが頼みの綱だった、と言ってもいいと思います。近ごろわがフリゲート艦の一隻のE船長が、逆風をものともせず入港しました。そのため彼は上手回しをしなければならなかったのです。それで航路の長さと幅をすべて計測することができたのです。水先案内人なしで入ってきて、ロープ類やその他の備品を買うつもりだと言ったのです。でもフランスの士官たちは、その大胆なやり方にひどくまごつきました。あいつは海峡の深さを測ることしか頭にないし、技師を乗船させていて、地形や砦またその方角と距離などを、スケッチしたのだと彼らは断言したのです。おそらくこんな疑惑がお上に伝えられたのでしょう。というのも、ドックや武器庫に部外者侵入禁止という通達がすぐに届いたのです。

ここからマルセイユまでの道の一部は、エステレル山に似た広大な山中にあります。しかし樹木が十分茂っているわけではありません。でも谷間に美しい小川が流れているという魅力もあります。

## 第三十九信　エクサンプロヴァンス　一七六五年　五月十日

　マルセイユはとても気に入りました。というのもそこは大きくて人口も多く、にぎわっているじつに堂々とした街です。いわゆる新市街の通りには余計なものはなく、風通しもよく、広々としています。家屋はしっかりとしたつくりで豪華でさえあります。港は建物や海岸にぐるりと囲まれた楕円形の船だまりになっているので、船舶はまったく安全に碇泊しています。しかもここにはたいてい信じられないくらい数多くの船があるのです。街の方角には、半円形のフリーストーンの波止場があるのですが、それは一三〇〇歩幅あります。そして波止場とそれを眼前にしている家々とのスペースは、いつも驚くほどの人びとであふれています。八隻か九隻ほどのガレー船が、港の一角にその船尾で係留されています。また奴隷たちは、ごくわずかな金で借りた小さな店や露天で、それぞれの仕事で働き、もうけを手にすることが許されています。そこにはありとあらゆるたぐいの職人が、片足を鎖につながれながら、仕事をしているのを目にすることができます。靴屋、仕立屋、銀細工師、大小の時計の製造修理業者、床屋、靴下職人、宝石商、意匠職人、書記、本屋、刃物屋、またあらゆるたぐいの小売商などです。これらのことをするために、彼らは国王に一日に二ソルほどの金を支払うのです。それで暮らし向きも良くて表情も明るいのです。しかも他の商人や職人よりも商品や労働力をずっと安めに売れるのです。しかしながら、夜は船を寝床代わりにしなければならないのです。マルセイユは景気がとてもいいように見えますが、商売は大きな衰退の一途をたどるばかりです。商人は日ごとに力を失っています。こんな商業の衰えは、イギリス人が重大な要因になっているのです。イギリス人が平和時にマルチニーク島とグアデループ島〔この二つの西インド諸島は七年戦争でイギリス軍に占領されたが、一七六三年の和平条約のもとでフランスに返還された〕にヨーロッパの商品を多量に持ち込んだので、マルセイユの商人がはるばる荷物を送ったときには、市場に物があふれすぎていて、かなりの赤字覚悟でそれを売らなくてはならなかったのです。さらにフランスの植民地開拓者たちは戦争中でも砂糖、コーヒー、その他の品物についてもかなりの備蓄品が手元にあったので、平和のきざしが見えるとすぐに大量にそれらをマルセイユに船で送りました。あの島々でできるものでも現在では、こちらのほうがその生産地より安いということです。そしてこれとは反対に、この地の商品はプロヴァンス地方よりマルチニーク島のほうが、安く売られています。

このあたりを一人で旅する者は町々の大衆的な定食屋で食事をすれば、手ごろな経費で暮らしていけるでしょう。しかしここにちょっと滞在するためにやって来るどんな家族にも、できるだけ早く、家具付きの住まいを利用するように忠告したいものです——というのはホテルの生活費など論外です。マルセイユでは食事のたびに一人につき四リーヴル、召し使いにはその半額を支払わなくてはなりませんでした。しかもさらに部屋代として、一日当たり六リーヴル請求されたのです。そのため一日の支出は朝飯代と案内人を含めて、二ルイ金貨にもなったのです。同じような詐欺まがいの行為がフランス南部全体に広がっています——そこはこの国では、もっとも物価が安くてもっとも豊穣なところだと、一般には思われているのですが。これはイギリスの旅行者の愚行と浪費のせいであるのは疑問の余地がありません。というのも彼らは詐欺まがいなことをされても何とも思わないので、ついにこんな法外な請求が慣習として正式に認められてしまったのです。マルセイユの大通りを馬に乗っていくのはじつに不愉快です。というのも馬車や馬車馬で混雑しているので、ごみごみした本街道から出られなくなってしまうからです。その道は二つの白壁にはさまれているのですが、太陽が出ている間のそこからの照り返しなど、耐えられるものではありません。でもこの近くには、じつに多くの住み心地のいい「小別荘」とでもいうようなカントリーハウスがあって、その数は一万二〇〇〇にも達すると言われています。その中には家具付きのものもあって、じつに安く借りることができます。マルセイユはにぎやかな街で、住民はさまざまな楽しみごとに夢中になっています。彼らは夜会やコンセール・スピリチュエル（十八世紀にパリ、ロンドン、その他の都市の宮殿などで開催された公的な音楽会の一つ。曲目は宗教声楽作品や技巧的な器楽作品であった。演奏会は夜に行われ、裕福な市民や外国人が参加した）や芝居を開催します。ここにはまた広々とした遊歩道もあります。木陰のある散歩道ですが、夕方には上品な身なりの人たちが大挙して押し寄せるところになります。

　マルセイユは自由港なので、この町からエクスへの途中半リーグほどのところに役所があり、そこで乗り物はすべて検査されます。そしてもし何か密輸品が見つかると、馬車、荷物、さらに馬まで差し押さえられます。御者の機転によって、こんな不愉快な儀式からまぬがれました。彼は役所で、われわれはマルセイユでコーヒー一ポンドと砂糖を買い込んでいるから、その税金を支払う用意があると自己申告したのです。そうしたらその金額は一〇ソルほどでした。彼らはその金を受け取って彼に領収書をくれたのです。そしてそれ以上のうるさいことは言わずに、馬車を通過させてくれました。

　エクスには一泊だけしようとしていたのですが、ここにいるアーチァー氏はこの地の水を飲むと体にとてもいいことがわかっているので、八日か一〇日くらいそれを飲んでみるように彼に説得されてしまい、そうすることにしたのです。そのため家具付きのアパルトマンを借りて、毎朝水源でそれを飲んだところ、素晴らしい効き目があったのです。次の手紙ではこんな水についてもっと述べたいのですが、あまり面白くはないものになると思います。それが親愛なるあなた様の健康にいささかでもお役に立つことがわかれば、申しあげることは何もありません。

敬具

# 第四十信　ブーローニュ　一七六五年　五月二十三日

拝啓

エクスではイギリスの三つの家族と出会いました。こんな人たちとなら、とても楽しく過ごせると思いました。でもその付き合いもいまではなくなりました。S夫妻はわれわれが着いた数日後にここを去りました。アーチァー氏と妻ベティーはジュネーブに旅立ちました。そしてゴア氏は家族とともにエクスにとどまっています。この紳士はほんとうにひどい神経性のぜんそくに悩んでいたのですが、この気候でずいぶん体調が良くなったので、もう一年ここにいたいと思っています。またアーチァー氏がここの水を飲んでみると、壊血病にも卓効があることがわかったのです。私もこの二つの病気で苦しんでいたので、当然のことながら、水と空気を合わせた効き目を試さなくてはなりませんでした。とりわけこのやり方は、アーチァー氏とベティー夫人が親切にしかも、しつこくすすめたからです。しかもそれがありがたかったので、こばめなかったのです。

エクスはプロヴァンス地方の首都で大都市なのですが、ささやかなアルク川によって給水されています。ローマの植民地だったのですが、キリスト生誕の一世紀以上も前に、ガイウス・セクティウス・カルウィヌスによって、建設されたということです。ここで発見された水源からのミネラルウォーターに執政官の名前が添えられて、この地はアクアエ・セクスティアエ（セクスティウスの水）と呼ばれたのです。チュートン人を征服した執政官マリウスが本拠地と定め、そこを寺院、水道、またテルマエで彩《いろど》ったのはここなのです。しかしながら、いまではその何ものも残っていません。この街はいまでもそうなのですが、しっかりとつくられています。通りはだいたい狭くてとても汚れています。しかしそこには高木が二列に植えられ、三つか四つの素晴らしい泉をあしらった立派な遊歩道もあります。そしてその真ん中の泉から、温泉源からの湯が噴き出しています。両側には優雅な家並みがあり、主に貴族が住んでいます。ここにかなりの人数がいるのです。議会がエクスで開かれるので、ここにはたくさんの人びとが集まります。そして住民の多くは上流階級の人間なので、生まれが良く快活で社交好きです。ヴィラール公はこの周辺地区の総督ですが、この地に住み、開放的なパーティを催しています。そこでは外国人も無条件で受け入れられます。そしてもし彼らが芝居に参加すると、とても歓迎されます。というのは全員でやれることといったら、これしかないのですから。彼に紹介されたときにひどくよそよそしくされた、という不満を口にするイギリス人もいます。他の外国人と同じようにフランス人は、公爵や伯爵、侯爵、貴族などの肩書きがない、名門出身の上流の人間は考えられないのです。そしてイギリスの紳士が「誰それさん」などという簡単な名称で紹介されると、フランス人はその人を特に注目すべきこともない一般人だと思ってしまうのです。

エクスは盆地にあり、だいたい丘に囲まれています。それでもこの街がビーズからさえぎられることはありません。それは冬と春の身を切るような北風で、空気もほとんど耐えられないほど冷えてしまうので、何らかの肺疾患（例えば結核結節、膿瘍、喀血など）のある人にはきわめて危険です。H卿はここで去年の冬の一時期を過ごしたのですが、エクスに居続けると、こんな疾患のいくつかにひどく苦しみ、日ごとに体調が悪くなってしまったのです。しかしマルセイユに引っ越すと、すぐにどの症状も軽くなったのです――二つの場所の間の距離はせいぜい一〇マイルか一二マイルくらいなのですが、空気はまったく違うのです。マルセイユの冬の空気はエクスのそれよりはるかにおだやかですが、決してニースの気候ほど温暖ではありません。ニースでは、マルセイユやトゥーロンでは育たないし実らないような花、果実それに野菜も、厳冬期でも豊富に見られるのです。

たとえエクスの空気が冬にいやになるほど寒くても、夏にもまったく耐えがたいものになります。岩や山からの照り返しによって生じる異常な熱気のせいだし、また空気の循環もさまたげられるからです。というのは、冬の厳しい木枯らしを強めたり弱めたりする通風筒としてまた通路としての山脈が、同時に夏のわずかなそよ風を、完全にさえぎってしまうついたてにもなるということはぜひとも言わねばなりません。エクスには獣肉が十分に供給されているのですが、煮込み用の香草の供給はきわめて不十分です。また遠路リヨネ地方から来るもの以外に鶏肉はありません。根菜類やキャベツ、カリフラワーがあまりないのは、水不足のためだと言われています。しかしじつを言うと、彼らは野菜作りが不得手なのです。油は良質で安価です。ワインはまあまあです。しかし彼らの主な関心は、プロヴァンス地方の主要産物である養蚕に向けられているようです。このあたりにはいたるところ、蚕を育てるためのクワの木の植え込みの影が濃いのです。

南フランスでは家計費のどの項目も自慢できるくらい安いのにもかかわらず、イギリスのヨーク、ダラム、ヘレフォードとかその他の都市のほうが、プロヴァンス地方のエクスより生活費はかからないし、食卓も豊かだし、またどんな点でも、ずっと快適な条件にあると信じています。ラングドック地方で一番物価が高いとされているモンペリエより、エクスでの住居費、食費のほうがその五割は高いと思いました。

エクスの浴場は古代にはとても有名だったのですが、蛮人どもの侵入によってすっかりこわされてしまいました。この源泉そのものは今世紀初頭（一七〇四年だと思います）まで未発見だったのですが、そのとき城壁のすぐ外側にある丘のふもとに、家の基礎づくりのために地面を掘っていたら偶然に発見されたのです。まさにこの近くでプリアポス〔ギリシャの豊穣の神〕の像と大文字がいくつか彫られた小さな石の祭壇を見つけたのです。この文字を古物研究家たちはさまざまに解釈しました。この像からその湯は不妊症に有効であると想像されました。しかしながら、これを思い切って飲もうとする人が現れるのに、かなりの時間がかかりました。というのは、それを古代文明人が飲んだようには思えなかったのです。それが再び噴出すると、疥癬《かいせん》やその他の皮膚病にかかった馬、その他の家畜の浴用に主として用いられました。遅れて貧しい人たちも同じ病気のためにそこで入浴したら、効果がかなりあったので、多くの好事家《こうずか》たちの関心を徐々に引いていったのです。きわめて表面的で不完全な分析を当時の三人の医家たちがそれぞれ行い、しかも出版までされたのですが、温浴がなしとげた注目すべき治癒例も少しはあったのです。そしてそんなささやかな論文でも虚弱者に尻込みなどしないで、飲んでみるようにと勇気づけたと思うのです〔その二つは Louis Arnaud's *Traité des Eaux Minerales d'Aix en Provence*, Avignon, 1705 と Antoine Aucane-Emeric's *Analyse des Eaux Minerales de la Ville d'Aix en Provence*, Avignon, 1705 もう一つは I. S. Pitton's *Les Eaux Chaudes de la Ville d'Aix*, Aix, 1678 であろう〕。それは痛風、尿路結石、壊血病、むくみ、中風、消化不良、ぜんそく、結核などに効くこともわかりました。そして評判はすぐにラングドック地方、ガスコーニュ地方、ドーフィネ地方、プロヴァンス地方全体に広がったのです。行政長官はそれをもっと使いやすく、しかももっと大規模なものにするために簡単な家を建てたのですが、そこには個人用の浴室が二つあり、それぞれに寝室が付いています。誰でも温泉を内用、外用として手ごろな出費で利用できます。これらの浴室は大理石が張られ、どちらも大きな真鍮のコックにより給湯されます。このコックは好きなときにひねっていいのです。この建物の片隅に、てっぺんが屋根のない八角形になっているところがあります。水盤がそこにあるのですが、この真ん中には石の柱があって、同じ源泉からの湯を八つの小さな真鍮のコックであたり一面に放出します。そしてここにはあらゆる階層の人たちが、朝コップを持ってやってきます。そして湯を飲んだり、痛いところを洗ったり、こわばった手足をその流れにさらすのです。「シャワー」というこの最後のやり方は、しかしながら、個人用の浴室でのほうが、より効果的に行えます。というのはそこは水流がより強力なのです。この湯の自然の温度は、およそ記憶のあるかぎりでは、サマセット州のバースのクイーンズ・バスのそれとほぼ同じです。完全に透明でコップの中できらきらしています。軽い飲み口でおいしいのです。しかもそのつもりがなくても、一回で三、四パイント（一パイントは約〇・五リットル）も飲めてしまうのです。五月のシーズン中に毎朝半パイントのコップで、一四杯も飲む人がエクスにはたくさんいます。でも年じゅう飲めるものですしその効果も同じです。もし同じ量を飲めば、尿の違いを除いて、温泉と単純な水がもたらす効果に明確な違いはありません。

それについての実験を公表した人間を信じれば、酸やアルカリ、没食子《もっしょくし》、バイオレット・シロップまたは銀溶液を混ぜても、この湯には大きな変化がないし、にごりもないし、色も変わらないのです。ふっとうさせ蒸留させ、こした後の残滓《ざんし》として、ごくわずかの精製塩と石灰質の土壌が残ります。そして後者は強い酸を加えると発酵します。この湯の比重や温度を確かめるための液体比重計も温度計も持っていませんでしたし、その準備をするための器具を手に入れ、完全な分析をするのに必要な実験をくり返す時間もなかったので、分析はあえてしなかったのです。そうではなく飲んだり入浴したり、シャワーを浴びるだけで満足しました――それは私の期待に存分にこたえてくれました。つまりそのために私のみにくい壊血病の皮疹（このために右手がしばらく使えなくなっていたのです）が八日間でほぼ治癒したのです。この湯を外用に使うと皮膚が必ず油を塗ったようになることとか、家にある土鍋でそれを煮つめると硫黄の蒸気のような臭いがするし、さらに肺さえも同様に影響を受けることにも気づきました。しかし浴室そのものは石灰窯《がま》のような強烈な臭いがしました。その湯を瓶の中で一晩そっとしておくと、味と香りは明らかにワインに近いものになりました。甘い硝酸アルコールに似たものでした。その活性粒子が揮発性の硫酸塩なのか、ごく上質の石油、あるいはこの二つが混合したものかどうか見分けるつもりはありません。しかし実際にそれに硫酸成分が混じっているかどうかを確かめる私が知っている一番いいやり方は（通常の化学反応としてはあまりに微妙でとらえにくいのです）、ワインを入れた瓶を浴室またはその隣の部屋に置くことです。そのワインに、もし揮発性の酸が実際に相当な量が含まれていると、八時間から四〇時間で酸っぱくなってしまうのです。

馬車を整備するように指図したり、馬と左馬騎手も替えて（このためにリヨンまでとその復路について、一日当たり一ルイ金貨を支払いました）エクスを出発しました。そしてその旅の二日目にデュランス川を舟で渡り、アビニョンに泊まりました。この川は古代文明人のドルエンシャ川なのですが大河で激流です。山々を流れ下ってローヌ川に注ぎます。大雨の後では川幅が広がって、渡ることができません。そしてその流域の広い範囲がしばしば水びたしになります。オルゴンとこの川にはさまれた平野の真ん中で、一年半前にリヨンからモンペリエまで旅をしたときに乗った馬車に出会いました。御者のジョゼフじいさんがその手綱を取っていました。彼は遠くから私の召し使いをそのマスケット銃で見分けるとすぐに、馬車のほうに走ってきて、私の手を握り喜びの涙さえ流したのです。ジョゼフじいさんはスペインをずっと旅してきて、日焼けして真っ黒になっていたので、イロコイ・インディアンと見まちがえるほどでした。この哀れな男が自らの恩人に見せる感謝の態度に心がなごみました。彼はクロードという名前のわれわれの御者と立ち話をしました。ジョゼフじいさんは彼に、われわれはとてもいい人たちだと請け合ったので、おそらくクロードは旅をしている間はずっと、驚くほど尽くす気持ちになったのでしょう。

ご存じのようにアビニョンは教皇領とされている大都市です。古代文明人の「アウェニオ・カワァルム」なのですが、領主がたびたび変わりました。次々とローマ人、ブルゴーニュ人、フランク族、アルル王国、プロヴァンス伯爵、ナポリ王などの属領になったのです。十四世紀にナポリ女王ジョヴァンナ一世から教皇クレメンス六世に八万フローリンの金で売られ、そのときからローマ教皇座の統治下にあります。フランス大使であるクレキ公が一六六二年にローマで辱《はずかし》めを受けるという時期があったとしても、プロヴァンス高等法院はアビニョン市とヴナスク伯爵領はプロヴァンスの古代領の一部だと宣言する判決を下しました。ですからそれは再びフランス国王が統治するところとなったのです。そのため王の手にこの所有権が入ったのです。でもその後ピサ協定によりローマ教皇座に返されました。しかしながら教皇は、フランス国王の気まぐれのために、それをあやうい権利で保持しているのです。というのも国王はもとの購入金額を支払って、それを取り戻そうという気持ちにいつなんどきなるのかもしれないからです。教皇たちが七〇年間次々とここに住んだので、この街はじつに数多くの堂々とした教会と女子修道院で彩られたのも当然でした。それらは絵画、彫刻、祭壇、遺物や墓で華やかに飾り立てられています。最後のものの中には有名なラウラ〔ペトラルカがある教会でふと見かけた女性で、彼は彼女にささげた一連の抒情詩『歌の本』を書いている〕のものもあるのですが、ペトラルカがその詩で彼女に不滅の命をあたえ、フランスのフランソア一世が、この墓碑銘を書く労を取ったのです。アビニョンはローマ教皇特使補佐によって統治され、街の警察は領事が取りしきっています。ここは肥沃な平野で広大な地域なのですが、切り出された石の高い壁に囲まれ、西側にローヌ川が流れています。川に架かる優雅な橋があったのですが、いまではくずれかけています。反対側には、ソルグ川の支流が町の一画を貫流しています。これはかつてスルガと呼ばれていた川なのですが、この近郊（そこに詩人のペトラルカが住んでいました）のフォンテーヌ・ド・ヴォクリューズという有名な湧き水がその源流になっています。これは美しく澄んだ川なのですが、見事なマスやザリガニがたくさんいます。オランジュ（ローマ人の「アラウシオ・カワァルム」です）に行く途中でそれを石の橋で渡りました。オランジュはいまでも、古代の立派な遺跡が目につくところです。円形闘技場、水道、神殿、凱旋門などがそういったものです。そしてこの最後のものはその付近で、キンブリ人とテウトニ人に対して、ガイウス・マリウスとルクタティウス・カトゥルスが大勝利をおさめたことをたたえて建てられたものです。これはじつに堂々とした建築物で、どの側面も、浅浮き彫りされた戦利品や戦争の場面があしらわれています。その装飾や彫刻は創建時には目を見張るほど優美でした。しかもその全体がごく古いわりには、驚くほどよく残っています。私の目にもそれは、ローマのセプティミウス・セウェルスの凱旋門のように、他の何物も付け加えるものなどないように見えます。翌日われわれは、ドローム川とイゼール川という二つの急流を渡りました。前者はヴァール川にとてもよく似ているのですが、その浅瀬を馬車で渡りました。しかしイゼール川は舟で渡りました。デュランス川の舟と同じように、ロープ式の渡し舟です。これは両岸に設置した木造の二つの装置の間に張ったロープに掛かった可動式の滑車を使うのです。このやり方は素朴ですが、効率的だし、移動も安全で迅速です。船頭は長くて重いかじをあやつるだけです。急流のために舟が流されるので、船首を流れに対して、斜めにするのです。そして舟につながっている滑車が岸から岸にロープ上をすべるのです。これらの川はすべて山中に源流があり、プロヴァンス地方とドーフィネ地方を貫流してローヌ川に注ぎ込みます。そしてそのすべてがにわか雨で増水すると、平地が冠水してしまうのです。ドーフィネ地方では、油はほとんどあるいはまったく生産しないのですが、とびきりいいワインをつくっています。とりわけエルミタージュ・ワインとコートロッティ・ワインです。前者は一瓶三リーヴルで、後者は二リーヴルで現地で売られています。このあたりではまた小麦や牧草がかなり収穫できます。ここは河川によってたっぷりと給水され、森が感じのいい木陰をつくってくれます。天気にも恵まれていたので、エクスからフォンテーンブローまで絶えずナイチンゲールのさえずりが聞こえました。

　古代にはウィエンナ・アロブログム（アロブロゲス族のウィエンナ）と呼ばれたヴィエンヌの遺跡のことをこまごまと述べるつもりはありません。ローマ人の植民地だったのですが、かなりの規模の町でした。そして古代人はそれを装飾するための骨折りと費用を惜しまなかったのです。ここはいまでも大きな町ですが、ローヌ川の岸辺の山脈がその周囲にあります。しかしながらかつての光彩はすべて衰え商業もすたれ、遺跡の大部分も荒廃して土に埋もれています。ノートルダム・ド・ラ・ヴィ寺院が神殿であったことは疑いがありません。アビニョンの城門からここに入るときの道の左側に、高さが三〇フィートくらいの見事なオベリスク（いやむしろピラミッドでしょうか）があります。トスカナ式の四本の柱で支えられた丸天井がその土台になっています。ローマ人が建設したことは確かなのですが、モンフォーコンは墓であろうと想像しています。というのも彼は丸天井の真ん中から長方形の石が突き出ているのを見たからです。おそらくその内部には、故人の遺灰があったのです。この地で一生を終えたとされているポンテオ・ピラトの話は伝説です。エクスから旅した七日目に、われわれはリヨンに着きました。じつになごり惜しいのですがここで当分の間はあなたとお別れです。

敬具

# 第四十一信　ブーローニュ　一七六五年　六月十三日

拝啓

二年間不在にしていましたが、ついにわが目でイギリスを思いのままにながめることができるのです。そしてこの距離からあのドーヴァーの白い崖を見ているときに、どんな喜びを私がかみしめているのか、じつのところはご想像ができないでしょう。ホラティウスの「祖国の何か知らない魅力」〔作者の勘違い。実際はオウィディウスの『黒海からの便り』からの引用〕というもので心を動かされたわけではまったくありません。それはむしろかたよった教育から生まれる熱狂みたいなものです。このためにラップ人はノルウェイの雪に地上の天国を設置したり、スイス人も実り豊かなロンバルディア州の平野よりウーリ州の不毛な山を好むようになるのです。私も祖国に愛着があります。というのもそこは自由で清潔で快適な国なのです。しかも面白いありとあらゆるつながりもあるので、そこがいっそういとおしいのです——友人がここに住んでいるのですが、彼らとの会話、交友関係、また尊敬する気持ちのためだけでも住みたいと思っているのです。

リヨンから当地への旅では、たいした事故にも危ない目にも会いませんでした。しかし「駅伝馬車のわずらわしさ」とでも言うようなこまごまとしたいらだたしさはたっぷりありました。リヨンで（そこにはほんの数日滞在しました）帰りがけの馬車があったので、パリまでそれを六ルイ金貨で借りました。これは立派な大型の馬車で、優雅にしつらえてある旅行用のものでした。どこも堅牢なつくりなので、ぼろ道でも、がたがたしてばらばらになる恐れはなかったのです。しかしそれはどっしりとしていて重かったので、車輪と車軸がひどくこすれ合って、一日に三回も四回も火を噴きそうになりました。あらゆる事情を公平にくらべると、フランスよりイギリスのほうが、駅伝馬車の旅はずっと簡単で便利、かつ安上がりです。イギリスの馬車、馬、馬具、また道路などがずっといいのです。そして左馬騎手もはるかに親切で注意深いのです。この理由はじつに明白です。イギリスの宿駅でたとえひどい客扱いをされても、他のところで泊めてもらえるからです。道路沿いの宿の主人はこれがわかっているので、旅行者を満足させようと互いに競っています。しかしフランスでは宿駅は独占されています。宿駅の主人や左馬騎手は、旅行者には他に頼れる人間がいないことがわかっているので、義務もおろそかになるし、なげやりにもなります。また傲慢で詐欺まがいのことまでしようとするのです。外国人は必ずそんな連中の思いのままになってしまうようです。でも大きな町は別です。というのもそこでは行政官や首長に助けを求めることができるのです。わびしいたたずまいの田舎や寒村では、宿駅以外に何もないことがよくあるので、宿駅長が一番いばっているのです。しかもそんな場合、ぼろ馬をあてがわれてひどい思いをするとか、金をむしり取るためにささいなことにかこつけてぐずぐずしたり、いらいらさせるために、左馬騎手が荷馬車の速度で馬をあやつるとか、またはそんな連中やその主人に何らかの形で侮辱されても、宿場の監督官に正式に訴え出ること以外にあてにできる救済方法はないと思います。でも彼らはたいてい副大臣の一人になっていて、そんな訴えには、全然またはほとんど関心はないのです。ある伯爵の兄弟のイギリスの紳士を知っていますが、彼はプロヴァンス地方の知事であるヴィラール公爵あてに、侮辱されかつ詐欺まがいのことをされたアンティーブの宿駅長についての告訴状を書いたのです。公爵はその手紙に返事を書いて、この苦情を取り除く手段を取るという約束をしてくれました——けれどもまったく考えてあげなかったのです。フランスの宿駅に泊まりながらの旅での、もう一つの大きな不便は、もし何らかの事故で遅れるようなことがあっても、行こうと決めたところより、おそらく二つか三つ先の宿駅まで行かないと、まず宿がないのです。これは体にとってはつらいことですし、命にもかかわることです。ところがイギリスではいかなる駅馬車街道でも、宿駅ごとにまあまあの宿に出くわすのです。大きな町を除き、南フランスのどこでも宿は寒く、湿っぽく、暗くて汚いので気分も良くないのです。宿の主人はそろって不親切で貪欲です。使用人も気がきかなくて、いいかげんでなまけものです。しかも左馬騎手も、ものぐさでいいかげんでがめつくて無礼です。彼らをぐずぐずしていると叱れば、だらだらともっと長く引き止められてしまうでしょう。剣や杖、棍棒、馬のむちでこらしめると、全然姿を見せなくなり、どうしようもありません。あるいは馬車をひっくり返すという腹いせに頼るかもしれません。どうにか気持ちよく旅をする一番いいやり方でわかっているのは、いやがらせをされても、心付けをたっぷりはずんで、仕事をしっかりやってもらうことです。二人の左馬騎手には一宿駅につき二四ソル以上はあげないという決心をしました（またそれを守りました）。でもいま思うのですが、一宿駅につきさらに三ペンス以上あげたら、ずっといい待遇だったろうし、もっと満ち足りた思いで、旅をすることもできたことでしょう。くわしく述べるに価する珍しい出来事は道中にはありませんでした。最初の日にダンヴィル公爵夫人とその息子のロシュフコー公爵によって、二時間以上も引き止められてしまいました。というのも彼らは大臣の命令で、宿駅の馬をすべて前もって予約してしまっていたからです。彼らはわれわれの召し使いに声をかけ、主人は貴族かどうかとたずねたのです。彼はそうだと答えるのが無難だと思いました。これに対して、公爵はあの方は絶対にフランスの家系のはずだと断言したのです。というのも彼は馬車のところに百合の紋章（フランス王家のもの）を見ていたのです。この若い貴族は英語をちょっと話せました。どこから来たのですかと質問したのです。それでわれわれがイタリアにいたことがわかると、彼は召し使いがフランスとイタリアのどちらが好きか知りたいと思いました。召し使いがフランスのほうが好きだと答えると、貴族は彼の肩をたたいてセンスがいい若者だなと言ったのです。公爵夫人は息子の英語がうまいかどうかとたずねて、召し使いがうまいよと請け合うと、とてもうれしそうでした。彼らは私自身より召し使いに、ずっとうちとけていたし愛想もよかったのです――というのも、われわれは通りすがりにあいさつしていたし、しかも身分のある人物とさえ思われていましたが、彼らの馬を替えるまで宿のドアのところで、近くに立っていたときにも、彼らは押し黙っていたのです。彼らはジュネーブに行こうとしていました。そしてその旅じたくは馬車三台と馬六頭（召し使い五人が乗馬しています）でした。公爵夫人は背が高く、やせて骨ばった女性で、髪は短くしていました。この遅れのために、マコンから二つ宿駅手前のメゾン・ブランシュ（白い家という意味）という一軒宿に泊まらなくてはなりませんでした。でもその宿には、名前以外に白いものは何もなかったのです。リヨネ地方はそれまでに目にしたものの中で、もっとも好ましくかつ最良の耕作地の一つでした。丘や谷、森や水などの変化に富んでいました。広大な麦畑と豊かな牧場に区分けされていて、黒牛もたくさんいました。また驚くほどの数の町、村、別荘、女子修道院も彩りを添えたのです。それらはたいてい優しく盛り上がる丘の縁のところにあるので、見映えが最高です。このあたりやマコネ地方の美観をぐっと引き立ててくれるのが、うっとりするほどのびやかなソーヌ川です。シャロンの町から静かになめらかにおだやかに蛇行しているので、流れの方向もほとんどわからないくらいです。リヨンであんなに多くの人たちをこの川で泳ごうと思わせるのが、このおだやかな見かけなのです――ここでは夏が来るたびに、じつに多くの人びとがおぼれて命を落とすのです。ところがローヌ川ではこうして亡くなる人はまったくいません。その急流のため、川で泳ぐのを誰でも思いとどまるのです。翌晩はボーヌで過ごしたのですが、ここではワイン以外にいいものは何もありませんでした。そしてワイン代は一瓶四〇ソルでした。シャロンでは車軸が発火してしまいました――この事故でひどく長く足止めされたので、オセールにたどり着かないうちに十時になってしまいました。だからここに泊まりました。二つの宿駅続けて馬を四頭受け取ることに甘んじられなければ（六頭分の金を支払ったのですから）、おそらく馬車の中に泊まらなくてはならなかったでしょう。このありさまの四頭の馬で旅をするか、または他の馬が入ってきて、それらが元気回復するまで待つかどちらかでした。こんな危急のときには、旅行者は四頭で我慢することをすすめたいと思うのです。そうすれば左馬騎手もやる気満々になって、頭数そろえた他の馬車よりも早く宿駅にたどり着けるのです。

　オセールの宿には片腕を骨折したイギリスの紳士が泊まっていました。その人物には、何でもできるだけのことはやります、とあいさつしておきました。しかし彼の召し使いは私の召し使いに、主人は誰にも会おうとはしないし、私に何かやってもらうこともありません、と答えました。このたぐいの遠慮はイギリス人の気質に独特のもののように思えます。イギリス生まれでない二人の人物が外国でたまたま出会うと、たとえそれまで相手をちっとも知らなくても、昔なじみのように急いで抱き合うのです。ところが同じ状況でもイギリス人が二人いると、互いに遠慮し合ってうちとけないのです。それで反発し合う二つの物体のように、お互いの引力の範囲外にとどまるのです。ディジョンには馬を替えるためだけに立ち寄りました。そこはブルゴーニュ地方の首都で由緒ある古都でした。しかしわれわれはその日はサンスで二、三時間過ごし、マンチェスター・ヴェルヴェト〔綿のコーデュロイのことで金色のうねがある青地のものを執達吏が着用した〕という例の織物の製造所を訪ねました。それはイギリスの職人たちの指示によって、この地で織られ染色され、仕上がりも最高のものです。彼らは祖国から招致されていたのです。フォンテーヌブローでは宮殿（または城と呼ばれています）を見に行きました。建物をごちゃごちゃと寄せ集めたものですが、居住するところはかなりあるし、とても優美な部屋もいくつかあります。とりわけ謁見の間はそうです。また王様の部屋と王妃の部屋もあります。しかもそれらには、彫刻と金箔という装飾が適度にというより過度にほどこされています。ここには花畑と優美なオレンジ園から成る華やかな庭園がいくつかあります。でもイタリアで自生しているオレンジの森に住んだ後では、感心して見とれる気にはなりませんでした。これまでは素晴らしい夏の季候が享受できましたし、私自身とても体調が良かったので、体もすっかりもとどおりになったように思いました。しかしフォンテーンブローからパリに来るときに、暗い嵐におそわれ、雨、みぞれ、ひょうも降ってきたのです。それは厳しい冬を再びそっくりもたらすように思いました。というのは寒気が今日まで続いているのです。この寒波の襲来にはどうすることもできませんでした。すぐにかぜを引いてしまいました。しかもこれがパリでひどくなったので、そこにはたった三日しかいられませんでした。サンジェルマン大通りのゲネゴー街のパスカル・セリエというあの男（リヨンからわれわれを乗せた馬車を所有していました）が、ブーローニュまで戻るためのベルリン型馬車を六ルイ金貨で貸してくれました。ですからわれわれはたやすくここに来ることができたのです。最初の晩はブルトゥイユに泊まったのですが、ここではいい宿を見つけることができたので、じつに気分よく過ごせました。しかし翌晩はアブヴィルに泊まらなくてはならなかったのですが、ここの宿では以前にとんでもなくひどい夜を過ごしたことがあるのです。いまはまあまあの宿にいるので、少し体を休めるためだけでも、二、三週間は泊まろうと考えています。それからあなた方と小生をまだ隔絶している、あのいまいましい海峡に喜んでいどむつもりです。

敬具

# 天気の記録

（一七六三年十一月から一七六五年四月まで）

一七六三年

11月

23日から月末まで

好天　北寄りの風　朝は霜がおりた　夕方はかなり冷え込んだ　昼に太陽が見え暖かで空に雲がなかった

12月

第一週　スコールと雨　南寄りの風

5日　強風　南西の風

5日から月末まで

好天　北風から東風に変わる　昼に太陽が見え暖かだった　朝と夕方に霜がおりてかなり冷え込んだ　遠山に雪が積もる　アオエンドウマメやあらゆるサラダ用野菜、

ナデシコ、バラ、ニオイアラセイトウ、ラナンキュラス、アネモネなどが見える　冬じゅう風が吹いた

**一七六四年**

**1月**

第一週　雨とスコール　南寄りの風
第二週　くもり　南寄りの風
1月のその他の週
　好天　晴天　北東の風　朝夕はかなり冷え込む　遠くの丘に雪が積もった
　アーモンドの木に花が咲いた

**2月**

1日から25日まで
　快晴　晴天　日中は温暖　東寄りの風　夕方は身を切るほどの強風　遠山に雪が積もる　アーモンド、モモ、アンズなどの花が咲く

**気温**（レオミュール度表記となっている。摂氏温度への換算は一・二五倍する）

感温液の種類（上段が水銀、下段がシャトーヌフワインを感温液に使用したものである）

**水銀**
**シャトーヌフワイン**

25日（4）（6）　北西の風　強風　寒い
26日（4）（6）　北西の風　強風　厳しい寒気　晴天
27日（4）（6）　西風　くもり　夕方は厳しい寒気で霜がおりた
28日（4）（6）　北風　寒い　くもり　午後は南風で霧雨
29日（6）（9）　北風　寒い　午後は南東の風で霧雨　夜は大雨

**3月**

1日（2・5）（5・5）　南西の風　厳しい寒気　午後は強い南風
2日（1・5）（4）　南東の風　おだやかでくもり
3日（2）（5）　西寄りの北風　うすら寒くてくもり　午後は雨　夜は大雨
4日（4）（7）　南風　おだやかでくもり
5日（6）（9）　南東の風　好天でおだやか
6日（6）（9）　東風　好天でおだやか　厳しい寒気
7日（4・5）（6・5）　東風　くもり　小雨　寒い　夜は大雨
8日（1・5）（4）　東寄りの北風　雨とスコール　冷え冷えとする

9日（1・5）（4）　北西の風　くもりでおだやか　夜はあられ

10日（1・5）（4）　南西の風　くもりでときどき日がさす

11日（1・5）（4）　北北東の風　好天　晴天　午後は水銀、ワインともに上昇

12日（1・5）（4）　北東の風　好天　晴天　昼に水銀、ワインともに2度上昇

13日（1・5）（4）　北東の風　好天　晴天　昼に水銀、ワインともに2度上昇

14日（1・5）（4）　南西の風　おだやかなくもり　午後は晴天　夕方は東からの突風

15日（4・5）（7）　南西の風　おだやかな好天　午後は水銀、ワインともに3度上昇

16日（4）（6・5）　西風　おだやかな好天　晴天　午後は水銀、ワインともに3度上昇

17日（5・5）（8）　北北西の風　おだやかな好天　晴天　昼に水銀、ワインともに2度上昇

18日（5・5）（8）　東風　好天　晴天　微風　午後は水銀、ワインともに3度上昇

19日（7）（10）　東寄りの風　好天　晴天　微風　昼に水銀、ワインともに2度上昇

20日（7）（9）　南南東の風　雨　くもり　おだやか

21日（6）（8）　北風　くもりで霧雨　冷え冷えとして寒い　遠くの丘に雪が積もる

22日（6・5）（9）　東風　日がさす

23日（7）（10）　南西の風　好天　晴天　午後はくもり　夜は大雨で雷も鳴る

24日（5）（7）北風　ヴァール川の両岸の丘に雪が積もる
25日（5・5）（7・5）北風　おだやかなくもり
26日（7）（9・5）北北東の風　くもり　日がさしておだやか
27日（6・5）（8・5）北北東の風　好天　日ざしが暖かい
28日（9）（11）東寄りの風　好天　午後はくもり
29日（8）（10）東寄りの風と東風　強風　好天　午後はくもり　夕方は小雨
好天　空はよく晴れて温暖　昼のころ水銀、ワインともに3度上昇

**4月**

1日（9）（10・5）南東の風　好天　日食　9時25分〜12時29分　食分＝9ディジット46分間
2日（9）（11）西寄りの風　好天、きわめて晴天
3日（9）（10）西寄りの風　好天、きわめて晴天
4日（10）（11・5）西寄りの風　好天、きわめて晴天
5日（11）（12）西寄りの風　好天
6日（12）（13）西寄りの風　好天　午後は曇っておだやか　5時ごろ強い南風　ぱらぱら雨

7日（9・5）（11）　西寄りの風　おおむねおだやか　雨
8日（8・5）（10）　西寄りの風　おおむねおだやか　雨
9日（8・5）（10・5）　南寄りの風　くもり　にわか雨　午後はどしゃぶり　水銀、ワインともに2度下がる　遠くの丘に雪が積もる
10日（7・5）（10）　南寄りの風　好天　午後に強風が吹いて寒い　夜は大雨で丘に雪が積もる
11日（7）（9）　北寄りの風　朝は大雨　昼には雨まじりの強風が吹く　丘に雪が積もる
12日（7）（9）　北西の強風　好天だがぱらぱら雨
13日（10）（11・5）　東寄りの風　好天
14日（10）（11・5）　西寄りの強風　好天　冷え冷えとする
15日（10・25）（12）　東寄りの強風　好天　冷え冷えとする
16日（10・5）（12）　東寄りの風　好天だがくもりがち　朝は微風が吹く　昼にはスコールのようになった　夜は南南西の強風
17日（12）（14）　南西の強風　好天　晴天　昼はおだやか　午後5時に突然のスコールがあり短い間隔で一晩じゅう降ったり止んだりした
18日（12・5）（15）　西寄りの強風　晴天　温暖

19日（12）（13・5）西寄りの強風
晴天　温暖

20日（12・5）（13・5）南寄りの風
晴天　温暖　微風　オレンジの収穫

21日（11・5）（13）南東の風
少しくもりがちの好天　冷え冷えとする　微風

22日（11）（12・5）東寄りの風
好天　冷え冷えとする　晴天

23日（9）（10・5）東寄りの風
好天　冷え冷えとする　晴天

24日（9・5）（11）東寄りの風
好天　冷え冷えとする　遠くの丘に雪が積もる

25日（9・5）（11）東寄りの風
好天　朝9時ごろジャマイカの海風のような風が吹いて午後4時か5時ごろ吹き止む

26日（9・5）（11）東寄りの風
おだやか　くもり　イチゴが熟する　コムギの穂が出る　ライムギが7、8フィートほど伸びる

27日（9）（10・5）北寄りの強風
冷え冷えとする　昼ごろにわか雨がふる　くもって薄暗い　午後は好天、東寄りの風、遠くの丘に雪が積もる

28日（8）（10）東寄りの風
好天　冷え冷えとする　イチゴが出まわる

29日（9）（11）東寄りの風
好天　冷え冷えとする　晴天

30日（8・5）（10・5）東寄りの風
くもり　昼にぱらぱら雨　午後と夕方は好天　コムギの穂が伸びる

## 5月

1日（9・5）（11）　東寄りの風　好天　温暖　晴天
2日（10）（11・5）　東寄りの風　好天でおだやか　山にはまだ雪がある　晴天
3日（10・5）（11・5）　南西の風　好天　午後4時に温度計の水銀は14度まで上昇　晴天
イチゴが熟す
4日（11）（12）　南西の風　好天　日ざしが暖かい　晴天　オレンジとレモンの木
に花がいっぱい咲く
5日（11）（13）　東寄りの風　好天　晴天　水銀が上昇し続ける
6日（12・5）（13）　東寄りの風　好天　日差しが暖かい　晴天　イチジクがいくつか熟す
7日（14）（14）　東寄りの風　好天　日ざしが暖かい　晴天
8日（14）（14）　東寄りの風　好天　日ざしが暖かい　晴天
9日（14・5）（15）　東寄りの風　好天　日ざしが暖かい　晴天
10日（14）（14・5）　南東の風　くもり　霧雨
11日（13）（13・5）　東寄りの風　好天　晴天
12日（13）（13・5）　東寄りの風　好天　薄ぐもりの空
13日（13）（13・5）　東寄りの風　好天　晴天　日ざしが暖かい
14日（14）（14・5）　東寄りの風　好天　晴天　午後はくもり、小雨
15日（14）（14・5）　東寄りの風　くもり

16日（14・5）（14・5）東寄りの風　くもり　午後は小雨
17日（13・5）（14）東寄りの風　終日雨　夜は大雨
18日（13・5）（14）南西の風　くもり　夜は雨
19日（12）（13）東寄りの風　くもり
20日（12）（12・5）東寄りの風　好天　くもり　オリーブの木に花が咲く
21日（12）（12・5）東寄りの風　好天　くもり
22日（13）（13・5）東寄りの風　好天　晴天　午後には水銀は16度、ワインは17度に上昇
23日（14）（15）東寄りの風　好天　晴天　日ざしが暖かい
24日（15・5）（16）東寄りの風　好天　晴天　日ざしが暖かい
25日（16）（16・5）東寄りの風　好天　晴天　日ざしが暖かい　夕方7時ににわか雨が
たっぷり降る

26日（17）（17）東寄りの風　好天　晴天　日ざしが暖かい
27日（17）（17・5）東寄りの風　好天　晴天　日ざしが暖かい　午後には水銀とワイン
が20度まで上昇して養蚕に適温となる

28日（17）（17・5）東寄りの風　好天　晴天　日ざしが暖かい　午後はくもり
29日（17）（17・5）東寄りの風　好天　夕方くもり　蚕が糸を吐きはじめる
30日（17）（17・5）東寄りの風　好天　日ざしが暖かい
31日（17）（17）東寄りの風　好天　昼に小雨

## 6月

1日（16）（16・25）東寄りの風　好天　午後は南寄りの強風
2日（15・5）（16）東寄りの風　好天　蚕のまゆを巻き取る季節
3日（15）（15）東寄りの風　朝4時にざっとにわか雨　午前中好天
4日（15・25）（15・5）東寄りの風　好天　夕方くもり
5日（15）（15・25）南寄りの風　くもり　午後はぱらぱら雨
6日（14・75）（15）東寄りの風　好天
7日（13・5）（14）東寄りの風　好天
8日（14）（14・5）東寄りの風　好天
9日（14・75）（15）東寄りの風　好天　ナシとプラムが出まわる
10日（15・5）（16）東寄りの風　好天
11日（16・25）（16・5）東寄りの風　好天
12日（17）（17）東寄りの風　好天　コムギが実る
13日（17）（17）東寄りの風　好天　日ざしが暖かい　さわやかな風
14日（19）（19）東寄りの風　好天　日ざしが暖かい　さわやかな風
15日（19・5）（19）東寄りの風　好天　日ざしが暖かい　さわやかな風
16日（18・5）（18・5）東寄りの風　好天　日ざしが暖かい　イチジクとアンズが熟す

17日（18）（18）東寄りの風　好天　日ざしが暖かい
18日（19・5）（19）東寄りの風　好天　日ざしが暖かい　害獣に悩む
19日（19・75）（19）東寄りの風　好天　日ざしが暖かい　ニースから半リーグもないカントリーハウスに移る
20日（20）（20）東寄りの風　好天　東南東向きの家の日陰と正面に温度計を一つずつ設置する
21日（21）（21）東寄りの風　くもり　日ざしが暖かい
22日（23）（23・25）東寄りの風　好天　日ざしが暖かい
23日（23・5）（23・25）東寄りの風　好天　とても暑い
24日（23・5）（23・25）東寄りの風　好天　日ざしが暖かい
25日（23）（22）東寄りの風　少し雲がある　日ざしが暖かい　さわやかな風
26日（22）（21）東寄りの風　好天　さわやかな風
27日（22・5）（21）東寄りの風　好天　さわやかな風
28日（22・3）（21・5）東寄りの風　好天　さわやかな風
29日（24・5）（24）東寄りの強風　午後3時に水銀は29・5度、ワインは29度に上昇　とても暑い
30日（22）（21・5）東寄りの風　好天　日ざしがとても強いのでニースのわが家に帰る

## 7月

1日（21・5）（21）東寄りの風　好天　温暖
2日（22）（21・5）東寄りの風　好天　温暖
3日（22・5）（21・5）東寄りの風　好天　日ざしが暖かい　午後はにわか雨がたっぷり降る　水銀は18・3度、ワインは18度に下降　夜に雨
4日（19）（19）北寄りの風　くもり　夕方ににわか雨
5日（18）（18）東寄りの風　好天　アンチョビ漁のシーズン
6日（18）（18）東寄りの風　好天
7日（19）（19）東寄りの風　好天
8日（18・5）（18）東寄りの風　好天　夕方にぱらぱら雨
9日（19）（18・5）北寄りの風　くもり
10日（19・5）（19）東寄りの風　好天　日ざしが暖かい　夜に少しぱらぱら雨
11日（20）（19・5）東寄りの風　好天　日ざしが暖かい
12日（19）（19）東寄りの風　好天　日ざしが暖かい
13日（20）（19・5）南風　好天　昼に水銀が24・5度に上昇。
14日（21・5）（20・5）西寄りの風　好天　日ざしが暖かい　モモとリンゴが熟す
15日（20）（19・5）東寄りの風　好天　日ざしが暖かい
16日（20）（19・5）南寄りの風　好天　日ざしが暖かい

17日 (20) (19・5) 東寄りの風 日ざしが暖かい
18日 (19) (18・5) 東寄りの風 好天 日ざしが暖かい
19日 (20) (19・5) 東寄りの風 薄ぐもり
20日 (20) (19・5) 東寄りの風 好天 日ざしが暖かい
21日 (21) (20・5) 東寄りの風 好天 日ざしがとても暖かい アンティーブ産のスイカが熟す
22日 (22) (21) 東寄りの風 好天 とても暖かい
23日 (22・5) (21・5) 東寄りの風 好天 とても暖かい 夜に雷
24日 (22) (21) 東寄りの風 好天 さわやかな風 午後2時に水銀は26・5度に上昇
25日 (24) (23) 東寄りの風 好天 日ざしがとても暖かい
26日 (23) (22) 東寄りの風 好天 日ざしが暖かい
27日 (21・5) (21) 東寄りの風 好天 午後は西寄りの風
28日 (23) (22) 東寄りの風 好天 日ざしが暖かい
29日 (22・5) (21・5) 東寄りの風 好天 むし暑い
30日 (23) (22) 東寄りの風 好天 日ざしがとても暖かい ブドウが熟する 午後1時に水銀が26度、ワインが25度に上昇
31日 (23) (22) 東寄りの風 くもり 昼ににわか雨がさっと降る

**8月**

1日（22）（21）　東寄りの風　好天　午後に雷が鳴る
2日（22・5）（22）　南西の強風　好天　午後は風がさらに強まる　とてもむし暑い
温度計の水銀、ワインともに31度に上昇
3日（23）（22）　東寄りの風　好天　日ざしが暖かい
4日（22）（21）　東寄りの風　好天
5日（21）（20）　東寄りの風　好天
6日（21）（20）　東寄りの風　好天
7日（21）（20）　南寄りの強風　好天
8日（21）（20）　南寄りの強風　くもり　夜は南西の突風
9日（22）（21）　南西の強風
10日（22）（21）　東寄りの強風　好天
11日（21）（20）　北西の風　くもり　午前中は霧雨　夕方はスコール
12日（21）（20）　西風　好天
13日（21）（20）　東風　好天
14日（21）（20）　東風　好天
15日（20）（19）　東風　好天
16日（20）（19）　東風　好天　昼は北西の風　くもり

17日　(20)　(19)　東風　好天
18日　(20)　(19)　東風　好天
19日　(19)　(18)　東寄りの風　くもり　昼に突然のスコールがあるが雨は少ない
南西の風　遠くの丘に雪が積もる
20日　(19)　(18)　東寄りの風　好天
21日　(18)　(18)　西寄りの風　好天
22日　(19)　(19)　東寄りの風　好天
23日　(19)　(19)　東寄りの風　好天
24日　(19)　(18・5)　東寄りの風　好天　日ざしが暖かい
25日　(19・5)　(19)　東寄りの風　好天　夕方はくもって暑い
26日　(20)　(19・5)　東寄りの風　好天　夕方はくもり
27日　(20)　(19・5)　東寄りの風　好天　夕方はくもって暑い
28日　(20・5)　(20)　東寄りの風　好天　夕方はくもり
29日　(20・5)　(20)　東寄りの風　好天
30日　(21)　(20・5)　東寄りの風　好天　日ざしが暖かい
31日　(21・5)　(21)　東寄りの風　好天　日ざしが暖かい

**9月**

1日（21・5）（21）東寄りの風　好天　日ざしが暖かい
2日（21・5）（21）東寄りの風　好天　日ざしが暖かい
3日（22）（21・5）東寄りの強風　くもり　午後はぱらぱら雨　夜は雷と稲妻
4日（21）（20）北東の風　朝は雷雨　午前は好天
5日（22）（21）東寄りの風　朝は雲がある　午後はくもり　西寄りの風
6日（20・5）（20）東寄りの風　朝は雲がある　午後は好天
7日（19）（18）東寄りの風　好天　日ざしが暖かい
8日（20）（19）東寄りの風　好天
9日（19・5）（19）東寄りの風　好天
10日（19）（19）南寄りの風　好天　午後は東寄りの風　夕方はくもり
11日（20）（19・5）東寄りの風　好天
12日（20・5）（20）東寄りの風　好天
13日（21）（20・5）東寄りの風　好天
14日（20）（19）東寄りの風　くもり　昼は小雨　西寄りの風　夜は小雨と雷
15日（20）（19）南寄りの風　好天
16日（20）（19）西寄りの風　好天
17日（19）（18）西寄りのかなりの強風　午後に水銀が20度、ワインが19度に上昇　雨

18日（17）（17）東寄りの風　好天
19日（15・5）（15・5）東寄りの風　くもり
20日（15）（15）南寄りの風　好天
21日（14・5）（15）東寄りの風　くもり
22日（15）（15）東寄りの風　好天
23日（15）（15）西寄りの風　好天
24日（15）（15）東寄りの風　好天
25日（15）（15）東寄りのかなりの強風　好天
26日（15）（15）東寄りの風　好天
27日（14）（14・5）西寄りの風　好天
28日（15）（15）西寄りの風　好天
29日（13）（13・5）西寄りの風　雨
30日（9）（10）東寄りの風　好天　山に雪が積もる

**10月**

1日（8）（9・5）東寄りの風　好天　午後は西寄りのかなりの強風
2日（9）（10）西寄りの風　好天
3日（11）（11）西寄りの風　好天

| | | | | |
|---|---|---|---|---|
| 4日 | （12） | （12） | 東寄りの風 | 好天 |
| 5日 | （11） | （13） | 南寄りの風 | くもり |
| 6日 | （13・5） | （14） | 東寄りの風 | 好天 |
| 7日 | （13・5） | （14） | 南寄りの風 | 好天 |
| 8日 | （13） | （14） | 南寄りの風 | くもり　午後は小雨　ブドウの収穫が始まる |
| 9日 | （15） | （15） | 南寄りの風 | 好天 |
| 10日 | （15） | （15） | 東寄りの風 | 好天　午後はくもり　小雨 |
| 11日 | （14） | （14） | 東寄りの風 | 好天 |
| 12日 | （15） | （15） | 西寄りの風 | 好天 |
| 13日 | （14・5） | （14） | 西寄りの風 | くもり　午後は南風　夜は雨　とても強い南風 |
| 14日 | （13） | （14） | 南風 | くもり |
| 15日 | （12・5） | （13） | 南寄りの風 | 雨 |
| 16日 | （12） | （13） | 西寄りの風 | くもり |
| 17日 | （12） | （13） | 西寄りの風 | くもり |
| 18日 | （13） | （14） | 東寄りの風 | 好天 |
| 19日 | （12） | （12・5） | 東寄りの風 | 好天 |
| 20日 | （12・5） | （13） | 東寄りの風 | 好天 |
| 21日 | （12・5） | （13） | 東寄りの風 | 好天 |

22日（13・5）（14）東寄りの風
好天
23日（12・5）（15）西寄りの風
好天　午後は水銀が11・5度　大雨　北寄りの風
24日（8）（9・5）北寄りの風
くもり
25日（8）（10）北寄りの風
晴天　冷え冷えとする
26日（10・5）（11・5）北寄りの風
晴天
27日（7）（8）北寄りの風
くもり　寒い
28日（5・5）（7）北西の風
くもり　寒い
29日（7・5）（9）北西の風
晴天　厳しい寒気
30日（5）（7）北風
晴天　厳しい寒気
31日（5・5）（7・5）東風
くもり　冷え冷えとする　オリーブオイルの製造が始まる

**11月**

1日（5）（7）北風
くもり　寒い
2日（8）（10）北東の風
好天　温暖　雨はほとんど降らない
3日（10）（11・5）北風
好天　晴天　温暖　雨はほとんど降らない
4日（10）（11・5）北風
好天　晴天　温暖　雨はほとんど降らない
5日（7・5）（9）北風
好天　温暖

6日（9）（10・5）東からの微風　好天　温暖

7日（7）（9）強い西風　くもり

8日（10）（11・5）北風　好天　温暖

9日（7）（9）西風　午前はくもり　午後は好天

10日（7）（9）北風　くもり

11日（7）（9）東風　好天

12日（8・5）（10）東風　くもり

13日（10）（11・5）東風　好天　夜にスコールの風

14日（8）（9・5）北東の風　好天

15日（7）（9）北風　好天　午後はくもり

16日（5・5）（7）北風　霧雨　一晩じゅう大雨

17日（4）（6）北西の風　一日じゅう雨　山に雪が積もる

18日（5・5）（7）強い東風　くもり　にわか雨　夜は大雨

19日（6）（8）北西風　くもり　にわか雨　夜は大雨

20日（5・5）（7）北西風　くもり　にわか雨　夜は大雨

21日（5）（7）北西の風　くもり

22日（4・5）（5・5）西寄りの風　くもり　午後は好天　夕方に雲が広がる

23日（4）（5）西寄りの風　くもり　午後と夕方に雨

24日（3）（4・5）東寄りの風　一日じゅう大雨
25日（3）（4・5）北風　昼間ずっと大雨　山に雪が積もる
26日（3・5）（5）北風　にわか雨だがときどき日もさす　夜は大雨
27日（3・5）（5）東寄りの風　激しいにわか雨　午後は好天
28日（3・5）（5・5）東寄りの風　好天　晴天
29日（3・5）（5・5）北西の風　くもり
30日（2・5）（3・5）北風　好天　晴天

**12月**

1日（4）（6）東風　好天　晴天
2日（2・5）（4）北風　好天　晴天
3日（3）（5）北風　くもり　午後は好天　晴天
4日（3）（4・5）北風　好天　晴天　厳しい寒気
5日（2・5）（4・5）北風　好天　晴天　厳しい寒気
6日（3）（5）北風　くもり　夜は強風
7日（3）（5）東風　スコールと雨　午後は風が吹く
8日（2・5）（4）北西の風　快晴
9日（3）（5）北風　快晴

10日（3）（5）北風　好天
11日（2）（5）西風　午前は雨　午後は好天
12日（2）（4）北風　好天　厳しい寒気
13日（2・5）（5）北風　好天
14日（2）（5）北風　好天
15日（2）（5）北東の風　くもり　夕方は雨
16日（2）（5）北東の風　午前3時に大雨と雷　午前中はくもり
17日（2）（4・5）北西の風　好天　寒気
18日（2）（3・5）北風　好天　寒気
19日（1・5）（4）北寄りの風　くもり　厳しい寒気
20日（1）（3・5）北東の風　霧雨
21日（1）（3・5）北西の風　霧雨
22日（0・5）（3・5）北西の風　しめっぽい　くもり
23日（1）（4）東寄りの風　くもり　しめっぽい　夜は雨
24日（1）（4）北寄りの風　くもり　しめっぽい
25日（1・5）（5）東寄りの風　くもり　しめっぽい　夜は大雨
26日（1・5）（5）北寄りの風　くもり　しめっぽい　午後と夕方は大雨
27日（1・5）（4・5）北寄りの風　好天

28日（1・5）（4・5）北寄りの風　くもり
29日（1・5）（4・5）北寄りの風　くもり　夕方は霧雨
30日（1・75）（5）東寄りの風　午前は好天　午後はくもり
31日（2）（5）東寄りの風　くもり

## 一七六五年

### 1月

1日（2・5）（5・5）北寄りの風　くもり　午後は霧雨
2日（3）（6）東寄りの風　くもり　昼に雨　午後と夜はずっと大雨
3日（4）（6）南東の風　くもり　午後と夕方は大雨で雷も鳴る
4日（2・5）（5）北風　くもり　午後は好天
5日（2）（4・5）北風　好天
6日（2）（4・5）北風　くもり　午後は好天
7日（2）（5）北風　くもり　午後1時にぱらぱらとにわか雨
8日（2・5）（5・5）北風　朝4時に大雨　午前はくもり　昼に霧雨
9日（2）（5）東風　朝と午前に雨
10日（2・5）（5・5）東風　くもり　午後はぱっと日がさす
11日（3）（5・5）北西の風　くもり　午後に霧雨

12日（2）（5）東寄りの風　晴天
13日（3）（5・5）東寄りの風　くもりでもぱっと日がさす
14日（3）（5・5）東寄りの風　大雨　朝3時にスコール　午前はくもり　午後と夕方は大雨が降り続く
15日（2・5）（5）東寄りの風　好天
16日（3）（5・5）北風　好天　夜はこぬか雨　山に大雪が積もる
17日（3）（5・5）東風　くもり　午後と夕方に大雨　山に大雪が積もる
18日（3）（5・5）北風　くもり　山に大雪が積もる
19日（3）（5・5）北風　好天　厳しい寒気
20日（3）（5・5）北風　好天　厳しい寒気
21日（2・5）（5）北風　好天　厳しい寒気
22日（3）（5・5）東寄りの寒い強風　くもり
23日（2）（4・5）北寄りの風　大雨
24日（2）（4・5）北寄りの風　くもり　午後は雨
25日（1・5）（4）東風　雨　夕方は好天
26日（1・5）（4）北東の強風　大雨
27日（3）（5）東寄りの風　好天
28日（3）（5）北風　午前は好天　午後はくもり

29日（3）（5・5）北風　好天
30日（4）（6）東風　好天
31日（4）（6）東風　くもり　午後は霧雨

**2月**

1日（3）（5）北西の風　霧雨　近郊の山に雪がたくさん積もっている
2日（1・5）（4）北風　くもり
3日（1）（3・5）東寄りの風　くもりで寒い
4日（0・5）（3）東寄りの風　くもりで寒い　午後は雨
5日（0）（2・5）北風　朝はくもりでしけ模様、霧雨
6日（0）（2・5）北風　好天　夕方は雨　夜は大雨
7日（0・5）（3）北風　くもり　ぱっと日もさす
8日（0・5）（3・5）北風　好天
9日（1）（4）北風　くもり　午後は晴れ
10日（1）（4）北風　くもり　ぱらぱら雨
11日（0・5）（3・5）北西の風　好天　午後はくもり
12日（1・5）（4）北西の風　好天
13日（1）（3・5）北風　好天

14日（1）（3・5）　南東の風　くもり　夕方はぱらぱら雨
15日（0）（3）　東風　くもりで寒い　近郊の丘に雪が積もる
16日（-1）（2）　北風　薄暗くて寒い、みぞれまじり　ニース近郊で雪が積もる
17日（-3）（0）　北風　朝は晴天で寒い　午後に雲が広がり、雨、みぞれ　夜は大雨　ニース近郊で雪が積もる
18日（-3）（0）　北風　くもり　寒い
19日（-2）（2）　北風　くもり　寒い　午後と夕方と夜は大雨
20日（-2）（2）　北寄りの風　大雨　午後は好天
21日（-2）（2）　北寄りの風　くもり　午後は晴天
22日（0）（4）　北寄りの風　くもり　午後と夜は大雨で雷も鳴る
23日（0）（3・5）　北寄りの風　くもり　夕方は山に霧がかかる
24日（0・5）（3・5）　北西の風　晴天　夕方は山に霧がかかる
25日（1）（5）　北西の風　好天　夕方は山に霧がかかる
26日（2・5）（5・5）　北西の風　好天　夕方は山に霧がかかる
27日（3）（6）　東寄りの風　好天　午後はくもり　夜はずっと雨
28日（3）（5・5）　東寄りの風　昼夜ずっと雨、雷も鳴る

3月

1日（2）（4・5）南寄りの風　雨

2日（1・5）（4・5）北寄りの風　好天　厳しい寒さ

3日（3）（5・5）北東の風　好天　厳しい寒さ

4日（2・5）（4・5）北東の風　好天　厳しい寒さ

5日（3）（5・5）北東の風　好天　夜は小雨

6日（3）（5・5）東寄りの風　霧雨

7日（3）（5・5）北西の風　くもりで雨も降る

8日（3・5）（6）東寄りの風　朝はくもり　昼は晴れ

9日（4・5）（7）西寄りの風　好天　午後はにわか雨　夜は大雨

10日（4）（6）北西の風　一日じゅう大雨

11日（3）（5・5）北西の強風　晴天

12日（3・5）（6・5）北西の強風　くもり　夜は雨

13日（4）（6・5）南寄りの風　雨

14日（4）（6）南寄りの風　好天

15日（5）（7）南寄りの風　くもり

16日（5）（7）東寄りの風　好天

17日（6・5）（8・5）東寄りの風　雲があり日もさす

18日（7）（9）東寄りの風　好天　午後は雲が広がる
19日（7・5）（9・5）東寄りの風　くもり　午後と夕方は大雨
20日（7）（9）東寄りの風　くもり　午後は小雨
21日（7）（9）北東の風　くもり
22日（7）（9）東寄りの風　好天
23日（7）（9）東寄りの風　好天
24日（8）（10）東寄りの風　雲があり日もさす
25日（8）（10）東寄りの風　くもり
26日（8）（10）東寄りの風　好天
27日（8）（10）東寄りの風　雲があり日もさす
28日（8・5）（11）東寄りの風　好天
29日（9・5）（11）東寄りの風　好天　夕方は激しい西風
30日（9）（11）西寄りの強風
31日（9）（11）北寄りの強風　好天

**4月**

1日　東寄りの風　好天　厳しい寒気
2日　東寄りの風　好天　厳しい寒気

3日　東寄りの風　くもり　厳しい寒気
4日　東寄りの風　好天　厳しい寒気
5日　南東の風　好天　厳しい寒気
6日　南東の風　好天　厳しい寒気
7日　東寄りの風　好天　厳しい寒気
8日　南東の強風　好天　寒い
9日　東寄りの風　好天
10日　東寄りの強風　好天　夕方は激しい南西風
11日　南西の強風　好天
12日　南寄りの強風　好天
13日　東寄りの風　好天　厳しい寒気
14日　東寄りの風　くもり
15日　東寄りの風　好天
16日　東寄りの風　好天
17日　東寄りの風　くもり　寒い　午後はぱらぱら雨　夜は山に雪が積もる
18日　東寄りの風　好天　寒い
19日　東寄りの風　好天　厳しい寒気
20日　東寄りの風　にわか雨

21日　東寄りの風　にわか雨がぱらつく
22日　東寄りの風　朝5時に雷鳴、ひょう、大雨、などをともなう大しけ
　　　　　　　　　山に雪が積もる
23日　東寄りの風　朝4時に雨　午前はくもり
24日　東寄りの風　朝は雨　午前はくもり

完

# 『フランス・イタリア紀行』解説

イギリスの作家ジョージ・トバイアス・スモレット (George Tobias Smollett 1721-71) はスコットランドの行政区画の一つのダンバートンシャーの Dalquhurn で生まれた。父親のアーチボルド (Archibald Smollett) はスコットランドの大地主だったがスモレットが幼いころに亡くなった。

彼は子どものときから高い知性を示した。スコットランドを深く愛し、祖国への熱い想いは生涯続いた。一七三六年にグラスゴー大学に入って最初はラテン語、ギリシャ語、数学などを学んだが、後に医者になるために医学と外科学を学ぶようになった。有名な医家に弟子入りしたこともあった。一七三九年に自作の悲劇 *The Regicide* をたずさえてロンドンに向かったが、結局この作品は無視されてしまった。

ところでそれまでは作家たちは彼らの作品をパトロンに献呈することで生活していたが、ジョンソン博士 (Samuel Johnson) のころから作家にとってこの屈辱的な慣習は次第にすたれつつあった。十八世紀中期までには本を印刷、出版し流通させるやり方が定着し、作家はパトロンに頼らずに生活できるようになった。また出版技術も発達した。イギリス出版業の創始者たちによってデフォー (Daniel Defore)、リチャードソン (Samuel Richardson)、フィールディング (Henry

Fielding)、ゴールドスミス（Oliver Goldsmith）、スターン（Laurence Sterne）たちは物書きとして自活できるようになった。こうしてさまざまな本が出版されるようになった。

スモレットは海軍に入り外科医として一七四〇年に西インド諸島に向かった。スペイン軍と戦うためである。ジャマイカに行きたまたま知り合った裕福な農園主の娘と結婚した。

一七四四年にロンドンのダウニング街で医業を始めた。作家活動も始め、一七四八年には『ロデリック・ランダム』*Roderick Random*、一七五一年には『ペレグリン・ピックル』*Peregrine Pickle* を出版した。医業はふるわず編集や翻訳で食いつないだ。長く翻訳していたセルヴァンテスの『ドン・キホーテ』*History and Adventures of Don Quixote* が一七五五年に出版されたがあまり注目されなかった。一七五七―八年に問題作『イギリス全史』*Complete History of England* が出て好評だった。この後は多事多難だったが、多岐にわたる作品を残した。彼の健康状態は長く衰えつつあった。

一七六三年に娘が亡くなるとあわただしくイタリアとフランスに旅立った。そして一七六六年にこの旅をもとにした『フランス・イタリア紀行』*Travels through France and Italy*（以下『紀行』）が出版された。一七六八年にイタリアを再訪した。七一年に最良の作品とされる『ハンフリー・クリンカー』*Humphry Clinker* を出版した。

スモレット独特の物議をかもしがちな作風はかならずしも親しみやすいものではないが、ピカレスク（悪漢）小説と称されるその主要な小説は称賛され成功したものであった。作家は五十歳で亡くなった。チャールズ・ディケンズも『デイヴィド・コッパーフィールド』でスモレットの読書体験を書いている。

十八世紀後半の偉大な小説家たちがそれぞれ旅行書を手がけたのは、一つの時代潮流であったとしばしば指摘されてきた。スターンの『センチメンタル・ジャーニー』*A Sentimental Journey through France and Italy* (1768), フィールディングの『リスボン航海日記』*The Journal of a Voyage to Lisbon* (1755), スモレットの『イタリア・フランス紀行』*Travels through France and Italy*(1766)の三作品がこの時代の多数の旅行書の中でも才気あふれるものとしてしばしば引用されるものである。*Journal* は個人的な思索と出会った興味深い人びとの描写から成る。*Travels* は旅した各地から書いた個人的な手紙から成るものだが、作家の独創的な知性のひらめきが感じられる。ときに挿入される古典文学への言及は作家の深い教養を示すものである。彼はイギリス近代の書簡体による旅行書の創始者であった。*Journey* は *Travels* に見られる反フランス主義に対する反感から書かれて作家の独自の感覚が感じられるが、旅行書と呼べるものではないだろう。ジョンソン博士の『スコットランド西方諸島の旅』*A Journey to the Western Islands of Scotland*（邦訳、中央大学出版部、二〇〇六年）もある。これはボズウェル（James Boswell）とともにスコットランドの奥地を旅した八三日間を描くものである。

「イタリアに行ったことがない人は人が見るべきものとされているものをまだ見ていないという引け目をいつも感じているものだ。旅の大きな目的は地中海沿岸を見ることなのだ」というジョンソン博士のよく引用されることばは社会変化の輪郭がとらえがたい十八世紀中期の教養あるイギリス人のますます増大する願望をよく表している〔Boswell's *Life of Johnson*〕。数世紀にかけてグランド・ツアー――ヨーロッパ大陸教養旅行――にはもっぱら富裕層だけが出かけていたものだが、この時代には教養ある中産市民の手に届くものになりつつあった。ジョンソン博士の同時代人は大陸旅行を貴族だけが行うものとはもはや思わなかった。七年戦争が一七六三年に終わった直後に大陸に渡ったデイヴィッド・ギャリック（David Garrick）、アダム・スミス（Adam Smith）、トバイアス・スモレット（Tobias Smollett）、デイヴィッド・ヒューム（David Hume）、ジョン・ウィルクス（John Wilkes）らは確かに自らの天分以外に取り柄はなかった。グランド・ツアーに出かける裕福な若い貴族の私的教師に運よくなれれば、学者たちにも大陸に行けるチャンスがあった。あまり裕福でない画家や建築家でも、パトロンの貴族が資金を出してくれれば大陸に行くことができた。一七五〇年から七〇年にかけて大陸に出かけたロバート・アダム（Robert Adam）、ゲーヴィン・ハミルトン（Gavin Hamilton）、ロバート・ミルン（Robert Mylne）、トーマス・パッチ（Thomas Patch）、ジョシュア・レイノルズ（Joshua Reynolds）、またジョージ・ダンス、ナサニエル・ダンス（George and Nathaniel Dance）、ロバート・ウィルソン（Robert Wilson）――多少著名な少数の例――たちはイタリアのルネッサンス様式の美しい寺院にもわざわざ足を運んだ。

イギリスからの旅行者はイタリア、フランスの大都市の大部分や小都市のいくつかでは同国人の集団居住地に出くわす。エクス、モンペリエ、ナポリなどには病弱な人たちがより快適な気候を求めてやってきた。ローマやフィレンツェにはローマ・カトリック教徒、外交官、追放されたジェームズ二世派の人びと、目利きの画商もいた。イギリス領事や銀行家あての推薦状とか信用状は地方名士に会える確実な保証にもなった。

貴族たちのヨーロッパ大陸のグランド・ツアーはフランス、イタリア、ドイツ、北海沿岸の低地諸国――オランダ、ベルギー、ルクセンブルグなど―を旅するほぼお決まりのコースをたどるものだったが、十六世紀からは二年、三年をかけるものになった。この間に若い旅行者は大学で身に付けた学業を補完する人間と風俗についての知見を得るものとされた。原則としてそれは彼らの教育の必要な仕上げと見なされたが、なかには祖国から離れたところでの漁色の機会とする者もあった。実際祖国に戻った者の多くはほとんど何物も学ぶこともなかったのに「社交界」の見栄っ張りや女々しさだけを身に付けて帰国したのである。「マカロニ」ということばには彼らへのあざけりの響きがある。イタリアやフランスから取り入れた流行を追う異国風のきざな若者たちを当時の風刺画は笑いものにしている。こんな若者たちの多くが書いた日記はがっかりするほど紋切型であって、同一の芸術品を称賛しているし、訪れた場所を記述する文章にも生気が感じられない。ボズウェルとギボン（Edward Gibbon）がこれらの例外であって、彫刻や絵画への旺盛な観察力と直截さが他とはまったく比較にならない。

古くからのイギリスの反フランス意識のため十八世紀のイギリスの旅行者はフランスを迂回し、ドイツからイタリアに向かったものだ。例えば一七五六年から六三年の七年戦争の間に大陸のイギリス人旅行者の数は減らなかったが、フランスを訪問したのはほんのわずかだった。しかし平和が戻った数ヵ月後には、数千人ものイギリス人がパリに向かった。ウォルポール（Horace

Wolpole）によるとフランスの首都をめざすという この大流行を新聞は「フランス熱」と呼ぶほどだった。だが一七六三年の英仏双方にとっての「不名誉な和平」のためにこの流行熱も冷めた。イギリスではフランス人はまだ大いに疑わしい国民だったし、フランスではイギリス人旅行者は格好の鴨にされた。フランスではどんなイギリス人でも金がありさえすれば「だんな様」扱いされた。こんなお世辞によって多くのイギリス人旅行者はすぐに財産がなくなってしまった。だから外国旅行をして感じるのはやはり祖国の良さだし、その国民の素晴らしさを再認識することだった。

大陸旅行のハンドブックも出版された。

Mr. Richardson (Sen. and Jun.), *An Account of Some of the Statues, Bas-Reliefs, Drawings and Pictures in Italy, &c. with Remarks*, 1722

*The gentleman's Guide in His Tour through France*, 1770

*The Englishman's Fortnight in Paris ,or the Art of Ruining Himself there in a few days*, 1777

Thomas Nugent, *The Grand Tour*, 1749

これらのいずれにもくわしい旅のヒントが載っているが外国への不信感も読み取れる。フランス人やイタリア人を記述するときには悪口を言うのが当たり前だったし、イギリスという国の誇りもあるので、旅の間、多くの旅行者は不平をこぼしがちだった。

しかし偏見や流行は一時的なものだ。スターンの広く読まれて人気のあった *Journey* の出版によって風向きが変わり、一七七〇年代から多くの旅行者はこの作品の影響で、外国旅行の不愉快な側面に目をつぶるようになっていった。不平をこぼす気難しいイギリス人旅行者はからかわれるようになった。*Journey* はもともとスモレットの *Travels* に対する皮肉を込めた拒絶だった。この作品で"learned Smelfungus"としてからかわれた不機嫌なスモレットは海峡を越えたもとも気難しいスコットランド人――ダンからベエルシェバ（北端から南端）まで旅しても、ここは全く不毛だとしか言えない男〈the man who can travel from *Dan* to *Beersheba*, and cry, "'Tis all barren" ―― Sterne's *A Sentimental Journey* より〉――とされてしまった。*Journey* はその内容的な価値というより、作家の死後の名声によって名高いのだが、そこでの Smelfungus 神話ともいうべきものによって、『紀行』の再評価を現在も困難なものにしている。『紀行』という作品があることは多くの人びとが知ってはいるのだが、悪評のために読む人がほとんどいないのが実情だった。この作品は悪評にもかかわらず、最良の旅行体験記であり、英米人には読みやすく、魅力的な筆致で描かれ、（ここが肝心だが）著者の感性が生き生きと息づいている。個性的で精細な観察眼と道中のさまざまなエピソードをからみあわせる一連の手紙で、作家は鉄道敷設以前の大陸旅行の実態と社会をリアルに再現するのである。

『紀行』は病弱な作家トバイアス・スモレットが温暖な気候を求めて、大陸を横断して地中海に至るまでを描く自伝的な作品である。彼は一七六三年六月に取るものも取りあえず、イギリスを離れた。そのころのひどい健康状態を友人あての手紙でこう述べている――「とてもやせてしまって、ぜんそくのため顔にしわが寄り、足首は子牛のように太くなってしまった」――これは生活のための多忙な作家活動が原因なのだが、それを進行性肺結核と誤診したモンペリエのフィゼス医師への辛辣なあてつけを『紀行』の手紙に見てとれる。また編集していた *the Briton* の政治的な失敗や一人娘の死のショックもあって、体が衰弱しひどく落胆していた。作品の初めにこう述べている――「悪意によって中傷され、内輪もめで迫害され、不誠実なパトロンから見捨てられ、家族の不幸によって苦しい思いをしたので、体力が回復することはとてもできなかったのです」――こんな状態で不機嫌の日々だったが、イタリア国境に近いニースの温暖な気候に触れて体調が回復したので、そこに一年半も住みついたのだ。だからニースについての記述は圧巻である。この地について第十七信から二十四信にかけてつぶさに描かれる。その歴史的な成り立ち、街の様子、肉・魚・野菜・果物などの供給事情、商取引、住民のこと、犯罪人に対する刑罰、数多い宗教儀式と祭り（長い脱線話として古代ローマのそれらも語られる）さらに町の財政、言語、農業、養蚕、ワインや油の製造、その他の産業、家屋、気候その他。ニースで出会うさまざまな人びとを描く、ときに敵意がこもっていると思える口調の辛辣さは作家のかんしゃく気質からではなく、鋭い観察眼から生まれたものであることは見逃すべきではない。また作家はニース滞在中の天気を記録している。これは興味深いものだが、専門家によるとあまり正確なものではないとされているようである。ところでニースはスモレットの時代、まだフランス領ではなかったことは留意しておきたい。ニース滞在中に作家は多くの旅をし、ブーローニュ、パリ、リヨン、モンペリエ、ローマ、ジェノバ、フィレンツェ、ピサ、エクサンプロヴァンスなどを訪れた。

上述したような原因が重なって、スモレットは旅の間は不満足で失意の日々だったが、同時にそれは『紀行』の記述を興味深いものにしている。文明化されたイギリス以外の国々の風俗、習慣をなじめないものと見なしてもいる。当時盛んにおこなわれた決闘というおろかな習慣を第十五信で皮肉っている。冷笑を浮かべた皮肉屋の作家にはイギリス人の島国根性さえ感じとれる。グランド・ツアーに出かけて祖国の評判を貶める「荒けずりな若者」たちを口をきわめてののしる。彼らがフランスの気取った女々しい流行に感化されているのをなげく。パリのファッションは当時ヨーロッパの高嶺の花だったが、それも具体的に描かれる。当時のロンドン・マガジンは『紀行』が、「わが国が盲従させられているフランスのきざな流行を男も女も猿まねするおろかな風潮に、ある程度歯止めをかけたという点でかけがえのない価値を有する」という記事を載せている（注二）。

これ見よがしな態度、習慣を非難する厳しい口調にはときにうんざりもさせられるが、それでも作家の正確な観察眼にはくもりがない。ぞっとするような宿屋、その主人や馬子たちとの小競り合いは当時の旅にはつきものだったが、ほとんどの作家たちは保身のため、公にするのを遠慮した。しかしスモレットはつつみ隠すことはなかった。リアリズムとあからさまな見方が奇妙に混じったものが『紀行』なのだ。

一方では記述の正確さへの欲求もかなり旺盛で、資料として使ったさまざまなガイドブックのエッセンスは作品のなかに巧みに織り込まれている。セメネリウムの闘技場を荷造りのひもで計測することとか、ニースの養蚕業の詳細な記述などには、凡庸な紀行文には見られない鋭い観察力も見られる。学識ある著者たちからの借り物も多いとはいえ「ことばはすべて私のものだし、わが目で見たこと以外は書かなかった」というスモレットの言い分は信じられるであろう。

作家の「笑いの才能」が他人の習慣、癖だけでなく自分自身にも向けられたのは、自らの限界がわかっていたからであろう。個人的にいやだと思うことや不満を作品に表しても、自己批判の姿勢がうかがえるのは体の不調など何するものかという作家の固い決心である。彼の全作品中、もっとも自伝的な『紀行』の中心人物として作家はまごうことなく人間味あふれる人物として描かれている。

この作品の「手紙」は四つのグループに分類できる。

二〜五信　偏見に満ち鋭い批判を込めたホガース的な視点から見たブーローニュの街と人びとを描く

六〜十二信　パリ、リヨン、ニーム、モンペリエなどを経て、ブーローニュからニースに行く旅の道中の出来事。第十一信は医学史上、興味深いものである。

十三〜二十四信　ニースとその街の人びとについての詳細な記述。

二十五〜四十一信　イタリアを旅してブーローニュに戻り、イギリスに一七六五年六月に帰国する旅の様子。注目すべきは三十六信である。ここでスモレットは透徹した先見性をもって、一七八九年の二〇年も前にフランス革命の予兆を見ている。

## 使用テキストについて

この翻訳にあたって使用したオックスフォード版（Frank Felsenstein編集、一九七九年）は*Travels through France and Italy*の最初の学究的なテキストである。この作品の基本テキストはそれまではThomas Seccombe編集によるものだったが、よりアップデートされ原典に近いものになっている。歴史的、書誌的に、詳細で豊富な注があるので、作品中の事柄を詳しく知りたい人はこの原典に当たってみることをすすめる。この注のいくつかを選んで訳出した。一九八一年にはその簡約版が出た。二〇一一年に出版された同じ編者のBroadview版には十八、十九世紀の読者の反応、スモレットの手紙の一部、当時の美術批評、グランド・ツアーの情報などが含まれる。フランス語版（*Voyages à travers la France et l'Italie*, Librairie José Corti, 1994）もある。これらを適宜参照した。なお抄訳されたイタリア語版もある。

## 『フランス・イタリア紀行』の「手紙」のもとの形

スモレットは大陸旅行からロンドンに一七六五年の夏に戻った。この帰国から『紀行』の出版（一七六六年）まで作家はバースで冬を過ごした。帰国直後はさまざまな文学活動で多忙だったから四ヵ月で『紀行』を出版できる形にしたのは注目すべき偉業である。Seccombeが「手紙」は作家が海外からイギリスの友人あてに書いた手紙そのものだと考えたのは正当だろうが、実際にそうであったかは疑問の余地がある。当時流行した書簡体による文学作品は一つの手紙が長すぎず短すぎず、しかも特定の主題に集中できるから理想的な表現形態なのでスモレットもこれを採用した。こうすることで作品を生き生きと個性的なものに仕上げることができた。この書簡体による文学形式は、前後の手紙の内容を寄せ集めると、ある主題についてまとまった内容を構成することが多い。例えばニースについての記述がそうである。

ところが彼はところどころで長々と、余談や個人的な逸話、学識のあるところを見せるという脱線話を挿入する。こうして話の脈絡がわかりにくくなってしまうことがままある。たとえばギリシャ、ローマ時代のさまざまなエピソードがしばしば描かれるが、これは往時の社会のありさまをしのばせてくれて興味深い。古典の素養の大きなたくわえがあるためだが、筆が走りすぎるので、割引して読みたいところである。

スモレットが作品の「手紙」の草稿をスコットランドとイギリスの数人の文通相手に送ったことが十分考えられる。実際に個人的な手紙がまだ四通残っている。手紙の内容が『紀行』の「手紙」に入っているが、手紙そのものではない。彼の手紙の多くはロンドンのブラウンロウ通りにある産科医院の医師かつ収入役である友人の Dr. George Macaulay (1716-66) あてのものである可能性が高い。作家は大陸での二年間は Macaulay と定期的に文通していたようである。彼は『紀行』を完成させ、一七六五年の十一月中旬までには、出版社に送ったらしい。これはニースで作品の大部分が完成していたと考えなければ、とてつもないスピードだった。

イタリアの旅を描く「手紙」の編集作業は作家がニース滞在中にすすめられた——一七六五年一月一日から三月二十日くらい——旅の記憶が鮮明なうちに。

スモレットが利用した資料用の書物（ニーム、フィレンツェ、ローマなどについて）を旅に携行したこともわかっている。キースラー（Keysler）、ニュージェント（Nugent）、モンフォーコン（Montfaucon）、アディソン（Addison）、ジオフレッド（Gioffredo）などといった著者のものだ。

十八世紀の他の多くの作家が使った伝統的な書簡体を採用して、スモレットは事実のレポートに個人的な経験と感動を織り込んだ。作家が使った資料の研究によって『紀行』はそれらをかなり利用していることが明らかになったが、細部への正確さのこだわりは、著者の作家としての天分に帰せられるものだろう。例えばピサの皇帝によるガレー船製作のことが述べられているが、よく調べると実際にはやっていないことがわかったので、「これはミスだ。長い間ガレー船はつくられず、ドックは馬小屋になっている」との脚注を後に加えている。また作家はフランス語、イタリア語、ラテン語などからの引用を英訳した脚注も加えたり、明らかな印刷ミスを訂正するという改訂作業もしている。こうして『紀行』はより客観的で密度が濃いものに仕上げられた。

またこの作品を成す書簡体は感興あふれるしなやかな文章を紡ぎ出すので、作家は道中の出来事や美術品とのふれあいも生き生きと描くことができた。いずれにしても作家の人間味あふれる天性が『紀行』を忘れがたいものにしている。

## 引用資料について

Louis L. Martz が *The Later Career of Tobias Smollett*, 1942 で示したように『紀行』は四つの大きな資料と五つのより小さな資料を種本にしている（注二）。Martz はそれまでスモレットの独創的な見解と思われてきたものはじつは借り物がかなり混じっていることを明らかにしたので、『紀行』の解釈について新しい視点を提供した。作家はこれらの資料を読み込み作品にふくらみをあたえた。それらをそっくり引用したり気の向くままに改ざんしたが、芸術作品や骨董品などに対する所感は作家自身のことばであろう。作家がさまざまな資料を使ったのは意図的な剽窃ではなく、確実な情報を求めてのことであったのは強調すべきだろう。スモレットが引用した著者や書物に言及していることは心に留めておきたい。ただし例外もある。ニームやローマ、フィレンツェのウフィツィ美術館などの記述でも参考資料をかなり借用している。資料にはミスもあるがそれを訂正もしている。

ニースについての記述に使ったのは Pietro Gioffredo の *Nicaea Civitas* である。ローマについては *Roma antica, e moderna* など二冊を参考にしたようだ。作品の本文にそのまま借用もされている。作家が一時的な参考資料として多くの本を使用したことは確実である。これらの資料を作品の中に取り入れたが、それは記述に正確さとふくらみをあたえるためであり、作家は自ら思うところを生き生きと描いている。スモレットが三つの外国語で書かれた主要な五冊の本を執筆材料にしたことをいくら強調してもいいと思う。しかも作家は引用した部分を巧みに翻訳しているので、これが翻訳文だとはなかなか気がつかない。スモレットが注意深くしかもやすやすとさまざまな研究書を『紀行』の本文の肉付けに利用できたのは、彼の作家として、翻訳者として、編集者としての高い資質をよく示すものである。

スモレットは語学の天才だった。ヴォルテール、フェヌロン、ルサージュをフランス語から、セルヴァンテスをスペイン語から翻訳した。フランス語、イタリア語、ラテン語などで書かれた資料を活用した。現在大英博物館図書室にある『紀行』の手稿にはギリシャ語、ラテン語、フランス語、イタリア語などからの英訳が書き込まれている。また語源やプロヴァンス地方とピエモンテ地方の方言にも興味を持った。スモレットは最高の古典学者とも呼べるだろう。

## 「メディチ家のヴィーナス」について

ヨハン・ゾファーニ（Johann Zoffani 1733-1810）はドイツの画家でイギリスでも活躍したが、そのよく知られた作品に「ウフィツィ美術館のトリブーナ」*The Tribuna of the Uffizzi* がある。ここにはグランド・ツアーに出かけたイギリス人たちと当時の名高い多くの絵画と彫像が描き込まれている。その片隅に古代ギリシャのフィディアスまたはプラクシテレス作とされた「メディチ家のヴィーナス」が台座に立っている。これはまた「ポンティアのヴィーナス」とも称されるが、スモレットの時代までは、現代の「モナ・リザ」のように、女性美の規範とされていたものである。ナポレオンもわざわざパリまで運ばせたほどのものである。ホガース（William Hogarth）やフィールディングもその作品のなかで絶賛している。多くのグランド・ツアー客にとってこの彫像作品を目にするときが、ヨーロッパ大陸の旅のクライマックスだったのである。

スモレットは『紀行』でこの作品を見て、あまり感心しなかったと述べている。これは旧習から抜け出た破格の見解である。スターンの「女神を娼婦以下とするとんでもない中傷」という反論は有名なものである。

しかしながら審美眼というものは、時代とともに変化していくものであり、十九世紀中ごろまでには、ウィリアム・ハズリット（William Hazlitt）をはじめ、目の肥えたイギリス人はこの彫像から期待するほどの感動を受け取れなくなっていた。こうして十九世紀からこの作品は評価されなくなり、かつては異端と思われたスモレットの美意識の正当性が認識されるようになっていったのである。このような自立心あふれる審美眼に触れることも本作品を読む美点の一つである。

## **Samuel Sharp** の ***Letters from Italy, Describing the Customs and Manners of that Country, in the years 1765 and 1766*** **(London, 1766)** について

サミュエル・シャープは作曲家ヘンデルの治療もしたとされる医師である。健康のために大陸旅行をしたがその成果が右の作品となった。これは『紀行』と同じ趣旨で書かれたものである。彼が描くイタリアのチチスベイ、庭園、ローマの美術、旅するイギリス人、宿屋、通貨などは『紀行』を補完するものである。

ローマの教会、宮殿などでは見るべき絵画が多すぎて食傷してしまう。だから記憶に残る作品はほとんどない。一流の少数の作品を見るべきなのだ。教会は壮麗すぎる。黄金の祭壇や太った修道士を見ると、わびしいカンパーニャ平野や飢えた民衆をどうしても思い出してしまう。また疫病、放置されたままの死体を動物が食べる惨状、多発する犯罪も描かれる。

イタリアの庭園、ハーブ、果物もイギリスのそれらとくらべると、すべて良くないと断定する。トリノ、ミラノ、ヴェニス、ローマではいい宿があるが、その他の街では宿とも言えない宿に出くわす。寝具はわらぶとん、汚いシーツ、ひどい上掛けのみでカーテンもない。ヴェニスからローマまでにはトイレもほとんど無いから、糞尿がどうしても目につく。こんな宿では壁はむきだしだし、床もまったく清掃されない。イタリアでは客の部屋は不潔きわまりないのだ。ナイフ、テーブルクロス、ナプキンも汚れている。食べ物もひどい調理法のものを食べきれないほど出す。パンもバターも良くない。しかも宿賃がべらぼうに高い。もっともいやなことはブヨ、ナンキンムシ、ノミ、シラミといった害虫に絶えず悩まされることだ。このような恐ろしいことがイタリアの旅にはつきものなのだが、それでも「古典の地面を踏みしめると」(tread on classic ground)深い喜びにつつまれたのだ。だからグランド・ツアーに出かける若者たちの多くは、母国へ帰る日を楽しみに、辛い「年季奉公」の旅に耐えるのだ。スモレットは当時イタリアでもっともにぎわっていたナポリには行かなかったが、この作品ではこの街を詳細に記述している。ナポリはツアー客の最高の見どころだったが近郊のポンペイ、ヘラクラネウムの発掘は十八世紀前半から始まったので、それらも訪ねている。

グランド・ツアーについては、そのルート、その途中で出会う多くの美術品、建築物、遺跡などについての詳しい研究や紀行文があるが、十八世紀のヨーロッパ社会の実態と旅のありさまを、これほど身近に感じさせてくれる記録文学として『フランス・イタリア紀行』はとりわけユニークな価値を持つものである。

## 『フランス・イタリア紀行』の評価

この作品が一七六六年に出版された当初、イギリス、アメリカでは好評だったが、フランス・イタリアでは酷評された——皮肉なことにこの作品の基調をなす「写実的な観察力」が非難された。当時は感傷的な文学が好まれていたからである。

十八世紀に『紀行』は大陸旅行者たち——例えば Arthur Young, Sir James Edward Smith, Peter Beckford, Francis Garden (Lord Gardenstone) ——にはとても好評だったが、フランス革命後はあまり読まれなくなった。

一七六六年から一七七八年にかけて異なる七つの版が出たが、その後の百二十年間はまったく出版されなかった。そして完全に忘却された書物となった。その後『紀行』は文学作品としては注目されなかったが、リヴィエラ地方の観光ガイドブックとして利用された。スモレットはその土地のおだやかでうるわしい気候をイギリスに初めて紹介した人物として正当に評価された。この地はフランス革命までは冬の保養地として人気があった。『紀行』の豊富な情報は称賛されたが、すぐれた文学作品として読まれることはなかった。しかし眼の肥えた作家たち―Sir Walter Scott, Leigh Hunt, Austin Dobson, W. J. Prowse（「英語でこれにまさる誠実な書物はない」とまで絶賛している）, David Hannay――は『紀行』を高く評価していた。

二十世紀におけるこの作品の再評価は作品の原テキストの正確な再現をめざしたThomas Seccombeの仕事がきっかけになった。彼は大英博物館図書室にある『紀行』の手稿の書き込みまで再現した。そしてこの翻訳に使ったオックスフォード版テキストはさらに綿密に考証されて、作品の読みを深めてくれる。スモレットの作品のなかでもっとも読まれなかった『紀行』も、その注目すべき新鮮さが評価されるにつれて徐々に読まれつつある。

地下蔵で長く貯蔵されても独特な香りと味を保った古酒のように時と歴史という試練を経て、『イタリア・フランス紀行』の日本での再評価を期待したい。

以上の解説はフランク・フェルゼンシュタイン編のオックスフォード版とブロードビュー版の『紀行』の解説を主な資料として書いたものである。

二〇一六年は『紀行』発刊二五〇周年に当たるので、カナダ、トロント大学が発行する文学研究誌『一八世紀フィクション』の春季号（注三）にフェルゼンシュタイン教授が、それについて寄稿している。その要点を述べてみたい。

スモレットがフランス、イタリアの二年間の旅を辛辣な目で描く『紀行』という旅行書ほど扇情的でかつ酷評された書物はなかった。

作家はニースの住民をこてんこてんに、やっつけている。彼らは皆、やせていて背が低く、しわが寄っていて、色黒で、半裸体に近く、ジョナサン・スウィフトの描くヤフー（獣のような野蛮人）そっくりだ、と酷評している。

「もしスモレットが再びニースに来れば、市民は彼を街中でたたきのめすだろう」と言われるのも当然だった。スモレットはニースとリビエラ地方の素晴らしさを広く紹介した恩人として、ニースのある街路に「スモレット通り」――RUE SMOLETT――と名付けているが、ちゃんとSMOLLETTとしないのはLをひとつ削除し、姓が色あせることで、仕返ししたつもりなのである。二〇〇年以上も経過した現代での奇抜な復讐！

住民をあしざまにののしったが、ニースの魅力的な土地柄は明らかである。

城壁に立ってあたりを見まわすとうっとりとせざるをえません。目に入る土地はわずかですが、すべて庭園のように耕されています。確かにこの平原は庭園そのもので緑の樹木が至るところにあり、オレンジ、レモン、シトロン、ベルガモットなどの実がなっています。それはじつに喜ばしいものです。もっと近づいてよく見ると、青エンドウの植え込みが摘みごろになっているのがわかるでしょう。ありとあらゆるサラダ用野菜、申し分のない煮込み用の香草、それにあちこちのバラ、カーネーション、ラナンキュラス、アネモネ、スイセンなどがまことに美しく、生き生きと、香り高く、風になびいて壮観ですが、それはかつてイギリスのいかなる花も見せたことがないものでした。（第十三信）

このように描かれる花と緑に彩られた異国ニースのうるわしい街は、ほんの数か月前に旅立った薄い灰色のヴェールがかかった祖国イギリスをどうしても色あせたものにしてしまう。このイギリス最良の旅行書はこの種の思いがそこはかとなく漂っている。

舌鋒鋭く、皮肉たっぷりに描くが、きわめて生き生きとしたスモレットの心情と、作家としての達者な腕前が『紀行』を楽しめる読み物にしている。作家はニースに一年半ほど住み、芸術も学問も無きに等しいと思うが、独力で、地方語やプロヴァンス語の研究をする。また宗教儀式、セメネリウムの崩落した古代ローマ時代の遺物、さまざまな魚類やその他の食材（これらについて『紀行』は現代の欧米の食物研究家にしばしば引用される）、海水浴の効能、養蚕業、庶民の暮らし、生計などを細かく描いている。

旧習にとらわれないしなやかな美的感性をフィレンツェのピッティ宮のラファエロの「子椅子の聖母」や、ヘレニズム期につくられ古代ローマで模造されたと考えられている「瀕死のガラテア人」、またローマで目にした「ファルネーゼの雄牛」などの記述に感じられる。

作家はまたエクサンプロヴァンスの温泉の分析をしたことがあったが、そのときは温度計も比重計もなかったので、その湯の試料を炎で温め、瓶に入れ、一晩放置してから、成分分析をしたという。このような徹底的な探究心がスモレットを「啓蒙時代の申し子」にしている。啓蒙時代についてこの二五〇年間に書かれた最初の網羅的な学術論文で、Richard J. Jones は『紀行』を隅々まで分析している。彼はこの作品を、単なる旅行書をはるかに凌駕し、ヴォルテールの伝統にならったスコットランド啓蒙運動の百科全書的な作品になっていると妥当な判断を下している（注四）。

フェルゼンシュタイン教授は大学院生のときに『紀行』に出会い、金鉱を掘り当てた思いがしたと述べている。他の院生が稀覯書図書室に閉じこもっているときに、教授はスモレットと同じ険しい旅路をたどった。ルートは道が整備され交通手段も現代化されていた。作家が描く美術品や古代遺物に触れるばかりでなく、ブーロニュ・シュル・メール、パリ、モンペリエ、ニース、トリノ、フィレンツェ、ローマなどに散在する古文書館文書から『紀行』の関連文書を発掘した。原書の書き込みについて館員とのトラブルも披露する。

大英博物館図書室にある『紀行』原本にはスモレット自身の書き込みがあって、後の思想や変更点がわかる。これの精査した成果を教授はオックスフォード版とブロードビュー版のテキストに入れた。編集者が裏返しをしない石がないほど細心の注意で編集しても、解釈困難な点が残るものだ。この解決は後の世代の学究に託したい。

博士論文を仕上げているうちに、オックスフォード大学出版局と『紀行』の出版の契約をした。これに取りかかっているときはコンピューター時代とは一世代の距離があった。手動タイプライターと電動タイプライターで編集作業をした。ウフィツィ美術館の建物の形はΠに似ているとの記述が『紀行』にある。オックスフォード大学出版局の活字にはフォントの問題があり、ギリシャ文字パイの字がΠにならず、傾いていたので、ピサの斜塔みたいだったという裏話も紹介する。

スモレットは大陸旅行に出かける数年前にクリティカル・レビュー誌である人物を中傷して数

か月間、監獄に収監されたことがあった。この事件がきっかけで、作品の人物名はイニシャルだけで記載するようになった。それはこの『紀行』でも同じである。教授はしかし数人の人物を特定できた。それは古文書という琥珀に二百年以上も前のスモレットの旅の痕跡が点々と残っていたからである。

オックスフォード版『紀行』の出版から三十年以上が経つが、その間のインターネットの発展のおかげで、さまざまな情報が得られ、その成果をブロードビュー版に入れることができた。例えば第六信のウィッグ・ミドルトン（Wig Middleton）のことだが、かつてはこの人物像がつかめなかった。だが彼を、インターネットの古い新聞のデータベースで調べると、Adolph Middletonという人物らしく、当時のイギリスの世相に反して、伝統的な身支度に固執した。そして痛風のために五十二歳で亡くなったようだ。

フェイスブックとツィッターの時代には、個人の生活を秘密にしておくことは困難であろう。インターネットによってさまざまなデータベースを使える時代には、文学の好みも劇的に変化し、イギリスの旅行書が、ひときわ関心を引くようになると確信している。

イギリスの旅行書作家は見聞したことを声高にあげつらうことなく、さまざまな現象を深い眼差しで見通す。劇的な大げさなことは好まず、たんたんと物語る。その余裕からユーモアも生まれる。紅茶の伝統とでも呼ぶべきであろう。

これはスモレットが確立した洗練された筆致である。スモレットは近代イギリスの紀行文学のジャンルを開拓した作家だと言ってもいいだろう。

（注一）

*The London Magazine*, vol.25, May, 1766

（注二）

作者不詳　*Roma Antica, e Moderna* (3vols., Rome, 1750)

　多くの興味深い歴史的な注釈がある

Pietro Gioffredo, *Nicaea Civitas* (Turin, 1658)

　スモレットが言及していない本だがニースの時代考証をしている

Thomas Nugent, *The Grand Tour* (4vols.,London, 1749)

　旅行者の必携書

Johann Georg Keysler, *Travels through Germany, Hungary, Bohemia, Switzerland, Italy and Lorrain* (English trans., 4vols., London, 1760)

Joseph Addison, *Remarks on Several Parts of Italy* (London, 1705)

　ジョンソン博士にけなされたが十八世紀にイタリアを旅するイギリス人には必読書だった

Bernard de Montfaucon, *The Travels of Father Montfaucon from Paris thro' Italy* (English trans. London, 1712)

Anton Friedrich Büsching, *A New System of Geography* (English trans.,6vols.,London, 1762)

Giuseppe Bianchi, *Ragguaglio delle Antichità e Rarità che si Conservano nella Galleria Mediceo-Imperiale di Firenze* (Part I, Florence,1759)

ウフィツィ美術館の鑑賞に使った

Abbé Antoine Valette de Travessac, *Abrégé de l'Histoire de la Ville de Nismes* (fourth ed., Avignon, 1760)

Giuseppe Agostino Vasi, *Itinerario istruttivo... di Roma* (1763)

（注三）

*Eighteenth-Century Fiction* 28, no. 3 (spring 2016) *From the Typewriter to the Internet: Editing Smollett for the Twenty-First Century*

（注四）

Richard. J. Jones, *Tobias Smollett in the Enlightenment : Travels through France, Italy, and Scotland* (Lewisburg : Bucknell Univ. Press 2011), 10.

# スモレットの年表

| | |
|---|---|
| 一七二一年三月十九日 | スコットランドのダンバートンシャー市のカードロス教会で洗礼を受ける。 |
| 時期は未確認 | ダンバートンシャー市のグラマースクールとグラスゴー大学に入学。 |
| 一七三五年十一月 | グラスゴーの診療所で働く。 |
| 一七三六年三月 | グラスゴーの外科医 William Stirling と John Gordon のもとで五年間の修業を始める。 |
| 一七四〇年三月 | 海軍の外科の助手として、チチェスター号で働き始める。 |
| | ジャマイカに行く（一七四〇年、十月—一七四一年、一月） |
| 一七四一年九月 | イギリスに戻る。 |
| 一七四一年—四四年 | 動静がよくわからないが、西インド諸島に戻ったこともあるかもしれない。 |
| | ジャマイカの農園主の娘の Anne Lassells と結婚した（おそらく一七四三年ごろ） |
| 一七四四年五月 | ロンドンで外科医として開業。 |
| 一七四六年 | 詩 “The Tears of Scotland” |
| 一七四六年九月 | 風刺詩 *Advice* |
| 一七四七年一月 | *Advice* の続編 *Reproof* |
| 一七四七年—四八年 | Lesage の *Gil Blas* を翻訳して四八年十月に出版。 |
| 一七四八年一月 | *The Adventures of Rederick Random* |
| 一七四九年六月 | 上演のために十年間さんざん苦労しながら *The Regicide* 出版。 |
| 一七四九年九月 | フランドル、オランダ、フランスの一部（おそらくパリも含む）への旅行。 |

| | |
|---|---|
| 一七五〇年夏 | パリと低地帯諸国への旅行。 |
| 一七五一年二月 | *The Adventures of Peregrine Pickle* |
| 一七五二年一月 | フィールディングを激しく攻撃する *Habbakkuk Hilding* |
| 一七五三年二月 | *The Adventures of Ferdinand Count Fathom*<br>スコットランドを旅する。 |
| 一七五五年二月 | 一七四八年ごろに翻訳を始めた『ドン・キホーテ』出版。<br>*Complete History of England* にとりかかり一七五七—五八年にかけて出版。 |
| 一七五六年四月 | *A Compendium of Authentic and Entertaining Voyages* |
| 一七五七年 | 二幕の笑劇 *The Reprisal* の上演と出版 |
| 一七六〇年一月 | *The British Magazine* を刊行し始め、そこに *The Adventures of Sir Launcelot Greaves*<br>を一七六一年十二月まで定期的に掲載する。 |
| 一七六〇年十一月〜<br>一七六一年二月まで | 王立法廷監獄に収監される。（Knowles 提督への中傷のため） |
| 一七六〇—六五年 | *Continuation of the Complete History of England* を執筆する。 |
| 一七六一—六五年 | *Works of Voltaire* の共同編集。 |
| 一七六二年 | 五月から一七六三年二月まで週刊の *Briton* を編集。 |
| 一七六二年 | 健康が衰えたので外国の温暖な気候の中で暮らしたいと思う。 |
| 一七六三年四月 | 十五歳の一人娘 Elizabeth 死去。 |
| 一七六三年六月 | 妻と友人とともにフランス、イタリアの旅に向かう。<br>一七六三年十一月〜一七六五年四月までニースに滞在する。 |

| | |
|---|---|
| 一七六五年七月 | 英国に戻る。 |
| 一七六六年五月 | *Travels through France and Italy* |
| 一七六六年五月～八月 | スコットランドを旅行しバースとロンドンに戻る。 |
| 一七六八年 | 一七六〇年に始めた *The Present State of All Nations* を完成する。 |
| 一七六八年　秋 | イタリアに旅立ち、最後はリヴォルノ近くに住む。 |
| 一七六九年四月 | 政治風刺 *The History and Adventures of an Atom* |
| 一七七一年六月 | *The Expedition of Humphry Clinker* |
| 一七七一年九月十七日 | リヴォルノ近くの Il Giardino にて死去。リヴォルノの英国人墓地に埋葬される。 |
| | *Ode to Independence* と *Adventures of Telemachus* が死後出版される。 |

# あとがき

『フランス・イタリア紀行』は知る人ぞ知る作品である。二百年以上も前に書かれたので古い英語なのだが意外と読みやすいと思う。これを初めて読んで心から魅了された。スモレットの活躍した十八世紀ヨーロッパ社会が活写されている。グランド・ツアーのコースをほぼたどっていくのだが、その旅の様子、見聞した多くのことがらをつぶさに書き留めている。またこの作品を通り一遍でないものにしているのは、行間に息づく作家のしなやかな感性である。忘れがたい景色が『紀行』を彩っている。絵画や彫刻、建築などを見極める確かな眼差しが描く見事さ、とりわけローマ、フィレンツェのさまざまな芸術品の彫琢をきわめた記述は身に沁みる。思いあふれてあらぬ話に飛んでいくこともままあるが、これほど多彩な時代情報を伝える作品は無類のものだと思う。それに加え、著者が見聞したどんなことについても、それを記述する細密で透徹した観察眼は驚くばかりである。しかも余情をまじえることがない。本質をえぐり出す綿密な筆致が際立っている。

数年前にイタリアを旅し、ナポリの国立考古学博物館に立ち寄った。ポンペイの出土品が圧巻だったが、ここで『紀行』の描く三作品を見ることができた。とりわけ『ファルネーゼの雄牛』

はその精細な記述とあいまって忘れがたい。スモレットが描くグランド・ツアーの客たちが目にしたものに今後もできるだけ多く触れたいと思う。

『紀行』の邦訳は本書が初めてなので、すべて翻訳者の判断で翻訳作業を進めた。スモレットの時代の十八世紀ヨーロッパと現代日本では諸事情が大きく違うことが乗り越えなくてはならない関門だった。原語に相当するものがないので、おおよそのイメージをつかめるような訳語を探すのが大変だった。直訳では意味が取れないところがかなりあるので、文脈に付かず離れず、むしろ日本語としてのわかりやすさを考慮しながら訳文を推敲し、思いきった意訳をしたところがかなりある。英語よりも日本語の問題が多かった。推敲に推敲を重ねた。しばらく訳語を探しているると、まるで降って湧いたように、意にかなうものを思いつくことがたびたびあった。それでも、もっと適切な訳語、訳文があるのだろうが、まがりなりにも訳し終えることができたのは、幸運に恵まれたおかげだと感謝している。

翻訳作業について『紀行』のオックスフォード版とブロードビュー版テキストの編集者であるボール州立大学のフェルゼンシュタイン教授と茨城大学人文学部の恩師である諏訪部仁先生とはメール、郵便物を交換して多くのご教示をいただいた。鳥影社社長の百瀬精一氏も本書製作の長い時間にもかかわらず、さまざまな配慮をしていただいた。各種ウェブサイトからの情報も大いに参考になった。

ところでフェルゼンシュタイン教授は「タイプライターからインターネットへ　二十一世紀のスモレット編集」という『十八世紀フィクション』に寄せたエッセイで、『紀行』の三十年以上に及ぶ編集作業を回顧しているが、文学作品研究に新たな地平を拓きつつあるように思われる。かつては古文書館で文献を渉猟しなくてはならなかった。そんな大変な仕事が、インターネットの膨大なデータベースを使って、より綿密にしかも簡単に、誰にでもできる時代が来たのである。作品中の人物像とか事実関係の正確な確認をすることで、より精緻で客観的な作品の読み込みができるようになるだろう。このような実証的な作品の分析方法は、従来日本で主流だった主観的な解釈に基づく文学研究が新しいステージに立ったことを思わせる。作品成立の諸事情を丹念に解き明かす研究が今後はどうしても欠かせないものになるだろう。

翻訳に取りかかっているうちに思いがけず、十余年ほどに及ぶ長期の仕事になってしまった。できるだけ推敲したが、なお誤りや見落とし、不備があると思う。もとより一切の責任は翻訳者にあるが、読者のご指摘、ご批判を仰ぐことができれば幸いです。

〈訳者紹介〉

根岸　彰（ねぎし　あきら）

1949年　生まれ
早稲田大学大学院文学研究科修了
茨城県立高等学校に33年間勤務する。
著書：『チャート式　ラーナーズ　高校英語』（共同執筆 数研出版）
　　　『森の中で』（鳥影社）

フランス・イタリア紀行

定価（本体2800円+税）

乱丁・落丁はお取り替えします。

2016年10月21日初版第1刷印刷
2016年10月27日初版第1刷発行
著　者　トバイアス・スモレット
訳　者　根岸　彰
発行者　百瀬精一
発行所　鳥影社 (www.choeisha.com)
〒160-0023 東京都新宿区西新宿3-5-12トーカン新宿7F
電話 03(5948)6470, FAX 03(5948)6471
〒392-0012 長野県諏訪市四賀229-1(本社・編集室)
電話 0266(53)2903, FAX 0266(58)6771
印刷・製本　モリモト印刷・高地製本

ISBN978-4-86265-481-6　C0098